내 안에 사는 너
1

HER FEARFUL SYMMETRY
Copyright © 2009 by Audrey Niffenegger

SHE SAID, SHE SAID
Copyright © 1966 Sony/ATV Music Publishing LLC.
All rights administered by Sony/ATV Music Publishing LLC,
8 Music Square West, Nashville, TN 37203.
All rights reserved. Used by permission.

Korean translation copyright © 2010 by Sallim Publishing Co., Ltd.
All rights reserved.

This edition published by arrangement with regal_literary, inc.
through Shinwon Agency Co.

이 책의 한국어판 저작권은 Shin Won Agency를 통한
regal_literary사와의 독점계약으로 ㈜살림출판사가 소유합니다.
저작권법에 의하여 한국 내에서 보호를 받는 저작물이므로 무단전재와 복제를 금합니다.

내 안에 사는 너
Her fearful symmetry 1

오드리 니페네거 지음
나중길 옮김

살림

사랑을 전하며 진 페이트맨에게 이 책을 바칩니다.

She said, 'I know what it's like to be dead.
I know what it is to be said.'
And she's making me feel like I've never been born.

_ 비틀즈 "She Said, She Said" 중에서

제1부

죽음

로버트가 자판기 앞에서 작은 플라스틱 컵 속으로 따뜻한 차가 쏟아지는 모습을 지켜보는 동안 엘스페스는 숨을 거두었다. 나중에 그는 차를 들고 병원 복도의 형광등 아래를 걸어 갖가지 기계에 둘러싸인 엘스페스의 병실로 되돌아가는 장면을 떠올렸다. 그녀는 창문 쪽으로 고개를 돌린 채 두 눈을 뜨고 있었다. 그래서 처음에 로버트는 그녀가 의식이 있는 것으로 생각했다.

숨을 거두기 몇 초 전, 엘스페스는 로버트와 함께 지난봄에 템스 강변에 있는 큐 왕립식물원의 진흙길을 걷던 일을 머리에 떠올리고 있었다. 그때는 비가 내린 뒤라 낙엽이 썩는 냄새가 땅에서 피어오르고 있었다.

로버트가 말했다.

"아이를 가질 걸 그랬어요."

그러자 엘스페스가 대꾸했다.

"무슨 소리예요. 말도 안 되는 소리 말아요."

그녀는 병실에서 그때 했던 말을 되뇌었지만 그 자리에는 로버트가 없었다. 엘스페스는 창문 쪽으로 얼굴을 돌렸다. 그녀는 로버트, 하고 소리쳐 부르고 싶었지만 갑자기 목이 콱 막혔다. 식도로 뭔가 넘어오려는 것처럼, 혼이 빠져나오려는 것 같았다. 기침을 하려고 했지만 입에서는 꾸르륵거리는 소리만 났다. 나는 이제 가라앉고 있어. 병상에서 가라앉고 있다고……. 그녀는 강한 압박을 느꼈다. 다음 순간 그녀는 둥둥 떠올랐다. 고통은 금세 사라지고 그녀는 천장에서 자신의 작고 수척한 몰골을 내려다보고 있었다.

로버트는 문간에 서 있었다. 그는 손에 들린 뜨거운 차를 침상 옆의 작은 탁자에 내려놓았다. 점차 새벽이 오고 있었다. 새벽빛은 병실에 갇힌 어둠을 검정에서 애매한 회색으로 바꾸어 놓았다. 그것만 제외하면 예전과 달라진 게 없었다. 그는 문을 닫았다.

로버트는 동그란 금속테 안경과 신발을 벗고 나서 엘스페스의 잠을 깨우지 않으려고 최대한 조심해서 침대로 기어올라 그녀를 팔로 감쌌다. 몇 주 동안 그녀는 고열에 시달렸지만 지금은 거의 정상을 되찾았다. 그는 팔에 닿은 그녀의 몸에서 약간의 온기를 느꼈다. 그녀는 무생물이나 다름없는 몸이 되어 체온을 잃어 가고 있었다. 로버트는 자신의 얼굴을 엘스페스의 뒷목에 갖다 대고 숨을 깊이 내쉬었다.

엘스페스는 천장에서 그를 지켜보았다. 그의 모습이 무척 익숙하면서도 또 한편으로는 너무나 낯설어 보였다. 그녀는 그냥 그렇게 지켜볼 뿐이었다. 자신의 허리를 감싸는 그의 길고 큼지막한 손길을 느낄 수는 없었다. 얼굴과 턱, 커다란 윗입술 등 로버트의 모든 것이 본래보다 더 길어 보였다. 코는 매부리코처럼 약간 아래로 굽었고 눈은 움푹 들어가 있었다. 갈색 머리카락은 그녀의 베개를 덮고 있었다. 피부는 병원 불빛을 하도 오래 받아서 그런지 창백했다. 크고 호리호리한 몸으로 축 늘어진 작은 몸을 감싸고 있는 모습은 무척 쓸쓸해 보였다. 엘스페스는 오래전에 「내셔널 지오그래픽」지에서 보았던 사진 한 장이 생각났다. 그것은 어머니가 굶어 죽은 아이를 껴안고 있는 사진이었다. 로버트의 하얀 셔츠는 구겨지고 양말에는 구멍이 나서 큼지막한 발가락이 밖으로 삐져나와 있었다. 구멍은 하나뿐만이 아니었다. 후회와 죄책감 그리고 살고 싶은 욕구가 한꺼번에 밀려왔다.

'안 돼. 이대로 갈 순 없어.'

그녀는 생각했다. 하지만 그곳을 떠날 수밖에 없었다. 순식간에 그녀는 다른 곳에 가 있었다. 그리고 흩어져서 완전히 무(無)의 상태가 되었다.

간호사는 30분 뒤에 그들을 발견했다. 그녀는 젊고 키가 큰 남자가 이미 숨을 거둔 작은 체구의 중년 여성을 껴안고 있는 모습을 말없이 지켜보다가 당직 의료진을 호출하러 갔다.

병실 밖에서는 런던이 잠에서 깨어나고 있었다. 로버트는 눈을 감고 누워서 도로를 달리는 차량들의 소리와 복도에서 들려오는 발소리에 귀를 기울였다. 그는 이제 곧 눈을 뜨고 엘스페스의 몸을 놓아줘야 한다는 사실을 알고 있었다. 자리에서 일어나 허겁지겁 달려온 사람들과 얘기도 나누어야 할 것이다. 그리고 엘스페스가 없는 이 세상을 외롭게 살아가야 할 것이다. 그는 여전히 눈을 감은 채 그녀의 몸에서 희미하게 사라지는 냄새를 들이마시며 기다렸다.

마지막 편지

편지는 2주에 한 번씩 왔다. 집으로 오지는 않았다. 격주로 목요일마다 에드위나 노블린 풀은 집에서 10킬로미터나 떨어진 하이랜드 파크 우체국으로 차를 몰고 갔다. 우체국은 레이크 포레스트에 있는 그녀의 집에서 읍을 두 개나 지나야 나왔다. 그녀는 그곳에 작은 사서함을 가지고 있었다. 매번 가 보면 편지 한 통만 달랑 들어 있었다.

보통 그녀는 편지를 가지고 스타벅스로 가서 카페인이 없는 특대형 두유라테를 마시며 읽었다. 그녀는 주로 벽에 등을 기댈 수 있는 구석 자리에 앉았다. 급한 일이 있을 때는 달리는 차 안에서 편지를 읽기도 했다. 편지를 읽고 나면 2번가의 핫도그 판매점 뒤에 있는 주차장으로 들어가 대형 쓰레기통 옆에 차를 세우고 편지를 불태워 버렸다.

"왜 당신은 자동차 수납함에 라이터를 넣고 다니는 거요?"
한 번은 남편인 잭이 물었다.
"이제 뜨개질에 신물이 나서 방화나 저질러 볼까 하고요."
에디는 그런 식으로 대꾸했다. 그러면 남편은 아무런 대꾸도 하지 않았다.

잭은 아내에게 사설탐정을 붙여 놓았기 때문에 주기적으로 오는 편지에 대해 알고 있었다. 탐정은 그녀와 관련된 전화나 만남, 혹은 이메일에 대해서는 아무런 보고도 하지 않았다. 그걸 보면 편지 말고는 어떤 미심쩍은 행동도 하지 않는다는 뜻이다. 탐정은 에디가 편지를 태우고 나서 발로 재를 시멘트 바닥에 문지르면서 자신을 빤히 바라보았던 일은 보고하지 않았다. 한 번은 에디가 그를 발견하고 나치식의 거수경례를 한 적도 있었다. 그는 그녀를 미행하는 일이 두려워지기 시작했다.

에드위나 풀에게는 탐정을 곤혹스럽게 만드는 면이 있었다. 탐정에게 그녀는 좀 특이한 대상이었다. 잭은 이혼의 근거가 될 만한 증거를 수집하는 것은 아니라고 강조했다.

"나는 집사람이 무슨 일을 하고 돌아다니는지 알고 싶을 뿐입니다. 좀 특이한 행동…… 뭐, 그런 것 말입니다."

그는 그렇게 말했다.

에디는 자신을 미행하는 탐정을 대개 무시했다. 그녀는 잭에게 아무 소리도 하지 않았다. 뚱뚱하고 얼굴에 반들반들 윤이 흐르는 탐정이 절대 자신의 비밀을 캐내지 못할 거라고 생각했기 때문에 그런 불편을 감내했다.

마지막 편지는 12월 초에 도착했다. 에디는 우체국에서 편지를 찾아와 레이크 포레스트의 호숫가로 갔다. 그녀는 도로에서 가장 멀리 떨어진 곳에 차를 세웠다. 바람이 많이 불고 엄청나게 추운 날이었다. 모래 위에는 눈이 전혀 남아 있지 않았다. 미시간 호수는 갈색이었다. 잔물결이 계속해서 밀려와 가장자리의 바위에 부딪히고 있었다. 토양 침식을 막기 위해 바위들이 의도적으로 배치되어 있었다. 그러고 보니 호숫가는 무대장치를 닮았다. 주차장에는 에디가 몰고 온 혼다 어코드 외에는 다른 차가 전혀 없었다. 그녀는 차의 시동을 켜 놓았다. 멀찍이 떨어져 있던 탐정은 한숨을 쉬고는 주차장의 반대쪽 가장자리로 차를 몰고 가서 세웠다.

에디는 그를 힐끗 쳐다보았다.

'이런 일에 굳이 관객이 필요할까?'

그녀는 호수를 바라보며 한동안 앉아 있었다.

'편지를 읽어 보지도 않고 태워 버릴 수도 있어.'

그녀는 런던에 남아 있었더라면 자신의 인생이 어떤 식으로 변했을지 생각해 보았다. 잭을 혼자 미국으로 돌려보낼 수도 있었다. 쌍둥이 언니에 대한 그리움이 물밀듯이 밀려왔다. 그녀는 손가방에서 편지를 꺼내 봉투에 들어 있는 편지지를 펼쳤다.

사랑하는 e,

내가 떠날 때 알려 주겠다고 했지? 그래, 이제 작별이야.

네가 나였으면 어떤 느낌이 들지 상상해 보려고 했어. 그런데 힘들더라. 우리가 비록 오래 떨어져 지냈지만 네가 없는 이 세상은 상상할 수조차 없었어.

너한테는 아무것도 남기지 않았어. 너는 내가 못 다한 인생을 살아야 해. 그것으로 충분하리라 믿어. 대신 나는 실험을 하려고 해. 전 재산을 쌍둥이 조카들한테 남겼어. 부디 조카들이 그것으로 행복했으면……

걱정하지 마. 괜찮을 거야.

잭에게는 내 대신 작별인사나 전해 줘.

우리 사이에 그동안 복잡한 일들이 있었지만 아무튼 너를 사랑해.

e.

에디는 고개를 숙이고 앉아 눈물이 쏟아지기를 기다렸다. 하지만 눈물은 한 방울도 나오지 않았다. 다행이라 생각했다. 탐정이 보는 앞에서 울고 싶지는 않았다. 그녀는 봉투에 찍힌 소인을 살폈다. 편지는 나흘 전에 부친 것이었다. 편지를 누가 부쳤을지 궁금했다. 아마 간호사가 부쳤을 것이다.

그녀는 편지를 손가방에 넣었다. 이제 편지를 태워 버릴 필요가 없었다. 그녀는 한동안 편지를 보관하기로 마음먹었다. 어쩌면 편지를 계속 보관하게 될지도 몰랐다. 그녀는 차를 몰고 주차장에서 나왔다. 탐정을 지나쳐 오면서 그를 향해 가운뎃손가락을 치켜세웠다.

호숫가에서 집까지 짧은 거리를 운전하면서 에디는 쌍둥이 딸들을 떠올렸다. 끔찍한 시나리오가 머리를 스치고 지나갔다. 집에 도착할 즈음에 그녀는 엘스페스의 재산이 줄리아와 발렌티나에게 넘어가는 일은 무슨 수를 써서라도 막아야 한다고 생각했다.

일터에서 돌아온 잭은 불이 꺼진 방에서 웅크리고 있는 에디를 발견했다.

"무슨 일이야?"

그가 물었다.

"엘스페스 언니가 죽었어요."

"그걸 어떻게 알았지?"

그녀는 남편에게 편지를 건넸다. 그는 편지를 읽고 안도감이 들었다.

'이거였군. 지금까지 엘스페스가 편지를 보내온 거였어.'

그는 그런 생각을 하며 침대로 기어들어갔다. 에디는 돌아누워 그의 몸을 감쌌다.

"미안해, 여보."

잭이 말했다. 다음 순간, 두 사람은 아무 말도 하지 않았다. 앞으로 몇 주, 아니 몇 달 동안 잭은 후회할 것이다. 에디는 자기 언니에 대해서는 아무것도 이야기하지 않으려고 했다. 질문에도 대답하지 않고 엘스페스가 조카들에게 무엇을 유산으로 남겼는지, 자기 기분이 어떤지 아무런 내색도 하지 않았다. 심지어 남편이 엘스페스를 언급하는 것조차 허락하지 않았다. 나중에 잭은 그날 오후에 아내에게 말을 붙였다면 과연 그녀가 대화에 응했을지 궁금하게 생각했다. 그가 알고 있는 사실을 밝혔으면 그녀는 그를 내쫓았을까? 두 사람 사이의 앙금은 그 뒤에도 남아 있었다.

하지만 지금 그들은 침대에 나란히 누워 있다. 에디는 잭의 가슴에 머리를 기댄 채 심장박동에 귀를 기울였다.

'걱정하지 마. 괜찮을 거야…… 내가 견딜 수 있을지 모르겠어. 너를 다시 볼 수 있을 거라고 생각했어. 왜 난 돌아가지 않았을까? 넌 왜 오지 말라고 했어? 우리가 어쩌다가 이 지경이 됐을까?'

잭이 에디를 두 팔로 껴안았다.

'그럴 만한 가치가 있었던 것일까?'

에디는 아무 말도 할 수 없었다.

그들은 쌍둥이 딸들이 현관문으로 들어오는 소리를 들었다. 에디는 몸을 풀고 자리에서 일어섰다. 눈물을 흘리지는 않았지만 그녀는 어쨌든 욕실로 들어가 얼굴에 물을 끼얹었다.

"애들한테는 아무 얘기도 하지 마세요."

머리를 빗으며 그녀가 말했다.

"왜?"

"왜냐하면……"

"알았어."

그들의 시선이 화장대 거울 속에서 마주쳤다. 그녀는 밖으로 나갔다.

밖에서 모녀의 대화 소리가 들려왔다.

"학교는 잘 다녀왔니?"

아무렇지도 않은 목소리로 에디가 딸들에게 물었다. 그러자 줄리아가 대답했다.

"지겨워 죽겠어."

발렌티나가 물었다.

"아직 저녁 안 드셨어요?"

에디가 대답했다.

"사우스게이트에 가서 피자나 먹을까 하고 생각하고 있었는데."

잭은 침대에서 일어나 앉았다. 몸이 무겁고 피곤했다. 평소처럼 그는 뭐가 뭔지 몰랐지만 적어도 저녁으로 무엇을 먹을지는 알고 있었다.

들의 꽃

엘스페스 노블린은 그렇게 숨을 거두었다. 이제 그녀를 땅에 묻는 것 말고는 그녀를 위해 달리 해 줄 게 없었다. 장례 행렬은 하이게이트 공동묘지의 정문을 조용히 통과했다. 희귀본 매매업자들과 친구들이 열 대의 차량에 나눠 타고 영구차를 뒤따르고 있었다. 묘소까지의 거리는 매우 짧았다. 마이클의 차가 언덕을 막 올라섰다. 로버트 팬쇼는 아파트 위층에 사는 마레이케와 마틴 웰즈 부부와 함께 차에서 내려 언덕 아래로 걸어 내려왔다. 그들은 서쪽 묘지의 넓은 안뜰에 서서 영구차가 정문을 통과해 노블린 가족의 묘실을 향해 좁은 길을 올라오는 모습을 지켜보고 있었다.

지친 기색이 역력한 로버트는 반쯤 넋이 나가 있었다. 영화의 음향 장치가 고장을 일으킨 것처럼 소리가 점점 사라졌다. 마틴과 마레이케는 로버트한테서 조금 떨어진 거리에 나란히 서 있었다. 몸집이 호리호리한 마틴은 깔끔하게 차려입고 있었다. 짧게 깎은 머리는 희끗희끗했고 콧날은 날카로웠다. 전체적으로 그는 신경이 예민하고 불안해 보였다. 한쪽으로 다소 삐딱하게 기운 얼굴은 사마귀가 많고 우둘투둘했다. 웨일즈인의 피가 흐르는 그는 공동묘지에 있는 것을 잘 참지 못한다. 아내인 마레이케가 그에게 다가왔다. 좌우 대칭이 맞지 않게 자른 그녀의 머리카락은 분홍색으로 염색되어 있었다. 립스틱 역시 분홍색이었다. 골격이 우람한 마레이케는 화려하고 성격이 급했다. 얼굴의 주름은 세련된 옷차림과 대조적이었다. 그녀는 남편을 불안한 눈빛으로 쳐다보았다.

마틴은 조금 전부터 눈을 감고 있었다. 그는 입술을 달싹거리고 있었다. 그를 처음 보는 사람은 기도를 드리고 있다고 생각했을지도 모른다. 하지만 로버트와 마레이케는 그가 숫자를 세고 있다는 것을 알고 있었다. 커다란 눈송이들은 땅에 닿자마자 사라졌다. 하이게이트 공동묘지는 물방울이 뚝뚝 떨어지는 나무들과 질척거리는 자갈길뿐이었다. 까마귀들이 무덤에서 낮은 나뭇가지로 날아올랐다. 어떤 놈들은 하늘을 빙빙 돌다가 지금은 묘지 사무실로 쓰는 비국교도들의 예배당 지붕에 내려앉았다.

마레이케는 담배에 불을 붙이고 싶은 욕구를 억지로 참았다. 그녀는 엘스페스와 특별히 친하게 지내지 않았지만 지금은 그녀가 그리웠다. 엘스페스가 살아 있다면 이 모든 절차를 비웃으며 신랄하게 한마디 던졌을 것이다. 마레이케는 입을 벌리고 숨을 길게 내쉬었다. 입김이 한순간 담배 연기처럼 허공에 머물렀다.

영구차는 오솔길을 기어올라 시야에서 사라졌다. 노블린 가족의 묘실은 공동묘지 한복판에 있는 휴게소를 지나면 바로 나온다. 조문객들은 나무뿌리가 드러나 있는 좁은 길을 걸어 올라가면 그곳에 세워진 영구차를 만나게 된다. 사람들은 반원 모양의 오솔길 앞에 차를 세워 두었다. 오솔길은 안뜰을 공동묘지와 분리시키고 있었다. 사람들은 오솔길에서 빠져나와 한때 장의사의 고딕건물이라고 불린 예배당, 철재 대문, 전쟁기념관을 둘러보거나, 희뿌연 하늘 아래에서 멍한 눈빛으로 한곳을 응시하는 석고상 따위를 살펴보았다. 마레이케는 지금까지 하이게이트 공동묘지의 정문을 통과했던 모든 장례 행렬에 대해 생각했다. 빅토리아 시대의 타조 깃털 장식을 한 말들이 끄는 검은색 마차, 장례식에 고용된 조문객과 애곡꾼들은 이제 차량과 우산 그리고 차분한 친구들로 대체되었다. 마레이케는 갑자기 공동묘지가 낡은 극장처럼 보였다. 그곳에서는 배우들의 의상과 머리모양만 달라졌을 뿐, 여전히 같은 연극이 상연되고 있었다.

로버트가 마틴의 어깨를 건드리자 그는 잠에서 갑자기 깨어난 사람처럼 눈을 뜨고 어리둥절한 표정을 지었다. 그들은 안뜰을 가로질러 가서 두 줄로 서 있는 기둥 사이의 이끼 낀 계단을 올라 묘지로 들어갔다. 마레이케는 두 사람을 뒤따라갔다. 그리고 나머지 조문객이 그 뒤를 따랐다. 길은 미끄럽고 경사가 급할 뿐만 아니라 돌이 많았다. 그래서 사람들은 모두 발밑을 내려다보며 걸었다. 말을 하는 사람은 아무도 없었다.

묘지 관리인 나이젤은 깔끔하게 차려입고 영구차 옆에서 엄숙한 표정을 짓고 있었다. 그는 로버트를 향해 형식상 짧게 미소를 지어 보였다. 그는 '좋은 분을 잃어서 얼마나 상심이 크십니까?'라고 말하는 표정으로 로버트를 바라보았다. 로버트의 친구이자 장의사인 세바스찬 모로우는 나이젤과 함께 서 있었다. 로버트는 예전에 세바스찬이 장례를 지휘하는 장면을 지켜본 적이 있다. 하지만 지금 세바스찬은 그 어느 때보다 진지하고 엄숙한 표정으로 조금의 소홀함도 없이 장례를 치르려고 애쓰는 듯 보였다. 그는 지시를 내리거나 움직이지도 않고 장례의 전 과정을 지휘하고 있었다. 이따금 장례에 관련된 사람이나 물건을 힐끔거리며 쳐다보기만 했는데도 필요한 모든 일이 제때에 이루어졌다. 짙은 회색 양복에 짙은 녹색 넥타이를 맨 그는 런던으로 이주해 온 나이지리아 출신 부모님 사이에서 태어났다. 피부도 검은데다 어두운 색상의 옷을 입고 있어서 그런지 우거진 나무 그늘 속에 있는 그는 거의 눈에 띄지 않았다.

관을 메는 사람들이 영구차 주변으로 모여들었다.

모두가 기다리고 있다는 사실을 알았지만 로버트는 오솔길을 따라 석회석으로 만들어진 노블린 가족 묘실로 올라갔다. 녹이 슨 구리 문에는 가족의 성만 새겨져 있었다. 문에는 펠리컨이 자기 가슴에 상처를 내어 그 피를 새끼에게 먹이는 그림이 얕은 양각으로 새겨져 있었다. 그리스도의 부활을 상징하는 그림이었다. 로버트는 이따금 공동묘지를 들르면 그곳을 찾아보곤 했다. 문은 열려 있었다. 유골 매장을 맡고 있는 토머스와 매튜는 화강암 오벨리스크 앞에 있는 오솔길을 따라 3미터 간격으로 서 있었다. 로버트는 그들과 시선을 맞추었다. 그들은 고개를 끄덕이고 나서 그에게 다가왔다.

로버트는 잠시 망설이다가 가족 묘실 안을 들여다보았다. 네 개의 관이 있었다. 엘스페스의 부모와 조부모의 관이었다. 좁은 공간의 모서리마다 먼지가 쌓여 있었다. 엘스페스의 관이 놓일 선반 옆에는 두 개의 버팀대가 설치되어 있었다. 그게 전부였다. 로버트는 묘실에서 흘러나오는 서늘한 기운이 냉장고 같다고 생각했다. 이제 곧 일종의 거래가 이루어지겠다는 느낌이 들었다. 공동묘지에 엘스페스를 주게 되면 공동묘지는 그에게 무엇을 줄게 될지……. 그는 알지 못했다. 아무튼 무언가를 주긴 줄 것이다.

    그는 토머스와 매튜와 함께 영구차가 있는 곳으로 되돌아갔다. 지상 매장을 위해 납 처리가 된 관은 보기보다 무거웠다. 로버트와 관을 메는 사람들은 관을 어깨에 메고 무덤 속으로 운반했다. 그들은 관을 버팀대 위에 내려놓을 때, 노련하지 못하게 약간 주춤거렸다. 가족 묘실은 관을 메는 사람들이 모두 들어가기에는 너무 좁았다. 관은 갑자기 부피가 늘어난 것처럼 보였다. 아무튼 그들은 관을 준비한 곳에 내려놓았다. 흐릿한 햇살 속에서 거무스름한 참나무는 반들반들 윤이 났다. 로버트만 남겨 두고 다른 사람들은 줄지어 밖으로 나왔다. 로버트는 상체를 약간 기울이고 니스를 칠한 나무가 엘스페스의 피부라도 되는 양, 또 그녀의 쇠약한 몸을 담고 있는 상자에서 심장박동이라도 느껴 보려는 듯, 두 손바닥을 관 뚜껑에 대고 있었다. 그는 엘스페스의 창백한 얼굴과 파란 눈을 떠올렸다. 그녀는 깜짝 놀라는 척할 때면 눈을 크게 떴고 무언가 마음이 내키지 않을 때는 실눈을 뜨곤 했다. 그녀는 가슴이 자그마했다. 고열에 시달릴 때는 그녀의 몸에서 이상한 열기가 느껴졌다. 병으로 죽기 몇 달 전부터는 갈비뼈가 뱃가죽 위로 툭 불거져 나왔다. 몸에는 바늘과 수술 자국이 여기저기 남아 있었다. 그 모습을 떠올리자 그는 비통하고 참담한 심정에 휩싸였다. 그는 그녀의 고운 머릿결을 떠올렸다. 머리카락이 한 움큼씩 빠졌을 때 그녀는 울음을 터뜨렸다. 그는 그녀의 민머리를 두 손으로 감싸 주었다. 엘스페스의 부풀어 오른 넓적다리도 기억났다. 점점 죽어 가는 세포는 그녀의 몸을 점점 변화켰다.

"로버트."

제시카 베이츠가 어느새 그의 옆에 다가왔다. 화려한 모자를 쓴 그녀는 그를 빤히 바라보았다. 엄숙한 표정을 짓고 있던 그녀의 얼굴이 연민의 정으로 부드러워졌다.

"이제 그만 가요."

그녀는 그의 어깨에 부드러운 손을 얹으며 말했다. 그의 손은 땀으로 젖어 있었다. 관에서 손을 떼자, 손자국이 또렷하게 남았다. 그는 손자국을 지우고 싶었다. 하지만 다음 순간 엘스페스의 몸에 남긴 마지막 흔적이라고 생각하고 그냥 놔 두기로 마음먹었다. 그는 제시카를 따라 무덤에서 나왔다. 장례식에 참석한 사람들이 무덤 밖에 서 있었다.

"인생은 그 날이 풀과 같으며 그 영화가 들의 꽃과 같도다. 그것은 바람이 지나가면 없어지나니 그 있던 자리도 다시 알지 못하거니와"(「시편」 103편 15-16절).

마틴은 모인 사람들의 주변에 서서 다시 눈을 감았다. 그는 고개를 숙이고 외투 주머니에 넣은 손을 꼭 거머쥐었다. 마레이케는 남편에게 팔짱을 끼고 몸을 기댔다. 마틴은 몸을 앞뒤로 흔들기 시작했다. 마레이케는 몸을 똑바로 세우고 남편이 몸을 흔들도록 내버려 두었다.

"이제 우리 자매의 영혼을 전능하신 하나님께 맡기오며 그 육신을 흙에 안장하니 흙은 흙으로, 재는 재로, 먼지는 먼지로 돌아가리라. 우리 주 예수 그리스도를 통한 부활의 희망으로 영생하리라 믿나니, 주님께서 영광 중에 이 세상을 심판하러 오실 때에 땅과 바다는 그 죽음을 내어 주리라. 주님께서 모든 것을 당신의 발 아래 두시어 놀라운 일을 펼치시리니 주님 안에 잠든 그녀의 썩은 육신도 변화되어 주님의 영화로운 몸처럼 되리라."

로버트는 주변을 둘러보았다. 나무들은 잎이 모두 떨어져 가지만 앙상했지만 공동묘지는 갖가지 풀로 뒤덮여 있었다. 성탄절이 3주 밖에 남지 않았다. 하이게이트 공동묘지에는 호랑가시나무 덤불로 가득했다. 빅토리아 시대의 장례식용 화환에서 싹이 돋아난 것이다. 엄숙한 공동묘지에서도 마음만 약간 달리 먹으면 즐거운 성탄절을 금방 머리에 떠올릴 수 있었다. 그가 교구목사의 설교에 정신을 집중하려고 애쓰는 동안, 가까운 거리에서 여우들이 자기들끼리 부르는 소리가 들려왔다.

제시카 베이츠는 로버트의 옆자리에 서 있었다. 그녀는 어깨를 똑바로 세우고 턱을 치켜들고 있었지만 로버트는 그녀가 지쳤다는 사실을 알 수 있었다. 그녀는 관람객을 안내하며 묘지를 소개하고 묘지를 돌보는 자선단체, 하이게이트 공동묘지 보존회의 회장직을 맡고 있었다. 그녀의 밑에서 일하는 로버트는 그녀가 엘스페스의 장례식에는 무슨 일이 있어도 참석할 거라고 생각했다. 두 여자는 서로 친하게 지냈기 때문이다. 엘스페스가 로버트와 점심을 먹으러 올

때면 제시카를 위해 항상 여분의 샌드위치를 싸오곤 했다.

그는 겁이 덜컥 났다. 엘스페스와 관계된 모든 일을 어떻게 기억할 수 있을까? 그녀의 모든 것이 머리에 떠올랐다. 냄새와 목소리는 물론이고 전화에서 그의 이름을 말하기 전에 머뭇거리던 모습, 두 사람이 사랑을 나눌 때 보이던 몸짓, 굽이 엄청나게 높은 구두를 신고 좋아하던 모습, 오래된 책을 감각적으로 다루던 일과 그 책들을 팔 때 아쉬워하던 모습이 모두 기억났다. 이 순간, 그는 엘스페스와 관련된 모든 것을 알고 있었다. 어느 것 하나 잊어버리지 않기 위해서는 당장 시간을 멈출 필요가 있었다. 하지만 그러기에는 너무 늦어 버렸다. 그녀가 떠나는 것을 막았어야 하는데 그러지를 못했다. 이제 그는 그녀를 잃어 가고 있었다. 그녀는 이미 흐릿하게 사라지는 중이었다.

'엘스페스에 관한 모든 걸 글로 적어 놓아야지……. 하지만 그 어떤 글도 만족스럽진 못할 거야. 이제는 어떤 글을 적더라도 그녀를 되찾을 수는 없어.'

나이젤은 가족 묘실의 문을 닫고 자물쇠를 잠갔다. 열쇠는 나중에 다시 필요할 때까지 사무실 서랍 속의 번호가 붙은 칸에 보관될 것이다. 한순간 분위기가 어색해졌다. 장례 절차가 모두 끝나자 사람들은 이제 무엇을 해야 할지 모르겠다는 분위기였다. 제시카가 로버트의 어깨를 건드리며 교구목사를 향해 턱짓을 했다. 로버트는 그제야 무엇을 해야 할지 깨닫고 목사에게 다가가 고마움을 표하면서 봉투를 하나 건넸다.

사람들은 오솔길을 걸어 내려갔다. 잠시 뒤에 로버트는 다시 안

뜰로 내려갔다. 눈이 비로 변하자 수십 개의 검은 우산이 거의 동시에 펼쳐졌다. 사람들은 각자의 차에 올라 묘지를 빠져나갔다. 직원들은 수고했다는 인사말을 건네며 그의 등을 토닥여 주었다. 차 한잔 하고 가라는 말을 건네는 사람도 있었고 술이나 한잔 하라는 사람도 있었다. 그는 사람들에게 무슨 말을 했는지 몰랐지만 그들은 눈치 있게 그를 남겨 두고 물러갔다. 책장수들은 모두 엔젤에게 몰려갔다. 그는 제시카가 사무실 창가에서 자신을 지켜보고 있다는 사실을 알아차렸다. 마레이케와 마틴은 서로 떨어져 서 있다가 그에게 다가왔다. 마레이케가 마틴의 팔을 붙잡고 앞장을 섰다. 마틴은 여전히 고개를 숙이고 있었다. 그는 안뜰을 가로질러 오면서 바닥에 깔린 네모난 돌을 하나하나 유심히 내려다보는 것 같았다. 로버트는 마틴이 장례식에 참석해 준 사실에 감동했다. 마레이케가 다가와서 로버트의 팔을 잡았다. 세 사람은 묘지를 나와 스웨인즈 거리를 따라 걸었다. 그들은 하이게이트 언덕 꼭대기에 이르러 왼쪽으로 방향을 틀었다. 그리고 몇 분 동안 걷다가 다시 왼쪽 길로 접어들었다. 마레이케는 마틴을 부축해야 했기 때문에 로버트와 떨어져서 걸을 수밖에 없었다. 그들은 폭이 좁은 아스팔트 길을 걸어 내려갔다. 로버트는 대문을 열고 아파트로 들어섰다. 그들의 아파트는 어두웠다. 게다가 날이 어두워져서 마레이케에게 건물은 평소보다 더 갑갑하고 무거워 보였다. 그들은 건물 입구에 잠시 서 있었다. 마레이케가 로버트를 껴안았다. 그녀는 무슨 말을 해 줘야 할지 몰랐다. 이미 어지간한 얘기는 나누었던 터라 그녀는 아무 말도 하지 않았다. 로버트는 아파트로 들어가려고 돌아섰다.

그 순간, 마틴이 쉰 목소리로 말했다.

"유감이에요."

그 말에 두 사람은 깜짝 놀랐다. 로버트는 우물쭈물하다가 고개를 끄덕였다. 그는 마틴이 다른 말을 할까 싶어 기다렸다. 세 사람은 어색한 분위기에서 잠시 함께 서 있었다. 그러다가 결국 로버트가 다시 고개를 끄덕이고는 자신의 집으로 사라졌다. 마틴은 자신이 옳은 말을 했는지 궁금했다. 그는 마레이케와 함께 계단을 올라갔다. 그들은 엘스페스의 집을 지나면서 두 번째 층계참에서 멈춰 섰다. 문에는 '노블린'이라고 적힌 자그마한 플라스틱 카드가 붙어 있었다. 문을 지나가면서 마레이케가 손을 뻗어 카드를 만졌다. 그것을 보자 가족 묘실에서 보았던 이름이 생각났다. 이제는 그곳을 지나칠 때마다 가족 묘실에 있던 이름을 떠올리게 될 거라고 떠올렸다.

로버트는 신발을 벗고 수수하고 어두컴컴한 자신의 침실로 들어가 축축하게 젖은 외투를 입은 채 드러누웠다. 그는 천장을 바라보며 그의 머리 위에 있는 엘스페스의 아파트를 생각했다. 부엌에는 그녀가 먹지 않은 음식이 가득 들어 있을 것이다. 그녀가 더 이상 입지 않을 옷가지, 읽지 않을 책 그리고 앉지 않을 의자가 그 자리에 그대로 있을 것이다. 그녀의 책상 서랍에는 그가 살펴봐야 할 서류가 잔뜩 들어 있을 것이다. 해야 할 일이 한두 가지가 아니었지만 지금은 아무 일도 할 수 없었다.

그는 그녀의 부재에 아무런 준비도 되어 있지 않았다. 그가 사랑했던 사람들 중에 세상을 떠난 사람은 아무도 없었다. 엘스페스가 처음이었다. 다른 사람들은 그의 곁에 없었지만 아직 어느 누구도 숨을 거두지 않았다.

'엘스페스?'

이제는 그 이름조차 공허하게 느껴졌다. 마치 그녀에게서 떨어져 나와 그의 머릿속에만 둥둥 떠다니고 있는 것처럼.

'당신이 없는 이 세상을 어떻게 살아갈 수 있을까?'

그것은 몸의 문제가 아니었다. 그의 몸은 여느 때와 다름없이 계속 활동할 것이다. 문제는 '어떻게'에 있었다. 물론 어떻게든 살아가겠지. 하지만 엘스페스가 없는 세상에서는 삶의 목적도, 재미도, 의미도 느낄 수 없을 것 같았다. 이제 어쩔 수 없이 고독을 견디며 사는 법을 다시 배워야 할 것이다.

아직 4시밖에 되지 않았다. 해가 지고 있었다. 침실은 사물을 분간할 수 없을 정도로 흐릿했다. 그는 눈을 감고 잠이 들기를 기다렸다. 그러나 잠시 뒤에 도저히 잠을 이룰 수 없을 것 같아 자리에서 일어나 신발을 신었다. 그는 엘스페스의 아파트로 올라가 전등도 켜지 않은 채 집을 둘러보았다. 그녀의 침실에서 신발과 외투를 벗으며 생각하다가 나머지 옷도 모두 벗어던졌다. 그런 다음 엘스페스의 침대로 올라가 자신이 항상 드러눕던 자리에 몸을 눕혔다. 그는 침대 곁에 있는 작은 탁자 위에 안경을 벗어 두었다. 평소처럼 몸을 웅크린 채 차가운 기운이 시트에서 서서히 빠져나가는 동안 가만히 누워 있었다. 로버트는 엘스페스가 침대로 오기를 기다리다가 스르르 잠에 빠져들었다.

가출

마레이케 웰즈 디 그라프는 지난 23년 동안 마틴과 함께 사용해 온 침실의 문간에 서 있었다. 그녀의 손에는 세 통의 편지가 들려 있었다. 그중에 한 통을 어디에 두어야 할지 곰곰이 생각해 보았다. 그녀의 가방들은 계단 옆 층계참에 나란히 세워져 있었다. 그녀의 노란색 방수외투는 가방 위에 깔끔하게 개켜 있었다. 이제 편지만 놓아두면 떠날 수 있었다.

마틴은 샤워를 하고 있었다. 욕실에 들어간 지 20분쯤 되었으니 샤워를 마치려면 아직 한 시간이 더 있어야 할 것이다. 그는 더운 물이 바닥이 나서 더 이상 나오지 않을 때까지 샤워를 했다. 마레이케는 마틴이 욕실에서 무엇을 하든지 개의치 않았다. 그녀는 마틴이 혼잣말을 하는 소리를 들을 수 있었다. 그는 낮은 소리로 뭔가를 중얼거리고 있었다. 라디오 방송이라도 되는 것 같았다.

'이것은 정신이상자를 위한 라디오 방송입니다. 최신 강박신경장애 인기곡을 가지고 돌아왔습니다.'

그녀는 남편이 중얼거리고 있으면 혼자 그런 생각을 했다.

그녀는 편지를 마틴이 곧 발견할 수 있는 장소에 놓아두고 싶었다. 그렇지만 너무 빨리 발견하는 건 곤란했다. 지금껏 마틴에게 아무 문제도 일으키지 않은 장소에 편지를 놓아두고 싶었다. 그래야만 그가 읽어 볼 수 있을 것이다. 하지만 편지가 놓여 있었다는 사실 자체만으로 오염이 될 장소에는 두고 싶지 않았다. 그런 장소는 앞으로 계속해서 편지와 연관을 맺게 될 것이고 마틴은 절대 그쪽을 어슬렁거리지 않을 것이다.

그녀는 몇 주 동안 이 문제를 곰곰이 생각해 보았지만 아직도 적당한 장소를 정하지 못했다. 더 이상 고민하지 않고 편지를 우편으로 부쳐 버릴까 하는 생각도 했다. 하지만 자신이 직장에서 돌아오지 않으면 마틴이 걱정을 할까 봐 두려웠다.

'편지를 허공에 둥둥 띄워 둘 수 있으면 좋으련만.'

이런 실없는 생각도 했다. 다음 순간, 그녀는 미소를 지으며 반짇고리를 가지러 갔다.

마레이케는 마틴의 방으로 들어가 그의 컴퓨터 옆에 섰다. 그녀는 책상 등에서 흘러나오는 노란 불빛 속에서 조심스럽게 바늘에 실을 꿰었다. 그들의 아파트는 무척 어두웠다. 마틴이 신문지로 창문을 모두 가려 버렸기 때문이다. 마레이케는 신문지 가장자리에 붙은 투명테이프의 틈으로 하얀 빛이 흘러들어오는 것을 보고 아침이라는 걸 짐작할 수 있었다. 그녀는 바늘에 실을 꿰고 나서 봉투의 가장자리를 몇 번 더 꿰맸다. 그런 다음, 마틴의 의자 위에 올라서서 실의 끝을 천장에 갖다 대고 테이프로 붙여 두었다. 마레이케는 키가 컸지만 한껏 손을 뻗어야 했다. 그녀는 한순간 현기증을 느끼고 의자 위에서 비틀거렸다.

'지금 여기서 넘어져 팔다리라도 부러뜨리면 우스운 꼴이 되겠지?'

그녀는 편지를 천장에 매달아 두고 바닥에 쓰러져 머리에 피를 흘리고 있는 자신의 모습을 상상해 보았다. 하지만 곧 몸의 균형을 되찾고 의자에서 내려왔다. 편지는 책상 위에서 둥둥 떠다니는 것 같았다.

'완벽해.'

그녀는 반짇고리에 실과 바늘을 주워 담고 나서 의자를 본래 자리로 밀어 놓았다.

그때 마틴이 그녀의 이름을 불렀다. 마레이케는 그 자리에 얼어붙은 듯 서 있었다.

"왜요?"

그녀는 기다렸다가 소리쳤다. 반짇고리를 책상에 내려놓고 침실로 들어가 욕실 문으로 다가갔다.

"왜 그러세요?"

그녀는 숨을 멈추었다. 남편의 대꾸를 기다리는 동안 나머지 두 통의 편지를 등 뒤로 숨겼다.

"내 책상에 가 보면 테오한테 보낼 편지가 있을 거야. 나가는 길에 편지 좀 부쳐 줘."

"그럴게요."

"고마워."

마레이케는 욕실 문을 빠끔히 열었다. 욕실을 가득 채우고 있던 수증기가 그녀의 얼굴을 촉촉하게 적셨다. 그녀는 잠시 망설이다가 입을 열었다.

"여보……."

"응?"

그녀는 갑자기 머릿속이 하얘졌다.

"저 갈게요."

그녀가 결심을 하고 말했다.

"알았어. 오늘 밤에 봐."

마틴은 유쾌한 목소리로 대꾸했다.

그녀의 두 눈에 눈물이 고였다. 그녀는 천천히 침실에서 걸어 나왔다. 거실에는 비닐을 씌운 상자들이 한가득 쌓여 있었다. 그녀는 상자들을 지나 남편의 방으로 들어가서 테오에게 보내는 편지를 들고 아파트를 나왔다. 그녀는 문의 손잡이를 잡은 채 한동안 서 있었다. 갖가지 기억들이 떠올랐다.

'우리는 여기에 함께 서 있었어. 지금처럼 내가 문의 손잡이를 잡고 있었지. 그때는 우리 둘 다 젊었어. 비가 내리고 있었고 식료품을 사오는 길이었어.'

마레이케는 눈을 감고 안에서 무슨 소리가 들리는지 보려고 귀를 기울이며 서 있었다. 넓은 아파트라서 마틴이 움직이는 소리가 들리지는 않았다. 그녀는 문을 빠끔히 열어 두고 외투를 입으며 시계를 들여다보았다. 지금껏 문을 잠근 적은 한 번도 없었다. 그녀는 가방을 들고 뒤뚱뒤뚱 걸어서 계단을 내려갔다. 지나가면서 엘스페스의 현관문을 힐끗 쳐다보았다. 1층에 내려왔을 때, 편지 한 통을 로버트의 우편함에 넣어 두었다.

마레이케는 정문을 빠져나오면서 아파트를 돌아보지 않았다. 그녀는 좁은 길을 걸어 대로로 나왔다. 그녀의 손에 들린 가방들이 뒤에서 달랑거렸다. 날씨가 제법 쌀쌀한 1월의 아침이었다. 간밤에 비가 내려 길바닥은 축축하게 젖어 있었다. 1981년, 어린 나이에 결혼을 해서 이곳에 온 뒤로 조금도 시간이 흐르지 않은 것처럼 하이게이트 빌리지는 오늘 따라 하나도 달라지지 않은 느낌이었다. 폰드 광장의 새빨간 우체통은 여전히 그 자리를 지키고 있었다. 폰드 광장에는 연못이 없지만 여전히 그렇게 불리고 있다. 마레이케가 기억하는 한 예전에도 그곳에는 연못이 없었다. 연금을 받아 생활하는 사람들이 낮잠을 즐기는 벤치와 자갈길이 있을 뿐이다. 서점의 주인 영감은 관광객들이 칙칙한 지도와 낡은 책을 들여다보는 동안 그들을 빤히 쳐다보고 있다. 노란색 래브라도 종 개 한 마리가 광장을 가로질러 저쪽으로 달려가자, 아장아장 걷는 아기는 개가 도망가는 줄 알고 울음을 터뜨린다. 규모가 작은 음식점, 세탁소, 부동산 중개소, 약국까지 모든 상점이 예전 그대로였다. 젊은 엄마들만이 어딘가에서 폭탄이라도 터진 것처럼 유모차를 밀고 가고 있었다. 마레이케는 자신이 쓴 편지와 마틴이 부탁한 편지를 부치면서 테오와 함께 그곳에서 보낸 시간들을 생각했다.

'이 편지들은 아마도 같이 도착하겠지.'

소형 콜택시 운전사가 그녀를 기다리고 있었다. 그는 그녀의 가방을 받아서 트렁크에 실었다. 두 사람은 차에 올라탔다.
"히드로 공항이죠?"
운전사가 물었다.
"예, 4번 터미널로요."
마레이케가 말했다. 그들은 노스 힐을 내려가서 그레이트 노스 로드로 들어섰다.

잠시 뒤, 마레이케가 네덜란드 항공의 탑승권 발권 창구 앞에서 줄을 서서 기다리고 있을 무렵, 마틴은 샤워를 마치고 욕실에서 나왔다. 마틴을 잘 모르는 사람이라면 그의 아내가 때를 벗기려고 그를 강제로 뜨거운 물속으로 떠민 것은 아닌지, 걱정스러운 시선으로 바라볼 정도로 그의 온몸은 선홍색을 띠고 있었다.

마틴은 기분이 좋았다. 깨끗해진 느낌도 들었다. 아침에 샤워를 하는 시간이 그는 하루 중 제일 좋았다. 모든 근심도 사라졌다. 골치 아픈 일들이 샤워를 하는 동안 모두 씻겨 나가고 정신이 맑아졌다. 거기에 비하면 오후의 간식시간 직전에 하는 샤워는 별로였다. 그때는 샤워 시간도 짧을 뿐더러 복잡한 생각으로 머리가 혼란스럽다. 또 BBC에 다니는 마레이케가 직장에서 돌아올 시간이 가까워지면 느긋하게 샤워를 즐길 수가 없었다. 그리고 잠자리에 들기 전에 하는 샤워는 마레이케와 같이 자야 한다는 두려움 때문에 역시 편치 않았다. 밤에는 혹시 자기한테서 이상한 냄새가 나지 않을지 두려웠다. 잠자리에서 마레이케가 사랑을 나누고 싶어 할까 봐 두렵기도 했다. 최근에는 사랑을 나누는 횟수도 점점 줄어들고 있었다. 두려운 것은 그것들만이 아니었다. 십자말풀이도 두려웠고, 이메일을 보내는 것도, 이메일에 답장을 하지 않은 것도 두려웠다. 옥스퍼드에 보낸 테오도 걱정이 되었다. 테오는 자신의 일상과 여자 친구들 그리고 이런저런 생각들을 글로 적어 보냈지만, 마틴이 기대하는 바에는 항상 미치지 못했다. 마레이케는 이렇게 말하곤 했다.

"그 아이도 이제 열아홉 살이에요. 우리한테 이렇게라도 알려 주는 게 어디예요?"

하지만 그런 말은 마틴의 불안감을 달래는 데 아무 도움도 되지 않았다. 마틴은 온갖 해로운 바이러스, 교통사고, 불법 화학약품을 머리에 떠올리며 걱정을 했다. 최근에 테오는 오토바이를 구입했다. 그 때문에 마틴은 테오의 안전과 무사를 기원하는 수많은 의식을 날마다 거행하게 되었다.

마틴은 수건으로 몸에 묻은 물방울을 닦아 내기 시작했다. 그는 자신의 몸을 유심히 관찰하는 버릇이 있었다. 티눈이나 물집, 혈관과 벌레에 물린 부위까지도 걱정스러운 눈빛으로 바라보았다. 그러면서도 자신의 실제 모습이 어떤지는 제대로 모르고 있었다. 마틴의 기억에는 마레이케와 테오조차도 감정과 말의 덩어리로서만 존재했다. 그는 사람들의 얼굴을 제대로 기억하지 못했다.

오늘은 모든 일이 순조롭게 진행되었다. 몸을 씻고 다듬는 수많은 의식은 좌우대칭이라는 개념을 중심으로 이루어졌다. 예를 들어 얼굴의 왼쪽 면에 면도칼을 한 번 갖다 댔으면 오른쪽에도 똑같이 그렇게 해야 했다. 몇 년 전에는 상태가 한동안 심각했다. 그때 마틴은 온몸의 털을 하나도 남기지 않고 밀어 버렸다. 날마다 몸을 씻는 데 몇 시간이나 걸렸다. 마레이케는 그의 몸을 보고 울음을 터뜨렸다. 그는 결국 면도를 하면서 숫자를 세기로 마음먹었다. 그래서 오늘 아침에는 면도칼을 딱 서른 번 움직여 턱수염을 모두 깎아 내고 면도칼을 세면대에 조심스레 내려놓은 다음 숫자 30까지 서른 번을 세었다. 그렇게 하는 데 28분이 걸렸다. 마틴은 서두르지 않고 조용히 숫자를 세었다. 서두르다 보면 항상 뒤죽박죽이 되어 버렸다. 그렇게 되면 처음부터 다시 숫자를 세어야 했다. 숫자를 제대로 세어야 기분이 개운했다. 무슨 일이든 정확하게 해야지 마음이 놓였다. 동작도, 일도, 숫자도, 몸을 씻는 일도, 생각도 꼼꼼하게 제대로 하면 거기에서 잠시나마 만족감을 얻을 수 있었다. 지나친 만족감을 얻는 것은 바라지 않았다. 만족스러운 기분을 느끼는 것이 중요한 게 아니라 재난을 피하는 게 중요했다.

그는 수많은 강박관념에 시달렸다. 그것들은 마치 끝이 날카로운 물건으로 마음을 쿡쿡 찌르고 쑤시는 짓궂은 행동들 같았다.

깜빡 잊고 가스불을 끄지 않은 건 아닐까? 집 뒤쪽 창문으로 누가 들여다보고 있는 건 아닐까? 우유가 상했을지도 몰라. 차에 우유를 타기 전에 다시 냄새를 맡아 봐야겠어. 오줌을 누고 나서 내가 손을 씻었던가? 혹시 모르니까 손을 한 번 씻어야지. 깜빡 잊고 가스불을 끄지 않은 건 아닐까? 바지 끝단이 바닥에 질질 끌리는 건 아닐까? 다시 반듯하게 입자, 다시 해야겠어. 다시.

강박행동은 강박관념이 제기하는 문제들의 해답이다.

가스를 잠갔는지 점검해야지. 손을 씻자. 실수가 없도록 손을 철저히 씻어야 해. 좀 더 세정력이 강한 비누를 사용해야지. 표백제를 사용할까? 바닥이 더럽네. 바닥을 물로 씻자. 더러운 곳에 몸이 닿으면 안 되니까 빙 돌아서 다녀야지. 가능한 한 걸음의 수를 줄이자. 오염된 부위가 퍼져 나가지 않도록 바닥에 수건을 펼쳐 놓자. 수건을 빨자. 혹시 수건이 오염되었을지도 모르니까 여러 번 깨끗하게 빨자. 침실을 이런 식으로 들어가는 건 잘못된 것 같아. 정확히 무엇이 잘못되었을까? 아무튼 잘못된 것 같아. 오른발을 먼저 침실에 들여놓아야지. 침실에 들어가면 왼쪽으로 돌아서는 거야. 그렇지. 그렇게 하니까 훨씬 기분이 좋군. 그렇지만 마레이케는 어쩌지? 마레이케도 나하고 같은 방식으로 침실에 들어와야 해. 물론 좋아하지는 않겠지만 어쩔 수 없잖아. 마레이케는 내가 하라는 대로 하지 않을 거야. 그러면 안 되지. 내 말대로 해야 해. 반드시. 내 말을 따르지 않으면 정말 잘못하는 거야. 끔찍한 일이 벌어질 수도 있잖아. 그런데 어떤 끔찍한 일이 벌어지는 거지? 에이, 그건 모르겠다. 거기에 대해서는 생각할 수 없어. 아무튼 틀림없이 무슨 일이 벌어질 거야. 이제 곱셈을 해 볼까. 22에다 2를 곱하면 44, 3을 곱하면 66, 4를 곱하면 88…… 51을 곱하면 1,121이 되는군. 그리고 52를 곱하면…….

살아 보니 좋은 날, 나쁜 날, 아주 나쁜 날이 있었다. 오늘은 좋은 날이 될 것 같았다. 마틴은 발리올(옥스퍼드 대학교의 단과대학으로 1263년에 설립되었다—옮긴이)에서 보낸 시간에 대해 생각했다. 그는 수학철학과에 다녔는데 같은 과 친구와 수요일마다 테니스를 쳤다. 어떤 날은 라켓을 가방에서 꺼내기도 전에 공을 잘 칠 것 같은 예감이 들었고 그때마다 예감은 적중했다. 오늘은 바로 그런 날의 느낌이 들었다. 무언가 잘 풀릴 것 같은 예감.

마틴은 욕실 문을 열고 침실을 둘러보았다. 마레이케는 침대 위에 그의 옷을 펼쳐 두었다. 바닥에 놓인 신발이 바짓가랑이와 줄을 맞춰 세워져 있었다. 옷가지는 조금도 흐트러지지 않고 일렬로 정돈되어 있었다. 그것들은 서로 정확한 간격을 유지했다. 그는 침실의 딱딱한 마룻바닥을 유심히 내려다보았다. 나무가 닳은 곳도 있었고 습기 때문에 바닥이 뒤틀린 곳도 있었지만 마틴은 그런 것들에는 개의치 않았다. 그는 바닥이 맨발로 걸어도 안전한지 확인하려고 애썼다. 오늘은 괜찮을 것 같았다. 마틴은 침대로 성큼성큼 걸어가서 아주 천천히 옷을 입었다.

옷가지를 모두 걸쳤을 때 깨끗한 옷감이 몸을 포근히 감싸 주는 느낌이 들자 기분이 편안해졌다. 배가 고팠지만 서두르지는 않았다. 마지막으로 발을 신발 속으로 밀어 넣었다. 신발은 문제가 좀 있었다. 끈이 달린 갈색 신발은 그의 깨끗한 몸과 항상 불안한 바다 사이에 놓인 일종의 경계점이었다. 그는 신발 끈을 건드리고 싶지 않았지만 어쨌든 허리를 굽히고 간신히 끈을 맸다. 마레이케는 나일론 접착포가 붙어 있는 가죽 운동화를 사 주겠다고 했지만 마틴은 보기에 안 좋을 것 같아 거부감이 들었다.

마틴은 항상 점잖고 어두운 색상의 옷을 입었다. 그래서 그에게서는 딱딱하고 진지한 분위기가 풍겼다. 그는 집에서 가까운 거리에 위치한 곳을 가야 할 때는 넥타이를 매는 일이 없었다. 하지만 항상 집을 나서기 전에 넥타이를 어디에다 벗어 둔 것처럼 두리번거리며 찾았다. 오래전부터 그는 아파트 단지를 벗어나는 일이 좀처럼 없었기 때문에 넥타이들은 줄곧 옷장의 가로대에 걸려 있었다.

옷을 차려입은 마틴은 조심스럽게 거실을 가로질러 부엌으로 들어갔다. 식탁에는 아침 식사가 차려져 있었다. 시리얼 한 그릇과 우유 한 주전자 그리고 살구 두 개가 전부였다. 그는 전기포트의 단추를 눌렀다. 몇 분 지나자 물이 끓기 시작했다. 마틴은 음식과 관련된 강박행동, 이를테면 음식을 특정한 횟수만큼 꼭꼭 씹은 다음에 삼켜야 마음이 놓이는 그런 강박관념은 거의 없었다. 부엌은 마레이케의 고유 영역이었다. 그녀는 그를 성가시게 만드는 것은 무엇이든 다른 곳으로 옮겨 두었다. 그는 절대로 가스레인지를 켜지 않으려고 했다. 일단 켜면 언젠가는 가스레인지를 꺼야 하고 손잡이를 잡고 이리저리 돌리면서 몇 시간이고 서 있어야 하는데 그렇게 할 자신이 없었기 때문이다. 그렇지만 전기포트로 차는 끓일 수 있었다. 그리고 그렇게 차를 끓였다.

마레이케는 시리얼이 담긴 사발 옆에 신문을 놓아두었다. 펼쳐보지 않은, 반듯하게 접힌 신문이었다. 마틴은 고마운 마음이 들었다. 그는 아무도 펼쳐 보지 않은 신문을 보는 것을 좋아했다. 하지만 그녀가 그렇게 신경을 써 주기 전에는 그런 신문을 얻을 수가 없었다. 그는 「가디언」지를 펼치고 곧바로 십자말풀이부터 살폈다.

오늘은 목요일이다. 마틴은 목요일이면 항상 과학 용어로 십자말을 풀어 나갔다. 오늘은 천문학과 관련된 내용이었다. 마틴은 모든 것이 올바른지 잠깐 살펴보았다. 십자말의 형태가 특히 마음에 들었다. 그것은 완벽한 좌우대칭을 이루는 나선 은하 모양으로 바둑판

무늬 전체로 퍼져 나갔다. 그는 페이지를 넘겨 어제의 해답을 살펴보았다. 동료 프로그램 출제자인 앨버트 비미쉬가 만든 까다로운 문제였다. 비미쉬는 릴리벳이라는 이름으로 문제를 출제했는데 마틴은 그가 왜 그런 이름을 쓰는지 알 수 없었다. 그는 비미쉬와 전화로 이따금씩 대화를 나누긴 했어도 그를 실제로 만난 일은 한 번도 없다. 마틴은 항상 비미쉬가 몸에 털이 많고 발레복을 입고 있을 거라고 상상했다. 마틴 자신이 사용하는 출제자 이름은 번베리였다.

마틴은 「더 타임스」「데일리 텔레그래프」「데일리 메일」 그리고 「인디펜던트」 지를 펼치고 재미있는 기사가 있는지 살펴보기 시작했다. 그가 지금 풀고 있는 십자말은 메소포타미아의 전쟁사에 관한 내용이었다. 그는 그것이 편집자의 손에 들어갈 수 있을지 확신하지는 못했지만 여느 예술가처럼 작업을 통해 한 가지 일에 몰두하고 있다는 사실을 보여 줄 필요가 있다고 느꼈다. 최근에는 이라크가 마틴의 마음을 상당 부분 차지하고 있었다. 오늘자 신문에서는 회교 사원에서 발생한 끔찍한 자살폭탄 테러에 대해 주로 다루고 있었다. 마틴은 한숨을 쉬고 나서 가위로 기사를 오려 내기 시작했다.

아침을 먹고 나서 그는 식기를 씻고 신문을 반듯하게 정리해 두었다. 그런 다음 자기 방으로 들어가서 책상 등을 켜려고 허리를 굽혔다. 상체를 일으켜 세우는데 무언가가 그의 얼굴에 스쳤다.

처음에는 박쥐가 어쩌다가 방에 들어온 것이라고 생각했다. 하지만 다음 순간, 봉투 하나가 그의 눈에 들어왔다. 천장에 매단 실에 붙어 있는 봉투가 이리저리 부드럽게 흔들리고 있었다. 그는 그 자리에 서서 흔들리는 편지를 바라보았다. 봉투에는 마레이케의 투박

한 필체로 그의 이름이 적혀 있었다.

'이 여자가 대체 무슨 짓을 한 거지?'

갑자기 머릿속이 하얘졌다. 그는 흔들리는 봉투 앞에 서서 고개를 숙이고 팔짱을 꼈다. 마침내 손을 내밀어 봉투를 잡았다. 편지를 약간 잡아당기자 천장에 붙어 있던 실이 떨어졌다. 그는 천천히 봉투를 열고 접힌 편지지를 펼쳤다. 그런 다음 손을 더듬어 안경을 찾아서 꼈다.

'무슨 짓을 한 거야?'

1월 6일
사랑하는 마틴,

여보, 미안해요. 난 더 이상 이렇게 살 수 없을 것 같아요. 당신이 이 편지를 읽을 때쯤이면 나는 암스테르담으로 가는 비행기 안에 있을 거예요. 테오한테는 편지로 알렸어요.

당신이 이해할 수 있을지 모르겠지만 설명해 보도록 할게요. 당신의 두려움을 달래 주려고 밤낮으로 신경 쓰면서 살 수는 없어요. 나도 이젠 지쳤나 봐요. 당신 때문에 녹초가 되었다고요. 당신이 없으면 외로울지도 모르겠지만 지금까지보다는 더 자유로울 것 같아요. 자그마한 아파트를 얻어서 창문을 열어 놓고 살고 싶어요. 햇살과 공기도 마음대로 느껴 보고 싶다고요. 모든 것을 하얀색으로 칠해 놓고 방마다 꽃을 놓아둘 거예요. 이제 방에 들어갈 때마다 오른발을 먼저 들여놓지 않아도 되겠죠. 이제 내 피부에서, 또 내가 건드리는 모든 것에서 더 이상 표백제 냄새를 맡지 않아도 되겠네요. 또 이제 물건들을 플라스틱 용기나 랩에 싸지 않고 찬장이나 서랍에 그냥 넣어 둘 수도 있을 거예요. 그렇게 할 거예요. 앞으로는 너무 북북 문질러서 가구가 닳는 일도 없을 거예요. 그리고 어쩌면 고양이를 한 마리 키우게 될지도 몰라요.

여보, 당신은 환자예요. 그런데도 당신은 의사를 만나지 않으려고 하잖아요. 난 런던으로 돌아오지 않을 거예요. 그러니 나를 만나고 싶거든 당신이 암스테르담으로 오세요. 그러자면 아파트를 먼저 벗어나야겠죠. 그렇기 때문에 우리는 두 번 다시 만날 일이 없을 것 같네요.

당신하고 같이 살아 보려고 노력했지만 실패하고 말았어요.

아무쪼록 건강해요, 내 사랑.

마레이케가

    마틴은 편지를 들고 그 자리에 멍하니 서 있었다. 최악의 상황이 벌어졌다. 그는 도저히 받아들일 수 없었다. 아내가 자기를 버리고 집을 나가 버린 것이다. 그녀는 돌아오지 않을 것이다. 그는 천천히 허리를 굽히고 책상 앞에 쪼그려 앉았다. 환한 불빛이 그의 등을 비추고 있었다. 그는 편지지에 얼굴을 바짝 갖다 댔다. 여보, 날 두고 가면 어떡해……. 그는 머리가 하얘지는 것을 느꼈다. 해일이 밀려오기 전에 바닷물이 온통 쓸려가듯 머릿속이 텅 비어 버린 것 같았다. 마레이케.

    마레이케는 스키폴 국제공항(암스테르담에 위치한 공항—옮긴이)에서 기차를 타고 가면서 차창으로 빠르게 스치고 지나가는 회색 들판을 바라보고 있었다. 비가 내리고 있어서 하늘은 낮게 내려앉은 것처럼 보였다.

'이제 집에 거의 다 왔구나.'

시계를 들여다보았다. 지금쯤이면 마틴은 틀림없이 편지를 발견했을 것이다. 가방에서 휴대전화를 꺼내 폴더를 열었다. 전화는 한 통도 오지 않았다. 그녀는 폴더를 소리 나게 닫았다. 기차의 유리창에 빗방울이 사선으로 떨어지고 있었다.

'내가 무슨 짓을 한 거지? 미안해요, 여보.'

하지만 그녀는 집에만 도착하면 미안한 감정도 들지 않을 거라는 사실을 알고 있었다. 이제 암스테르담이 그녀의 집이 될 것이다.

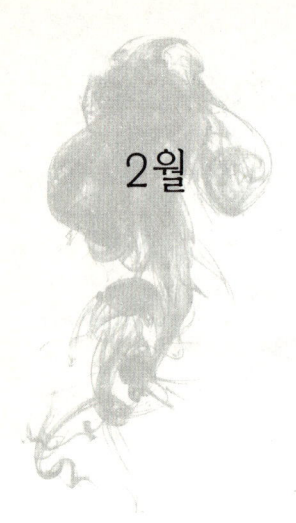

2월

　로버트는 함부르크에서 온 골동품 애호가들에게 웨스턴 공동묘지를 관람시켜 주고 나서 관광객들이 우편엽서를 사고 짐을 찾는 동안 하이게이트 공동묘지의 정문 옆 아치 아래에 서 있었다. 그는 사람들을 내보내고 나서 대문을 닫으려고 기다리는 중이었다. 겨울에는 정기적으로 하는 주중 관람이 없었다. 그는 요즘 같은 한가한 때에 공동묘지에서 차분하고 평범하게 하루하루를 보낼 수 있어서 좋았다.
　골동품 애호가들은 한때 성공회 예배당으로 사용되다가 지금은 선물가게로 쓰이는 건물에서 삼삼오오 기어 나왔다. 로버트는 그들을 향해 녹색 플라스틱 모금함을 흔들었다. 그러자 그들은 동전을 함에 던져 넣었다. 작은 규모의 이 거래를 할 때면 그는 항상 겸연쩍은 느낌이 들었다. 하지만 공동묘지는 기부금에 대해 부가가치세를 지불하지 않았기 때문에 하이게이트의 모든 사람은 최대한 열심히 구걸을 했다. 로버트는 미소를 지으며 떠나는 독일 사람들을 향해 손을 흔들었다. 그런 다음 구식 열쇠를 육중한 자물쇠에 밀어 넣고 옆으로 돌렸다.

그는 사무실로 들어가 열쇠와 모금함을 책상에 내려놓았다. 실장 펠리시티가 미소를 지으며 모금함을 비워 냈다.

"음산한 수요일에 이 정도면 괜찮군."

그녀는 그렇게 말하면서 손을 내밀었다.

"무전기는 어디에 있죠?"

"가져오겠습니다."

로버트는 방수외투의 주머니를 더듬어 보고 나서 말했다.

"지금 나가려고요? 비가 내리기 시작하는데."

펠리시티가 말했다.

"금방 다녀올게요."

"몰리가 정문 맞은편에 있을 거예요. 가는 길에 이것 좀 갖다 줄래요?"

"알겠습니다."

로버트는 펠리시티로부터 팸플릿을 받아 들고 계단 옆 탁자에 놓여 있는 우산을 집어 들었다. 그리고 스웨인즈 거리를 가로질러 갔다. 몰리는 몸집이 호리호리하고 나이가 지긋한 여자였다. 그녀는 무명 작업복 바지에 두건이 달린 방한용 재킷을 입고 스트래스코나 마운트 왕립 기념관 안의 접이용 의자에 앉아 있었다. 기념관은 분홍색의 웅장한 화강암 건물로 이스턴 공동묘지 정문 바로 옆에 가려져 있었다. 그녀는 어두컴컴한 공간에서 초조하게 밖을 내다보고 있다가 로버트한테서 팸플릿을 받아서 옆에 있는 작은 진열대에 꽂아 넣었다. 팸플릿의 표지에는 칼 마르크스의 사진이 붙어 있었다. 마르크스와 조지 엘리엇(1819~1880, 영국의 여류 소설가―옮긴이)의 무덤은 관람객들이 즐겨 찾는 곳이다.

"안으로 들어가서 몸이라도 좀 녹이시죠?"

로버트가 말했다.

"난로를 켜 놔서 저는 괜찮아요. 무덤엔 가 보셨어요?"

몰리는 느리고 졸린 듯한 목소리로 말했다. 그녀의 말투에는 호주 억양이 약간 남아 있었다.

"아뇨. 방금 관람 안내를 마쳤습니다."

"그럼 지금이라도 가 보세요."

스웨인즈 거리를 다시 가로질러 오면서 로버트는 몰리가 공동묘지에서 당연한 일과라도 되는 듯이 엘스페스의 무덤에 가 보라고 말한 것을 두고 곰곰이 생각해 보았다. 직원들은 그가 겪고 있을 슬픔을 알아차리고 그를 배려해 주었다. 바깥세상 사람들은 죽음을 두려워하지만 공동묘지에서 일하는 사람들은 누구나 죽음이나 유족이 겪는 슬픔에 익숙해져 있었다. 그들은 죽음을 사무적으로 대한다. 로버트는 지금껏 그 사실을 알아차리지 못했다.

로버트가 엘스페스의 무덤에 도착했을 때는 보슬비가 제법 굵은 빗방울로 바뀌어 떨어지고 있었다. 그는 요란하게 우산을 펼치고 문에 등을 기댄 채 계단에 앉았다. 고개를 뒤로 젖히고 눈을 감았다. 불과 몇십 분 전에 그는 관람객을 이끌고 그곳을 지나가면서 관람객들에게 빅토리아 시대 사람들이 산 채로 묻히는 것을 두려워해서 극단적인 조치를 취한 일을 설명했다. 그는 노블린 가족의 묘실이 사람들의 왕래가 드문 곳에 있었으면 하고 바랐다. 관람객에게 안내를 하자면 항상 엘스페스의 묘를 지나가야 했다. 그녀의 성이 새겨진 작은 가족 묘실을 멍하니 바라보며 걷는 관람객을 인도하다 보면, 정작 자신은 그녀의 무덤을 지나치면서도 무덤덤했다. 그것이 단지 그녀의 가족 묘실이었을 때는 별다른 느낌을 받지 않았다. 그녀의 가족을 한 번도 만나 본 적이 없기 때문이다. 처음으로 그는 왜 제시카가 묘지에서 예절을 그토록 강조하는지 제대로 이해할 수 있었다. 예전에는 까다롭게 구는 제시카를 비웃곤 했다. 제시카에게 하이게이트는 관광지나 유적지, 또는 빅토리아 시대의 음울한 분위기를 풍기는 장소가 아니었다. 그녀에게 묘지는 죽은 자와 무덤 주인의 공간이었다. 로버트는 하이게이트 공동묘지의 역사와 빅토리아 시대의 장례풍습에 대한 박사 논문을 쓰고 있었다. 하지만 사람들을 다루는 일에 무척 노련하고 절대 낭비를 모르는 제시카는 이렇게 말했다.

"이왕 그런 조사를 할 생각이라면 남들에게 봉사를 하면서 조사하는 것도 좋지 않을까요?"

그렇게 해서 그가 관람객을 안내하는 일을 시작하게 된 것이다. 일을 하면서 그는 묘지에 대해 글을 쓰는 것보다 묘지 자체를 훨씬 더 좋아하게 되었다.

로버트는 정신을 차렸다. 그가 앉아 있는 돌계단은 차갑고 축축하고 높이가 낮았다. 두 무릎은 거의 어깨 높이까지 올라와 있었다.

"잘 있었어요?"

그가 말했다. 가족 묘실을 향해 말을 붙이는 자신이 바보 같다는 생각이 들었다. 그는 속으로 계속해서 말했다.

'나예요. 나 여기 있어요. 당신은 어디에 있는 거죠?'

그는 엘스페스가 가족 묘실 안의 은신처에서 성자처럼 앉아 미소를 지으며 격자문 사이를 내다보는 모습을 머릿속에 그려 보았다.

'엘스페스?'

그녀는 잠을 제대로 이루지 못하는 경우가 비일비재했다. 살아 있었을 때 그녀는 자주 뒤척거리며 잠을 설쳤다. 이불을 모두 자기 쪽으로 끌어당기는 경우도 드물지 않았다. 혼자 잘 때는 날개를 편 독수리처럼 침대에 드러누워서 깃발 대신 팔다리로 자신의 영역을 표시했다. 로버트와 함께 잘 때는, 자기도 모르게 한쪽 팔꿈치나 무릎을 휘둘러 그의 잠을 깨우곤 했다. 어떤 때는 침대에서 달리기라도 하듯 두 다리를 거칠게 버둥거렸다.

"요 며칠 전에 당신 때문에 하마터면 코가 부러질 뻔했어요."

로버트는 그녀에게 그렇게 말했다. 그녀는 자신의 잠버릇이 고약하다는 점을 순순히 시인했다.

"혹시 코를 부러뜨릴지도 모르니 미리 사과할게요."

그렇게 말하면서 그의 코에 키스했다.

"하지만 당신은 그렇게 흉해 보이지 않을 거예요. 코가 부러지면 오히려 더 사나이다워 보일지도 몰라요."

이제 정적만이 감돌았다. 문은 그가 통과할 수 있는 장벽이었다. 묘지 관리소에도 열쇠가 있었지만 엘스페스의 책상에도 열쇠가 하나 있었다. 이제 엘스페스의 몸은 그로부터 몇 미터 거리에 있는 상자에 들어가 있었다. 그는 지난 석 달 동안 그녀가 겪은 고통에 대해 생각하지 않으려고 애썼다.

로버트는 지긋지긋한 고통의 시간이 모두 끝나고 지금 자기 뒤에 있는 자그마한 방의 정적을 마주하게 되었다는 생각에 다시금 가슴이 미어졌다.

'당신한테 할 얘기가 있어요. 내 말 듣고 있어요?'

엘스페스가 살아 있을 동안에는 전혀 깨닫지 못했었다. 그녀에게 털어놓기 전에는 그 어떤 일도 완전해지지 않는다는 것을.

'로치가 어제 줄리아와 발렌티나에게 편지를 보냈어요.'

로버트는 햄스테드(런던의 행정구획으로 문인과 화가들의 고급 주택지—옮긴이)에 있는 로치의 사무실에서 일리노이 주 레이크 포레스트로 날아간 편지가 펨브리지 로드 99번지에 있는 우편함에 떨어지는 모습을 상상했다. 쌍둥이 자매 가운데 누구 하나가 편지를 받아 볼 것이다. 두꺼운 크림색 봉투의 발송인 주소란에는 로치, 엘드리지, 포츠 앤 리플리 법률사무소의 주소가 검은 잉크로 돋을새김되어 있을 것이고, 로치의 비서 콘스탄스가 휘갈겨 쓴 쌍둥이 자매의 이름과 주소가 적혀 있을 것이다. 로버트는 쌍둥이 자매 가운데 하나가 봉투를 들고 호기심 어린 표정을 짓는 모습을 상상했다.

'엘스페스, 나는 걱정이 돼요. 당신이 쌍둥이 조카들을 한 번이라도 만나 봤으면 이렇게 불안하지 않을 거예요. 당신은 조카들과 함께 살지 않아도 되는군요. 조카들이 말썽을 피울 수도 있잖아요. 조카들이 집을 다른 사람한테 팔아 버리면 어쩌죠?'

하지만 그는 엘스페스의 쌍둥이 조카들에게 호기심이 일었다. 그리고 엘스페스의 실험에 왠지 모르게 믿음이 갔다.
"당신한테 집을 모두 맡길 수도 있고 조카들한테 맡길 수도 있어요."
그녀는 그렇게 말했었다.
"조카들한테 맡기도록 해요. 나는 충분히 가지고 있으니까."
그는 그렇게 대꾸했다.
"알았어요. 그럼, 그렇게 할게요. 그렇지만 당신에게는 무엇을 남기죠?"
그들은 병원 침대에 앉아 있었다. 그녀는 고열에 시달렸다. 비장 절제 수술을 마친 뒤였다. 침대 옆의 바퀴 달린 식탁에는 손도 대지 않은 엘스페스의 저녁 식사가 놓여 있었다. 그는 그녀의 발을 주물러 주었다. 부드럽고 향기로운 오일을 바른 그의 두 손은 미끄러웠다.
"나도 모르겠어요. 당신 환생할 수 있을까?"
"들리는 소문에 따르면 쌍둥이 조카들은 서로 꼭 닮았대요. 조카들이 원하면 아파트에 와서 살도록 할 생각이에요. 조카들을 맡아 줄래요?"
엘스페스가 미소를 지으며 말했다. 로버트도 그녀를 보고 미소를 지었다.
"긁어 부스럼을 만들 수도 있어요. 그렇게 되면…… 큰일인데."
"일단 해 보기 전에는 절대 알 수 없어요. 그렇지만 당신에게도 뭔가를 남기고 싶어요."

"머리카락 한 타래?"

"그렇지만 지금은 머리카락이 형편없잖아요."

그녀는 자신의 보드라운 은색 머리털을 손가락으로 쓰다듬으며 말했다.

"머리가 남아 있었을 때 조금이라도 잘라 둘 걸 그랬어요."

엘스페스의 머리카락은 원래 겨울 버터 같은 색으로 길게 물결 모양을 이루고 있었다.

로버트는 고개를 가로저었다.

"상관없어요. 당신 거라면 뭐든 좋아."

"빅토리아 시대 사람들처럼 말이죠? 머리카락이 길지 않아 정말 아쉬워요. 귀걸이나 브로치 같은 건 어때요?"

그녀는 웃음을 터뜨리며 말했다.

"저를 복제할 수도 있어요."

그는 곰곰이 생각하는 척했다.

"하지만 생물 복제의 문제들을 다 해결하진 못할 거예요. 당신은 어쩌면 소름끼치도록 뚱뚱하거나, 팔다리 대신 지느러미를 달고 태어날지도 몰라요. 게다가 나는 당신이 자랄 때까지 기다려야 할 거예요. 당신이 다 자라면 나는 노인 연금을 받아먹고 생활할 테고, 당신한테 찬밥 취급이나 당하겠죠."

"쌍둥이 조카들한테 맡겨야겠어요. 그 애들의 절반은 나고 나머지 절반은 잭이잖아요. 그 아이들 사진을 봤는데 잭을 조금도 안 닮았더군요."

"조카들 사진을 어디에서 구했어요?"

엘스페스는 손으로 자기 입을 막았다.

"사실 에디가 주더군요. 아무한테도 얘기하지 마세요."

"언제부터 동생하고 연락을 하고 지냈어요? 나는 당신이 에디를 싫어하는 줄 알았어요."

"내가 에디를 싫어한다고요?"

엘스페스는 깜짝 놀라는 표정을 지었다.

"아니에요. 물론 에디한테 화가 많이 나기는 했죠. 지금도 그래요. 하지만 에디를 싫어한 건 절대 아니에요. 동생을 싫어하는 건 내 자신을 싫어하는 거나 마찬가지잖아요. 여동생이…… 그 애가 우리 삶을 망친 어리석은 짓을 한 건 사실이에요. 그렇지만 쌍둥이 동생이잖아요."

엘스페스는 잠시 망설이다가 말을 이었다.

"1년쯤 전에 에디에게 편지를 보냈어요. 처음 진단을 받았을 무렵이었죠. 그 애도 알고 있어야 한다고 생각했거든요."

"나한테는 말 안 했잖아요."

"그래요. 그건 어디까지나 개인적인 일이라 그랬어요."

로버트는 그 정도의 일을 가지고 상처를 받으면 유치하다고 생각했다. 그는 아무 말도 하지 않았다.

"뭘 그렇게 예민하게 생각해요? 만약에 당신 아버님과 연락이 닿았다면 당신은 그런 얘기를 나한테 시시콜콜 털어놓을 수 있었겠어요?"

"나라면 그럴 것 같은데요."

엘스페스는 엄지손가락을 입에 넣고 살짝 깨물었다. 그는 그녀의 그런 행동을 볼 때마다 무척 섹시하다고 느꼈는데 지금은 어째서인지 그런 느낌이 전혀 들지 않았다.

"네, 그래요. 당신이라면 털어놓았겠죠."

그녀가 말했다.

"그런데 조카들의 절반이 당신이라는 소리는 무슨 말이에요? 조카들은 당신 여동생이 낳은 애들이잖아요."

"맞아요, 동생이 낳았죠. 그렇지만 에디와 난 일란성 쌍둥이예요. 그래서 유전학적으로 보자면 절반은 내 아이들이라는 거예요."

"그렇지만 당신은 조카들을 한 번도 만나 보지 못했잖아요."

"그게 그렇게 중요한가요? 분명히 말할 수 있는 건, 당신은 쌍둥이가 아니라서 내 마음을 절대 이해하지 못한다는 거예요."

로버트는 계속 부루퉁한 표정을 짓고 있었다.

"왜 그래요? 그런 표정 짓지 말아요."

그녀는 그를 향해 몸을 움직이려고 했지만 팔에 달린 튜브 때문에 몸을 움직이는 일이 여의치 않았다. 로버트는 그녀의 두 발을 수건 위에 조심스레 내려놓고 나서 손을 닦고 자리에서 일어나 그녀의 허리 옆에 있는 하얀 시트 위에 앉았다. 그녀는 공간을 거의 차지하지 않았다. 그는 한 손을 그녀의 머리 바로 옆 베개에 얹고 그녀를 향해 몸을 기울였다. 엘스페스는 그의 뺨에 손을 얹었다. 사포가 닿는 느낌이었다. 그녀의 피부는 까칠까칠해서 통증이 느껴질 정도였다. 그는 고개를 돌리고 그녀의 손바닥에 키스했다. 지금껏 수도 없이 했던 행동이다.

"내 일기장을 줄게요. 그걸 읽어 보면 내 모든 비밀을 알 수 있을 거예요."

엘스페스가 부드럽게 말했다.

로버트는 그녀가 그것을 오래전부터 계획했다는 것을 나중에서야 깨달았다. 그렇지만 그때 그는 이렇게 말했다.

"지금 모든 비밀을 말해 줘요. 끔찍한 비밀인가요?"

"예, 끔찍한 비밀이에요. 하지만 아주 오래된 비밀이에요. 당신을 만난 뒤로는 순결하고 흠 없는 삶을 살았어요."

"순결?"

"당신만 바라보고 살았다고요."

"알았어요. 이제 좀 자 둬요."

그는 그녀에게 짤막하게 키스했다. 그녀의 몸은 조금 전보다 더 뜨거웠다.

"발을 좀 더 만져 줄래요?"

그녀는 잠들기 전에 동화를 읽어 달라고 조르는 아이처럼 굴었다. 그는 그녀의 발치로 내려가서 양손에 오일을 바른 다음, 손바닥으로 비벼서 열을 냈다.

엘스페스는 한숨을 쉬고 나서 눈을 감았다.

"흠……."

그녀는 잠시 뒤에 그렇게 신음을 뱉으면서 발을 구부렸다.

"정말 기분이 좋아요."

그녀는 그러다가 스르르 잠에 빠져들었다. 그는 그녀의 미끈거리는 발을 쥐고 앉아 생각에 잠겼다.

로버트는 눈을 떴다. 자신이 깜빡 잠이 든 것인지 궁금해졌다. 기억은 너무나 생생했다.

'엘스페스, 어디에 있어요? 이제 당신은 내 머릿속에서 살고 있는 것만 같아요.'

로버트는 길 건너편의 무덤들을 빤히 바라보았다. 무덤들은 위험할 정도로 한쪽으로 기울어져 있었다. 어떤 무덤의 양 옆에는 나무가 자라고 있었다. 나무 때문에 기념관은 바닥에서 조금 벗어나 몇 센티미터가 허공에 떠 있었다. 로버트가 지켜보는 동안, 여우 한 마리가 무덤들을 휘감고 있는 담쟁이덩굴 속에서 모습을 드러냈다. 여우는 한순간 동작을 멈추고 그를 빤히 바라보다가 덤불 속으로 사라졌다. 다른 여우들이 소리를 길게 뽑으며 서로를 부르고 있었다. 소리를 들어 보니 몇 마리는 가까운 거리에 있었고 몇 마리는 묘지의 깊숙한 곳으로 들어가 있었다. 짝짓기 철이었다. 해가 기울고 있었다. 로버트는 몸이 축축하게 젖어 추웠다. 그는 천천히 몸을 일으켜 세웠다.

"나 갈게요. 잘 있어요, 엘스페스."

그런 말을 하는 자신이 바보처럼 느껴졌다. 그는 사무실을 향해 걷기 시작했다. 십대 시절에 더 이상 기도를 드릴 수 없다는 사실을 깨달았을 때와 똑같은 느낌이었다. 엘스페스가 어디에 가 있는지 모르겠지만 아무튼 이곳에는 없었다.

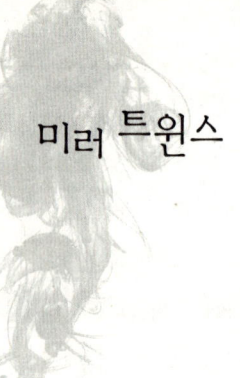

미러 트윈스

줄리아와 발렌티나 풀 자매는 일찍 일어나는 것을 좋아했다. 그것은 신기한 일이었다. 왜냐하면 이들 자매는 학교를 그만두고 하는 일이 없는데다 약간은 게으른 편이기 때문이다. 그들이 동이 틀 무렵에 일어나야 할 이유가 없었던 것이다. 그들은 말하자면 일찍 일어나긴 해도 벌레를 잡아먹는 일 따위에는 전혀 관심이 없는 새들이었다.

  2월의 어느 토요일. 해는 아직 뜨지도 않았다. 간밤에 내린 30센티미터의 눈은 새벽의 어스름 속에서 푸르스름하게 보였다. 펨브리지 로드의 거대한 가로수들은 눈의 무게를 이기지 못하고 축 늘어져 있었다. 레이크 포레스트는 아직 잠들어 있었다. 그들이 부모와 함께 살고 있는 노란 벽돌집은 눈 속에 파묻혀 고요하고 아늑한 분위기를 풍겼다. 항상 들리던 자동차 소리나 개와 새 소리도 들리지 않았다.

줄리아가 실내 온도를 높이는 동안 발렌티나는 뜨거운 초콜릿을 만들었다. 줄리아는 거실로 나가 텔레비전을 켰다. 발렌티나가 쟁반을 들고 거실로 들어왔을 때 줄리아는 두 사람이 무슨 프로그램을 보고 싶은지 알면서도 텔레비전 앞에 서서 채널을 이리저리 돌려보고 있었다. 여느 토요일과 조금도 다르지 않았다. 자매는 일 분도 더 견디지 못하면서도 항상 같은 것을 좋아했다. 줄리아가 채널을 돌리다가 CNN 방송에서 멈췄다. 부시 대통령이 회의실에서 칼 로브(1950년생으로 백악관 정치고문―옮긴이)에게 뭔가를 이야기하고 있었다.

"둘 다 꼴도 보기 싫어."

발렌티나가 말했다. 자매는 동시에 대통령과 그의 보좌관을 향해 가운뎃손가락을 치켜세웠다. 줄리아는 채널을 계속 돌리다가 〈이 오래된 집〉이라는 프로그램에서 멈췄다. 오래된 집에서 일어날 수 있는 갖가지 고장을 소개하고 현대적으로 세련되게 모양을 바꾸는 방법을 알려 주는 프로그램이다. 그녀는 부모님의 잠을 깨우지 않도록 조심하면서 소리를 조금 더 높였다. 자매는 소파에 주저앉아 서로 몸을 휘감았다. 줄리아의 두 다리가 발렌티나의 무릎 위로 올라갔다. 얼룩무늬가 있는 늙은 고양이, 무키가 발렌티나의 옆자리로 다가와서 앉았다. 그들은 격자무늬가 있는 양모 담요를 끌어당겨 덮은 채, 따뜻한 초콜릿을 한 잔씩 들고 텔레비전에 시선을 고정했다. 일요일 아침마다 그들은 그 프로그램을 네 번이나 돌려서 보고 또 보았다.

"활석 조리대네."

줄리아가 말했다.

"흠."

발렌티나가 넋을 잃고 말했다.

거실은 어두컴컴했다. 빛이라고는 앞쪽 창문과 텔레비전에서 흘러나오는 것밖에 없었다. 그렇지만 빛이 그보다 강하면 거실은 눈이 부셔서 앞을 제대로 볼 수가 없었다. 거실의 모든 것은 짙은 황록색과 선홍색 격자무늬로 꾸며졌다. 집 전체가 지나치게 장식이 되어 있었다. 우윳빛 유리나 금속으로 만든 가구들은 속을 두툼하게 채워 넣어 사라사 무명으로 덮여 있거나 마치 아이스크림 이름처럼 들리는 색깔들로 칠해져 있었다. 에디는 실내 장식가였다. 그녀는 자신의 집을 견본으로 삼아 연습하는 걸 좋아했다. 잭은 거기에 대해 이러쿵저러쿵 참견하지 않았다. 일찌감치 포기한 것이다. 쌍둥이 자매는 자기 어머니가 이 세상에서 가장 터무니없는 취향을 지니고 있다고 생각했다. 어쩌면 그것은 사실이 아닐지도 모르지만, 레이크 포레스트에 있는 대부분의 가정은 그보다 더 값비싼 재료로 장식되어 있었다. 쌍둥이는 거실을 좋아했다. 거실은 아버지의 것이었기 때문이다. 그래서 역설적으로 그 공간은 끔찍했다. 잭은 자기한테 그다지 불편하지 않으면 가급적 가족의 요구를 들어주었다. 거기에서 그는 어느 정도 기쁨을 느꼈다. 쌍둥이 자매는 집에서 괴상한 존재들로 비쳤다. 사실 그들은 어디를 가든 괴짜로 보였다.

자매는 오늘로 만 스무 살이 되었다. 줄리아가 발렌티나보다 6분 먼저 태어났는데 그녀는 그 점을 무척 중요하게 생각했다. 줄리아가 엄마 뱃속에서 먼저 나가려고 발렌티나를 팔꿈치로 밀어젖히는 장면은 어렵지 않게 상상해 볼 수 있었다.

자매는 매우 창백하고 날씬했다. 그들 자매를 보고 다른 여자애들은 다들 부러워했지만 나이 든 엄마들은 걱정을 했다. 줄리아는 키가 157센티미터에 불과했다. 발렌티나는 자기 언니보다 0.7센티미터가 더 작았다. 머리카락은 둘 다 은색에 가까운 금발로 머릿결이 고왔다. 귓불이 드러날 정도로 짧게 자른 머리카락은 얼굴을 동그랗게 감싸고 있었다. 그 모습은 마치 봉긋한 민들레 씨앗처럼 보였다. 자매는 목이 길고 가슴이 작았으며 배는 편평했다. 그들은 곧게 내리뻗은 등뼈의 마디가 그대로 드러나 보일 정도로 말랐다. 그래서 간혹 영양실조에 걸린 열두 살짜리 소녀들로 오해받기도 했다. 텔레비전에서 방영되는 영화에 나오는 빅토리아 시대의 고아들처럼 보이기도 했다. 또 회색 눈은 어찌나 큰지 눈알이 당장에라도 튀어나올 것 같았다. 달걀형 얼굴에 섬세한 코는 약간 위로 치켜 올라가 있었다. 입술은 얇고 가지런한 치아도 매력적이었다. 두 사람 다 손톱을 물어뜯는 버릇이 있었고 문신은 전혀 하지 않았다. 발렌티나는 자신을 까다롭고 특이한 사람이라고 생각하고 있었다. 그녀는 자기도 언니처럼 사람들과 무난하게 어울릴 수 있었으면 하고 바랐다. 하지만 사실은 발렌티나의 연약해 보이는 점 때문에 사람들은 그녀에게 끌렸다.

쌍둥이 자매를 특이하게 만든 것이 무엇인지는 딱히 규정하기가 어렵다. 사람들은 왜 그런지 이유는 모르지만 자매가 함께 있는 모습을 보면 불편하게 여겼다. 자매는 단순한 일란성 쌍둥이가 아니었다. 그 둘은 서로 다른 점을 하나도 찾아볼 수 없는, 그야말로 판박이 같았다. 외모뿐만이 아니었다. 온몸의 세포 하나하나까지 똑같다는 생각이 들 정도였다. 자매는 서로 거울을 들여다보고 있는 것 같았다. 줄리아의 입술 오른쪽에는 자그마한 점이 하나 있는데 발렌티나의 입술 왼쪽에도 똑같은 점이 하나 있다. 발렌티나는 왼손잡이인데 줄리아는 오른손잡이다. 자매 중 어느 누구도 기이하게 보이지는 않았다. 놀라운 일은 엑스레이를 찍을 때 가장 뚜렷하게 드러났다. 줄리아는 골격의 구조가 정상인데 반해 발렌티나는 가슴뼈가 바깥으로 뒤집어진 것처럼 보였다. 그녀의 심장은 오른쪽에 있었는데 심방과 심실이 뒤집어져 있었다. 발렌티나는 태어났을 때 심장에 결함이 있어서 수술을 받아야 했다. 의사는 익숙한 방식대로 그녀의 자그마한 심장을 보기 위해 거울을 비추어야 했다. 발렌티나는 천식을 앓았지만 줄리아는 감기조차 걸리지 않았다. 일란성 쌍둥이라도 지문만큼은 똑같지 않다고 한다. 하지만 두 사람은 방향만 정반대일 뿐 지문의 모양도 완전히 똑같았다. 아직도 그들은 본질적으로 하나의 생명체였다. 상반되는 점들을 지닌 하나의 몸이었다.

자매는 대서양 연안의 어떤 거대한 집이 조금씩 변해 가는 모습을 유심히 지켜보며 앉아 있었다. 집에는 새로 지붕널이 덮이고 페인트가 칠해졌다. 앞뜰에는 모래가 깔렸다. 지붕창이 수리되고 멋진 굴뚝이 생겼다. 허물어진 벽난로가 새로운 모습으로 다시 태어났다. 자매는 과거의 것들에 강한 애착을 가지고 있었다. 그들의 침실은 마치 다른 집의 일부처럼 보였다. 침실은 다른 집에서 사용하다가 버린 것을, 이 평범한 농장 주택에서 가져다 쓰고 있는 것처럼 보였다. 자매가 열세 살이었을 때, 그들은 지저분하고 칙칙한 꽃무늬 벽지를 모두 벗겨 내고 속을 채운 동물과 인형을 모두 재향군인회에 보내 버리고 자신들의 방을 박물관이라고 선언했다. 지금 진열되어 있는 거라고는 플라스틱 십자가로 가득 채워진 낡은 새장밖에 없는데, 새장은 코바늘로 뜨개질한 깔개 위에 놓여 있다. 깔개는 한때 헬로 키티 스티커가 잔뜩 붙어 있던 작은 탁자를 덮고 있다. 방에서 그 밖의 모든 것은 하얀색이다. 그곳은 데제생트 공작(프랑스 작가 위스망스의 소설 『역로』의 주인공으로, 세상 사람들의 습관과는 완전히 '역행하는' 생활을 하며 인공적이고 기이하며 초자연적 세계에 매료되었다—옮긴이)의 딸들의 침실이었다.

밖에서는 제설차가 굉음을 내기 시작했다. 눈이 부실 정도로 맑고 화창한 아침이 시작되고 있었다. 〈이 오래된 집〉의 네 번째 이야기가 시작되면서 자막이 흘러나올 때, 자매는 자리에서 일어나 앉아 기지개를 켜고 텔레비전을 껐다. 그들은 목욕 가운 차림으로 창가에 서서 눈을 가늘게 뜨고 밖을 내다보았다. 자매가 아기였을 때부터 잔디 깎는 일과 눈 치우는 일을 도맡아 해 온 세라핀 가르시아가 차도에 쌓인 눈을 치우고 있었다. 그는 자매를 보고 손을 흔들었다. 자매도 그에게 손을 흔들어 주었다.

그때 부모님이 뒤척이는 소리가 들려왔다. 하지만 그들은 부모님이 곧장 자리에서 일어나지는 않을 것이라는 사실을 알고 있었다. 주말이면 에디와 잭은 주로 늦잠을 잤다. 전날 밤에 두 사람은 오웬치아 골프장에서 벌어진 파티에 참석했다. 그들은 부모님이 새벽 3시쯤에 들어오는 소리를 들었다.

"거꾸로 돼야 하는 것 아냐? 우리가 밤늦게 돌아다녀서 부모님이 걱정을 해야 하는 것 아니냐고?"

부모님이 들어오는 소리를 듣고 줄리아가 동생에게 말했다. 그녀가 그런 말을 한 게 지금껏 한두 번이 아니다.

토요일 아침마다 그들이 하는 두 번째 일이 있었다. 바로 팬케이크를 만드는 것이다. 그들은 부모님이 자리에서 일어나면 전자레인지에 데워 먹을 수 있도록 팬케이크를 넉넉하게 만들었다. 줄리아가 반죽을 하면 발렌티나는 그것을 프라이팬에 붓고 얇은 황색 덩어리에서 기포가 부풀어 올라 팡 터지는 모습을 지켜보았다. 발렌티나는 팬케이크를 휙 던져서 뒤집는 것을 좋아했다. 그녀는 자기가 먹을 아기 팬케이크 다섯 개와 언니 몫으로 다섯 개를 만들었다. 그동안 줄리아는 커피를 끓였다. 두 사람은 부엌에 앉아서 준비한 음식을 먹었다. 그곳은 아프리카 제비꽃과 작은 도깨비 모양의 과자 통으로 둘러싸인 섬 같았다.

아침을 먹고 나서 두 사람은 설거지를 했다. 그런 다음, 청바지와 '바라트'라는 글자가 적힌 두건 달린 스웨터를 입었다. 바라트는 자매가 사는 지역에 있는 대학의 이름이다. 자매는 그 학교에 입학했지만 시간 낭비에다 공연히 아버지 돈만 낭비하는 짓이라면서 한 학기만 다니고 때려치웠다. 바라트는 자매가 세 번째로 다니게 된 대학이었다. 처음에 두 사람은 코넬 대학교에 입학했다. 줄리아는 봄 학기를 다니다가 어느 날부터인가 수업에 참석하지 않았다. 그래서 부득이하게 학교를 떠날 수밖에 없게 되자 발렌티나도 언니를 따라 집으로 돌아왔다. 일리노이 대학교에서는 1년을 다녔다. 하지만 이번에도 줄리아가 학교 기숙사로 돌아가지 않으려고 해서 결국 그만두게 되었다.

집배원이 경사면을 터덜터덜 걸어서 올라오더니 가늘고 길쭉한 홈에다 우편물을 쑤셔 넣었다. 우편물이 현관 바닥에 떨어지면서 쿵, 소리를 냈다. 떨어지는 소리로 봐서는 제법 묵직한 물건인 것 같았다. 한순간 자매의 시선이 우편물을 향했다.

줄리아가 다가가서 소포를 집어 들었다. 그녀는 식탁 위에다 가지고 온 우편물을 하나씩 펼쳐 놓기 시작했다.

"어디 보자. 포터리반(생활소품 전문점), 크레이트앤배럴(생활용품 전문기업), 컴에드(전기회사), 앤스로폴러지(여성의류 및 가정용품 체인점―옮긴이)에서 보낸 책자들이야. 그리고 엄마한테 온 편지가 하나 있고…… 어라, 우리한테 온 편지도 있네?"

자매는 우편물을 받는 일이 거의 없었다. 이제 편지 왕래는 대부분 온라인으로 이루어졌다. 발렌티나가 줄리아의 손에 들린 묵직한 봉투를 집어 들고 무게를 어림잡아 보며 종이를 쓰다듬었다. 그러자 줄리아가 다시 봉투를 낚아챘다. 두 사람은 서로의 얼굴을 쳐다보았다. 그것은 런던의 법률사무소에서 날아온 편지였다. 두 사람은 런던에 한 번도 가 본 적이 없다. 런던은커녕 미국 땅을 떠나본 적도 없다. 런던은 그들의 어머니인 에디의 고향이었지만 에디와 잭이 런던에 대해 얘기를 한 적은 거의 없다. 에디는 지금은 거의 미국인이나 마찬가지다. 그녀는 미국에서 태어나 자란 사람처럼 말했다. 풀 가족은 처음부터 영국 마을인 척하는 시카고 외곽에서 살았다. 자매는 엄마가 화를 낼 때나 어떤 점을 강조해서 말할 때는 영국인의 억양이 되살아나는 것을 알아차렸다.

"뜯어 봐."

발렌티나가 말했다. 줄리아의 손가락이 빳빳한 종이를 더듬거렸다. 그녀는 거실 창가로 건너갔다. 발렌티나가 그녀를 뒤따라왔다. 발렌티나는 줄리아의 뒤에 붙어 서서 턱을 줄리아의 어깨에 얹고 언니의 허리를 두 팔로 감쌌다. 쌍둥이 자매는 머리가 두 개 달린 소녀처럼 보였다. 줄리아는 발렌티나가 좀 더 잘 볼 수 있도록 편지를 치켜들었다.

줄리아와 발렌티나 풀
펨브리지 로드 99번지
미국 일리노이 주 레이크 포레스트
60035

줄리아와 발렌티나 풀 양에게,
두 분의 이모이신 엘스페스 앨리스 노블린 여사의 사망소식을 이렇게 알려 드리게 되어 안타까운 마음입니다. 이모님은 두 분을 한 번도 만난 적이 없지만 두 분의 건강과 행복을 항상 바라셨습니다. 지난 9월에 병으로 자신이 곧 죽음을 맞게 되리라는 사실을 아시고 이모님은 새로운 유언장을 작성하셨습니다. 유언장 사본을 첨부합니다. 두 분은 이모님의 유산 수령자입니다. 이모님은 친구들과 자선단체에 약간의 유산을 남긴 것을 제외하면 거의 전 재산을 조카인 두 분께 남기셨습니다. 두 분은 스물한 살이 되면 유산을 상속받게 될 겁니다.

유산을 상속받을 수 있는 조건은 다음과 같습니다.

1) 노블린 여사는 런던 하이게이트 보트래버스 뮤즈에 아파트를 한 채 소유하고 계십니다. 아파트는 하이게이트 공동묘지와 하이게이트 빌리지의 경계에 있습니다. 런던에서 매우 아름다운 지역이죠. 여사님은 두 분이 아파트에 들어와서 적어도 1년 동안 사는 조건으로 아파트를 두 분께 남겨 주셨습니다. 1년이 지나면 아파트를 마음대로 처분할 수 있습니다.

2) 유산 가운데 극히 일부라도 두 분의 부모님, 즉 노블린 여사의 자매인 에드위나 씨와 에드위나 씨의 남편, 잭 씨를 위해 사용되어서는 안 된다는 조건입니다. 또한 에드위나 씨와 잭 풀 씨는 아파트에 발을 들여놓을 수도 없고 아파트의 물건들을 살펴볼 수도 없습니다.

이러한 조건으로 노블린 여사의 유산을 상속받으실 용의가 있는지 알려 주시기 바랍니다. 저는 이 편지와 관련한 어떠한 질문에도 기꺼이 답변해 드리겠습니다.

노블린 여사의 유언집행인은 로버트 팬쇼 씨입니다. 만약 이모님의 유산을 받아들이시겠다면 아파트 아래층에 살고 계시는 그분이 두 분의 이웃이 될 겁니다. 팬쇼 씨는 부동산과 관련한 문제들에 도움을 주실 수도 있습니다.

그럼 안녕히 계십시오.
자비에르 로치

로치, 엘드리지, 포츠 앤 리플리 법률사무소
54D 햄스테드 하이 스트리트

햄스테드, 런던 NW3 1QA

줄리아와 발렌티나는 서로의 얼굴을 빤히 바라보았다. 줄리아가 다음 페이지로 넘겼다. 다음 장에는 에디의 필체와 너무나도 흡사한 필체로 다음과 같이 적혀 있었다.

줄리아와 발렌티나에게,
안녕? 언젠가 너희를 만날 수 있을 거라고 생각하고 있었는데 이제 그럴 수 없을 것 같구나. 왜 내가 전 재산을 너희 어머니가 아닌 너희에게 남기려고 하는지 궁금하겠지. 그건 내가 너희에게 희망을 걸고 있기 때문이란다. 그게 아마 가장 그럴 듯한 이유일 거야. 너희가 내 아파트에서 어떻게 살아갈지 무척 궁금하구나. 거주 조건을 달고 유산을 남기면서 나는 매우 흥미로운 일이 될 거라고 생각했단다.
너희 어머니와 나는 지난 21년간 소원하게 지내 왔단다. 그 이유는 너희 어머니한테 물어보도록 해라. 아마 너희 어머니가 대답해 줄 수 있을 거야. 유산 상속 조건이 다소 까다롭다고 생각할지 모르겠다만 그런 조건으로 유산을 받아들일지 말지는 너희 스스로 결정할 수밖에 없을 거야. 나는 이 일로 너희 가정에 불화를 일으키고 싶은 생각은 추호도 없어. 나는 내 평생의 기록을 지키고 싶을 뿐이란다. 죽어 가는 마당에 아쉽게 생각되는 게 있다면 내가 이 세상에서 지워지고 있다는 느낌을 받기 시작했다는 거야. 그리고 내가 죽고 나면 어떤 일이 일어날지 알 수 없다는 게 너무 안타까워.
나는 너희가 내 유산을 받아 주길 바란다. 너희가 내 아파트에 들어와서 사는 모습을 생각하면 무척 기쁘단다. 이런 얘기를 하면 너희가 결정을 내리는 데 도움이 될지 모르겠지만 내 아파트는 제법 넓고 재미있는 책들로 가득하단다. 런던은 물가가 조금 비싼 게 흠이지만 정말 살기 좋은 곳이란다. 너희 엄마한테 들었는데 대학을 중도에 포기하고 독학을 한다며? 그 말이 맞는다면 정말 이곳에서 재미있게 살 수 있을 거야.

너희가 어떤 결정을 내리더라도 나는 너희가 행복하길 간절히 바라고 있다.

그럼, 안녕.

엘스페스 노블린

그 뒤에 종이가 몇 장 더 있었지만 줄리아는 서류를 내려놓고 거실을 서성거리기 시작했다. 발렌티나는 안락의자의 등받이에 걸터앉아 줄리아가 소형 탁자와 소파 사이를 오가다가 나중에는 생각에 잠겨 부엌 식탁을 여러 번 도는 모습을 지켜보았다. 발렌티나는 런던에 대해 생각했다. 어둡고 거대한 도시라는 생각이 들었다. 런던이라는 단어는 덩치가 엄청나게 큰 검정개를 연상시켰다. 그때 줄리아가 걸음을 멈추고 돌아서더니 발렌티나를 향해 이를 드러내며 씩 웃었다.

"꼭 동화 속 이야기 같아."

줄리아가 말했다.

"공포 영화 같기도 해. 우리가 착하고 순진한 소녀들 같지 않니?"

발렌티나가 말했다. 줄리아는 고개를 끄덕이며 다시 서성이기 시작했다.

"먼저 여주인공들의 부모를 제거하고, 그다음에는 아무것도 모르는 여주인공들을 낡고 무시무시한 저택으로 끌어들이는……"

"그냥 아파트라고 했잖아."

"아무튼. 그렇게 끌어들여서……"

"연쇄살인범?"

"매춘부를 만들어 버리는 거 아닐까? 백인 노예 말이야."

"헨리 제임스(1843~1916, '영어로 쓴 가장 뛰어난 소설' 중의 하나로 평가받은 장편『어떤 부인의 초상』을 비롯해 자신의 작품 해설을 모은 소설 이론서『소설의 기교』등을 집필한 미국 소설가 겸 비평가―옮긴이)의 작품 내용과 비슷한 것 같아."

"이제 더 이상 폐결핵으로 죽는 사람은 없을 거야."

"제3세계에서는 그렇게 죽는 사람들이 있어."

"영국은 의료보장제도가 잘 돼 있잖아."

"아무튼 엄마아빠가 알면 허락 안 하실 거야."

발렌티나가 말했다.

"부모님한테는 비밀로 해야 돼."

줄리아는 그렇게 말하고 나서 식탁을 손바닥으로 쓸어 보다가 빵 부스러기를 발견했다. 그녀는 부엌으로 들어가 행주에 물을 적셔 가지고 와서 식탁을 닦았다.

"우리가 유산을 안 받는다고 하면 어떻게 될까?"

발렌티나가 물었다.

"나도 모르겠어. 편지 어딘가에 그럴 경우에 어떻게 할 것인지 분명히 적혀 있을 거야. 설마 유산을 안 받는다는 생각을 하는 건 아니겠지? 이건 정말 우리가 그토록 기다리고 기다리던 기회야."

"그게 뭐니, 얘들아?"

에디가 거실과 복도 사이의 아치 밑에 서서 실눈으로 그들을 바라보고 있었다. 머리가 온통 헝클어져서 몰골은 말이 아니었다. 양쪽 볼은 누가 꼬집은 것처럼 벌게져 있었다.

"편지가 왔어요."

줄리아가 대답했다. 발렌티나가 탁자에 놓인 편지를 집어 들고 자기 엄마한테 가져갔다.

"일단 커피부터 한 잔 마시고 뜯어 봐야겠다."

에디가 발송인 주소를 들여다보더니 말했다. 발렌티나가 자기 엄마한테 커피를 가져다주러 부엌으로 들어갔다.

"줄리아, 가서 너희 아빠 깨워라."

에디가 말했다.

"음……."

"내가 일어나라고 했다고 말씀드려."

줄리아가 복도를 깡충깡충 뛰어갔다. 발렌티나는 언니가 부모님의 침실 문을 열면서 "아빠아아아아" 하고 고막이 찢어져라 소리 지르는 것을 보았다. 그렇게 소리를 지르느니 차라리 얼음을 깨는 송곳으로 아빠를 깨우는 편이 낫지 않을까 싶었다. 에디는 편지를 읽으려고 안경을 찾으러 갔다. 잭이 식당으로 터덜터덜 걸어 들어왔을 때, 에디는 편지의 앞쪽 몇 장을 읽고 이제 유언장을 읽으려는 참이었다.

잭 풀은 한때 미남이었다. 촌스럽긴 했지만 대학시절에는 운동도 제법 잘했다. 검은 머리에는 이제 흰 머리카락이 하나둘 생기기 시작했다. 그는 은행의 동료들보다 길게 머리를 길렀다. 키가 제법 커서 몸집이 작은 아내와 두 딸을 항상 내려다보았다. 하지만 세월이 흘러 몸매도 망가지고 피부도 꺼칠꺼칠해졌다. 허리둘레도 늘어났다. 주중에는 정장을 입고 있는 시간이 많아 불편했다. 그래서 주말이면 아무 옷이나 걸치고 편안하게 지내고 싶어 했다. 지금 그는 구식 밤색 가운을 걸치고 큼지막한 양가죽 슬리퍼를 신고 있다.

"피, 파이, 포, 펌(『잭과 콩나무』에서 잭이 거인의 집에 숨어들자 거인이 냄새를 맡으면서 으르렁거리는 소리—옮긴이)."

잭이 중얼거렸다. 그것은 '커피 좀 줘. 안 주면 잡아먹고 말 테다'라는 의미로 그가 옛날에 자주 하던 농담이었다. 나머지 부분은 쌍둥이 딸이 아주 어릴 적에 잊어버렸다. 줄리아가 커피를 잔에 따라서 자기 아빠의 앞에 내려놓았다.

"자, 일어났어. 근데 왜 이리 소란이지?"

"엘스페스 언니한테서 편지가 왔어요."

에디가 말했다.

"우리 아이들에게 유산을 남기면서 우리한테서 떼어 놓으려고 하네요."

"뭐라고?"

잭이 손을 내밀자 에디는 편지의 일부를 그에게 건넸다. 두 사람은 자리에 나란히 앉아 편지를 읽었다.

"우리에게 앙심을 품었나 보군."

잭은 별로 놀라지도 않고 감정이 실리지 않은 목소리로 말했다. 줄리아와 발렌티나는 식탁에 앉아 부모님을 지켜보았다.

'엄마아빠와 이모 사이에 대체 무슨 일이 있었던 걸까? 엘스페스 이모는 왜 엄마아빠를 싫어하는 걸까? 또 엄마아빠는 왜 이모를 싫어하지? 우리가 비밀을 밝혀 보자.'

자매는 그런 생각을 하면서 서로의 얼굴을 빤히 바라보았다. 잭은 편지를 다 읽고 나서 가운 주머니를 더듬거리며 담배와 라이터를 찾았다. 그는 담배를 식탁에 꺼내 놓기만 하고 불은 붙이지 않았다. 그가 발렌티나를 힐끗 쳐다보자 그녀가 얼굴을 찌푸렸다. 잭은 손을 담뱃갑 위로 내밀며 아직 담배에 불을 붙이지 않았다는 몸짓을 해 보였다. 발렌티나는 스웨터 주머니에서 니코틴 흡입기를 꺼내 탁자에 내려놓으며 아버지에게 미소를 지었다.

에디가 발렌티나를 쳐다보았다.

"너희가 유산을 안 받겠다고 하면 유산의 대부분은 자선단체로 들어가게 돼."

그녀가 말했다. 쌍둥이 자매는 자기들의 대화 내용을 엄마가 얼마큼이나 엿들었을지 궁금했다. 에디는 이제 유언장에 딸린 서류들을 읽어 보고 있었다. 거기에는 로버트 팬쇼라는 사람에게 아파트에 있는 모든 개인적인 자료들, 이를테면 일기장, 편지 그리고 사진 따위를 치워 달라고 부탁하면서 그런 자료를 그에게 유산으로 남긴다는 내용이 적혀 있었다. 에디는 자신과 언니에 관한 과거 기록을 모두 맡기려는 로버트라는 사람이 대체 누구며 무엇을 하는 사람인지 궁금했다. 하지만 중요한 것은 쌍둥이 조카들이 아파트에 도착하기 전에 모든 자료를 치우도록 했다는 사실이다. 에디는 쌍둥이 딸들이 언니가 남긴 자료를 혹시라도 보게 될까 봐 가장 두려웠다.

잭은 편지를 식탁에 내려놓았다. 그는 의자에 등을 기대고 아내를 바라보았다. 에디는 얼굴을 찌푸린 채 유언장을 다시 읽어 보고 있었다. 잭은 그런 아내를 보고 별로 놀라지 않는 것 같다고 생각했다. 줄리아와 발렌티나는 에디가 편지를 읽는 모습을 지켜보고 있었다. 줄리아는 넋을 잃은 표정이었고 발렌티나는 초조한 표정을 짓고 있었다. 잭은 한숨을 내쉬었다. 지금껏 그는 집에만 틀어박혀 있는 두 딸을 세상으로 내보내려고 애썼다. 하지만 그가 마음에 두고 있는 세상은 대학이었다. 그것도 전액 장학금을 받아 가며 아이비리그의 어느 대학에서 공부하기를 바랐다. 비록 전체적으로 성적이 고르지 못했고 지금까지의 성적을 보낸다면 입학사정관이 주저할지도 모르겠지만 쌍둥이 자매의 수능시험 성적은 거의 완벽에 가까웠다. 그는 두 딸이 하버드나 예일, 또는 사라 로렌스 대학에 들어가서 열심히 공부하는 모습을 상상했다. 베닝턴 대학이라도 들어가면 다행일 거라는 생각도 했다. 발렌티나는 자기 아빠를 힐끗 쳐다보고 나서 거의 눈에 보이지도 않는 눈썹을 약간 치켜뜨며 빙그레 웃었다. 잭은 마지막으로 처형을 보았을 때를 머리에 떠올렸다. 그때 처형은 공항에서 줄을 서서 눈물을 흘리고 있었다.

'너희는 이모를 기억 못할 거야. 그 여자가 무슨 일을 꾸밀 수 있는지 너희는 전혀 모르고 있어.'

그는 속으로 생각했다. 엘스페스가 죽었다니 마음이 놓였다.

'노블린 여사, 나는 당신이 아직도 속임수를 준비해 두고 있는 줄

은 까마득히 몰랐어.'

그는 절대로 엘스페스를 과소평가하지 않았다. 자리에서 일어나 담배와 라이터를 집어 들고 서재로 걸어갔다. 문을 닫고 등을 문에 기댄 채 담배에 불을 붙였다.

'어쨌든 당신은 이제 죽었어.'

담배 연기를 깊게 빨아들이고 나서 연기를 천천히 콧구멍으로 흘려보냈다.

'노블린 자매 가운데 하나를 처치하기가 이렇게 힘이 드는군.'

그런 생각을 하면서 자신이 두 자매 가운데 동생과 남게 된 사실에 감사했다. 그는 담배를 피우면서 사태가 엉뚱한 방향으로 흘러갈 가능성에 대해 생각해 보았다. 식당으로 돌아갔을 때쯤에는 안정을 되찾았다. 기분도 좋아졌다. 확실히 니코틴이 효능을 발휘했다고 생각했다.

에디는 허리를 펴고 꼿꼿한 자세로 앉아 있었다. 쌍둥이 자매는 앞으로 몸을 기울인 채 식탁에 팔꿈치를 대고 양손으로 턱을 괴고 있었다. 발렌티나가 고개를 한쪽으로 기울이고 있을 때 줄리아가 입을 열었다.

"이모를 한 번도 본 적이 없는데 왜 이모는 엄마가 아닌 우리한테 유산을 남기려는 걸까요?"

잭이 다가가 자리에 앉는 동안 에디는 두 딸을 가만히 바라보기만 했다.

"어째서 우리를 한 번도 런던에 데려가지 않았어요?"

이번에도 줄리아가 말했다.

"데려갔었어."

에디가 대꾸했다.

"너희가 태어난 지 넉 달밖에 안 되었을 때 일이야. 너희는 런던에 가서 할머니와 엘스페스 이모를 만났단다. 그해 말에 할머니는 돌아가셨지."

"정말이에요? 엄마가 데려가셨어요?"

에디는 자리에서 일어나 복도로 나갔다. 그녀는 복도를 걸어가서 침실로 들어가더니 몇 분 동안 나오지 않았다.

"그때 아빠도 가셨어요?"

발렌티나가 물었다.

"난 안 갔어. 나는 너희 외갓집에서 반기는 손님이 아니었거든."

잭이 말했다.

"아니, 왜요?"

에디가 여권 두 개를 손에 들고 돌아왔다. 그녀는 발렌티나와 줄리아에게 여권을 하나씩 건넸다. 자매는 여권을 펼치고 거기에 붙어 있는 자신들의 얼굴을 빤히 들여다보았다. 두 자매는 여태껏 한 번도 보지 못한 아기 사진을 들여다보며 묘한 기분을 느꼈다. 여권에는 스탬프가 두 개 찍혀 있었다. 하나는 1984년 4월 27일, 히드로 공항에서 찍은 것이고 다른 하나는 1984년 6월 30일, 시카고 오헤어 국제공항에서 찍은 것이다. 그들은 여권을 서로 바꾸어 사진을 비교해 보았다. 이름만 적혀 있지 않으면 누가 누구인지 전혀 분간을 할 수 없을 것 같았다.

줄리아는 생각했다.

'어쩜 우리는 이렇게 서로 닮았을까?'

자매는 여권을 식탁에 내려놓고 에디를 바라보았다. 에디의 가슴이 방망이질을 했다.

'너희는 몰라. 묻지도 마. 너희는 몰라도 돼. 그냥 내버려 둬. 제발 이대로 나를 내버려 둬.'

그녀는 속으로 그렇게 말하고 있었다. 그녀는 무표정한 얼굴로 자매를 빤히 바라보았다.

"왜 이모는 엄마한테 유산을 남기지 않았을까요?"

발렌티나가 물었다. 에디가 잭을 힐끗 바라보았다.

"그건 나도 모르겠어. 너희 이모한테 직접 물어봐."

"너희 엄마는 거기에 대해 얘기하고 싶지 않으신가 보다."

잭이 옆에서 한마디 거들었다. 그는 식탁 위에 흩어져 있는 종이들을 긁어모아 정리를 해서 줄리아에게 건넸다.

"아침 메뉴는 뭐지?"

그가 자리에서 일어서며 물었다.

"팬케이크예요."

발렌티나가 말했다. 그들은 모두 자리에서 일어나 여느 토요일 아침처럼 행동하려고 애썼다. 에디는 커피를 조금 더 잔에 따라서 양손으로 잔을 들고 천천히 마셨다. 발렌티나는 그 모습을 보고 엄마가 무엇인가를 두려워하고 있다고 생각했다. 그런 생각을 하자 자신도 두려워지기 시작했다. 줄리아는 물이 불어나기 시작하는 강을 건너는 것처럼 유언장을 머리에 얹고, 마치 춤을 추듯 가벼운 발걸음으로 복도를 걸어갔다. 그녀는 침실로 들어가서 문을 닫았다. 그린 다음, 두꺼운 양탄자 위에서 펄쩍펄쩍 뛰면서 양 주먹을 머리 위의 허공을 향해 뻗으며 낮게 소리쳤다. 됐어! 됐어! 이제 됐다구!

그날 밤, 자매는 줄리아의 침대에서 얼굴을 마주 보고 누웠다. 발렌티나의 침대는 사용을 하지 않았는데도 구겨져 있었다. 발을 서로 맞대고 있던 그들은 해초와 어떤 달콤한 냄새를 흐릿하게 맡을 수 있었다. 그들은 새로운 바디로션을 시험하는 중이다. 거센 밤바람에 집에서 삐걱거리는 소리가 들려왔다. 그들의 침실은 연철로 만든 침대 머리판 주위에 놓아둔 여러 개의 파란색 촛불 덕택에 흐릿하게 밝혀져 있었다.

줄리아는 눈을 떴을 때, 자신을 빤히 바라보고 있는 발렌티나를 발견했다.

"아가씨, 안 자고 뭐해?"

"두려워서."

발렌티나가 속삭이듯이 말했다.

"그렇겠지. 이해해."

"언니는 안 두려워?"

"응."

발렌티나는 눈을 감았다.

'그래, 두려워할 게 뭐가 있어?'

그녀는 생각했다.

"멋지잖아. 우리 아파트가 생기는 거야. 한동안 일을 안 해도 되고. 게다가 원하는 것은 무엇이든 할 수 있어. 이런 걸 완전한 자유라고 하는 거 아니겠어?"

"완전한 자유? 무엇을 할 수 있는 자유 말이야?"

줄리아가 바닥에 등을 대고 바로 누웠다. 그녀는 동생이 아직 순진해서 아무것도 모른다고 생각했다.

"그곳에 들어가서 나랑 너랑 같이 사는 거야. 그 밖에 뭐가 더 필요해?"

"나는 대학으로 돌아갈 생각을 하고 있었어. 언니도 그러겠다고 약속했잖아."

"런던에 있는 대학을 다니면 되지."

"하지만 그러려면 1년이나 기다려야 되잖아."

줄리아는 아무런 대꾸도 하지 않았다. 발렌티나는 줄리아의 귀를 빤히 들여다보았다. 어두컴컴한 귓구멍은 줄리아의 뇌로 이어지는 작고 신비한 터널 같았다.

'내가 몸집이 콩알보다 작다면 저 귓구멍으로 기어들어가 무엇을 해야 하는지 언니한테 말해 줄 텐데. 그러면 언니는 무슨 일을 하든 본인의 아이디어라고 생각하겠지.'

"딱 1년이야. 아파트가 마음에 들지 않으면 팔아 버리고 돌아오면 돼."

발렌티나는 아무런 대꾸도 하지 않았다.

잠시 뒤에 줄리아는 동생의 손을 잡고 손깍지를 꼈다.

"우리는 준비를 해야 돼. 유럽에 가서 맥도날드에서만 끼니를 해결하고 그 지역 언어 대신 영어를 지껄이는 바보 같은 애들하고는 달라야 한단 말이야."

"하지만 영국에서는 영어를 사용하잖아."
"내 말이 그 말이야, 이 아가씨야. 영국 영어를 배워야 한다니까."
"알았어."
"좋아."

그들은 어깨를 붙이고 나란히 누웠다. 둘은 서로의 손을 맞잡았다. 발렌티나는 런던에 가면 좀 더 큰 침대에서 잘 수 있을지도 모른다고 생각했다. 줄리아는 천장에 매달린 홈데포(가정용 건축자재 유통 회사—옮긴이)에서 만든 낡은 전등을 멍하니 쳐다보면서 앞으로 알아보아야 할 것들을 머릿속에 나열해 보았다. 환율, 예방접종, 축구, 영국 왕실⋯⋯.

발렌티나는 줄리아의 침대에 누워서 줄리아의 귓속에 대해 생각했다. 자신의 귀와 언니의 귀는 정반대였다. 만약 자신의 귀를 언니의 귀에 갖다 대면 그 안에 갇힌 소리는 끊임없이 앞뒤로 오가며 진동을 할지 궁금했다.

'내가 소리를 뒤로 듣게 될까? 런던이라면 어떨까? 런던에서는 차가 반대쪽으로 달린다는데 차량들이 일으키는 소음은 어떻게 들릴까? 내가 앞으로 들으면 언니는 뒤로 듣게 되겠지. 런던은 여기와 모든 게 정반대인지 몰라. 나는 앞으로 하고 싶은 일을 하며 살 거야. 이제 어느 누구도 나한테 이래라저래라 할 수 없어.'

발렌티나는 줄리아의 숨소리에 귀를 기울였다. 그녀는 언니 없이 자기 혼자 이 세상에 남게 된다면 무엇을 할지 상상해 보려고 애썼다. 하지만 자신은 혼자서 무슨 일을 해 본 적이 지금껏 한 번도 없다. 그래서 어떤 계획을 짜는 것도 무척 힘이 들었다. 그녀는 생각을 하다가 지쳐서 결국 포기했다.

에디는 침대에 누워 잭이 잠이 들기를 기다렸다. 잭이 코를 심하게 골아 평소 같으면 그녀 자신이 먼저 잠에 빠져들려고 노력을 했는데 오늘 밤에는 달랐다. 가슴이 너무나 두근거려서 잠을 이루려고 애써 본들 소용이 없을 것 같았다. 결국 그녀는 옆으로 돌아누웠다. 잭이 두 눈을 동그랗게 뜨고 그녀 쪽으로 몸을 돌렸다.

"괜찮을 거야."

잭이 말했다.

"예전에도 애들하고 떨어져 봤는데 괜찮았잖아."

"이번에는 달라요."

"엘스페스라서?"

"그렇기도 하고…… 거리가 너무 멀잖아요. 런던에는 보내고 싶지 않아요."

잭이 그녀의 허리에 팔로 두르자 그녀는 남편의 품속으로 파고들었다.

'나는 안전해. 잭의 품은 안전하단 말이야.'

그녀에게 잭은 방공호이자 인간 방패였다.

"우리가 코넬에 있었을 때 기억나? 집에서 단 둘이서 생활할 때 얼마나 좋았어?"

"기억나요."

그것은 새로운 발견이었다. 아이가 생기기 전의 신혼 생활은 정말 꿈만 같았다. 어쨌든 한동안은 그렇게 꿈에 젖어 살았다.

"이제 애들도 스무 살이야. 일찌감치 독립을 했어야 해. 두 애를 서로 다른 학교에 보냈어야 하는데 잘못했어."

잭의 말에 에디는 한숨을 쉬었다.

'당신은 이해를 못해요.'

그녀는 속으로 생각했다.

"이제 와서 그런 소리 하면 뭐 해요. 어쨌든 엘스페스 언니 덕분에 애들이 독립을 하게 됐네요."

"당신 언니가 우리한테 호의를 베풀었는지도 몰라."

에디는 아무 대꾸도 하지 않았다.

"내가 기억하기로는 당신이 애들 나이였을 때 당신도 독립을 하고 싶어서 발버둥을 쳤어."

"그땐 사정이 달랐어요."

그는 아내가 계속 말을 할까 싶어 기다렸다. 그녀가 더 이상 말이 없자 그는 아주 낮은 소리로 말했다.

"왜? 무슨 사정이 달랐다는 거지?"

하지만 그녀는 굳게 입을 다물고 눈을 감았다.

"나한테는 얘기해도 되잖아."

그녀는 눈을 뜨고 미소를 지었다.

"할 얘기가 없어요."

그녀는 다시 돌아누웠다.

"이제 눈을 붙여야죠."

그는 아내가 비밀을 털어놓을 듯하다가 입을 닫아 버리자 김이 빠졌다. 아내의 행동을 보고 실망을 했는지, 아니면 안심을 했는지 스스로도 잘 몰랐다.

"알았어. 잘 자."

그가 말했다. 그들은 상대방의 숨소리에 귀를 기울이며 한참 동안 그렇게 누워 있었다. 그러다가 어느 순간, 잭이 코를 골기 시작하자 에디는 혼자만의 생각에 잠겼다.

표백제

인터넷의 발명 덕분에 마틴은 바깥세상을 포기할 수 있었다. 좀 더 정확하게 말하면 인터넷 덕분에 바깥세상이 자신의 세상, 즉 아파트 안에서 활발하게 돌아가는 세상의 보조 시스템 역할을 하도록 만들 수 있었다.

마틴은 마레이케가 자신을 버리고 떠날 거라고는 전혀 예상하지 못했다. 거의 25년 동안, 그녀는 그의 까다로운 의식이나 습관을 묵묵히 받아들였고 점점 더 심해지는 강박행동을 방조했다. 그런데 지금에 와서 그녀가 자신을 두고 떠난 사실을 그는 좀체 이해할 수 없었다. 그녀는 그를 보고 이렇게 말한 적이 있다.

"당신은 말썽꾸러기 애완동물 같아요. 집 밖에는 통 나가지 않고 밤이고 낮이고 집에만 들어앉아 같은 지점을 훑고 있는 인간 다람쥐 같다니까요. 난 창문을 열 수 있었으면 좋겠어요. 발에 비닐봉지를 덮어씌우지 않고 집으로 들어오고 싶다고요."

그들은 이런 대화를 부엌에서 나누었다. 창문은 테이프와 신문지로 단단히 가려져 있었다. 또 두 사람 모두 양말 위에 비닐봉지를 덮어씌우고 있었다. 마틴의 손에는 아무것도 들려 있지 않았다. 마레이케의 주장을 반박할 수 있는 도구나 무기가 없었다. 자신이 인간 다람쥐나 다름없다는 사실을 그도 잘 알고 있었다. 그렇지만 그런 자기를 두고 떠나 버리면 누가 돌봐주겠는가?

"당신은 전화와 컴퓨터를 가지고 있는 쉰세 살 박사라고요. 당신은 괜찮을 거예요. 로버트한테 쓰레기를 버려 달라고 부탁하세요." 그 말을 하고 이틀 뒤에 그녀는 집을 나가 버렸다.

그녀는 2주 동안 먹고 버틸 수 있는 냉동식품을 준비해 두었다. 그리고 웹사이트와 전화번호의 목록을 남겨 두었다. 세인즈베리(영국의 대형 슈퍼마켓 체인점—옮긴이)에서는 식료품과 세척용품을 배달해 주었고 막스앤스펜서에서는 내의와 양말을 보내왔다. 로버트가 와서 편지도 부쳐 주고 쓰레기를 가지고 내려가 버려 주었다.

하루가 끝날 무렵에 돌이켜보면 그렇게 살아도 별로 불편한 점을 느낄 수 없는 것 같았다. 이제 그는 자기 자신만 신경 쓰면 되었다. 마레이케가 보고 싶어 미칠 것 같다가도 그녀의 책망하는 눈빛, 커다란 한숨 소리 그리고 방에 들어올 때 첫발을 잘못 들여놓아 방에서 나가 다시 들어오라고 부탁할 때면 화난 듯 눈알을 굴리던 모습을 생각하면 보고 싶은 마음도 싹 사라졌다. 인터넷으로 수술용 고무장갑 5천 장을 구입할 때도 눈살을 찌푸리고 쏘아보는 마레이케가 곁에 없으니 편했다. 그는 고무장갑을 사는 김에 혈압을 재는 장비 일체와 방독면 그리고 화학무기에도 견딜 수 있다고 선전하는 사막의 위장용 낙하산 강하복까지 구입했다.

그뿐 아니라 다른 사이트로 들어가서 50리터짜리 표백제 네 통을 주문했다. 그 때문에 로버터가 그의 집으로 달려왔다.

"마틴, 어떤 사람이 아래층에 표백제를 엄청 가져왔어요. 마틴이 주문을 했다고 하더라고요. 그래서 서명을 해야 된대요. 그렇게나 많은 표백제를 집에 놓아둬도 안전할까요? 표백제를 잘못 사용해서 손을 다치는 사진들이 수도 없이 용기에 붙어 있고 경고문도 많았어요. 정말 괜찮겠어요?"

마틴은 오히려 잘 되었다고 생각했다. 그는 항상 표백제가 부족했다. 그는 로버트에게 조심해서 사용하겠다는 말만 하고 표백제를 부엌으로 가져다 달라고 부탁했다.

마틴은 인터넷에 빠져들면 들수록 그 편리함을 깨달았다. 약간의 수수료만 지불하면 집으로 무엇이든 배달시킬 수 있었다. 피자, 담배, 맥주, 놓아 기른 닭의 달걀, 일간지 「가디언」, 우표, 백열전구, 우유. 무엇이든 가능했다. 그보다 더 많은 것들도 필요할 때마다 주문할 수 있었다. 그는 인터넷 서점 아마존에 수십 권의 책을 주문했다. 얼마 지나지 않아 복도에는 뜯지도 않은 상자들이 잔뜩 쌓였다. 그는 롱 에이커(런던 코벤트 가든 구역의 거리 이름—옮긴이)에 있는 지도 가게인 스탠포드에 들어가 여행관련 상품들을 둘러보고 여행서적을 읽던 때가 그리웠다. 그래서 인터넷을 검색하다가 우연히 가게의 홈페이지를 발견했을 때는 뛸 듯이 기뻤다. 그로부터 불과 며칠 만에 갖가지 지도와 마틴이 이때껏 한 번도 가 보지 못한 지역에 관한 여행안내서가 도착하기 시작했다. 여기에 고무되어 마틴은 스탠포드에 있는 암스테르담 관련 책자는 모조리 주문했다. 그는 침실의 벽을 암스테르담 지도들로 도배해 버렸다. 그는 마레이케의 이동 경로로 짐작되는 곳을 손가락으로 더듬어 보았다. 그는 그녀가 조르단 지구(과거 유태인이 많이 살던 지역으로 안네 프랑크의 집이 있다—옮긴이)에 살고 있다고 추측했다. 마틴 자신은 모르고 있었지만 그것은 옳은 추측이었다. 그는 지도를 보며 상상의 나래를 펼쳤다. 마레이케에게 심부름을 시키자 그녀는 운하를 따라 자전거를 타고 가서 자기가 좋아하는 갖가지 채소를 산다. 그녀가 고르는 것들은 하나같이 괴상한 것으로 회향(허브의 일종), 돼지감자(일명 '뚱딴지'라고 하는 식물로 요리할 때 넣는다), 로켓(주로 샐러드로 먹는 허브) 등이다. 모두 마틴이 입에도 대지 않는 채소들이고 그는 그것들 가운데 어느 것도 음식으로 간주하지 않았다. 그는 지금껏 차, 토스트, 달걀, 육류, 감자, 맥주, 카레, 쌀 그리고 피자만 먹고 살았다. 또 그는 푸딩도 무척 좋아했다. 하지만 그의 상상 속에서 마레이케는 암스테르담의 노천시장만 기웃거리며 자전거에 붙은 바구니에 프리지아와 꼬마 양배추만 담고 있다. 그는 30년 전에 마레이케와 함께 그곳을 거닐었던 일을 떠올렸다. 그때는 아름다운 봄밤이었다. 두 사람은 서로에게 흠뻑 빠져 있었다. 암스테르담은 고요했고 배와 갈매기 울음소리가 운하를 따라 늘어서 있는 17세기의 저택들에 부딪혀 튕겨 나오고 있었다. 그것은 마치 과거를 재생하는 녹음된 소리 같았다. 마틴은 서서 마레이케가 현재 근무하고 있는 라디오 방송국을 집게손가락 끝으로 짚어 보았다. 눈을 감고 그녀의 이름을 나지막하게 불러

보았다. 입술을 달싹거리며 그녀의 이름을 수십 번이나 불렀다. 그렇게 해야지 그녀에게 전화를 걸고 싶은 욕구를 억누를 수 있을 것만 같았다. 그런 방법은 종종 효과가 있었다. 하지만 어떤 때는 참지 못하고 그녀에게 전화를 걸었다. 그녀는 그의 전화를 한 번도 받지 않았다. 그는 마레이케가 휴대전화의 폴더를 열어 보고 그의 번호가 찍힌 것을 확인하고는 인상을 쓰면서 탁 닫아 버리는 모습을 상상했다.

마틴의 책상은 엉망진창이 되어 버린 아파트에서 그나마 멀쩡한 공간이었다. 그는 자신의 작업공간을 강박행동을 유발하지 않는 곳으로 만드는 데 성공했다. 책상에 앉아 있는데 어떤 강박관념이 밀려와 괴로울 때는 자리에서 곧바로 일어나 아파트의 다른 곳으로 가서 해소하곤 했다. 일을 시작하고 끝마칠 때에 치르는 청소 의식만 제외하고 마틴은 책상을 평화롭고 고요한 오아시스로 유지할 수 있었다. 컴퓨터는 일을 할 때만 사용했다. 이메일은 편집자나 교정·교열 담당자와 연락을 취할 때만 사용했다. 그는 십자말풀이를 출제하는 것 외에도 다양한 고대어를 현대어로 번역하는 일도 했다. 또 어떤 온라인 토론 모임에도 소속되어 있었다. 그 모임은 전 세계의 학자들이 다양한 교재를 놓고 토론을 벌이는 곳으로 토론 모임에 속해 있지 않은 번역가들의 작품을 마음껏 조롱함으로써 자기들끼리 재미를 느끼는 공간이었다.

그렇지만 이제 인터넷은 그가 소중하게 생각하는 작은 섬과 같은 책상을 방해하기 시작했다. 그는 자기도 모르게 인터넷 경매 사이트 이베이에서 수족관 여과장치를 살펴보는가 하면, 거의 십 분

만에 한 번씩 인터넷 서점 아마존에 들어가 자신의 십자말풀이 책들이 얼마나 잘 팔리고 있는지 확인하게 되었다. 판매순위는 형편없었다. 그의 책들은 673,082위와 822,457위에 머물러 있었다. 가장 최근에 나온 책이 9,326위까지 치고 올라가 그중에 그나마 나았다. 순위를 확인하고 나서 그는 행복한 오후를 보낼 수 있었다. 하지만 잠자리에 들기 전에 마지막으로 확인했을 때는 순위가 787,733위로 밀려나 있었다.

마틴은 인터넷을 검색하다가 자신의 욕정과 다른 여자들의 탐욕을 동시에 충족시킬 수 있는 수많은 음란사이트를 찾아냈지만 그곳에서 마레이케는 발견할 수 없었다. 그는 구글로 들어가서 그녀를 몇 번이나 검색해 보았지만 그녀에 관한 정보는 전혀 뜨지 않았다. 그녀는 실제 세계에서만 존재하는 특이하고 보기 드문 사람 같았다. 그녀는 자기 이름으로 어떤 글을 쓰거나 상을 받은 적이 한 번도 없었다. 그뿐 아니라 전화번호도 검색이 안 되도록 해 놓았고 대화방이나 메신저, 이메일도 이용하지 않는 것 같았다. 그는 마레이케가 직장 안에서는 분명히 이메일을 사용할 거라고 생각했다. 하지만 그녀는 라디오 방송국의 연락망에조차 이름을 올려놓지 않았다. 인터넷으로만 본다면 마레이케는 이 세상에 아예 존재하지 않는 사람이었다.

하루하루 지나면서 마틴은 마레이케라는 여자가 정말로 자신과 같이 살았는지, 정말 자기한테 키스도 하고 봄에 관한 네덜란드의 시를 읽어 주었는지 의심이 들기 시작했다. 몇 달이 지났다. 그동안 그는 십자말풀이와 번역에 매달렸다. 숫자를 세어 가며 피가 날 정도로 손을 씻고 나서 그런 자신의 버릇을 탓하기도 했다. 날마다 냉동식품을 전자레인지에 데웠고 음식을 먹는 동안 곁눈으로는 책을 읽었다. 빨래도 손수 했다. 옷감은 표백제를 너무 많이 사용해서 점점 닳아 갔다. 어떤 때는 창밖에서 날씨 소리도 들을 수 있었다. 비와 진눈깨비가 내렸고 아주 드물게 천둥과 바람소리도 들렸다. 때때로 가지고 있는 모든 시계를 멈춰 버리면 무슨 일이 벌어질지 궁금했다. 사이버 세상은 시간의 영역 밖에서 돌아가고 있었다. 마틴은 하루 24시간 사이버 세상에서만 돌아다닐지도 모른다고 생각했다. 그런 생각을 하자 우울해졌다. 마레이케가 없으면 그는 한낱 이메일 주소에 불과했다.

  마틴은 밤마다 침대에 누워서 자기 침대에 누워 있는 마레이케의 모습을 머리에 그려 보았다. 지난 몇 년 동안 그녀는 통통하게 살이 붙었다. 그는 그녀의 풍만한 몸매가 마음에 들었다. 이불을 덮어 쓰고 있는 그녀의 몸에서 느껴지는 온기가 좋았다. 그녀는 이따금 낮게 코를 골았다. 마틴은 어둠 속에서 귀를 기울였다. 암스테르담에 있는 그녀의 침실에서 흘러나오는 얕은 숨소리까지 들을 수 있을 것 같았다. 그는 그녀의 이름을 연거푸 불러 보았다. 이름이 아무 의미 없는 소리로 들릴 때까지 계속해서 낮게 중얼거렸다. 이제 그녀의 이름은 쓸쓸함이라는 사전에 기재되었다. 그는 침대에 혼자 누워 있을 마레이케를 생각했다. 지금껏 한 번도 그녀가 다른 사람을 만났을 거라는 생각은 하지 않았다. 그런 의문은 감히 품을 수조차 없었다. 그는 마레이케의 모습을 하나도 놓치지 않고 머리에 그렸다. 베개를 베고 있는 그녀의 얼굴에는 주름이 졌고, 담요에 덮인 엉덩이의 완만한 곡선이 손만 뻗으면 닿을 것 같았다. 그러다가 자기도 모르게 잠에 빠져들었다. 잠을 자는 동안 그는 자주 깼는데 깨어 보면 항상 눈가가 촉촉하게 젖어 있었다.

  날이 가면서 마레이케의 얼굴을 정확하게 떠올리는 일이 점점 더 힘들어지는 것을 깨달았다. 그는 당황했다. 급기야 그녀의 사진을 아파트 곳곳에 수십 장이나 붙여 놓았다. 그런데 그것은 사태를 더욱 악화시키고 말았다. 이제 그의 기억은 이미지로 대체되기 시작했다. 인격적 존재였던 아내가 이제는 자그마한 직사각형 종이에 찍힌 물감으로 변환되고 있었다. 그는 사진들조차 이제 예전만큼 생생하고 선명하지 않다는 사실을 알 수 있었다. 물로 사진을 닦아 봐도 소용이 없었다. 마레이케는 그의 기억에서 희미하게 색이 바래지고 있었다. 그녀의 기억을 붙잡으려고 하면 할수록 그녀는 더 빠르게 사라지는 것 같았다.

하이게이트 공동묘지의 밤

로버트는 불을 모두 끄고 자신의 책상에 앉아 있었다. 그는 유리창으로 지저분한 앞뜰이 어스름 속에 잠기는 것을 지켜보았다. 6월이었다. 빛은 그곳에 머물러 있는 것처럼 보였다. 정원은 시간을 빠져나와 거대한 이미지가 된 것 같았다. 보름달이 떠올랐다. 그는 자리에서 일어나 몸을 한 번 털고 나서 적외선 망원경과 손전등을 들고 뒷문으로 갔다. 낯선 사람이 자기 집으로 들어올까 봐 항상 두려워하는 마틴을 떠올리며 조용히 계단을 내려갔다. 로버트는 뒤쪽 정원의 자갈길로 가지 않고 이끼가 잔뜩 끼어 있는 흙길을 지나 정원 담벼락에 붙어 있는 녹색 문을 열고 공동묘지로 들어갔다.

그는 지하묘지의 지붕이나 마찬가지인 아스팔트 위에 섰다. 지하묘지의 양쪽 끝에는 계단이 있었다. 오늘 밤에는 서쪽 계단을 따라 디킨스 오솔길로 걸어갔다. 손전등은 사용하지 않았다. 울창한 나무가 하늘을 가리고 있어 어두웠지만 지금껏 여러 번 그쪽 길을 걸어 다녔기 때문에 익숙했다.

그는 하이게이트 공동묘지가 어둠에 잠겨 있을 때가 가장 좋았다. 밤에는 방문객도 없고 잡초를 뽑지 않아도 되었다. 또 귀찮게 이것저것 물어보는 기자들을 상대하지 않아도 되었다. 밤에는 오직 묘지밖에 없었다. 묘지는 부드러운 회색 환영처럼 달빛 속에서 펼쳐져 있었다. 빅토리아 시대의 애수를 간직한 황무지처럼 보이기도 했다. 가끔 그는 제시카와 함께 어두운 오솔길을 거닐면서 어둠 속에서 들려오는 소리들에 귀를 기울여 보고 싶은 마음도 들었다. 동물들이 서로를 부르는 소리가 멀리서 들려왔다. 그가 지나칠 때는 소리가 뚝 끊겼다. 제시카는 집에서 잠을 자고 있을 것이다. 그가 밤에 묘지를 돌아다니는 것을 그녀가 알았다면 분명히 그를 묘지 밖으로 끌어냈을 것이다. 그는 기물 파괴범들과 1970년대와 1980년대에 한창 골치를 썩였던 이른바 흡혈귀 사냥꾼들로부터 묘지를 지켜 내기 위해 지금 순찰 중이라고 생각하면서 자신의 행동을 합리화했다.

밤에 묘지에서 사람들을 만나는 경우가 종종 있었다. 지난여름에는 묘지의 남서쪽 가장자리를 따라 나 있는 철재 울타리의 일부가 떨어져 나간 사건이 벌어졌다. 한 해의 이맘때쯤이면 저녁에 아이들이 종종 눈에 띄었다.

처음에 로버트는 1920년대에 생긴 무덤들 가운데에 앉았다. 그는 키가 큰 풀 속에 앉을 자리를 마련하고 비디오카메라의 야간투시경을 작동시킨 채 아주 조용히 앉아 있었다. 그가 앉아 있는 자리에서 불과 6미터 전방에는 여우 가족의 굴이 있었다. 그는 여우들의 모습을 카메라에 담으려 했다. 해가 그의 등 뒤에 있는 나무들 속으로 가라앉았다. 울타리 너머에 있는 집들의 윤곽 위로 하늘이 노랗게 물들어 있었다. 로버트는 부스럭거리는 소리를 듣고 소리가 들려온 쪽으로 카메라를 돌렸다. 소리의 정체는 여우들이 아니었다. 갑자기 유령처럼 생긴 아이의 모습이 파인더를 가득 채웠다. 아이는 그를 향해 달려오고 있었다. 로버트는 하마터면 카메라를 떨어뜨릴 뻔했다. 그 순간 또다른 아이가 나타났다. 그 아이는 앞선 아이를 뒤쫓고 있었다. 길이가 짧은 옷을 입은 여자애들이 무덤 사이를 달리고 있었다. 아이들은 거칠게 숨을 몰아쉬면서도 소리쳐 부르지는 않았다. 아이들이 그에게 거의 다가왔을 때, 어떤 남자아이가 소리를 질렀다. 그러자 두 여자아이는 돌아서서 울타리를 향해 달려갔다. 아이들은 울타리 사이로 몸을 억지로 들이밀더니 사라져 버렸다.

 이튿날 아침에 로버트는 울타리가 부서진 사실을 사무실에 알렸다. 아이들은 저녁에 묘지로 들어와서 놀기 시작했다. 로버트는 아이들을 볼 때마다 그 아이들이 어디에서 사는 누구인지 궁금하게 생각했다. 무덤 사이에서 하는 그들의 은밀하고 이상한 놀이도 궁금했다. 몇 주 뒤에 어떤 남자가 와서 울타리를 원래대로 고쳐 놓았다. 그날 저녁, 로버트는 거리를 따라 걸어가다가 세 아이가 울타리를 양손으로 붙잡고 말없이 묘지 안을 들여다보는 것을 발견하고 약간 서글퍼졌다.

 로버트의 박사학위 논문은 역사 연구로 시작되었다. 그는 묘지를 하나의 프리즘으로 간주했다. 묘지를 통해 가장 화려하고 비이성적이며 세상을 떠들썩하게 만든 빅토리아 시대의 사회상을 엿볼 수 있다고 믿었다. 빅토리아 시대 사람들은 위생개혁과 지위혁신을 융합함으로써 애도의 장, 영원한 안식의 무대인 하이게이트 공동묘지를 만들었다. 그렇지만 조사를 해 나가는 동안, 로버트는 묘지에 묻힌 사람들의 인간적인 면에 매료되었다. 그러다 보니 그의 논문은 전기 쪽으로 방향을 틀기 시작했다. 논문은 본론에서 벗어나 일화를 담기도 했고 사후세계에 대비해 준비를 하는 일 자체의 무익성을 논하기도 했다. 그는 객관적인 시각을 유지하지 못하고 묘지를 하나의 인격체로 받아들이기 시작했다.

그는 유명한 과학자 마이클 패러데이(1791~1867, 전자기학과 전기화학 분야에 큰 기여를 한 영국의 물리학자이자 화학자—옮긴이)와 종종 자리를 같이했다. 또 악명 높은 연쇄살인범 프레드릭 세돈에게 희생된 엘리자 배로우와도 얘기를 나누었고 아무런 표시도 되어 있지 않은 고아들의 무덤을 바라보며 곰곰이 생각에 잠기도 했다. 그리고 라이언이라는 이름의 개 조각상이 펑펑 내리는 눈에 덮여 가는 모습을 밤새 지켜보기도 했다. 라이언은 맨주먹으로 경기를 벌였던 권투선수 토머스 세이어(1826~1865—옮긴이)의 무덤을 지키고 있었다. 때때로 그는 래드클리프 홀(1880~1943, 영국의 여류 소설가로 레즈비언 소설 『고독의 우물』의 저자—옮긴이)의 무덤 앞에 쌓여 있는 꽃들 가운데 하나를 가져와 묘지의 한쪽 귀퉁이에 외롭게 누워 있는 무덤 앞에 가져다놓기도 했다.

로버트는 하이게이트에서 계절이 바뀌는 모습을 지켜보는 걸 좋아했다. 묘지는 항상 녹색을 띠고 있었다. 빅토리아 시대 사람들에게 식물과 나무는 영원한 생명을 상징했다. 그래서 겨울에도 아무렇게나 늘어서 있는 무덤들은 상록수, 삼나무, 호랑가시나무들 때문에 그다지 삭막해 보이지 않았다. 밤이면 돌과 눈이 달빛을 반사했다. 로버트는 눈이 얇게 덮인 길을 자박자박 걸어가다 보면 자신이 무중력 상태에 있는 것처럼 느껴질 때도 있었다. 그는 가끔 아파트의 정원 창고에서 사다리를 가져와 '레바논 서클'(레바논 삼나무 뿌리 둘레에 무려 20개의 무덤이 있다고 하여 서클이란 이름이 붙었다―옮긴이)의 한복판에 있는 풀밭까지 기어 올라갔다. 그는 수령이 3백 년이나 된 레바논 삼나무에 기댄 채 앉아 있거나 바닥에 등을 대고 누워서 옹이투성이의 가지들 사이로 보이는 하늘을 올려다보곤 했다. 육안으로 볼 수 있는 별은 거의 없었다. 별들은 모두 런던의 무수한 전기설비에서 쏟아져 나온 불빛에 가려져 있었다. 로버트는 비행기들이 레바논 삼나무의 이파리들 사이에서 불빛을 깜박이고 있는 것을 지켜보았다. 그럴 때면, 그는 자기가 두 세계의 접점에 있다는 느낌을 강하게 받았다. 그의 몸 아래, 그러니까 풀밭 밑에는 죽은 사람들이 자기네의 자그마한 방에서 평화롭게 누워 있었고 그의 얼굴 위 하늘에서는 별들과 기계들이 하늘을 떠다니고 있었다.

　오늘 밤에 그는 로세티(1828~1882, 영국의 시인이자 화가―옮긴이)의 무덤 옆에 서서 엘리자베스 시달(로세티의 부인―옮긴이)에 대해 생각했다. 그는 그녀에 관한 장을 수도 없이 다시 썼는데 그것은 그녀에 관해 새롭게 할 말이 있어서가 아니라 리지(엘리자베스 시달의 예명)에 대해 생각하면서 재미와 기쁨을 느꼈기 때문이다. 로버트는 마음속으로 그녀의 인생 궤적을 더듬어 보았다. 그녀는 본래 모자 상점의 점원이었다. 비천한 출신이었던 그녀는 라파엘전파(영국 왕립

아카데미에 다니던 세 학생, 즉 단테 가브리엘 로세티, 윌리엄 홀먼 헌트, 존 에버렛 밀레이가 1848년에 결성—옮긴이) 화가들의 눈에 띄어 모델로 활동하게 된다. 그러다가 19세기의 유명한 시인이자 화가인 단테 가브리엘 로세티의 연인이 된다. 이후 그녀는 계속되는 병치레에 시달린다. 그리고 로세티와 오랜 기간 연애 끝에 결혼식을 올리게 되지만 딸아이를 가졌다가 사산을 하게 된다. 둘의 결혼생활은 행복하지 못했다. 시달은 바람을 피우며 돌아다니는 남편과 경제적으로 여유롭지 못한 형편으로 아이까지 사산하면서 우울증에 걸리고, 결국 결혼한 지 2년 만에 아편 중독으로 숨을 거두고 만다. 그녀의 갑작스러운 죽음에 죄책감을 느낀 단테 가브리엘은 아내의 관 속에 시 몇 편을 집어넣는다. 7년 뒤, 가브리엘은 관 속에 넣었던 시를 꺼내기 위해 모닥불을 피워 놓고 리지의 시신이 든 관을 열어 보게 된다. 로버트는 그 모든 사실을 하나하나 곱씹어 보았다. 로버트는 눈을 감고 서서 1869년에 홀로 떨어져 있는 무덤 주변에서 사람들이 모닥불을 지피는 모습을 머리에 그려 보았다.

한참 동안 그런 상상에 잠겨 있다가 그는 어두컴컴한 오솔길을 따라 내려와서 무덤 사이를 어슬렁거리기 시작했다.

그는 천국을 믿지 않았다. 어린 시절에는 천국이 한없이 넓고 텅 빈 공간일 거라고 생각했다. 햇살이 가득하고 차가운 그곳에는 눈에 보이지 않는 영혼과 죽은 애완동물이 가득할 것 같았다. 엘스페스가 서서히 죽어 갈 때, 그는 이 오래된 믿음을 마음속에서 되살려 보려고 애썼다. 그는 믿음이 마치 오래된 침전물이라도 되는 것처럼 불신의 늪을 더듬었다. 그러한 침전물은 궤변과 경험이라는 퇴적

층을 캐내야만 손에 넣을 수가 있었다. 심령술에 관한 책도 다시 읽어 보았다. 거기에는 역사가 백 년이나 되는 강신술과 영매를 상대로 한 과학 실험이 상세히 적혀 있었다. 그것을 본 그의 합리적 사고가 반발했다. 강신술이나 영매 따위는 흥미롭긴 하지만 터무니없는 거짓이라는 생각이 들었다.

지난 며칠 동안, 로버트는 밤만 되면 엘스페스의 무덤 앞에 서 있거나 불편한 격자창을 등지고 계단에 앉아 있었다. 로세티의 무덤 옆에 서 있을 때는 조금도 불편하지 않았다. 리지나 크리스티나의 존재도 전혀 느낄 수가 없었다. 하지만 엘스페스를 방문할 때면 왠지 마음이 편치 못했다. 그녀가 숨을 거두고 나서 처음 며칠 동안에는 그녀의 흔적이라도 발견할 수 있을까 싶어 무덤 주변을 어슬렁거렸다. 그녀는 자신이 말기 암 환자라는 진단을 받았을 때, 자신은 죽으면 그의 주변을 맴돌겠다고 말했었다. 그녀의 다짐을 듣고 그는 말라빠진 그녀의 목에 키스하면서 그렇게 하라고 말했다. 하지만 지금 그녀는 그의 기억에만 흐릿하게 남아 있을 뿐, 그에게 한 번도 나타나지 않았다. 이제 그나마 남아 있는 기억조차도 점점 더 가물가물해졌다.

로버트는 엘스페스의 무덤으로 올라가는 계단에 앉아 나무들 위로 새벽이 밝아 오는 것을 지켜보았다. 새들이 시끄럽게 지저귀다가 워터로우 공원으로 날아가는 소리가 들렸다. 이따금 차량이 스웨인즈 거리를 쏜살같이 지나가는 소리도 들려왔다. 엘스페스의 무덤 건너편에 있는 무덤들의 묘비명을 읽을 수 있을 정도로 충분히 날이 밝았을 때, 그는 자리에서 일어나 묘지 뒤편에 있는 지하묘지로 걸어갔다. 성 미가엘 교회는 보였지만 담장 너머에 있는 그가 사는 아파트는 보이지 않았다. 그는 지하묘지의 측면 계단을 올라가서 지하묘지의 지붕을 가로질러 녹색 문으로 다가갔다. 피로가 몰려왔다. 졸음을 밀려오기 전에 아파트까지 가는 일이 문제였다. 밖으로 나와 뒤를 돌아보니 어둠이 모두 쓸려 나가고 묘지가 훤히 모습을 드러내고 있었다. 직원들이 출근을 하고 있었고 전화기가 여기저기에서 울렸다. 자연과 인간이라는 서로 독립적인 세상이 하나로 맞물려 돌아가고 있었다. 로버트는 진흙이 묻은 운동화를 침대 옆에 벗어 놓고 옷을 입은 채로 잠들었다. 정오 무렵에 묘지의 사무실로 나갔을 때, 제시카가 말했다.

"아니, 얼굴이 왜 그 모양이에요? 무척 지쳐 보여요. 차라도 좀 마셔요. 잠을 못 잤어요?"

일요일 오후

구름 한 점 없는 7월의 하늘 아래에서 런던은 찌는 듯이 더웠다. 로버트는 제시카 베이츠의 뒤뜰에서 기다란 안락의자에 누워 있었다. 습기가 맺힌 진토닉 잔을 손에 든 채, 그는 제시카의 손자들이 크로켓 경기를 하려고 준비하는 모습을 지켜보고 있었다. 일요일 오후였다. 그는 자신이 엉뚱한 곳에 와 있다는 느낌이 약간 들었다. 그와 제시카는 공동묘지에서 대부분의 시간을 보냈다. 오늘처럼 화창한 일요일에는 카메라를 연신 들이대는 관광객들이 묘지 정문에 몰려 있을 것이다. 그들은 적당한 차림새를 갖춰야 하고 물병을 가지고 들어갈 수 없다는 규정에 항의를 하고 있을 것이다. 그리고 관람료 5파운드가 너무 비싸다며 우는 소리를 할 것이다. 또 유모차와 8세 이하의 아동을 묘지로 들여보내 달라고 통사정을 하고 있을 것이다. 그렇지만 오늘은 어떤 이유에서인지 안내원이 추가로 확보되어 그와 제시카는 쉴 수 있었다. 에드워드는 두 사람에게 묘지의 업무는 조금도 신경 쓰지 말고 돌아가서 푹 쉬라고 말했다. 그래서 지금 제시카는 부엌에서 열두 명이 먹을 점심 식사를 준비하고 있다. 그녀는 나이가 여든네 살이나 되어 바깥 활동을 할 수도 없었다. 로버트는 그녀에게 일손을 거들어 주겠다고 말했다가 단호히 거절당했다. 그래서 지금 그는 밖에 나와 아이들이 크리켓을 하는 모습을 한가롭게 지켜보는 중이다.

잔디는 크리켓을 하기에 너무 길었지만 어느 누구도 거기에는 신경을 쓰지 않았다.

"양을 몇 마리 길러서 풀을 뜯어먹게 하고 싶었는데 제시카가 내 의견을 묵살하더군."

제시카의 남편 제임스 베이츠가 말했다. 그는 얇은 담요를 하나 가지고 접이식 의자에 앉았다. 그런 그를 지켜보는 것만으로도 날씨가 더 더워지는 것처럼 느껴졌다. 그는 본래 키가 컸는데 나이가 들면서 키도 줄어드는 것 같았다. 말을 할 때 그의 부드러운 목소리가 약간 떨렸다. 그는 커다란 안경을 끼고 있었는데 그래서인지 눈이 원래 크기보다 더 커 보였다. 몸은 노쇠했지만 말하는 태도나 행동을 보면 무슨 일이든 딱 부러지게 해내는 사람 같았다. 그는 교장 선생님으로 근무하다가 그만두고 지금은 공동묘지에서 기록물을 관리하고 있다.

제임스는 손자 손녀들을 사랑스러운 눈길로 바라보았다. 아이들은 경기 규칙과 팀을 나누는 문제를 두고 말다툼을 벌이고 있었다. 그는 의자에서 일어나 잔디밭을 가로질러 가서 아이들과 함께 뛰어

놀고 싶어 했다. 그는 한숨을 쉬고 나서 무릎에 놓인 십자말풀이 책을 내려다보았다.

"정말 기막히게 만들었단 말이야."

그는 페이지를 넘겨 로버트에게 보여 주며 말했다.

"열쇠는 모두 수학 방정식으로 되어 있고 해답을 글자로 풀어서 집어넣어야 해."

"와, 마틴이 펴낸 책인가요?"

"응. 크리스마스 선물이라면서 주더군."

"풀려면 골치 아프시겠네요."

아이들은 첫 번째 문 주변에 둘러서서 색깔 있는 공들을 그 속으로 처넣기 시작했다. 덩치가 큰 아이들은 제일 나이 어린 여자애가 공을 칠 때까지 인내심을 갖고 기다렸다.

"잘했어, 넬."

키가 제일 큰 아이가 말했다.

"엘스페스의 유산 관리는 잘되어 가고 있나?"

제임스가 볼펜으로 로버트를 가리키며 말했다. 경계선을 넘은 공을 두고 두 사촌 간에 작은 다툼이 벌어졌다. 제임스의 말에 로버트는 엘스페스를 떠올렸다. 그동안 그녀는 그의 머리에서 한 번도 지워지지 않고 머릿속을 맴돌았다.

"로치가 쌍둥이 조카들과 연락을 취하고 있습니다. 엘스페스의 여동생은 유언장을 보고 이의를 제기하겠다고 벼르던데 그래 봐야 별 수 없을 거라고 로치가 충분히 설득했을 겁니다. 미국인들은 무슨 일이든 법정에서 해결하려는 경향이 있어요."

"엘스페스가 쌍둥이 동생이 있다는 얘기를 한 번도 안한 이유를 아직도 모르겠어. 그녀와 똑같은 여자가 이 세상에 남아 있다니 상상하기 힘들어."

제임스가 그렇게 말하고 나서 빙긋 웃었다.

"그렇죠……."

로버트는 아이들이 잔디밭 위에서 공을 부드럽게 치는 모습을 지켜보았다.

"엘스페스는 에디와 자기는 성격이 많이 다르다고 했습니다. 남들로부터 동생으로 오해받는 게 그냥 싫었다고 하더군요. 한 번은 막스앤스펜서 매장에서 물건을 고르고 있는데 어떤 여자가 엘스페스한테 다가오더군요. 그 여자는 엘스페스와 이런저런 얘기를 나누기 시작했죠. 나중에 알고 보니 그 여자는 에디가 사귄 어떤 남자의 어머니였어요. 엘스페스를 에디라고 오해한 거예요. 그 여자는 불끈해서 가 버리더군요. 엘스페스는 엘스페스대로 부아가 나서 미칠 것 같은 표정을 지었죠. 그 모습은 마치 몸을 한껏 부풀리고 자신을 삼켜 버리려는 적들을 향해 거침없이 침을 내뱉는 브라질 개구리 같았습니다."

제임스가 껄껄 웃었다.

"몸집은 그렇게 작은 사람이 그랬다니 아무튼 볼 만했겠군."

"저는 엘스페스를 이곳저곳 데리고 다녔습니다. 한 번은 햄스테드 히스(런던 북서부 고지대에 있는 초대형 공원―옮긴이)에 데려간 적이 있는데 그때 엘스페스의 하이힐이 망가졌죠."

"엘스페스는 항상 굽이 높은 구두를 신더군."

로버트는 한숨을 쉬고 나서 엘스페스의 드레스 룸을 머리에 떠올렸다. 그곳은 구두 박물관 역할도 겸하고 있었다. 최근에 그는 그곳 바닥에 드러누워 오후 시간을 보내다가 그녀가 남긴 구두를 쓰다듬으며 자위행위를 하곤 했다. 그는 자기도 모르게 얼굴이 붉어졌다.

"엘스페스가 남긴 물건들을 어떻게 해야 할지 모르겠어요."

"자네가 신경 쓸 필요가 뭐 있나. 그냥 내버려 둬. 쌍둥이 조카들이 오면 처리하겠지."

"그렇지만 물건을 모두 내다 버리면 어쩌죠?"

로버트가 말했다.

"그래, 내다 버릴지도 몰라."

제임스는 등이 결리는지 의자에서 자세를 고쳐 앉았다. 그는 엘스페스가 왜 자신의 모든 물건을 조카들한테 남겼는지 궁금했다. 조카딸들은 아파트에 들어오면 그녀가 아끼던 물건을 함부로 처분할 수도 있었다.

"조카들을 만나 본 적은 있나?"

"아니요. 사실 엘스페스도 자기 조카들을 만난 적이 한 번도 없습니다. 에디가 엘스페스의 약혼자와 눈이 맞아 도망을 간 뒤로 자매는 서로 연락도 안 하고 지냈죠."

로버트가 얼굴을 찌푸렸다.

"정말 특이한 유언이에요. 쌍둥이 조카들이 스물한 살이 되면 대부분의 유산을 상속받게 돼요. 올해 말에 스물한 살이 되더군요. 그리고 그 아이들은 자기 부모를 그 아파트에 절대 들여놓지 않는다는 조건으로 아파트를 물려받아요."

"엘스페스가 동생 부부한테 앙심을 품은 게 분명하군. 좀 너무한 거 같아. 자네도 그렇게 생각하지? 어떻게 엘스페스는 자네가 그런 일을 감독할 거라고 기대했을까?"

"에디나 잭이 자기 물건에 손을 대는 꼴을 도저히 참을 수 없을 것 같으니까 그런 문구를 유언장에 집어넣은 겁니다. 물론 엘스페스도 자기가 좀 지나치다는 것을 알고 있었죠. 실행 가능성도 희박하고요."

제임스가 미소를 지었다.

"역시 엘스페스답군. 그런데 유산을 자네한테 남기지 않고 왜 쌍둥이 조카들한테 남긴 걸까?"

"제게도 소중한 것들을 남겨 주었어요."

로버트는 잔디밭 저쪽을 멍한 표정으로 바라보았다.

"그녀는 조카들에 대해 숨기고 싶어 했어요. 조카들이 쌍둥이라서 더 특별하게 생각했던 것 같습니다. 조카들한테 생일축하 카드도 한 번 보내지 않았지만 자신을 아이들의 이모라고 여겼어요. 그러다가 엉뚱한 생각을 하게 된 거죠. 유언장 때문에 그 아이들의 생활은 완전히 달라질 겁니다. 부모의 무릎에서만 놀던 쌍둥이들이 엘스페스의 세상으로 들어오는 거죠. 그 아이들이 아파트를 어떻게 할지는 아무도 예측할 수 없습니다."

"조카들을 만날 수 없다니 엘스페스가 불쌍하군."

"그렇죠."

로버트는 유언장에 대해서는 더 이상 이야기하고 싶지 않았다. 크로켓 경기는 결국 난투전이 되고 말았다. 덩치가 작은 아이들은 타구봉을 칼처럼 휘둘렀고 여자애들은 공을 집으려고 달려드는 넬의 머리 위로 공을 던졌다. 가장 나이가 많은 두 아이만이 아직도 끈질기게 공을 문 안으로 처넣고 있었다. 그 순간, 제시카가 정원으로 걸어 들어갔다. 그녀는 난장판이 되어 버린 경기를 지켜보면서 허리에 팔을 얹고 잔뜩 화가 난 표정을 지었다.

"너희들, 지금 도대체 뭐하는 거야?"

그녀의 목소리는 하늘에 떠 있는 연처럼 갑자기 높아졌다가 툭 떨어졌다. 아이들은 갑자기 하던 동작을 멈추고 마치 아무 일도 없었다는 듯한 표정을 지었다. 마치 어딘가 높은 곳에서 꼴사납게 굴러 떨어진 고양이들이 당황해서 자리에 주저앉아 자기 몸을 핥고 있는 것 같은 모습이었다. 제시카는 로버트와 제임스가 앉아 있는 곳으로 조심스럽게 걸어왔다. 최근에 그녀의 친구 두 명이 넘어져서 엉덩이뼈가 부러지는 일이 있었다. 그래서 그녀는 평소처럼 당당하고 활기차게 걸을 수가 없었다. 물론 당분간이겠지만 그녀는 자신의 걸음걸이를 수정할 수밖에 없었다. 그녀는 의자를 펼치고 제임스의 옆자리에 앉았다.

"점심은 어떻게 돼 가고 있소?"

그가 물었다.

"닭고기를 굽고 있어요. 조금만 기다리세요."

제시카가 손수건으로 이마에 맺힌 땀을 찍어 냈다. 로버트는 이 열기 속에서 구운 닭요리를 도저히 먹을 수 없을 것 같았다. 그는 거의 녹아 버린 얼음이 가득 들어 있는 유리잔을 뺨에 갖다 댔다. 제시카가 그를 건너다보았다.

"안색이 별로 안 좋아 보여요."

그녀가 말했다.

"잠을 못 자서 그렇습니다."

그가 대꾸했다.

"저런."

제시카와 제임스가 동시에 말했다. 그들은 서로의 얼굴을 힐끗 쳐다보았다.

"왜요?"

제시카가 물었다.

로버트는 시선을 다른 곳으로 돌렸다. 아이들은 다시 경기에 열중하고 있었다. 넬이 친 공이 붓꽃 더미 속으로 날아가 파묻혔는데도 아이들은 대부분 잔디밭 중앙에만 모여 있었다. 붓꽃이 우수수 바닥으로 떨어졌다. 로버트는 제시카와 제임스를 돌아보았다. 그들은 걱정스러운 표정으로 그를 바라보고 있었다.

"영혼의 존재를 믿으세요?"

로버트가 물었다.

"나는 그런 거 안 믿어요."

제시카가 말했다.

"유령이나 영혼에 관한 얘기들은 모두 다 엉터리야."

제임스가 그렇게 말하고 나서 빙긋 웃으며 무릎에 놓인 십자말풀이를 내려다보았다.

"두 분은 영혼을 믿지 않는군요."

하이게이트 공동묘지는 과거에 초과학적 현상을 믿는 사람들이

나 악마주의자들의 지나친 관심으로 골머리를 앓았다. 제시카는 일본의 텔레비전 프로그램과 초자연적 현상을 믿는 광신자들이 하이게이트를 귀신이 출몰하는 공동묘지로 선전하려고 하는 바람에 그것을 막느라 한동안 애를 먹은 적이 있다.

"저는…… 그러니까 엘스페스의 아파트에 들어갈 때마다 그녀가…… 그곳에 있는 것 같은 느낌을 받습니다."

그가 무슨 상스러운 농담이라도 한 것처럼 제시카는 입 가장자리를 축 늘어뜨리고 뚱한 표정을 지었다. 반면에 제임스는 호기심 어린 표정으로 그를 올려다보았다.

"구체적으로 어떤 느낌이지?"

그가 물었다. 로버트는 잠시 생각에 잠겼다.

"눈에 보이지 않고 만질 수는 없지만 그녀의 아파트에서는 아주 특이한 열기가 느껴집니다. 그녀의 책상에 앉아서 서류를 정리하고 있다 보면 갑자기 제 몸의 특정한 부위가 아주 차가워지거든요. 손이 얼음장처럼 차가워지다가 싸늘한 기운이 한쪽 팔을 타고 올라옵니다. 어떤 때는 뒷목이……."

로버트는 말을 멈추고 손에 들린 술을 물끄러미 바라보았다.

"아무튼 그녀의 아파트는 사물들이 움직입니다. 아주 작은 움직임이죠. 커튼이나 연필이 아주 미세하지만 조금씩 움직이는 것 같아요. 제 시야가 미치지 않는 곳에서 움직이고 있어요. 물건을 놓아두고 나중에 돌아가 보면 본래 있던 자리에서 조금씩 벗어나 있어요. 책상에 놓아둔 책이 바닥에 떨어져 있기도 하고……."

그가 고개를 들었을 때, 제임스가 제시카를 향해 고개를 절레절레 흔드는 모습이 눈에 들어왔다. 제시카는 믿을 수 없다는 듯이 한 손으로 입을 막고 있었다.

"예, 제 말을 안 믿으셔도 됩니다."

"로버트, 귀 기울여 듣고 있으니 계속해 봐요."

제시카가 말했다.

"저도 놀랄 지경입니다."

"그렇겠죠. 하지만 그것으로 기분이 나아진다면……."

"기분이 나아지는 건 아니에요."

"아, 그래요?"

세 사람은 말없이 앉아 있었다.

"나는 영혼을 딱 한 번 봤어."

제임스가 말했다. 로버트는 제시카를 흘낏 쳐다보았다. 그녀는 이제 체념한 표정을 짓고 있었다. 그녀는 흐릿한 미소를 지으며 눈을 반쯤 감고 있었다.

"영혼을 보셨다고요?"

로버트가 말했다.

"응."

제임스는 자리에서 꿈지럭거렸다. 제시카가 몸을 기울여 그의 등허리에 기대져 있는 베개를 제대로 받쳐 주었다.

"내가 아주 어릴 적 일이야. 여섯 살밖에 안 되었었지. 그러니까 가만 있자……. 1917년이군. 나는 케임브리지 바로 외곽에서 자랐어. 그 당시 우리 가족이 살던 집은 한때 여관이었다더군. 1750년경에 지은 건물이었지. 사거리에 덜렁 한 채만 서 있는 건물이었는데 아주 넓고 외풍이 심한 집이었어. 3층은 사용하지 않고, 모든 침실은 2층에 있었지. 심지어 가정부도 2층에서 잠을 잤다네. 우리 아버지는 세인트 존스에서 제법 유명한 분이라서 우리 집에서 묵고 가는 손님이 많았어. 평소에는 객실이 충분했는데 그날은 평소보다 많은 손님들이 들이닥쳤지. 내 동생 새뮤얼이 꼭대기 층에 있는 침실에 가서 자야 할 정도였다니까."

제임스는 혼자 빙그레 웃었다.

"새뮤얼은 아주 침착하고 겁이 없는 아이였는데 그날은 밤새도록 우는 소리를 내더군. 어머니가 할 수 없이 올라가서 동생을 안고 내려와 어머니 방에 재웠어."

"동생이 있는 줄은 몰랐어요."

로버트가 말했다.

"전쟁 중에 죽었어."

"오, 저런."

"아무튼 이튿날 밤에 내가 3층에서 자려고 누웠을 때……"

"잠깐만요. 저기 죄송한데, 동생 분이 왜 울었는지 얘기를 하던가요?"

"그때 새뮤얼은 네 살밖에 안 되었어. 내가 동생을 놀려 댔더니 입을 열지 않더군. 내가 기억하기로는 그랬어. 아무튼 나는 3층 침대에 누워 담요를 턱까지 끌어올리고 있었어. 어머니는 잘 자라고 내 이마에 키스를 해 주고 나서 불을 끄고 나가셨지. 나는 어둠 속에 누워 있었어. 옷장에서 어떤 끔찍한 것이 기어 나와 숨 막히게 할지 전혀 짐작도 못한 채 말이야."

그 순간, 제시카가 미소를 지었다. 로버트는 제시카가 아이들의 터무니없는 상상력이라고 간주해서 미소를 짓는 거라고 생각했다.

"그래서 무슨 일이 있었죠?"

"나는 잠에 곯아떨어졌어. 하지만 얼마간 자다가 잠에서 깨어났지. 창문으로 달빛이 스며들고 있었어. 바람에 부드럽게 흔들리는 나뭇가지의 그림자가 침대 위를 비추었어."

"그래서 유령을 보셨나요?"

제임스는 껄껄 웃었다.

"이보게. 침대 위에서 일렁이는 나뭇가지 그림자가 바로 유령이었어. 우리 집 근처에는 나무가 한 그루도 없었거든. 반경 100미터 안에는 정말 한 그루도 없었어. 몇 해 전에 나무를 모두 베어 버렸는데 나무의 유령을 본 거야."

로버트는 제임스의 말을 듣고 곰곰이 생각했다.

"그나마 양호하네요. 저는 시체를 파먹는 귀신 얘기라도 들을 줄 알았어요."

"내 말이 바로 그거야. 정말 유령이 나타난다고 하더라도 그런 아름다운 모습으로 나타나지, 우리가 알고 있는 이야기에서처럼 끔찍한 모습은 절대 아닐 거란 얘기지."

로버트는 제임스가 말을 하는 동안 제시카의 표정을 우연히 보게 되었다. 그녀는 인내심과 경탄이 뒤섞인 표정으로 남편을 뚫어지게 바라보았다. 그것은 평생을 함께 살아온 사람으로서 지을 수 있는, 애착 같은 게 느껴지는 표정이었다. 로버트가 보기에는 그랬다. 그는 혼자 있을 필요가 있다는 생각이 갑자기 들었다.

"혹시 이부프로펜(소염 진통제―옮긴이) 좀 있습니까? 햇살이 따가워서 머리가 지끈지끈하네요."

그가 제시카에게 물었다.

"있어요. 갖다 줄게요."

"아, 아닙니다. 점심 먹기 전에 저는 가서 좀 누워야겠습니다."

그는 자리에서 일어서며 말했다.

"1층 화장실의 약품 캐비닛에 아나딘이 조금 있을 거예요."

제시카와 제임스는 로버트가 뻣뻣하게 테라스를 가로질러 집 안으로 들어가는 모습을 지켜보았다.

"정말 걱정이 되네요. 약간 제정신이 아닌 것 같아요."

제시카가 말했다.

"엘스페스가 죽은 지 여덟 달밖에 안 지났잖아. 시간이 좀 더 필요할 거야."

제임스가 말했다.

"그건 저도 알아요. 하지만 평소에 자주 하던 일도 일절 안 하고 무기력하게 살아가는 것 같아요. 논문도 안 쓰는 것 같아요. 아직도 엘스페스를 못 잊고 있다니까요."

제임스는 아내의 걱정스러운 눈빛을 바라보며 미소를 지었다.

"당신은 내가 죽으면 잊는 데에 얼마나 걸릴까?"

그녀가 한 손을 내밀자 제임스는 그녀의 손을 감싸 쥐었다.

"저는 아마 당신을 절대로 잊지 못할 거예요."

그녀가 말했다.

"역시 당신다운 답변이야."

제임스가 말했다.

집 안에서는 로버트가 알약 두 개를 손에 들고 어두운 1층 복도에 서 있었다. 그는 물도 없이 알약을 꿀걱 삼키고 나서 회반죽을 바른 싸늘한 벽에 이마를 기댔다. 사정없이 쏟아지는 햇볕 아래에서 시달리다가 그렇게 하고 있으니 살 것 같았다. 그는 아이들이 서로를 부르는 소리를 들을 수 있었다. 크로켓 경기가 이제 끝난 것 같았다. 이제 다시 밖으로 나가서 다른 이야기를 하면서 기분을 풀고 싶었다. 그는 몇 분 뒤에 나가야겠다고 마음먹고 있었다. 그런데 목이 콱 막히는 게 아무래도 이상했다. 알약이 엉뚱한 곳으로 흘러내려간 것 같았다. 벽에서 이마를 뗐다. 벽에는 그가 흘린 땀이 묻어 있었다. 그는 팔뚝으로 벽을 문질러 닦았다. 로버트는 눈을 감고 제임스를 생각했다. 꼬마인 제임스가 침대에서 일어나 앉아 있지도 않는 나무의 그림자를 빤히 바라보고 있었다.

로버트는 생각했다.

'왜 나는 그렇게 하지 못할까?'

엘스페스의 영혼

엘스페스 노블린은 죽은 지 거의 1년이 다 되었다. 그녀는 아직도 규칙들을 궁리하고 있었다.

처음에 그녀는 자신의 아파트를 떠돌아다니기만 했다. 거의 힘이 없었고 자신의 물건들을 빤히 바라보면서 대부분의 시간을 보냈다. 깜박 잠이 들었다가 몇 시간 뒤에 깨어나곤 했다. 아니 며칠 뒤에 깨어난 건지도 모른다. 그녀로서는 알 수 없었고 그런 것은 그다지 중요하지도 않았다. 그녀는 형체가 없이 오후 내내 햇살이 쏟아지는 바닥 이곳저곳을 구르며 옮겨 다녔다. 그녀는 기체 상태였지만 자신의 모든 입자를 따뜻하게 데우려고 애썼다. 그래서 그녀가 오르내릴 때마다 몸이 따뜻해지기도 하고 차가워지기도 했다.

그녀는 자신이 작은 공간으로 들어갈 수 있다는 사실을 깨달았다. 그래서 처음으로 실험을 해 보기로 했다. 그녀의 책상에는 아직까지 한 번도 열어 보지 못한 서랍이 하나 있었다. 서랍은 무엇에 걸렸는지 통 열리지 않았다. 다른 서랍들을 손쉽게 열 수 있는 열쇠로 몇 번이나 시도해 보았지만 책상 왼쪽에 붙어 있는 맨 아래쪽 서랍은 열 수 없었다. 파일을 넣어 두면 참 좋을 것 같은 서랍인데 아무튼 골칫거리였다. 엘스페스는 열쇠구멍으로 들어가 보았다. 서랍 안은 텅 비어 있었다. 그녀는 약간 실망했다. 하지만 서랍 속에 들어와 있으니 좋은 점이 있었다. 가로와 세로, 높이가 일정한 공간에 들어와 있으니 마치 자신이 어떤 형태를 갖추고 있는 것처럼 생각되었다. 그녀는 그곳에 곧 적응이 되었고 즐겨 찾게 되었다. 아직 신체의 각 부위가 분리되지 않았지만 비좁은 서랍에 몸을 밀어 넣을 때는 촉각과 유사한 감각을 느낄 수 있었다. 그것은 머리카락이 피부에 닿는 느낌이나 혀로 이를 핥는 느낌과 비슷했다. 이제 그녀는 서랍 속에서 오랫동안 머물러 있었다. 거기에서 잠도 자고, 생각도 하고, 마음도 가라앉혔다. '어머니의 자궁 속으로 되돌아온 기분이야.' 그녀는 그렇게 생각했다. 갇힌 공간이 그녀는 좋았다.

어느 날 아침, 그녀는 자신의 두 발을 보았다. 물론 실제로는 없었지만 엘스페스는 발이 생겼다는 사실을 인지할 수 있었다. 그녀는 기뻤다. 그 뒤로 손, 다리, 팔, 가슴, 엉덩이 그리고 몸통을 차례로 느낄 수 있었다. 마지막으로 머리와 목을 느낄 수 있었다. 그것은 자신이 죽을 당시의 몸이었다. 몸은 볼품없이 홀쭉하고 바늘자국으로 뒤덮여 있었지만 그토록 오랫동안 잊고 지내던 몸을 다시 보게 되자 무척 기뻤다. 그녀는 점차 불투명한 형체를 갖추게 되었다. 그것은 자신의 몸을 점점 더 잘 볼 수 있다는 뜻이었다. 하지만 로버트의 눈에는 잘 보이지 않을 것이다.

로버트는 그녀의 아파트에서 많은 시간을 보냈다. 그는 그녀의 일을 마무리 지으면서 그녀의 유품을 하나하나 만져 보기도 했고 그녀의 옷가지를 품에 안고 침대 위에 웅크리고 있기도 했다. 그녀는 로버트가 걱정되었다. 그는 항상 우울해 보였고 병에 걸린 사람처럼 몸이 비쩍 말라 있었다. 차마 볼 수 없을 정도였다. 그녀는 자신의 존재를 로버트가 알아차리도록 만들어야 할지 아니면 혼자 내버려 두어야 할지 결정을 내리지 못하고 있었다.

'내가 이 아파트에 들어와 있다는 사실을 알면 오히려 더 슬퍼할 거야.'라고 생각했다가 '어쨌든 로버트는 슬픔에서 헤어 나오지 못할 거야.' 하고 생각하기도 했다.

이따금 그녀는 로버트에게 다가가 그의 몸을 건드려 보았다. 그럴 때마다 로버트는 서늘한 기운을 느끼는 것 같았다. 그녀가 두 손으로 그의 몸을 쓰다듬을 때 그의 살갗에 소름이 돋는 것을 볼 수 있었다. 하지만 그녀는 그의 몸이 뜨겁게 느껴졌다. 이제 그녀는 온기와 냉기만 느낄 수 있었다. 거칠거나 매끄러운 것, 부드럽거나 단단한 것은 더 이상 느낄 수가 없었다. 촉각은 물론이고 이제는 미각과 후각까지 잃어버렸다. 엘스페스는 음악에 시달리고 있었다. 그녀가 좋아했거나 싫어했던 노래들, 혹은 기억도 잘 나지 않는 노래들이 마음속에서 울려 퍼졌다. 음악을 지우는 일은 불가능했다. 노래는 마치 이웃집에서 낮게 틀어 놓은 라디오에서 흘러나오는 것 같았다.

엘스페스는 눈을 감고 자기 얼굴을 어루만지는 걸 좋아했다. 스크린에 영사된 필름 앞을 지나갈 때처럼 세상의 모든 것이 그녀의 몸을 통과했지만 자신의 두 손에 실체가 분명히 느껴졌다. 그녀는 더 이상 몸을 씻고, 옷을 입고, 화장을 하는 번거로운 절차를 거치지 않아도 되었다. 좋아하는 점퍼나 드레스를 마음속으로 부르기만 하면 원하는 옷을 몸에 걸칠 수 있었다. 하지만 자신의 원래 머리카락이 자라지 않아 무척 실망스러웠다. 병원에 있을 때 날마다 머리카락이 한 움큼씩 빠지는 모습을 지켜보는 일은 무척 괴로웠는데 이제 다시 머리카락이 나기 시작했다. 그런데 자신의 본래 머리색이 아니었다. 머리카락은 금발이 아니라 은백색이었다. 손을 머리카락에 넣고 쓸어내려 봐도 결이 부드럽지 않고 거칠어 꼭 남의 머리카락 같았다.

엘스페스는 더 이상 거울에 모습이 비치지 않았다. 그렇지 않아도 주변으로 밀려난 것 같은 느낌을 받고 있었는데 자기 얼굴도 들여다볼 수 없다는 생각을 하자 미칠 것 같았다. 외로움을 느꼈다. 그녀는 이따금 현관에 서서 여러 개의 거울을 유심히 들여다보았다. 하지만 다소 시커먼 형태만 어렴풋이 눈에 들어왔다. 마치 누군가 숯가루를 거울에 뿌려 놓고 제대로 닦아 내지 않은 것 같았다. 그녀는 두 팔을 앞으로 뻗어 보았다. 손은 눈에 또렷하게 들어왔다. 허리를 굽혀 윤이 반들반들하게 나는 신발을 내려다보았다. 다른 곳은 다 괜찮은데 얼굴이 문제였다.

영혼이 되는 일은 대체로 그런 식이었다. 그녀는 세상에 섞이지 못하고 혼자서 외롭게 살아야 했다. 더 이상 아무것도 가질 수 없었다. 다른 사람들이 물건을 움직이고, 음식을 섭취하고, 공기를 들이마시는 모습을 지켜보면서 나름의 즐거움을 누려야 했다.

엘스페스는 무슨 소리든 내보려고 무척 애를 썼다. 로버트에게 바짝 다가가 고함을 질러 보았지만 그는 그녀의 목소리를 듣지 못했다. 엘스페스는 소리를 낼 수 없다는 결론에 이르렀다. 영혼이 된 자신의 성대로는 소리를 낼 수 없었다. 그래서 물건을 움직이는 일에 온 정신을 집중했다.

처음에는 반응이 전혀 없었다. 엘스페스는 온몸의 힘을 한데 끌어모아 소파 위에 놓인 방석이나 책을 향해 몸을 날렸지만 아무 일도 일어나지 않았다. 문을 열어 보려고 애썼고, 찻잔을 움직여 보려고도 해 보았다. 또 시계를 멈추어 보려고도 했다. 하지만 결과는 눈에 띄지 않았다. 그래서 한 걸음 물러서서 아주 작은 것부터 시도해 보기로 마음먹었다. 그러던 어느 날, 그녀는 종이 클립 하나를 움직이는 데 성공했다. 끈질기게 밀고 당기기를 반복하다가 한 시간 만에 클립을 1센티미터가량 움직일 수 있었다. 그때 자신이 결코 무시할 수 없는 존재라는 사실을 깨달았다. 열심히 노력만 하면 세상에 어떤 영향을 미칠 수 있다고 생각했다. 그래서 날마다 연습을 했다. 결국에는 종이 클립을 책상에서 바닥으로 떨어뜨릴 수 있었다. 나중에는 커튼을 펄럭일 수도 있었고 책상에 놓인 족제비 인형의 수염을 당겨 볼 수도 있었다. 전등 스위치를 끄고 켜는 일을 시작했다. 그녀는 방으로 바람이 불어 들어온 것처럼 방문을 약간 열 수 있었다. 책의 페이지를 넘기는 정도까지 되었을 때는 무척 기뻤다. 살아 있을 때, 엘스페스는 책 읽는 일을 무척 좋아했다. 이제 다시 독서의 즐거움을 누릴 수 있게 된 것이다. 책이 펼쳐져 있기만 하면 문제없이 책장을 넘길 수 있었다. 그녀는 책꽂이에서 책을 뽑는 일을 시작했다.

　사물은 그녀에게, 또 그녀는 사물에게 비현실적 존재로 느껴졌지만 아파트의 벽은 가장 큰 장애가 되었다. 그녀는 벽을 마음대로 통과할 수는 없었다. 처음에는 그것에 그다지 신경을 쓰지 않았다. 집 밖으로 나가면 바람과 날씨에 자신의 몸이 산산이 흩어져 버릴까 봐 오히려 두려워했다. 하지만 결국은 아파트 안에서 안절부절못하는 상태가 되었다. 자신이 떠돌아다닐 수 있는 영역이 로버트의 아파트까지 포함되었더라면 그런대로 만족했을 것이다. 그녀는 바닥의 틈새로 빠져나가려고 여러 차례 시도해 봤지만 그때마다『위키드 2: 서쪽마녀 이야기』(1995년에 출간된 그레고리 머과이어의 판타지 소설─옮긴이)에 나오는 웅덩이 같은 곳에 갇히고 말았다. 현관문 밑으로 미끄러져 나가는 일도 불가능했다. 그녀는 아래층에 사는 로버트가 내는 소리를 들을 수 있었다. 그는 샤워를 하고, 텔레비전을 향해 무어라고 중얼거리는가 하면, 아케이드 파이어(2003년에 결성된 캐나다 밴드─옮긴이)의 음악을 틀어 놓기도 했다. 아래층에서 들려오는 온갖 소리를 듣고 그녀는 자기연민과 분노를 느꼈다.

　창문이나 방문을 열어 보려고 했지만 소용이 없었다. 엘스페스는 문을 빠져나가려고 애쓰는 동안 자신의 몸이 형체도 없이 산산이 흩어지기만 할 뿐, 여전히 아파트 안에 갇혀 있다는 사실을 깨달았다. 엘스페스는 궁금했다.

　'왜 이럴까? 이게 다 뭐란 말인가? 나는 천국과 지옥, 보상과 처벌 배후의 이론적 설명을 모두 이해하고 있어. 하지만 만약 이곳이 지옥과 천국의 경계라면 어떻게 된 거지? 영혼의 가택 연금이나 다름없는 이 상태에서 무엇을 배워야 한단 말이야? 누구나 죽으면 자기가 살던 집에 갇혀서 떠돌아다녀야 하는 걸까? 만약 그렇다면, 나 이전에 이 집에서 살았던 사람들은 모두 어디로 가 버린 걸까? 혹시 천상세계의 통치자가 깜빡 실수를 해서 나를 거둬 가지 않은 것은 아닐까?'

그녀는 종교 문제에 대해서는 항상 관대했다. 다른 사람들과 별로 차이가 없는 영국 국교회, 즉 성공회 신자였다. 신의 존재를 믿었지만 종교적 문제를 두고 이러쿵저러쿵 떠드는 것은 다소 무례한 일이라고 생각했다. 그녀는 누가 죽었거나 결혼식을 올릴 때만 교회에 나갔다. 돌이켜보면 성 미가엘 교회를 바로 옆에 두고도 자주 교회에 나가지 않은 건 잘못되었다는 생각이 들었다. 자신의 장례식을 기억할 수 있었으면 좋겠다고 생각했다. 자신이 형태도 없는 안개처럼 아파트 바닥을 뒹굴고 있을 때, 장례식이 거행되었을 것이다. 엘스페스는 하나님을 좀 더 열심히 믿지 않은 사실을 후회했다. 또 앞으로 영원히 자신의 아파트에 갇혀 생활해야 하는지도 궁금했다. 이미 숨을 거둔 어떤 사람이 자신을 죽일 수도 있는지 궁금하기도 했다.

보라색 드레스

에디와 발렌티나는 에디의 작업실에 함께 앉아서 바느질을 하고 있었다. 크리스마스가 코앞까지 다가온 어느 일요일이었다. 줄리아는 잭과 함께 시내로 쇼핑을 갔다. 발렌티나는 옷감을 낭비하지 않으려고 애쓰면서 드레스의 모양을 보라색 비단에 그려 나갔다. 그녀는 두 개의 똑같은 드레스를 만들고 있었다. 비단을 충분히 구입했는지 자신이 없었다.

"솜씨가 제법이네."

에디가 말했다. 오후의 햇살이 스며드는 작업실이 따스해서인지 약간 졸렸다. 그녀는 발렌티나한테 자신이 아끼는 가위를 건네고 딸이 얇은 천을 가위로 잘라내는 모습을 지켜보았다. 가위의 양쪽 날이 맞부딪치면서 사각거리는 소리가 듣기 좋았다. 발렌티나가 에디에게 가위로 자른 옷감을 넘겨주자 에디는 솔기 부분을 옷감에 표시하기 시작했다. 두 사람은 오랜 습관대로 비단을 주고받으며 사이좋게 일했다. 옷감에 표시를 하고 핀을 빼낸 다음 다시 적당한 곳에 핀을 고정하자 발렌티나가 재봉틀에 앉아서 드레스를 조심스럽게 꿰매기 시작했다. 그동안 에디는 두 번째 드레스에 핀을 꽂고 옷감을 잘라내기 시작했다.

"자 한번 보세요, 엄마."

발렌티나가 말했다. 그녀는 자리에서 일어서서 드레스의 앞부분을 가슴 위에 대어 보았다. 스커트에 정전기가 일어나면서 탁탁 소리를 냈다. 아직 소매도 없고 솔기 부분도 꿰매지 않은 상태였다. 에디는 드레스가 크리스마스 때의 동화극에 나오는 요정의 옷 같다고 생각했다.

"그렇게 해 놓으니까 신데렐라 같구나."

에디가 말했다.

"그래요?"

발렌티나는 거울로 다가가 거울에 비친 자기 모습을 보고 미소를 지었다.

"저는 이 색상이 맘에 들어요."

"너한테 잘 어울려."

"그런데 언니는 분홍색 드레스를 입고 싶어 했어요."

에디가 얼굴을 찌푸렸다.

"분홍색으로 하면 열두 살짜리 발레리나처럼 보일 거야. 너희 언니는 분홍색 옷을 만들어 줄 걸 그랬다."

발렌티나는 자기 엄마를 힐끗 쳐다보고 나서 고개를 돌렸다.

"번거롭게 그럴 필요 뭐 있어요. 언니는 내가 만드는 대로 따라올 거예요."

"앞으로는 언니가 하자는 대로 따라하지 말고 당당하게 네 주장을 밝히도록 해. 알았지?"

발렌티나는 옷을 벗겨 내고 다시 재봉틀에 앉았다. 그녀는 소매를 만들기 시작했다.

"엘스페스 이모는 어땠어요? 이모가 엄마한테 이래라저래라 명령하고 그랬어요? 아니면 엄마가 이모를 좌지우지 하셨나요?"

에디는 잠시 머뭇거렸다.

"우리는…… 그런 사이가 아니었어."

그녀는 두 번째 드레스를 탁자에 반듯하게 펼쳐 놓고 솔기선을 따라 톱니바퀴를 굴려 천에 자국을 내기 시작했다.

"우리는 무슨 일이든 함께했지. 우리는 혼자 떨어져 있는 걸 싫어했거든. 나는 아직도 너희 이모가 보고 싶단다."

발렌티나는 엄마가 말을 이을 때까지 가만히 기다렸다. 하지만 그 얘기는 더 이상 진행되지 않았다.

"런던에 가거든 아파트 사진을 보내 주겠니? 아마 너희 할아버지 할머니의 가구로 가득할 거야. 너희 이모는 빅토리아 시대의 가구들이라면 사족을 못 썼지."

"그럴게요. 저는 솔직히 여기를 떠나고 싶지 않아요."

발렌티나는 의자에서 몸을 돌리며 말했다.

"나도 알아. 그렇지만 너희 아빠 말대로 너희가 영원히 이 집에서 지낼 수도 없는 거잖아."

"어차피 그럴 생각도 없었어요."

"그래, 아무튼 잘된 거야."

에디가 미소를 지으며 말했다.

"그렇지만 언제까지나 이 방에서 바느질을 했으면 좋겠어요."

"동화 같은 소리만 하는구나."

"제가 바로 럼플스틸트스킨(독일 민화에 나오는 난쟁이 이름—옮긴이)이에요."

발렌티나는 그렇게 말하고 나서 웃었다.

"아니, 그건 아니야."

에디가 말했다. 그녀는 드레스를 내려놓고 발렌티나에게 다가갔다. 에디는 뒤에 서서 양손을 딸의 어깨에 얹었다. 그런 다음, 상체를 숙여 발렌티나의 이마에 입을 맞추었다.

"너는 공주야, 공주."

발렌티나는 고개를 들고 엄마가 미소를 지으며 자신을 내려다보는 것을 보았다.

"그렇고말고. 넌 영원히 공주야."

에디가 말했다.

"그럼 우리는 영원히 행복하게 사는 거고요?"

"당연하지."

"알았어요."

발렌티나는 한순간 울컥하는 기분을 느꼈다. 앞으로 영원히 행복하게 살 거라는 엄마의 말을 기억하려고 애썼다. 에디는 다른 드레스로 돌아갔다. 발렌티나는 첫 번째 소매를 만드는 일을 마쳤다. 잭과 줄리아가 집으로 돌아왔을 때, 발렌티나는 보라색 드레스를 입고 있었고 에디는 입에 한가득 핀을 물고서 딸아이의 앞에 쪼그리고 앉아서 스커트의 가장자리를 감치고 있었다. 발렌티나는 얼어붙기라도 한 것처럼 그 자리에 서 있었다. 그녀는 빙빙 돌아 카니발 행렬에서처럼 드레스를 한껏 펼치며 뽐내고 싶었다.

'왕자님이 무도회에 날 초대하면 이 드레스를 입고 갈 거야.' 하고 생각했다.

"나도 한번 입어 볼까?"

줄리아가 말했다.

"안 돼. 이건 발렌티나의 드레스야. 너는 나중에 와."

발렌티나가 미처 대꾸도 하기 전에 에디가 핀을 잔뜩 문 입을 오물거리며 말했다.

"알았어요."

줄리아는 그렇게 말하고 돌아서서 잭이 사 온 선물을 포장하러 급히 나갔다.

"봤지? 너도 언니한테 단호하게 안 된다고 말을 해야 한다니까."

에디가 발렌티나에게 말했다.

"알겠어요, 엄마."

발렌티나가 말했다. 그녀는 제자리에서 한 바퀴 빙 돌았다. 드레스 자락이 부풀어 오르며 빙그르르 돌았다. 에디는 흐뭇한 표정으로 그 모습을 바라보았다.

성탄절 다음날

잭이 자기 방으로 들어갔을 때 쌍둥이 자매는 영화를 보고 있었다. 자정이었다. 평소 같으면 세 사람 모두 침대에 누워 자고 있을 시간이었다.

"왠지 낯익은 영화 같은데? 제목이 뭐지?"

잭이 물었다.

"〈오물과 분노〉예요."

줄리아가 말했다.

"섹스 피스톨즈에 관한 음악 다큐멘터리 영화죠. 성탄절 때 엄마 아빠가 저희한테 선물이라며 주셨잖아요."

"아, 맞아. 그랬군."

쌍둥이 자매는 소파 위에서 서로의 몸을 꼬고 누워 있었다. 그래서 잭은 안락의자에 앉았다. 자리에 앉자마자 그는 피로를 느꼈다.

잭은 해마다 성탄절을 즐겁게 보냈지만 이튿날만 되면 공허하고 활기가 없었다. 이제 며칠만 있으면 쌍둥이 딸들이 런던으로 떠난다는 사실 때문에 올해는 더 우울했다. 언제 시간이 그렇게 흘렀을까? 닷새만 있으면 쌍둥이 딸들은 스물한 살이 된다. 그리고 멀리 떠나보내야 한다.

"짐은 다 쌌니?"

그가 물었다.

"예."

발렌티나가 말했다. 그녀는 텔레비전의 볼륨을 완전히 껐다.

"우리 두 사람 모두 짐이 많아서 중량이 초과할 것 같아요."

"그렇겠지."

잭이 말했다.

"컴퓨터도 그렇고 다른 전기 기계를 사용하려면 변환기를 가져가야 할 것 같아요. 내일 저희랑 시내에 나갈래요?"

줄리아가 잭을 돌아보며 말했다.

"그러자꾸나. 헤븐온세븐(정통 미국음식을 맛볼 수 있는 레스토랑—옮긴이)에 들러서 점심도 먹고. 너희 엄마도 같이 가고 싶어 할지도 모르겠다."

에디는 지난 몇 주 동안 쌍둥이 딸들을 그림자처럼 따라다녔다. 먼 길을 떠나는 딸들을 가슴에 새겨 두고 싶어서였다.

"좋아요. 워터타워(급수탑으로 1871년 시카고 대화재 때 타지 않고 유일하게 남은 건축물—옮긴이)에도 가 보도록 해요. 그리고 부츠도 새로 사야 해요."

발렌티나는 자니 로튼(섹스 피스톨즈의 보컬―옮긴이)이 노래를 부르느라 입을 뻥긋거리는 모습을 지켜보았다. 자니는 약간 정신이 나간 사람처럼 보였다. 아무튼 그는 멋진 스웨터를 입고 있었다. 발렌티나와 줄리아는 런던으로 떠나기 전에 꼼꼼하게 준비를 갖췄다. 론리 플래닛에서 펴낸 여행안내서는 물론이고 찰스 디킨스의 작품까지 읽었다. 포장명세서를 작성하는가 하면 자신들이 들어가서 살 아파트의 위치를 구글 검색창에서 찾아보기도 했다. 그들은 엘스페스 이모와 신비에 싸인 팬쇼 씨에 대해 끊임없이 추측해 보았다. 또 로이즈 은행에 새로 개설한 자신들의 계좌로 거액이 입금된 것을 확인하고 깜짝 놀랐다. 이제 그들로서는 할 일이 별로 남아 있지 않았다. 한편으로는 이상하게 공허한 기분이 들었고 두렵기도 했다. 그들은 초조하고 불안해서 어쩔 줄을 몰랐다. 발렌티나는 당장 런던으로 떠나든지, 아니면 그냥 미국에 눌러앉든지 무슨 수를 내고 싶었다.

줄리아가 자기 아빠를 빤히 바라보았다.

"아빠는 괜찮으세요?"

"응, 괜찮은데. 왜?"

"모르겠어요. 기운이 하나도 없어 보여서요."

줄리아는 아빠가 한숨을 자주 쉬는 이유가 체중이 많이 불어서라고 생각했다. 그녀는 자기 아빠한테 무슨 문제가 있는지 궁금했다.

"난 괜찮아. 그냥 휴일이라서 그래."

"그래요?"

잭은 집과 자신의 결혼생활 그리고 쌍둥이 딸이 없는 생활을 상상해 보려고 애쓰며 자리에 앉아 있었다. 그와 에디는 그 문제를 지난 몇 달 동안 의도적으로 피했다. 이제 집요하게 그 사실에 대해 생각해 보았다. 그의 생각은 부부간의 행복, 쌍둥이 딸들이 예전에 집을 떠나 생활했을 당시의 기억 그리고 에디에 대한 걱정 쪽으로 옮겨 갔다.

엘스페스가 죽기 전에 에디는 한동안 무엇에 홀린 사람처럼 지냈다. 당시 잭은 그녀가 왜 넋을 잃고 지내는지, 왜 멍한 표정으로 사물을 뚫어지게 바라보는지, 또 무슨 문제가 있느냐고 물으면 왜 가식적으로 환한 표정을 짓는지 그 이유를 밝혀내려고 탐정까지 고용했었다. 하지만 탐정은 에디를 미행하며 지켜보기만 할 뿐, 잭이 알고 싶어 하는 것들에 아무런 해답을 주지 못했다. 그러다가 엘스페스가 죽고 나자 에디는 극도의 슬픔에 잠겼다. 잭은 그녀를 달랠 수가 없었다. 그녀를 위로해 주려고 노력했지만 효과는 별로 없었던 것 같다. 이제 그는 쌍둥이 딸들이 떠나 버리면 에디가 잘 살아갈 수 있을지 궁금했다.

딸들이 대학 기숙사에 들어갈 때마다 두 사람은 아무런 문제없이 생활했었다. 아니 오히려 두 사람만의 자유를 만끽할 수 있었다. 외출했다가 밤늦게 돌아올 수도 있었고, 눈치 보지 않고 요란한 섹스를 할 수도 있었다. 또 충동적으로 밤거리를 휘젓고 다닐 수도 있었고 과음을 해도 전혀 문제가 되지 않았다. 그렇지만 그런 행동을 하고 나면 항상 적막한 기분이 찾아들었다. 이제 딸들이 떠나고 나면 텅 빈 집에 그런 적막이 감돌 것이다. 단 둘이서 저녁을 먹어야 할 것이다. 별로 나눌 얘기가 없는 두 사람에게 밤은 무척 길게 느껴질 것이다. DVD를 보거나 호숫가를 거닐거나 클럽에 가서 무료한 시간을 때울 것이다. 그게 아니면 집의 이쪽과 저쪽 끝에서 각자 시간을 보낼 것이다. 그는 인터넷을 검색하거나 톰 클랜시의 소설을 읽을 것이고, 에디는 뜨개질을 하면서 오디오북을 들을 것이다. 요즘 그녀가 듣는 것은 『다시 찾은 브라이즈헤드』인데 그런 작품을 듣다 보면 틀림없이 한바탕 극심한 우울증에 시달리게 될 거라고 잭은 생각했다.

 쌍둥이 딸들이 떠나 버리고 나면 별로 고대할 게 없었다. 그는 최대한 자신과 많은 시간을 보내 주려고 애쓰는 두 딸이 고마웠다. 줄리아와 발렌티나가 이 누추하지만 편안한 집에서 문제없이 자랄 수 있도록 해 준 에디와 엘스페스에게도 감사했다. 덕분에 그는 아버지 노릇을 할 수 있었고 두 딸은 지금 그의 방에 앉아서 자니 로튼의 공연을 지켜볼 수 있는 것이다. 화면에서 자니는 '여왕을 지켜주소서'라는 노래를 발작을 일으키듯 부르고 있었다. 고마운 마음이 물밀듯이 밀려오면서 갑자기 울컥했다. 그런 감정은 고통에 가까웠다. 그는 더 이상 참지 못하고 의자에서 몸을 일으켜 세웠다. 1분만 더 의자에 앉아 있다가는 아이들 앞에서 눈물을 보이거나 앞으로 두고두고 후회할 말을 내뱉게 될 것 같아 두려웠다. 그는 딸들에게 잘 자라는 말을 남기고 방을 나와 침실로 들어갔다. 에디는 시계가 붙은 라디오에서 흘러나오는 푸르스름한 불빛 속에서 몸을 웅크린 채 잠들어 있었다. 잭은 조용히 옷을 벗고 나서 양치질도 하지 않고 침대로 기어 올라갔다. 캄캄한 심해에 들어와 있는 것 같았다. 이제 두 번 다시 행복한 상상을 할 수 없을 것 같았다.

발렌티나가 텔레비전을 껐다. 쌍둥이 자매는 자리에서 일어나 한껏 기지개를 켰다.

"아빠가 정말 우울해 하시는 것 같아."

발렌티나가 말했다.

"두 분 다 그래. 마치 자살이라도 할 사람들처럼. 우리가 떠나 버리고 나면 두 분이서 어떻게 살아가실지 궁금해."

줄리아가 말했다.

"런던에 가지 말고 여기 있을까?"

발렌티나의 느닷없는 말에 줄리아는 초조한 표정을 지었다.

"여기서 엄마아빠와 평생을 함께 살 수는 없잖아. 결국에는 어딘가로 떠나야 해. 우리가 하루라도 빨리 떠날수록 엄마아빠는 그만큼 빨리 슬픔을 극복할 수 있을 거야."

줄리아가 말했다.

"그건 그래."

"가거든 일요일마다 전화를 드리자. 런던으로 우리를 찾아오실 수도 있고."

"알았어. 언니만 런던으로 가고 나는 여기에 남아 있으면 어떨까?"

발렌티나가 말했다. 줄리아는 어림도 없는 소리라도 들은 것처럼 당장에 거부반응을 보였다. 자신과 떨어져서 부모님과 함께 있고 싶어 하는 동생을 보고 그녀는 어처구니가 없었다.

"말 같은 소리를 해!"

그녀는 떨리는 가슴을 진정하려고 애쓰며 잠시 말을 멈췄다. 발렌티나는 약간은 재미있어 하면서 언니를 지켜보았다.
"이봐, 아가씨. 우리 두 사람은 항상……."
"알았으니 걱정 마. 같이 갈게."
그녀는 줄리아의 어깨를 한 팔로 감쌌다. 두 사람은 불을 끄고 방에서 나왔다. 그들은 부모님의 방을 힐끗 쳐다보면서 자기네 침실로 걸어갔다.

새해 첫날

로버트는 엘스페스의 방에 서 있었다. 내일이면 쌍둥이 조카들이 도착하게 된다. 그는 세인즈베리 매장에서 종이상자 몇 개와 외장용 하드 드라이브를 사왔다. 종이상자들은 입을 벌린 채 엘스페스의 커다란 빅토리아식 책상 옆에 놓여 있었다.

엘스페스는 책상 위에 걸터앉아 로버트를 지켜보았다. 로버트의 표정이 밝아 보이지 않는다고 생각했다. 그녀는 자신이 죽고 나서 얼마나 시간이 흘렀는지 전혀 알지 못했다. 몇 달? 몇 년? 무슨 일이 벌어지고 있었다. 지금껏 로버트는 그녀의 아파트를 본래 모습 그대로 놓아두었다. 물론 음식물은 대부분 내다버렸고 신용카드도 해지했다. 이제 그녀에게 오는 우편물은 없었다. 그는 그녀의 일을 마무리 짓고 그녀의 고객들에게 일일이 편지를 썼다. 아파트에는 먼지가 뽀얗게 쌓여 가고 있었다. 창문으로 스며드는 햇살도 그녀가 살아 있을 때보다 더 흐릿한 것 같았다. 유리창을 닦아야 할 것 같았다.

로버트는 엘스페스의 책상에 붙어 있는 서랍들을 하나하나 열어 보았다. 문방구나 송장(送狀)은 있는 그 자리에 놓아두었다. 그는 여러 개의 비닐봉투에 들어 있는 사진과 그녀가 전화를 받는 동안 끼적거린 공책을 서랍에서 꺼냈다. 그런 다음, 책꽂이로 다가가서 일기장으로 사용한 장부들을 뽑아내 먼지를 떨어낸 다음 종이상자에 차곡차곡 담았다. 엘스페스는 로버트에게 장부를 하나 펼쳐 보라고 연거푸 말했다. 물론 그는 그녀가 하는 말을 듣지 못했다.

그는 묵묵히 일만 했다. 엘스페스는 자신의 존재가 하찮게 생각되었다. 어떤 때 로버트는 그녀의 아파트에서 그녀에게 말을 걸곤 했다. 사진첩, 편지가 가득 들어 있는 신발상자와 공책들이 상자 안에 담겼다. 그녀는 다가가서 그의 몸을 건드려 보고 싶었지만 간신히 그런 욕구를 억눌렀다. 로버트는 그녀의 컴퓨터에 하드 드라이브를 끼워 넣고 파일을 옮기는 일을 했다. 그런 다음, 컴퓨터에 들어 있는 자료들을 기본적인 것들만 남기고 모두 지웠다. 엘스페스는 그의 뒤에 서서 그 모습을 지켜보았다. 자기 컴퓨터를 바라보면서 그토록 슬픔에 잠겼던 적은 없었다. 이제 정말 자신이 죽었다는 생각이 들었다. 로버트는 하드 드라이브를 뽑아내서 상자에 담았다.

그는 상자 하나를 손에 들고 아파트를 둘러보기 시작했다. 엘스페스는 그의 뒤를 졸졸 따라다녔다. 그녀는 마음속으로 그에게 침실로 들어가 보라고 재촉했다. 로버트는 침실로 다가가 문간에 한동안 서 있었다. 엘스페스는 그의 앞을 스치고 지나가 침대에 걸터앉았다. 그녀는 그를 빤히 바라보았다. 그녀는 침대에 앉아 있고 그는 문간에 서 있으니 묘한 분위기가 흘렀다. 먼지가 쌓인 방으로 따스한 햇살이 스며들고 있었다. 잠시 뒤면 그가 다가와 자기한테 키스를 해 줄 거라는 터무니없는 생각을 하면서 엘스페스는 기다렸다. 예전에는 그런 경우가 수도 없이 많았기 때문에 잠깐 착각을 한 것이다.

　로버트는 드레스 룸의 문을 열었다. 그는 상자를 바닥에 내려놓고 서랍을 열었다. 그런 다음 속옷과 브래지어 그리고 반바지를 상자에 담았다. 그는 일어서서 그녀의 신발들을 바라보며 생각에 잠겼다. 엘스페스는 그가 스웨이드 가죽으로 된 분홍색 신발을 가져갈 거라고 생각했다. 그녀의 판단이 옳았다. 그는 분홍색 신발을 상자에 담고 나서 틈이 보이지 않도록 다른 신발들을 나란히 정리했다. 그녀는 편지를 잊지 말라고 그에게 당부했다. 그는 점퍼가 가득 들어 있는 서랍을 열고 하나하나 냄새를 맡아 보았다. 그가 집어 든 것은 별다른 특징이 없는 청색 캐시미어 점퍼였다. 그것은 마지막으로 입고 나서 세탁을 해 놓지 않은 옷이었다. 그는 다른 서랍을 열고 그 안에 들어 있는 성인용품들을 상자에 쓸어 담았다. 서랍 바닥에 하나가 남아 있었지만 그 사실을 모르고 그냥 서랍을 닫았다.

　로버트는 손을 뻗어 맨 위쪽 선반에 얹혀 있는 상자를 끌어내렸다. 엘스페스는 미소를 지었다. 그녀는 그가 꼼꼼히 물건들을 정리해 줄 거라고 믿었는데 그녀의 판단은 역시 옳았다. 그는 끌어내린 상자를 옷이 가득 담긴 상자 옆에 놓아두었다.

　로버트는 욕실을 청소했다. 그는 엘스페스의 세면용품을 모두 쓰레기통에 버렸지만 그녀가 사용하던 피임용 격막을 손에 들고 잠시

서 있었다.

'이제 저런 게 무슨 필요가 있다고 저럴까?'

그녀는 생각했다. 피임용품도 잠시 뒤에 쓰레기통으로 들어갔다.

그는 욕실 문을 닫고 침대 옆에 서서 생각에 잠겼다. 그런 다음 침대에 드러누웠다. 엘스페스는 그의 몸을 건드리지 않으려고 애쓰며 옆자리에 누웠다.

'로버트를 볼 수 없게 되면 어쩌지?'

그녀는 생각했다. 그는 엘스페스한테서 받은 것들을 모두 가지고 아파트를 나설 것이다.

'자기, 부끄러워하지 말아요. 여기에는 우리 둘밖에 없는데 어때요?'

그녀는 그런 생각을 하며 그가 허리띠의 고리를 풀고 바지의 지퍼를 내리는 것을 지켜보았다. 그녀는 로버트의 옆자리에서 발가벗은 몸으로 누워 있는 자신의 모습을 상상했다. 그러자 정말로 발가벗은 몸이 되었다.

때때로 그는 엘스페스의 몸짓을 흉내 냈지만 오늘은 좀 더 거칠게 자신의 몸을 더듬었다. 엘스페스는 로버트의 얼굴을 빤히 바라보았다. 그녀는 자리에서 일어나 앉아 그의 몸에 기댔다. 그는 두 눈을 감고 있었다. 그녀는 그의 머리카락을 손으로 건드렸다. 그의 얼굴에 자신의 얼굴을 바짝 가져다 대고 그의 입김을 느끼려고 했다. 그의 입김은 무척이나 따스했다. 그녀는 그에게 자신이 아직도 살아 있다는 느낌을 전해 주고 싶었다. 그러기 위해서는 그의 몸을 건드려야 했다. 하지만 자신의 손길이 그에게는 차갑게 느껴질 거라는 사실을 알고 있었다. 지금껏 그의 몸을 만질 때마다 그는 몸을 부르르 떨면서 움츠러들었다. 그래서 그녀는 그의 옆자리에 무릎을 꿇고 앉아 다만 그를 지켜보기만 했다.

그녀는 로버트와 섹스를 할 때, 그의 얼굴에 떠오르는 복잡 미묘한 표정을 보고 종종 감탄을 하곤 했다. 그는 욕망, 집중, 고통, 인내, 환희, 절망, 해방감이 골고루 섞인 표정을 지었다. 그럴 때면 그녀는 로버트의 영혼이 간직하고 있는 극한의 감정들을 모조리 관찰하고 있다는 느낌을 받곤 했다. 오늘 그의 얼굴에 드러난 표정에서는 절박감이 느껴졌다. 그것은 무언가를 간구하는 표정이었다. 사정을 할 때까지는 오랜 시간이 걸릴 것 같았다. 엘스페스는 초조해지기 시작했다. 그녀는 로버트가 두 손으로 자신의 성기를 감싸 쥐고 있는 모습을 지켜보았다. 그는 발가락을 구부리고 사정을 하는 순간에는 고개를 옆으로 홱 젖혔다. 다음 순간, 그의 몸은 축 늘어졌다. 로버트는 눈을 뜨고 천장을 멍하니 쳐다보았다.

'로버트, 나 여기 있어요.'

그녀는 말했다.

눈물 한 방울이 그의 뺨을 타고 흘러내리다가 멈췄다.

'울지 말아요. 제발 울지 말아요.'

엘스페스는 로버트가 우는 모습을 한 번도 보지 못했다. 병원에서도 그는 울지 않았다. 심지어 그녀가 죽었을 때도 눈물을 보이지 않던 사람이다.

'당신이 그렇게 괴로워하는 모습을 차마 못 보겠어요.'

그녀는 손을 뻗어 그의 눈물방울을 건드렸다. 그 순간, 로버트가 깜짝 놀라며 고개를 돌렸다.

'나, 여기 있어요. 여기.'

그녀는 주변을 둘러보며 움직일 수 있는 물건이 있는지 살펴보다가 커튼을 발견하고 그것을 약간 흔들어 보았다. 하지만 로버트는 자리에서 일어나 앉아 양손에 묻은 정액을 닦아 내고는 바지를 입었다. 커튼이 있는 쪽으로는 시선조차 돌리지 않았다. 그녀는 성인용품과 자신의 속옷이 담겨 있는 상자를 흔들어 보려고 했지만 너무 무거워서 역부족이었다. 그녀는 완전히 지친 모습으로 방 한가운데에 서 있었다. 로버트는 욕실로 들어가서 간단히 씻고 밖으로 나왔다. 그의 손에는 그녀의 물건들이 가득 담긴 쓰레기봉투가 들려 있었다. 그는 쓰레기봉투를 내려놓고 이부자리를 반듯하게 정리하기 시작했다. 엘스페스는 침대에 걸터앉아 그가 일하는 모습을 지켜보았다. 그가 몸을 기울였을 때, 그녀는 그의 가슴에 양손을 대고 셔츠 속으로 손을 넣어 그의 피부를 부드럽게 어루만졌다. 그가 몸을 움찔했다.

"엘스페스?"

로버트가 다급한 목소리로 그렇게 속삭였다.

그녀는 그의 이름을 부르며 두 손으로 그의 피부를 천천히 어루만졌다. 등, 엉덩이, 다리, 성기, 아랫배, 손, 팔. 그녀는 그의 몸을 남김없이 더듬었다. 그는 눈을 감고 고개를 돌리다가 아래로 떨어뜨렸다. 그녀는 그가 어떤 느낌일지 생각해 보았다. 얼음조각이 자기 몸 위를 스치고 지나가는 느낌을 받을까? 그녀가 양손을 그의 몸속으로 밀어 넣자 그는 숨을 헐떡거렸다. 그녀는 그의 몸이 정말 따뜻하다고 생각했다. 그리고 그가 어떤 느낌일지 알 수 있었다. 형체도 없는 그녀의 차가운 몸은 그의 사랑스럽고 뜨거운 몸과 정반대였다. 그녀는 두 손을 거둬들였다. 손에는 아직도 그의 온기가 느껴졌다. 그녀는 자기 손이 조금이라도 벌겋게 달아오르기를 기대하며 손을 바라보았다. 로버트는 가슴 위로 팔짱을 끼고 양쪽 어깨를 한껏 움츠린 채 벌벌 떨고 있었다.

'정말 미안해요.'

그녀가 말했다.

"엘스페스, 만약 당신이라면 아무 거라도 좋으니 무슨 신호라도 보여 봐."

그가 속삭이듯 말했다. 그녀는 손끝을 그의 눈썹 사이에 대고 천천히 코와 입술 그리고 턱까지 쓸어내렸다. 그리고 같은 동작을 다시 한 번 반복했다.

"오, 이런. 젠장."

그는 다시 침대에 앉아 팔꿈치를 무릎에 대고 양손으로 머리를 감싼 채 바닥을 빤히 내려다보았다. 엘스페스는 기뻐서 어쩔 줄을 몰랐다. 그녀는 그의 옆자리에 앉았다. 그토록 바라던 일을 드디어 해낸 것이다. 그녀는 안도의 한숨을 내쉬었다.

'드디어 깨달았군요. 내가 여기에 있다는 걸 이제 알았죠?'

로버트는 신음소리를 냈다. 엘스페스는 그를 바라보았다. 그는 양미간을 한껏 찡그린 채 주먹으로 자신의 이마를 쿵쿵 쳤다.

"내가 완전히 정신이 나갔나 봐. 바보같이."

그는 자리에서 일어서서 상자와 쓰레기봉투를 집어 들고 재빨리 그녀의 방으로 돌아갔다. 엘스페스는 눈앞에서 벌어진 일을 믿지 못해 그를 뒤따라갔다.

'로버트, 기다려요. 잠깐만……'

그는 상자를 번쩍 들고 복도를 나가더니 황급히 계단을 내려갔다. 그녀는 자신의 열린 현관문에 서서 그의 발소리에 귀를 기울이고 있었다. 그의 아파트에서 발소리가 들려오다가 계단을 다시 올라오는 소리가 들려왔다. 그녀는 그가 자신의 몸을 뚫고 지나가도록 내버려 두었다. 그리고 그를 뒤따라 다니면서 그가 이따금 내뱉는 소리에 귀를 기울였다.

"제시카는 내가 제정신이 아니라고 그랬지. 그래, 그녀의 말이 옳았어. 제시카는 내가 이러다가 정신이 이상해질지도 모른다고 했어. 내가 지금껏 무슨 쓸데없는 짓을 한 거지? 엘스페스는 돌아오지 않아. 절대로. 아, 엘스페스……"

현관문이 닫혔다. 엘스페스는 다시금 아파트에 혼자 남겨졌다. 그녀는 눈물이 흘러내리는 느낌을 받았다. 손을 들어 얼굴을 만져 보니 정말 눈물이 흘러내리고 있었다.

'어머, 정말 내가 울고 있었어.'

그녀는 새로운 사실을 발견하고 깜짝 놀랐다. 잠시 뒤에 그녀는 정적이 감도는 자신의 아파트를 향해 돌아섰다.

제 2 부

미러 트윈스

줄리아와 발렌티나 풀은 비행기에서 내려 히드로 공항으로 들어갔다. 두 사람이 신고 있는 새하얀 에나멜 구두가 바닥에 깔린 양탄자에 닿을 때마다 정확하게 동시에 발소리가 났다. 무릎까지 올라오는 양말을 신은 자매들은 무릎 위 10센티미터까지 올라간 주름이 잡힌 흰색 스커트를 입고 평범한 흰색 티셔츠 위에 흰색 털옷을 걸치고 있었다. 두 사람 모두 기다란 흰색 스카프를 목에 두르고 바퀴가 달린 여행용 가방을 끌고 가는 중이다. 분홍색과 노란색 천으로 만들어진 줄리아의 가방에는 일본 만화에 나오는 원숭이의 얼굴이 그려져 있었다. 원숭이는 그녀의 뒤에서 걸어오는 사람들을 향해 눈을 흘기고 있었다. 발렌티나의 청록색 가방에는 잘못을 뉘우치는 것 같기도 하고 수줍어하는 것 같은 표정의 쥐가 그려져 있었다.

공항의 창문 밖으로 보이는 아침 하늘이 푸르스름했다. 자매는 끝없이 이어진 복도를 따라가다가 자동 보도에 올라타고 경사로를 지나 계단을 내려갔다. 그들은 서로의 손을 잡고 하품을 하면서 출입국 관리들 앞에 줄을 서서 기다렸다. 자신들의 차례가 오자, 자매는 아무것도 찍히지 않은 여권을 내밀었다.

"얼마나 체류하실 생각입니까?"

제복을 입은 여자가 피곤한 표정으로 물었다.

"여기에서 계속 지낼 생각이에요."

줄리아가 대답했다.

"아파트를 유산으로 받았는데 그 아파트에 들어가 살려고 왔어요."

줄리아가 그렇게 대답하고 발렌티나를 보고 빙긋 웃자 발렌티나도 따라서 미소를 지었다. 여자는 거주비자를 유심히 들여다보고 나서 여권에 도장을 찍더니 두 사람에게 지나가라는 손짓을 했다.

'이제 이곳에서 영원히 사는 거야. 런던에 있는 우리 아파트에서 줄리아 언니와 영원히 사는 거야. 아직 한 번도 보지 못한 아파트에서 한 번도 만나지 못한 사람들에 둘러싸여서 말이야.'

발렌티나는 그렇게 생각하며 줄리아의 손을 꼭 쥐었다. 그러자 줄리아가 그녀를 보고 윙크를 했다.

검정색 택시에 올라타자 바람이 술술 들어와서 추웠다. 발렌티나와 줄리아는 뒷좌석에서 졸았다. 두 사람의 발은 여러 개의 짐으로 둘러싸여 있었다. 그들은 아직도 서로의 손을 꼭 잡고 있었다. 창밖으로 런던의 도로들이 쏜살같이 스치고 지나갔다. 다른 운전자들은 그들이 도저히 이해할 수 없는 교통법규를 지키며 획획 지나갔다. 줄리아와 발렌티나는 운전을 배웠다. 하지만 택시가 혼잡한 도로를 뱀처럼 꼬불꼬불 파고 들어가는 모습을 보니 줄리아는 런던에서는 도저히 운전을 못할 것 같았다. 그녀는 자기가 운전을 못하면 당연히 동생도 못할 거라고 생각했다. 발렌티나는 길을 잃는 걸 싫어했다. 그녀는 낯선 곳도 싫어했다. 게다가 두 사람은 차도 없었다. 줄리아는 택시와 대중교통을 이용했다. 그녀는 자신의 옆에서 기우뚱거리며 달리고 있는 빨간색 이층버스를 바라보았다. 버스에 탄 사람들은 누구나 지치고 따분해 하는 것처럼 보였다.

'어떻게 따분할 수가 있지? 여기는 런던이잖아. 여왕과 비비엔 웨스트우드(1941년생 영국 출신의 패션디자이너—옮긴이)와 같은 공기를 마시면서 어떻게 따분할 수가 있는 거지?'

택시가 지하철역을 하나 지나쳤다. 역에서 사람들이 쏟아져 나오고 있었다. 줄리아는 시계를 들여다보았다. 4시 15분이었다. 그녀는 시간을 10시 15분으로 맞추었다. 그들은 하이게이트 로드로 들어섰다. 줄리아는 이제 아파트까지 얼마 남지 않았다고 생각했다. 그녀는 발렌티나를 돌아보았다. 발렌티나는 이제 곧은 자세로 앉아서 창밖을 내다보고 있었다. 택시는 경사가 급한 언덕을 기어오르기 시작했다. 스웨인즈(연인이나 애인, 특히 남자 애인이라는 뜻이 있음—옮긴이) 거리였다.

"연인의 거리라는 거야?"

발렌티나가 물었다.

"스와인(돼지라는 뜻—옮긴이)에 가깝죠."

택시 기사가 말했다.

"옛날에 이쪽 길로 돼지를 몰고 다녔답니다."

발렌티나는 낯을 붉혔다. 줄리아는 립스틱을 꺼내 거울도 보지 않고 입술에 발랐다. 그런 다음, 립스틱을 발렌티나에게 건네자 그녀도 똑같이 입술을 칠했다. 두 사람은 서로의 입술을 쳐다보았다. 줄리아는 손을 들어 발렌티나의 입 가장자리에 묻어 있는 분홍색 립스틱 조각을 떼어내 주었다. 라디오에서는 암호 같은 이름과 숫자가 줄줄 흘러나오고 있었다. 탬워스 1점, 버튼 알비온 1점, 바넷 0점, 워킹 0점, 엑스터 시티 0점, 헤리퍼드 유나이티드 1점, 올더쇼트 2점, 다겐햄 앤 레드브릿지 1점…….

"축구 점수입니다."

줄리아가 무엇이냐고 묻자 운전사가 대답했다.

그들은 언덕 꼭대기에 이르러 좁은 길을 따라 들어갔다. 왼쪽에는 공원이 있었고 오른쪽에는 수많은 벽돌집이 늘어서 있었다. 마을의 한복판에는 커다란 교회가 서 있었다. 택시는 교회와 그 바로 뒤에 있는 건물의 중간쯤에 멈춰 섰다. 회반죽을 바른 건물에는 아무런 장식도 되어 있지 않았다.

"다 왔습니다. 여기가 바로 보트래버스 뮤즈입니다."

운전사는 줄리아가 내민 돈을 받았다. 그녀는 택시비로 거의 120달러나 들어간 걸 알고 충격을 받았다. 그녀는 팁으로 12달러를 운전사에게 건넸다.

"고맙습니다."

운전사가 말했다. 발렌티나가 택시 문을 열자 차고 습한 바람이 달려들었다.

"여기가 정말 맞아? 못 찾겠는데."

그녀가 줄리아에게 말했다. 교회는 왼쪽에 있었고 회반죽을 칠한 건물은 72번지였다. 두 건물 사이에는 아스팔트가 깔린 좁은 길이 나 있었다. 내리막길은 경사가 가팔랐고 어둑어둑했다. 교회의 벽돌 담이 그림자를 드리우고 있어 길은 어두웠다. 발렌티나는 자기들의 집으로 보이는 건물을 찾을 수가 없었다.

"아마 이 근처에 찾으시는 집이 있을 겁니다."

택시 운전사가 말했다.

"짐을 옮겨 드릴까요?"

그는 한 번에 여러 개의 가방을 들고 좁을 길을 따라 걸어갔다. 줄리아와 발렌티나는 천으로 된 여행 가방을 끌고 그 뒤를 따라갔 다. 좁을 길을 따라가자 회반죽을 바른 건물의 뒤편으로 돌아갈 수 있었다. 그들은 그곳에서 꼭대기에 담장 못이 박힌 높다란 돌담을 보았다. 무성한 자작나무 가지들이 담 위로 흘러내리고 있었다. 발 렌티나는 습한 흙냄새를 맡자 벌써 고향이 그리워졌다. 줄리아는 커 다란 열쇠로 육중한 나무문을 열고 있었다. 문은 소리도 없이 열렸 다. 줄리아가 담장 뒤로 사라졌다. 운전사는 여행 가방을 한 줄로 반 듯하게 내려놓았다. 발렌티나는 아스팔트 위에 서서 안으로 들어가 지 않고 잠시 망설였다. 운전사는 이상하다는 듯이 그녀를 바라보았 다. 밝은 녹색 카디건에다 갈색 격자무늬 바지를 입고 있는 늙수그 레한 운전사는 약간 마른 몸에 파란 눈동자를 갖고 있었다.

"아가씨, 괜찮아요?"

운전사가 물었다.

"예, 괜찮아요."

발렌티나는 약간 구역질이 났지만 그렇게 대답했다.

"빨리 들어와!"

줄리아가 안에서 소리쳤다. 그녀의 목소리는 멀리서 들려왔고 명확하지 않았다.

"두 분 다 미국 분이시죠?"

운전사가 물었다.

"이모님이 유언장에 아파트를 저희에게 남겼어요."

발렌티나가 말했다. 다음 순간, 그녀는 자신이 바보처럼 생각되었다. 운전사한테 그런 사실까지 밝힐 필요가 있을까?

"아, 그러시군요."

운전사가 말했다. 그는 호기심을 만족시키는 대답을 듣고 고개를 끄덕였다.

발렌티나는 운전사에게 고마운 마음이 들었다. 그는 두 사람이 쌍둥이냐고 물어보지 않았다. 아마도 그건 너무 개인적인 질문이라고 생각하는 듯했다. 아니, 어쩌면 그 사실을 못 알아차렸을지도 모른다. 발렌티나는 자신과 언니가 쌍둥이라는 사실을 사람들이 눈치채지 못할 때가 좋았다.

"거기서 뭐해?"

안에서 또다시 고함소리가 들려왔다. 운전사가 발렌티나를 향해 빙긋 웃어 보였다.

"이제 그만 들어가 보세요."

발렌티나는 운전사를 향해 미소를 지어 보이고 나서 여행 가방을 끌고 대문 안으로 들어갔다.

줄리아는 현관문 앞에서 문 손잡이에 손을 얹었다. 그녀는 동생이 이끼로 뒤덮인 돌을 밟고 다가올 때까지 기다렸다. 발렌티나는 칙칙하고 거대한 건물을 쳐다보았다. 그녀는 검은색 유리창과 정교한 철골 구조물을 보고 부르르 몸을 떨었다. 비는 내리지 않았지만 그렇다고 비가 오지 않는다고도 할 수 없었다. 애매모호한 날씨였다. 그녀는 뒤에서 운전사가 성큼성큼 걸어오는 소리를 들었다. 줄리아가 문을 열었다.

그들은 현관에 발을 들여놓았다. 밖에서 보던 것과는 달리 건물 안은 따뜻하고 깔끔했다. 실내는 텅 비어 있었다. 벽은 연분홍빛을 띤 회색으로 칠해져 있었다. 뇌를 상기시키는 색깔이었다. 그들의 오른쪽에 있는 오크 문에는 자그마하게 '팬쇼'라고 적힌 카드가 꽂혀 있었고, 두 사람의 앞에 놓인 작은 탁자 위에는 빈 바구니 세 개가 얹혀져 있었다. 우산이 탁자에 기대어져 있었고, 그들 왼쪽에 계단이 있었다. 나선형 계단은 두 사람의 키보다 더 높았다. 발렌티나는 '나를 마셔 주세요'라는 딱지가 붙은 작은 병 같은 게 분명히 있을 거라고 생각했지만 그런 것은 없었다.

"그 가방들은 여기에 내려놓으시면 돼요."

줄리아가 운전사에게 말했다. 발렌티나가 운전사에게 고맙다고 인사하자 그는 아무쪼록 즐겁게 생활하기 바란다고 말하고는 떠났다. 발렌티나는 왠지 약간 허탈한 기분이 들었다.

"뭐해? 들어와."

줄리아가 말했다. 그녀는 중력에서 벗어난 사람처럼 계단을 한걸음에 뛰어올라갔다. 발렌티나는 차분하게 그 뒤를 따라갔다.

층계참에 이르렀을 때 빛바랜 동양 융단이 계단에 깔려 있었다.

계단은 계속 이어져 있었지만 자매는 걸음을 멈췄다. 방문에 붙어 있는 연한 녹색 카드에는 '노블린'이라고 적혀 있었다. 타자기로 찍은 글자였다. 줄리아는 열쇠를 구멍에 밀어 넣었다. 열쇠를 이리저리 움직여 본 끝에 결국 문을 열 수 있었다. 그녀는 발렌티나를 돌아보았다. 발렌티나는 줄리아의 손을 잡았다. 두 사람은 새로운 집으로 걸어 들어갔다.

현관에는 우산과 거울이 가득했다. 쌍둥이 자매의 모습이 열여덟 개나 되는 거울에 비쳤다. 그들은 그것을 보고 깜짝 놀랐다. 두 사람 모두 거울에 비친 모습을 보고 누가 누구인지 전혀 분간을 하지 못한 채 얼어붙은 듯 그 자리에 서 있었다. 그때 줄리아가 고개를 돌리자 거울에 비친 모습도 한쪽으로 고개가 돌아갔다.

"왠지 기분이 으스스하네."

줄리아가 침묵을 깨며 말했다.

"나도 그래."

발렌티나가 대꾸했다. 그녀는 맹인처럼 한 손을 앞으로 내밀고 현관에서 좁은 길을 따라 커다랗고 어두컴컴한 방으로 들어갔다.

엘스페스는 서랍 속에서 졸고 있다가 밖에서 들려오는 목소리에 잠에서 깼다.

줄리아는 발렌티나를 뒤따라 거실로 들어섰을 때, 물속에 들어와 있는 것 같은 느낌을 받았다. 거실은 연못의 바닥 같았다. 거실에 있는 모든 것이 커다란 그림자를 드리우고 있었다. 반면에 발렌티나는 어둠 속에서 움직이는 가느다란 그림자였다. 그 순간, 줄리아는 어떤 소리를 들었다. 발렌티나가 탑처럼 쌓여 있는 책에 발이 걸려 넘어지는 소리였다. 잠시 뒤에 발렌티나가 키가 크고 폭이 넓은 유리창을 가리고 있는 커튼을 한쪽으로 걷자 거실로 빛이 쏟아져 내렸다. 미립자 같은 빛은 회색으로 차갑게 느껴졌다. 거실에는 먼지가 뽀얗게 쌓여 있었다.

"언니, 저기 좀 봐. 올빼미야."

올빼미는 높은 천장에 매달려 있었다. 본래 전등이 달려 있던 곳에는 자그마한 구멍 밖으로 전선이 몇 가닥 삐져나와 있었다. 올빼미의 날개는 활짝 펼쳐져 있었고 날카로운 발톱은 자그마한 먹잇감을 붙잡을 것처럼 벌어져 있었다. 줄리아는 손을 뻗어서 올빼미의 한쪽 발을 조심스레 건드려 보았다. 그러자 올빼미의 몸이 한쪽으로 천천히 돌아갔다.

"이건 올빼미가 아니라 그냥 모형이야."

줄리아가 말했다. 발렌티나는 웃음을 터뜨렸다.

엘스페스는 문간에 서서 쌍둥이 조카를 지켜보았다.

'내가 너희를 얼마나 보고 싶어 했는지 아니? 이렇게 너희를 다시 보게 될 줄이야. 정말 꿈만 같구나.'

그녀는 기쁘고 반가워서 어쩔 줄을 몰랐다.

에디가 예상한 대로 가구는 하나같이 육중했고 화려하게 장식이 되어 있었다. 굵은 다리 위에 흐릿한 핑크색 벨벳으로 덮인 소파는 여러 개의 단추가 붙어 있었다. 소형 그랜드피아노와 거대한 페르시아 융단도 보였다. 자매는 음악에는 영 소질이 없었다. 부드러운 융단에는 국화 무늬가 그려져 있었다. 한때는 진홍색이었지만 지금은 군데군데 물감이 빠져 흐릿한 분홍색을 띠었다. 거실에 있는 모든 물건은 색이 빠져나간 것처럼 보였다. 줄리아는 빠져나간 색이 다른 곳에 모여 있는 건 아닌지 궁금했다. 어쩌면 온갖 색이 옷장 같은 곳에 들어가 있다가 옷장 문을 여는 순간 물밀듯이 흘러나와 물건들 속으로 다시 스며들게 될지도 모른다는 엉뚱한 상상을 했다. 그녀는 잠자는 미녀와 백 년 동안 미동도 없는 신하들로 가득한 궁궐을 떠올렸다. 에디와 잭은 새로운 것들을 좋아했다. 줄리아는 손가락으로 피아노를 쓸어 보았다. 뽀얗게 쌓인 먼지 한복판에 반짝이는 검은색 길이 생겨났다. 발렌티나가 재채기를 했다. 자매는 고요한 아파트에 무단으로 침입했다가 들킨 사람들처럼 놀란 표정을 지으며 한순간 문간을 바라보았다.

엘스페스는 앞으로 나아가며 무슨 말을 하려다가 조카들의 눈에 자신이 보이지 않는다는 사실을 깨달았다.

책은 사방에 널려 있었다. 책은 책꽂이에도 잔뜩 꽂혀 있었고 탁자와 바닥에도 쌓여 있었다. 발렌티나는 무릎을 꿇고 앉아 자기가 걸려 넘어진 책들을 쌓아 올리기 시작했다. 동물 우화집과 약초학에 관한 책들이었다.

"이것 봐, 언니. 맨티코어야(머리는 인간인데 뿔이 달렸고, 사자 몸에 용 또는 전갈의 꼬리를 가졌다는 전설상의 괴물―옮긴이)."

자매는 구불구불 돌아서 현관으로 돌아갔다. 엘스페스는 조카들을 따라갔다.

그들은 다소 썰렁한 식당을 가로질러 갔다. 거기에는 식탁과 의자 몇 개 그리고 커다란 찬장이 있을 뿐이었다. 한쪽 구석에는 장식 술이 달린 발받침대가 하나 놓여 있었다. 거대한 프랑스식 두 짝 유리창으로 스며든 흐릿한 햇살이 자그마한 발코니를 비추고 있었다. 자매는 담쟁이덩굴로 뒤덮인 담장 너머로 솟은 교회를 볼 수 있었다.

다음으로 그들은 서재에 들어가 보았다. 엘스페스는 살아 있을 때 응접실 용도의 방을 서재로 사용했다. 그 방에는 거대하고 장식이 화려한 책상과 무거운 사무용 의자가 놓여 있었다. 책상 위에는 지저분한 컴퓨터 한 대, 서류 무더기, 책, 신용카드 처리기 그리고 흰색과 금색이 반반씩 섞인 찻잔이 놓여 있었다. 오래전에 식어 버린 차가 들어 있는 찻잔의 테두리에는 살구색 립스틱이 묻어 있었다. 벽에 줄지어 세워진 책꽂이에는 참고서적과 갖가지 종류의 옥스퍼드 영어사전이 잔뜩 꽂혀 있었다. 한쪽 선반은 먼지도 없고 말끔했다. 방에는 납작하게 편 종이 상자, 공기 포장 비닐 뽁뽁이, 파일 캐비닛 그리고 박제된 족제비가 가득해서 발 디딜 틈조차 없었다. 족제비는 도서 대출 카드 서랍에 올라앉아서 그들을 빤히 노려보고 있었다. 방은 누군가 나름대로 정돈을 한 것처럼 보이지만 실제로는 전혀 정돈이 되어 있지 않았다. 발렌티나는 책상에 앉아서 가운데 서랍을 열어 보았다. 거기에는 송장 양식, 민트향이 나는 사탕, 종이 집게, 고무줄 그리고 명함이 들어 있었다. 명함에는 다음과 같이 적혀 있었다.

엘스페스 노블린
중고 희귀 서적 매매
enoblin@bookish.uk.com

"그럼 이 책들은 읽으려고 산 게 아니란 말이야? 가게는 없었나?"
발렌티나가 말했다.
"내 생각에는 이곳이 바로 가게였던 것 같아. 여기에 있는 영수증에는 주소가 안 적혀 있어. 분명히 이모는 여기에서 일하셨을 거야. 그리고 유언장에는 이 집 말고는 아무것도 적혀 있지 않았잖아."
줄리아가 말했다.
"엄마도 아셨으면 좋았을 텐데. 왜 두 분이 그토록 얘기를 나누지 않았는지 몰라."
발렌티나가 자리에서 일어나 족제비를 유심히 들여다보았다. 족제비는 무표정한 얼굴로 그녀를 빤히 바라보았다.
"이 족제비는 이름이 뭐였을 것 같아?"
발렌티나가 물었다. 그녀는 족제비의 이름을 모르는 게 안타까웠다.
'마가렛이야. 마가렛.'
엘스페스는 속으로 그렇게 되뇌었다.
"족제비가 조지 부시를 닮았네."
줄리아가 그렇게 말하면서 식당으로 되돌아가자 발렌티나가 언니를 따라갔다.
방의 안쪽 끝에는 부엌으로 연결되는 문이 하나 달려 있었다. 문은 앞뒤로 열리며 자동으로 닫히는 방식이었다. 모든 것이 구식이었고 자매에게는 장난감 집 같았다. 모든 설비가 흰색이었는데 작지만 실용적이었다. 유일하게 새로운 설비가 있다면 바로 식기세척기였다. 발렌티나는 붙박이장 속에 세탁기가 있는 것을 발견했다. 그 안에는 괴상하게 접힌 물건이 하나 있었다.

"이게 세탁물 건조기인가 봐."

줄리아가 그것을 펼치며 말했다. 콘센트의 모양도 미국과 달랐다. 부엌에 있는 모든 기구나 설비가 자매들이 사용한 것들과는 미묘한 차이가 있었다. 자매는 난감한 표정으로 서로의 얼굴을 바라보았다. 발렌티나가 수도꼭지를 틀자 물이 쿨럭쿨럭 소리를 내며 쏟아졌다. 그녀는 잠시 망설이다가 구멍에서 쏟아져 나오는 적갈색 물을 두 손으로 받아 보았다. 한동안 그렇게 있자 따뜻한 물이 나왔다.

엘스페스는 자기한테 너무나 익숙한 물건들을 조카들이 난감한 표정으로 둘러보는 것을 한쪽에서 지켜보았다. 그녀는 미국식 영어의 억양을 귀 기울여 듣고 있었다.

'조카들이 낯선 사람들 같아. 이럴 거라고는 미처 예상하지 못했어.'

부엌 뒤편에는 작은 침실이 하나 있었다. 상자와 먼지가 앉은 가구가 잔뜩 들어 있는 방에는 작고 수수한 욕실이 딸려 있었다. 그들은 틀림없이 가정부가 사용한 방일 거라고 생각했다. 그곳에는 뒷문과 비상구 그리고 식기실이 있었다.

"흠, 쌀이군."

줄리아가 말했다.

그들은 거실로 돌아와서 다른 침실로 들어갔다. 침실 두 개가 대리석 타일이 깔린 욕실을 사이에 두고 붙어 있었다. 침실마다 벽난로와 멋진 붙박이 책장이 있었고, 유리창 밑에는 걸상이 놓여 있었다.

분명히 엘스페스가 사용한 것으로 보이는 침실에서는 뒤편 정원과 하이게이트 공동묘지가 내다보였다.

"저것 좀 봐, 언니."

발렌티나가 창가에 서서 놀라움을 금치 못하며 말했다.

아파트의 뒤뜰은 작고 소박했다. 앞뜰은 덤불과 나무 그리고 무성한 풀로 뒤엉켜 있었지만 뒤편의 정원은 일본식처럼 아담하게 잘 꾸며져 있었다. 자갈이 깔린 경사진 오솔길에는 돌로 만든 벤치가 놓여 있었다. 그리고 적당한 크기의 식물이 군데군데 심어져 있었다.

"1월인데도 이렇게 푸르다니 믿어지지가 않아."

줄리아가 말했다. 고향인 레이크 포레스트에는 눈이 25센티미터나 쌓였다. 정원과 공동묘지를 갈라놓는 벽돌담에는 나무로 만든 녹색 문이 달려 있었다.

"저기로 사람들이 들락거리나 봐."

발렌티나가 말했다. 문을 휘감고 있는 담쟁이덩굴은 누군가 가위질을 해서 깔끔하게 정돈이 된 상태였다.

"나도 한번 들어가 봐야지. 소풍을 가는 거야. 언제?"

"흠."

담장 너머로 하이게이트 공동묘지가 펼쳐져 있었다. 무질서한 풍경이었지만 큰 규모였다. 언덕 위에 선 두 사람은 공동묘지의 깊숙한 곳까지 볼 수 있었지만 나무가 워낙 빼곡하게 들어차서 자세히는 볼 수 없었다. 잎이 모두 떨어져 나간 가지들이 서로 얽히고설켜 시야를 가리고 있었다. 그들은 웅장한 어떤 무덤의 꼭대기와 그보다 크기가 작은 무덤들을 볼 수 있었다. 그들이 지켜보는 동안, 사람들이 오솔길을 따라 무덤이 있는 곳으로 다가가더니 걸음을 멈추고 어떤 무덤 앞에서 이야기를 나누었다. 그리고 나서 사람들은 자매들이 있는 방향으로 내려오다가 담장 뒤에서 사라졌다. 수백 마리의 까마귀가 일제히 하늘로 날아올랐다. 창문이 닫혀 있었지만 그들은 까마귀들의 날갯짓 소리를 들을 수 있었다. 구름 속에 갇혀 있던 해가 갑자기 튀어나오면서 묘지의 색깔이 시시각각으로 달라졌다. 짙은 그늘이었던 묘지는 회색이 되었다가 그다음에는 얼룩덜룩한 노란색으로 잠시 변하더니 나중에는 연한 녹색이 되었다. 가장자리가 은색을 띤 묘비는 새하얗게 변해 담쟁이덩굴 속에서 치아처럼 튀어나와 있었다.

"동화 속에 나오는 나라 같아."

발렌티나가 말했다. 그녀는 지금껏 묘지에 대해 막연한 두려움을 느꼈다. 묘지를 악취가 풍기고 야만적인 파괴 행위가 자주 일어나며 소름이 끼치는 공간이라고 생각했다. 그런데 실제로 보니 그게 아니었다. 묘지는 싱그러운 초목으로 뒤덮여 있었다. 돌에는 이끼가 잔뜩 끼어 있었고 나무들은 서로 몸을 부딪치면서 부드러운 소리를 내고 있었다. 사람들은 이제 쌍둥이 자매로부터 멀어져서 그들이 올라왔던 길과 반대쪽으로 내려가고 있었다.

"관광객인가 봐. 안내원도 있겠지."

줄리아가 말했다.

"우리도 구경 가자. 묘지를 한 바퀴 둘러봐야지."

"좋았어."

줄리아가 돌아서서 엘스페스의 침실을 찬찬히 둘러보았다. 그녀는 둥지 같은 커다란 침대와 베개 몇 개, 벨벳처럼 부드럽고 윤이 나는 침대 덮개 그리고 정교하게 색칠이 되어 있는 침대 머리판을 꼼꼼히 살펴보았다.

"앞으로 이 방에서 자자."

발렌티나도 방을 유심히 둘러보았다. 다른 침실보다 더 크고 아늑한데다 밝았다. 그래서 확실히 더 나아 보였다.

"공동묘지가 내다보이는데 괜찮겠어? 좀 섬뜩하잖아. 내 말은 영화에서처럼 밤에 묘지에서 좀비나 뭐 그런 것들이 기어 나와서 담쟁이덩굴을 타고 올라와 우리 머리를 끌어당겨 좀비로 만들어 버리면 어떡하느냐 이거지. 게다가 여기는 엘스페스 이모의 침실이었잖아. 이모가 이 방에서 돌아가셨다면? 나는 괜히 불편을 무릅쓰는 거 아닌가 싶어."

줄리아는 동생이 하는 말이 답답해서 견딜 수가 없었다. 생각 같아서는 '멍청한 소리 집어치워!' 하고 소리라도 꽥 지르고 싶었지만 동생이 허무맹랑한 말을 할 때 그런 식으로 감정을 표현하면 설득을 할 수가 없었다.

"이보세요, 아가씨."

그녀는 동생을 살살 구슬리기 시작했다.

"이모는 여기가 아니라 병원에서 돌아가셨네요. 변호사가 엄마한테 분명히 그렇게 말했는데 기억 안 나시나?"

"아, 맞다."

발렌티나가 대꾸했다.

줄리아는 침대에 걸터앉아 침대보를 톡톡 두드리며 동생에게 앉아 보라는 몸짓을 했다. 발렌티나는 침대로 걸어가서 줄리아의 옆에 앉았다. 그들은 푹신한 침대에 벌렁 드러누워 가늘고 하얀 다리를 침대 가장자리 밖으로 달랑거렸다. 줄리아는 한숨을 쉬었다. 그녀는 잠시라도 눈을 붙이고 싶었다.

"시차 때문에 피로한가 봐."

발렌티나가 말했다. 하지만 줄리아는 동생의 말을 듣지 못했다. 1분 뒤에 발렌티나도 잠에 빠져들었다.

엘스페스는 침대로 건너갔다.

'이제 다 컸구나. 너희가 여기에 와 있다니 정말 꿈만 같구나. 일찍 왔으면 좋았을 걸……. 이렇게 간단한데 그땐 몰랐었지. 다른 모든 것처럼 너무 늦어 버렸어.'

엘스페스는 몸을 굽히고 쌍둥이 조카를 아주 가볍게 건드려 보았다. 엘스페스가 몸을 기울일 때, 그녀의 목에 걸려 있던 안경이 발렌티나의 어깨를 살짝 스쳤다. 그녀는 줄리아의 오른쪽 귀 옆에 작은 점이 하나 있는 걸 발견했다. 놀랍게도 발렌티나의 왼쪽 귀 옆에 똑같은 크기의 점이 있었다. 그녀는 머리를 조카들의 가슴에 갖다 대고 심장이 뛰는 소리를 들었다. 발렌티나의 가슴에서는 고동 소리가 아니라 쉭쉭, 하는 휘파람 소리가 났다. 엘스페스는 줄리아의 옆자리에 걸터앉아 그녀의 머리카락을 쓰다듬었다. 닫힌 창문으로 아주 미세한 바람이 흘러들어온 것처럼 머리카락은 거의 움직이지 않았다.

쌍둥이 조카들은 서로 닮았지만 다른 점도 있었다. 엘스페스는 줄리아와 발렌티나한테서 생소한 점도 볼 수 있었다. 사람들은 그녀 자신과 에디의 생김새가 너무나 똑같아 항상 혼란스러워했다. 그녀는 에디가 쌍둥이 딸에 대해 적었던 내용을 머리에 떠올려 보았다.

'발렌티나, 줄리아 언니가 항상 대장 노릇을 해서 싫어? 너희는 친구들이 있니? 애인은? 아직도 똑같이 차려입고 있구나. 이제 나이가 그만큼 들었는데 서로 다르게 입어야 하지 않겠니?'

엘스페스는 혼자서 키득키득 웃었다.

'내가 너희 엄마라도 되는 것처럼 잔소리만 늘어놓고 있구나.'

그녀는 기분이 한껏 들떴다.

'조카들이 드디어 도착했어!'

그녀는 쌍둥이 조카를 환영하는 행사를 벌이고 싶었다. 짤막한 노래를 불러 줄 수도 있었고 자신이 죽은 뒤에 느낀 지루함을 달래 주려고 도착한 조카들에게 상봉의 기쁨을 무언극으로 표현해 주고도 싶었다. 그렇지만 그녀는 조카들의 이마에 돌아가며 부드럽게 키스를 해 주고 나서 베개에 고양이처럼 몸을 웅크리고 누워 조카들이 잠들어 있는 모습을 지켜보기만 했다.

한 시간쯤 지났을 때, 발렌티나가 몸을 꿈틀거렸다. 그녀는 짤막한 꿈을 꾸다가 깨어났다. 꿈속에서 그녀는 어린아이였다. 어디선가 에디의 목소리가 그녀의 귓속으로 흘러들어왔다. 에디는 밖에 눈이 와서 평소보다 일찍 학교로 출발해야 한다며 당장 일어나라고 소리치고 있었다.

"엄마?"

발렌티나는 자리에서 벌떡 일어났고 자신이 낯선 방에 들어와 있다는 사실을 뒤늦게 알아차렸다. 자신이 있는 곳이 어디인지 깨닫는 데 약간 시간이 걸렸다. 줄리아는 아직도 잠들어 있었다. 발렌티나는 엄마한테 전화를 걸어 보고 싶었지만 그들이 가진 휴대전화로는 국제전화를 걸 수 없었다. 그녀는 침대 옆에 놓인 전화를 발견했다. 그렇지만 수화기를 집어 들었을 때, 선이 끊어진 것을 알았다.

'어떤 사람도 우리한테 전화를 걸 수 없고 우리도 전화를 할 수 없겠구나.'

발렌티나는 외로움을 느끼기 시작했다. 그것은 혼자 있는 것에 익숙하지 않은 사람이 느끼는 이상야릇한 기분이었다.

'언니가 잠에서 깨기 전에 여기를 떠나 버리면 어느 누구도 나를 찾지 못하겠지. 그러면 나는 이 세상에서 그냥 사라져 버리는 거야.'

그녀는 침대에서 조심스럽게 빠져나왔다. 줄리아는 몸을 조금도 움직이지 않았다. 엘스페스 이모의 침실에는 드레스 룸이 붙어 있었다. 거기로 들어가 보니 붙박이 화장대와 커다란 전신용 거울도 있었다. 발렌티나는 거울에 비친 자신의 모습을 힐끗 쳐다보았다. 항상 느끼는 바지만 거울에 비친 그녀의 모습은 그녀 자신보다 줄리아를 더 닮았다. 그녀는 화장대의 서랍을 열어 보았다. 거기에는 진동을 일으키는 자위 기구가 들어 있었다. 그녀는 당황해서 얼른 서랍을 닫았다. 엘스페스는 약간 걱정스러운 표정을 지으며 문간에 서 있었다. 그녀는 발렌티나가 굽이 두꺼운 빨간색 구두를 신어 보는 모습을 지켜보았다. 발렌티나의 발에는 구두가 약간 커 보였다. 줄리아가 신으면 맞을 것 같았다. 발렌티나는 옷걸이에 걸려 있는 회색 모피 코트를 벗겨서 몸에 걸쳐 보았다. 엘스페스는 모피를 걸친 조카가 생쥐처럼 보였다. 발렌티나는 모피 코트를 제자리에 걸어놓고 침실로 돌아갔다. 엘스페스는 조카가 자신의 몸을 뚫고 지나가도록 내버려 두었다. 발렌티나는 추운지 몸을 부르르 떨더니 팔의 위쪽을 양손으로 빠르게 비벼 댔다.

잠에서 깨어난 줄리아가 고개를 돌려 발렌티나를 바라보았다.

"아가씨?"

그녀는 탁한 목소리로 말했다.

"나 여기 있어."

발렌티나는 침내로 다시 기어 올라갔다.

"추워?"

그녀는 침대보를 끌어당겨 머리를 덮어쓰고는 줄리아의 머리카락 속으로 손가락을 집어넣었다.

"아니. 아주 괴상한 꿈을 꾸었어."

줄리아가 눈을 감으며 말했다. 발렌티나는 언니가 꿈 얘기를 할 줄 알고 기다렸지만 더 이상 아무 얘기도 듣지 못했다.

"그래서?"

결국 발렌티나가 물었다.

"그냥 그렇다고."

두 사람은 서로를 보고 빙긋 웃었다. 두 사람의 얼굴이 부드러운 침대보 속으로 스며든 불빛 때문에 호박 색깔이 되었다.

엘스페스는 쌍둥이 조카들이 침대보를 뒤집어쓰고 서로 부둥켜안고 있는 모습을 지켜보았다. 그녀는 조카들이 자신을 거부할 수도 있다는 사실에 대해서는 심각하게 고민하지 않았다. 조카들이 자신의 아파트에 머무를 것이라는 사실을 깨닫고서 그녀는 기쁨으로 한껏 들떠 있었다.

'앞으로 이 아파트에서 재미있는 일이 벌어질 거야. 희한한 일도 벌어질 거고 같이 음식도 만들어 먹겠지. 선반에서 아무 책이나 꺼내 읽을 수도 있고 말이야. 마음대로 음악도 들을 수 있고 어쩌면 파티를 벌일 수도 있을 거야. 생각해 보렴. 얼마나 재미있겠니?'

엘스페스는 침실을 몇 번이나 빙그르르 돌았다. 그녀는 지금까지 입었던 빨간색 양모 스웨터와 갈색 코르덴 바지를 벗고 옥스퍼드에서 열린 여름 무도회에 참석할 때 한 번 입은 적이 있는 암녹색 원피스로 갈아입었다. 콧노래를 흥얼거리며 침실 문을 통해 거실로 빠져나왔다. 그녀는 거실의 벽을 기어올라 천장을 가로질러 가며 프레드 아스테어(1899~1987, 미국의 뮤지컬 배우―옮긴이)처럼 날아갈 듯이 춤을 추었다.

'히히. 항상 이렇게 춤을 춰 보고 싶었어.'

"무슨 소리 못 들었어?"

발렌티나가 물었다.

"응? 아무 소리도 못 들었는데."

줄리아가 대꾸했다.

"생쥐들이 찍찍거리는 소리가 들린 것 같아."

"좀비들이겠지."

두 사람은 키득키득 웃었다. 줄리아가 침대에서 벗어나 기지개를 켰다.

"이제 짐을 가져오자."

그녀가 말했다. 엘스페스는 그들을 뒤따라 현관으로 갔다. 그녀는 조카들이 아파트 안으로 짐을 끌어들이는 모습을 지켜보면서 깡충깡충 뛰었다. 조카들은 그녀의 옷 옆에 자기네 옷을 걸고 여러 개의 샴푸를 욕실에 나란히 배치했다. 또 노트북 컴퓨터에 전원을 연결했다. 자매는 잠시 의논을 하다가 발렌티나의 재봉틀을 손님방에 설치했다. 그곳은 몇 달 동안 쌓인 먼지로 지저분했다. 엘스페스는 흐뭇한 표정으로 조카들을 지켜보았다.

'둘 다 정말 예쁘구나. 너희는 내 핏줄이야.'

그녀는 그런 생각을 하면서 조카들의 모습을 보고 놀라는 자신이 더 놀라웠다. 낯선 사람들이나 다름없는 조카들에게 그녀는 사랑과 비슷한 감정을 느꼈다.

"자, 이제 끝났어."

여행 가방을 모두 비워 내고 스웨터와 머리빗을 배치하느라 한바탕 소동을 벌이고 난 뒤에 줄리아가 말했다.

"응, 다 된 것 같아."

발렌티나가 말했다.

로치 변호사

이튿날 오전에 줄리아와 발렌티나는 자신들의 변호사인 자비에르 로치를 만나러 갔다. 사실 그는 엘스페스의 변호사였지만 그들이 그녀의 유산을 물려받으면서 그들의 변호사가 된 것이다. 지난 몇 달 동안, 로치 변호사는 쌍둥이 자매에게 서명할 서류, 설명서, 열쇠 그리고 훈계조의 딱딱한 이메일을 보내 왔다.

택시는 튜더 왕조 시대의 건축물을 본뜬 햄스테드 사무실 건물 앞에 자매를 내려놓고 가 버렸다. 로치, 엘드리지, 포츠 앤 리플리 법률사무소는 여행사 위층에 있었다. 그들이 좁은 계단을 올라가자 자그마한 대기실이 나왔다. 거기에는 문이 하나 붙어 있었고 책상 하나, 회전의자 그리고 불편한 안락의자 두 개가 있었다. 작은 탁자에는 「타임」지가 놓여 있었다. 자매는 10분 동안이나 안락의자에 앉아 초조하게 기다렸지만 아무런 일도 일어나지 않았다. 마침내 줄리아가 자리에서 일어나 대기실에 붙어 있는 문을 열어 보고 발렌티나에게 손짓을 했다.

옆방에는 또 다른 책상이 있었다. 나이가 지긋한 비서가 깔끔하게 차려입고 거대한 베이지색 컴퓨터가 놓인 책상에 앉아 있었다. 사무실은 엘스페스가 항상 말하던 것처럼 마가렛 대처식으로 꾸며졌다. 쌍둥이 자매 눈에는 지나치게 수수해 보였다. 자매는 영국인의 기질이 중요하고 귀한 것과 하찮고 천한 것을 확실히 구분 짓고 있다는 인상을 받았다. 비서는 그들을 다른 사무실로 안내했다. 그곳도 비슷하게 꾸며져 있었지만 책이 좀 더 많았다.

"앉아서 기다리시면 로치 변호사님이 곧 오실 거예요."

비서가 말했다.

잠시 뒤에 변호사가 도착했다. 자매는 그가 상상했던 것과 조금 달라서 놀랐다. 그는 디킨스의 소설에서 느낄 수 있는 빅토리아 시대의 분위기가 풍겼다. 키도 상당히 작은데다 나이가 많아서 그런지 쭈그러든 것처럼 보였다. 그는 지팡이를 짚고 천천히 다가왔다. 그래서 자매는 그의 완전히 빗어 넘긴 머리와 커다란 눈썹, 잘 만들었지만 다소 헐거워 보이는 양복을 찬찬히 관찰할 수 있었다. 그는 카펫을 가로질러 와서 자매와 가볍게 악수를 나누었다.

"풀 자매시죠."

그가 근엄한 목소리로 말했다.

"두 분을 이렇게 만나 뵙게 되어 정말 반갑습니다."

검은 눈에 날카로운 콧날이 유난히 돋보였다. 줄리아는 그를 보고 자기 엄마가 가지고 있는 도깨비 모양의 과자통을 닮았다고 생각했다. 엘스페스는 이따금 그를 꼬마도깨비라고 불렀다. 물론 그가 없는 자리에서지만.

"탁자로 가서 앉을까요?"

그렇게 말하면서 그는 탁자 쪽으로 건너갔다. 발렌티나는 그를 위해 의자를 빼 주었다. 그런 다음, 자매는 그가 의자에 앉을 때까지 옆에 서 있었다.

"책상보다는 탁자가 더 편하고 격식을 차리지 않아 좋죠. 그렇지 않습니까? 콘스탄스가 차를 가져올 겁니다. 이렇게 찾아 주셔서 정말 감사드립니다. 영국에 도착한 뒤로 무슨 일을 했나요?"

비서가 차를 가져왔다.

"주로 잤어요. 시차 때문에 너무 피곤해서요."

줄리아가 대답했다.

"로버트 팬쇼 씨는 만나 보셨나요?"

"아뇨. 아직. 어제 도착해서 하룻밤 자고 곧바로 이곳으로 왔거든요."

줄리아가 말했다.

"아, 예. 그럼 팬쇼 씨가 아마 오늘 중으로 댁에 들를 겁니다. 두 분을 무척 기다리고 있었거든요."

로치 변호사는 미소를 지으며 두 사람을 번갈아 쳐다보았다.

"두 사람은 외가 쪽을 무척 닮았군요. 두 사람에 대해 잘 모르고 있었다면 20년 전의 에디와 엘스페스 자매와 함께 앉아 있다고 착각했을 겁니다."

그는 자매에게 차를 조금씩 따라 주었다.

"그럼 그때도 저희 엄마와 이모를 알고 계셨나요?"

발렌티나가 물었다. 로치 변호사는 나이도 많고 워낙 늙어 보여서 빅토리아 여왕과 친분이 있다고 주장하더라도 발렌티나는 믿었을 것이다. 그는 미소를 지으며 입을 열었다.

"내 아버님이 두 분 증조부의 변호사였지요. 두 사람의 할아버지가 아기였을 때, 내가 무릎에 올려놓고 어르고 그랬답니다. 지금 우리 세 사람이 이렇게 얘기를 나누는 것처럼, 내가 두 사람의 조부모와 얘기를 나눌 때 어머니와 이모는 아주 어린 꼬마였어요. 쌍둥이 자매는 저쪽 카펫 위에 앉아서 블록을 쌓고 놀았지요."

자매는 그를 바라보고 미소를 지었다.

"그나저나 엘스페스 이모가 두 사람을 못 보고 돌아가셔서 안타깝네요. 하지만 이모님은 두 사람이 이곳으로 건너올 거라고 믿고 무척 기뻐하셨답니다. 게다가 두 사람에게 상당한 유산을 남기셨죠. 유언장에 적힌 조건들은 이제 확실히 이해했죠?"

"예. 최소한 1년 동안 이모님의 아파트에 들어가 살아야 하고 그 후에는 팔 수 있다고 알고 있습니다."

줄리아가 말했다.

"부모님은 저희를 방문할 수 없고요."

발렌티나가 곁에서 거들었다.

"아, 그건 아닙니다."

로치가 말했다.

"부모님은 두 사람을 언제든지 만날 수 있습니다. 엘스페스 이모님이 유언장에 명시한 조건은 두 사람의 부모님이 아파트에 발을 들여놓지 못하게 하려는 것이었지, 서로 만나지도 못하게 하려는 뜻은 결코 아니었습니다."

"그런데 이모가 왜 그런 이상한 조건을 달았을까요?"

발렌티나가 물었다.

"아, 그건."

로치 변호사는 안타까워하는 표정을 지었다. 그는 마디가 울퉁불퉁한 두 손을 내밀면서 고개를 한쪽으로 기울였다.

"엘스페스 이모님은 종종 자신의 생각이나 의도를 남에게 털어놓지 않았어요. 혹시 어머님한테 여쭤 보셨나요? 내 생각에는 어머님도 거기에 대해 얘기하고 싶지 않으실 겁니다."

로치는 말을 하는 동안 쌍둥이 자매의 표정을 유심히 살폈다. 줄리아는 그가 어떤 반응을 기대하고 있다고 생각했다.

"사람들은 유언장에 괴상한 조건을 달 때가 있습니다. 온갖 이상한 조건이나 문구가 유언장에 들어가죠. 그래서 종종 뜻하지 않은 결과가 발생하기도 한답니다."

그는 자매가 무슨 말이라도 해 주기를 기대하며 잠시 기다렸다. 자매는 그의 예리한 시선을 느끼고 어찌할 바를 몰라 공연히 자세를 고쳐 앉았다. 마지못해 줄리아가 입을 열었다.

"아, 그래요?"

하지만 로치는 시선만 내리깔고 서류철을 향해 손을 뻗을 뿐이었다.

"자, 그럼 두 사람의 돈이 어디에 투자되었는지 알려드리겠습니다."

그가 말했다. 쌍둥이 자매는 그로부터 30분 동안 혼란스럽고도 황홀한 시간을 보냈다. 자매는 아이를 돌봐주며 돈을 벌기도 했고 어느 해 여름에는 위스콘신 주의 걸스카우트 캠프에서 상담을 해주고 돈을 벌어 본 적도 있지만 로치 변호사가 그들 앞에 펼쳐 놓은 금액을 손에 쥘 거라고는 상상도 못했다.

"모두 합해서 얼마죠?"

줄리아가 물었다.

"아파트의 가치까지 합하면 250만 파운드가량(약 48억 원) 되네요."

줄리아는 발렌티나의 얼굴을 쳐다보았다.

"그만한 돈이면 평생 떵떵거리며 살겠네요."

줄리아가 말했다. 발렌티나는 얼굴을 찌푸렸다.

로치는 고개를 가볍게 흔들었다.

"런던에서는 그렇지 않습니다. 물가가 워낙 비싸서 많이 놀랄 겁니다."

"여기에서 일자리를 찾을 수 있을까요?"

발렌티나가 물었다.

"적당한 비자가 없기 때문에 곤란하지만 우리가 신청해 줄 수는 있지요. 어떤 일을 하려고요?"

"아직은 잘 모르겠어요. 일단은 학교로 돌아갈까 생각 중이에요."

발렌티나가 말했다.

"사실 저희는 학교를 마치지 못했거든요."

줄리아가 말했다.

로치는 두 사람을 번갈아 쳐다보았다.

"아, 그래요."

"참 궁금했어요. 엘스페스 이모가 왜 저희한테 모든 걸 남겼을까요? 이모님께 무척 감사해요. 하지만 저희를 한 번도 만나지 않은 이모님이 모든 재산을 저희한테 남겼다는 게 이해가 안 가네요."

줄리아가 말했다.

로치 변호사는 한동안 아무 말도 하지 않았다.

"엘스페스 여사는 그다지…… 아이들을 좋아하는 분이 아니었어요. 하지만 가족이나 친척에 대해서는 강한 유대감을 가지고 있었지요. 두 사람에게 유산을 남긴 이유를 저도 밝힐 수는 없지만 어쨌든 두 사람을 이곳으로 불러들였잖습니까."

자매는 변호사가 유산을 남긴 이유를 밝힐 수 없다는 것인지, 밝히지 않겠다는 것인지 분간이 가지 않았다.

"또 질문 있습니까?"

"아파트의 난방장치를 어떻게 작동하는 건지 정확히 모르겠어요. 어젯밤에는 조금 추웠거든요."

발렌티나가 말했다.

"그건 로버트 씨가 가르쳐 줄 겁니다. 그 사람은 못하는 게 없지요. 그 사람을 만나거든 내 안부를 전해 주고 전화 좀 달라고 하세요. 의논할 일이 좀 있어서요."

그는 두 사람에게 작별을 고하며 말했다. 자매가 돌아서서 그곳을 나오는 동안 변호사는 양손으로 지팡이를 짚고 서서 어리벙벙한 표정으로 두 사람을 지켜보았다.

자매가 아파트로 돌아왔을 때, 아파트 건물은 고요하고 음산한 기운이 맴돌고 있었다. 건물로 들어섰을 때, 줄리아가 입을 열었다.

"문을 두드려 볼까?"

"누구?"

"로버트 팬쇼 씨 말이야. 난방장치에 대해 물어봐야지."

발렌티나는 어깨를 으쓱했다. 줄리아가 다가가 문을 똑똑 두드렸다. 안에서 텔레비전에서 흘러나오는 소리가 희미하게 들려왔다. 줄리아는 잠시 기다렸다가 좀 더 세게 문을 두드렸다. 하지만 안에서는 아무런 기척도 없었다.

"이상하네."

그녀가 말했다. 두 사람은 위층으로 올라갔다.

위층 남자

 마틴은 전화기를 침대에 내려놓았다. 침대는 하나의 섬이었다. 그에게 침대 주변은 온통 오염이 된 바다나 다름없었다. 마틴은 네 시간이나 침대 위에서 웅크리고 있었다. 다행히 침대에는 생존에 필요한 도구들이 있었다. 전화기, 약간의 빵과 치즈 그리고 읽을거리도 있었다. 그는 정말이지 침대를 벗어나고 싶었다. 오줌도 누고 싶었고 오늘 마쳐야 할 일도 있었다. 서재에서는 컴퓨터가 그를 기다리고 있었다. 그렇지만 마틴은 간밤에 소름끼치는 사건이 벌어졌다는 것을 본능적으로 알아차렸다. 침실 바닥은 오물로 뒤덮여 있었다. 세균, 대변, 구토물이 여기저기 널려 있었다. 누군가가 아파트에 침입해서 바닥을 그 모양으로 만들어 놓은 게 분명했다.
 '왜 이런 짓을 했을까? 왜 이런 일이 항상 벌어지는 걸까? 이게 정말 가능한 일일까? 아니, 이건 현실이 아니야. 하지만 어떻게 해야

하지?'

그는 머릿속에 가득한 질문들을 자기도 모르게 내뱉었다. 다음 순간, 해답이 머리에 떠올랐다.

'로마 숫자로 천부터 시작해서 거꾸로 세는 거야. 침대 머리핀에 숫자를 그려 가면서 말이야.'

마틴은 숫자를 하나씩 세기 시작했다. 하지만 DCCXXIII(로마숫자로 723)에 이르렀을 때 주춤거렸다. 그는 처음부터 다시 숫자를 세기 시작했다. 숫자를 세는 동안, 왜 그런 짓을 해야 하는지 궁금했다. 엉뚱한 생각을 하다가 숫자를 놓쳐 버리고 다시 처음부터 세어 나갔다.

전화기가 울렸지만 무시하고 숫자를 세는 일에만 정신을 집중했다. 전화벨이 세 번 울리고 나서 자동응답기가 작동되었다. 녹음된 메시지가 전화기에서 흘러나왔다.

'안녕하세요. 여기는 마틴과 마레이케 웰즈의 집입니다. 저희는 지금 부재중이오니 메시지를 남겨 주시기 바랍니다.'

녹음 메시지가 끝나자 삐, 하는 소리가 울려 퍼졌다. 잠시 동안 조용했다.

"마틴? 집에 틀어박혀 있는 것 다 알고 있으니까 얼른 전화 좀 받아요."

로버트의 목소리였다. 그가 마틴의 이름을 다시 한 번 부른 뒤에 곧바로 딸깍 하는 소리가 들렸다. 그 소리에 마틴은 숫자를 세다가 까먹었다. 그는 전화기를 침실 저쪽으로 던져 버렸다. 전화기는 벽에 부딪치고 나서 삐삐삐삐, 하는 소리를 내기 시작했다. 마틴은 두려웠다. 이제는 전화기를 본래 자리로 가져다 놓아야 하는데, 전화기는 오염된 방바닥에 떨어진 상태였다. 오후의 햇살이 침실 바닥에 비스듬하게 쏟아져 들어왔다. 그는 침대에서 탈출하는 일에 실패하고 말았다. 그는 다시금 광기에 시달려야 했다.

하지만 어떤 아이디어가 떠올랐다. 그렇다. 침대를 옮기면 문제는 간단히 해결할 수 있었다. 고풍스러운 나무 침대는 아주 컸다. 마틴은 침대의 발치 쪽으로 엉금엉금 기어가서 몸으로 침대를 쿵쿵 부딪치기 시작했다. 그러자 침대가 욕실 쪽으로 조금씩 움직였다. 침대는 한 번에 몇 센티미터씩 움직였고 자그마한 나무바퀴가 방바닥에 긁히는 소리가 났다. 그렇지만 어쨌든 움직였다. 마틴은 땀을 뻘뻘 흘리면서 그 일에 집중했다. 침대가 움직이는 모습을 보고 그는 쾌감을 느꼈다. 그는 침대를 조금씩 움직여 방의 저쪽으로 밀어붙였다. 그러고 나서 드디어 욕실 매트에 올라섰을 때, 해방감을 느꼈다.

몇 분 뒤에 오줌을 누고 나서 손을 씻고 있을 때 로버트가 아파트로 들어서며 그의 이름을 부르는 소리가 들렸다. 그는 로버트가 침실로 들어오고 나서야 대답을 했다.

"나, 여기 있어요."

마틴은 침실에서 들려오는 소리를 들었다. 아마도 로버트가 침대를 본래 위치로 옮기는 것 같았다.

"괜찮아요?"

로버트가 욕실문 밖에 서서 말했다.

"예. 전화기가 부서진 것 같아요. 플러그를 좀 뽑아 줄래요?"

로버트는 돌아가서 전화기를 들고 돌아왔다.

"마틴, 아무 이상 없는데요."

"아니, 전화기가…… 바닥에 떨어져 있어요."

"그래서 오염이 되었다고요?"

"예. 갖다 버려야겠어요. 좀 버려 줄래요? 새것으로 주문하게요."

"마틴, 내가 소독해 주면 안 되겠어요? 이게 대체 몇 번째예요? 이달 들어서 벌써 세 번째 전화기잖아요. 라디오 채널 4번에서 방금 들었는데 영국의 쓰레기 매립지는 낡은 컴퓨터와 휴대전화로 넘쳐난대요. 멀쩡한 전화기를 내다 버리는 건 옳지 않은 것 같아요."

마틴은 아무런 대꾸도 하지 않았다. 그는 손을 꼼꼼히 씻기 시작했다. 물은 한참을 기다려야 뜨거워졌다. 매번 그랬다. 그는 석탄산 비누를 사용했다. 피부가 따끔거렸다.

"다 씻으려면 얼마나 걸려요?"

로버트가 물었다.

"아직 멀었어요."

"내가 도와줄 일이라도 있어요?"

"전화기만 가져가 주세요."

"알았어요."

마틴은 기다렸다. 로버트는 잠시 문간에 서 있다가 떠났다. 마틴은 현관문이 쾅, 하고 닫히는 소리를 들었다. 미안하다는 말이 머릿속에서 맴돌기 시작했다. 미안하다고 낮게 되뇌었다. 이제 물은 만족스러울 정도로 뜨거웠다. 긴 오후가 될 것 같았다.

로버트는 자기 아파트로 돌아가서 마레이케의 직장으로 전화를 걸었다. 그녀는 예전에 로버트에게 위급한 일이 아니면 전화를 걸지 말라고 당부한 적이 있다. 하지만 그녀는 전화를 절대로 받지 않았고, 전화를 해 달라고 메시지를 남겨도 마찬가지였다. 그녀는 네덜란드에서 기독교 성향의 라디오 방송국 VPRO에서 근무하고 있었다. 로버트는 네덜란드에는 한 번도 가 본 적이 없다. 네덜란드를 떠올리면 얀 베르메르(1632~1675, '진주 귀걸이를 한 소녀'라는 유명한 그림을 그린 화가—옮긴이)의 그림들과 영화 〈미국인 친구〉밖에 생각나지 않았다.

이상한 발신음이 들리고 나서 어떤 사람이 전화를 받았다. 마레이케는 아니었다. 로버트는 마레이케를 바꿔 달라고 했다. 그러자 상대방은 잠시 기다리라고 말했다. 로버트는 전화기를 귀에 바짝 갖다 대고 거실에 서 있었다. 라디오 방송국의 여러 가지 잡음이 들려왔다. 그는 흐릿한 목소리를 들을 수 있었다. 전화기 저쪽에서 두 사람이 네덜란드어로 대화를 나누고 있었다. 로버트는 마레이케의 책상에 놓여 있는 수화기가 버림받은 곤충처럼 생각되었다. 그는 마레이케가 전화기를 향해 걸어오는 장면을 상상했다. 차림새가 수수한 그녀는 얼굴을 약간 찡그린 채 전화기로 다가온다. 그녀의 녹색 눈은 지쳐 보이고 선홍색 립스틱을 칠한 입술은 긴장으로 가장자리가 굳어 있다. 그녀는 무덤덤한 표정을 짓고 있다. 로버트는 오렌지색 점퍼를 입고 있을 그녀의 모습을 머리에 그려 보았다. 그녀는 해마다 겨울이면 그 옷을 며칠이나 입고 다녔다. 마레이케는 손가락을 잠시도 가만두지 못했다. 그녀의 손가락에는 항상 담배나 볼펜이 쥐어져 있었다. 그것들이 없을 경우에는 상대방의 옷깃에 붙어 있는 보푸라기를 떼어 내든가 자신의 늘어진 머리라도 매만져야 했다. 그녀는 늘 안절부절못하는 모습을 보여 로버트를 미치게 만들었다.

드디어 그녀가 수화기를 집어 들었다.

"여보세요?"

마레이케가 관능적인 목소리로 말했다. 로버트는 항상 마틴에게 그녀가 폰섹스를 했으면 아마 엄청난 돈을 벌어들였을 거라고 말했다. 예전에 BBC에서 근무할 때, 그녀는 오후의 교통상황을 알려 주는 리포터 일을 했다. 그녀의 목소리에 반한 남자들이 방송국 로비까지 찾아오는 일도 가끔 있었다. 지금 그녀는 VPRO 방송국에서 주로 인권유린 실태, 지구온난화 그리고 동물학대 사례를 보도하는 아주 유명한 프로그램의 진행을 맡고 있다.

"마레이케, 로버트예요."

그는 자신과의 통화를 그녀가 몹시 불편해한다는 것을 느낄 수 있었다. 잠시 정적이 흐르다가 그녀가 입을 열었다.

"예, 로버트. 그동안 잘 지냈어요?"

"나는 괜찮은데 마틴의 상태가 별로 안 좋아요."

"내가 어떻게 해 주길 바라죠? 나는 이렇게 멀리 떨어져 있는데 말이에요."

"집으로 돌아와서 마틴을 돌봐줬으면 좋겠어요."

"로버트, 그건 안 돼요. 이제 안 돌아갈 거예요."

마레이케는 전화기를 손으로 막고 누군가에게 무슨 말을 하고 나서 다시 그에게 말했다.

"나는 절대 안 돌아가요. 그 사람은 아래층에 내려가서 우편물도 못 받아오는 사람이에요. 난 이제 지쳤어요. 더 이상 그 사람을 보고 싶지 않아요."

"그럼 전화라도 해 주세요."

"왜요?"

"약을 먹으라고 설득을 해 줘요. 용기도 북돋아 주고요. 나도 어떻게 해야 좋을지 모르겠네요. 마틴이 제정신을 차리고 살아가도록 도와줘야 하지 않겠어요?"

"나도 나름대로 노력해 봤어요. 로버트, 그냥 하는 말이 아니에요. 그 사람은 도저히 가망이 안 보여요."

로버트는 창문으로 시선을 돌리고 뒤죽박죽이 되어 버린 앞뜰을 내다보았다. 경사진 앞뜰은 썰렁한 무대처럼 보였다. 마레이케가 마틴의 미래에 아무런 관여도 하지 않겠다고 선언하는 동안, 쌍둥이 자매는 아파트 단지의 앞문을 열고 나가 오솔길을 걸어가고 있었다. 그들은 아파트 정문으로 다가가고 있었다. 자매는 부드러운 색조의 푸른색 외투에 동일한 색상의 모자를 쓰고 있었고 라벤더 색깔의 귀마개를 가지고 있었다. 한 명은 손목 끈에 매달린 귀마개를 빙빙 돌리고 있었고 다른 한 명은 나무에 있는 무언가를 손으로 가리켰다. 그러다가 두 아가씨는 동시에 웃음을 터뜨렸다.

"로버트, 내 얘기 듣고 있어요?"

쌍둥이 자매 가운데 한 명이 약간 앞장서서 걸어가고 있었다. 로버트에게 그 두 자매는 머리 둘에, 다리가 네 개 그리고 팔이 두 개인 것처럼 보였다. 그들은 정문을 빠져나갔다. 로버트는 눈을 감았다. 눈꺼풀 안쪽에 방금 전에 보았던 아가씨의 잔상이 아직도 남아 있었다. 그는 똑같은 몸매의 아가씨들을 보고 완전히 매료되었다. 그들은 그가 지금껏 잊으려고 노력해 왔던 엘스페스의 젊은 시절 모습과 무척 닮았다. 아가씨들은 무척 어려 보였다. 그리고 아주 이상했다. 아가씨들은 기껏해야 열두 살 정도로밖에 보이지 않았다.

"로버트?"

그는 눈을 반짝 떴다. 쌍둥이 자매의 모습은 더 이상 보이지 않았다.

"미안해요. 마레이케. 뭐라고 했죠?"

"그만 끊어야겠어요. 마감시간이 다 되어서요."

"아, 예. 귀찮게 해서 미안해요."

"로버트, 무슨 문제라도 있어요?"

그는 잠시 생각하다가 대답했다.

"믿기 힘든 장면을 방금 목격했어요."

"그래요? 뭔데요?"

그녀는 처음으로 대화에 관심을 보였다.

"엘스페스의 쌍둥이 조카들이 도착했어요. 앞뜰을 가로질러 가는 걸 봤는데…… 좀 놀랐습니다."

"엘스페스한테 아이들이 있는 줄은 몰랐는데요."

"에디와 잭 사이에서 태어난 쌍둥이랍니다."

"아, 그 유명한 에디 말이군요."

마레이케는 한숨을 쉬었다.

"난 에디의 존재를 믿지 않았어요. 엘스페스가 쌍둥이 여동생 얘기를 할 때마다 헛소리를 하는 거라고 의심했죠."

로버트는 미소를 지었다.

"나도 잭이라는 사람이 있다는 걸 믿지 않았습니다. 약혼녀를 버리고 약혼녀의 쌍둥이 여동생과 눈이 맞아 미국으로 달아난 전설적인 인물이죠. 그런데 이제 보니 정말 그런 일이 있었던 것 같아요."

마레이케는 한 손으로 수화기를 틀어막았다가 잠시 뒤에 입을 열었다.

"로버트, 이제 정말 끊어야겠어요."

그녀는 잠시 말을 멈추었다가 다시 이었다.

"그런데 쌍둥이 조카들이 엘스페스를 닮았나요?"

"집으로 돌아오면 눈으로 직접 확인할 수 있지 않겠어요?"

그 소리에 그녀는 깔깔거리며 웃었다.

"마틴한테는 전화할게요. 하지만 런던으로는 안 돌아가요. 사실 런던은 내 고향도 아니잖아요. 그래서 살면서도 많이 낯설었어요."

마레이케는 런던에서 26년이나 살았다. 그중에 25년은 마틴과 함께 지냈다. 로버트는 그런 그녀가 어떻게 마틴과 런던을 매정하게 버리고 떠날 수 있는지 도저히 이해할 수 없었다. 그는 마레이케의 현재 생활을 머릿속에 그려 보았다. 키가 크고 몸집이 다부지며 5개 국어를 구사하고 노점에서 파는 청어를 먹는 네덜란드 사람들과 어울리는 마레이케의 모습이 머리에 그려졌다. 런던에서 살 때, 그녀는 항상 가난했고 걱정거리가 많아 보였다. 로버트는 그녀가 고향으로 돌아가서 그동안 갈망하던 것들을 얻었는지 궁금했다.

"마레이케, 마틴은 당신이 돌아오기만을 손꼽아 기다리고 있어요."

전화기에서 잠시 침묵이 흘렀다. 로버트는 감정을 누그러뜨렸다.

"쌍둥이 조카들은 엘스페스를 많이 닮은 것 같아요. 그렇지만 머리 색깔은 금발에 가깝네요. 엘스페스만큼 날카로운 인상도 아니고요. 꼭 새끼고양이들 같아요."

"새끼고양이라고요? 그런 칙칙한 아파트에 어울릴까요? 어쩌면 잘된 일인지도 몰라요. 침울한 남자들한테는 새끼고양이 같은 아가씨들이 필요할지도 모르죠. 로버트, 이제 정말 끊어야겠어요. 아무튼 전화 줘서 고마워요."

"예, 잘 지내요."

"그럼 이만."

마레이케는 손으로 수화기를 막고 자기 책상 앞에 있었다. 시간은 오후 3시가 조금 지나 있었다. 로버트한테는 바빠서 전화를 끊어야겠다고 말했지만 아직 몇 분의 여유가 있었다. 그녀는 마틴에게 전화를 걸기로 마음먹었다. 마틴의 전화기는 발신자의 번호를 확인하는 기능이 있었다. 그래서 그녀는 자신의 휴대전화로 전화를 걸 수밖에 없었다. 그녀는 한순간 죄책감을 느꼈다. 1년 전에 몰래 집을 나오고 나서, 마틴은 몇 주에 한 번씩 그녀에게 전화를 걸어 왔다. 지난 두 달 동안은 한 번도 전화가 걸려 오지 않았다. 그녀는 휴대전화를 귀에 대고 발신음의 수를 세었다. 마틴은 항상 발신음이 일곱 번 울리고 나서 전화를 받았다. 드디어 일곱 번째 발신음이 울렸을 때, 저쪽에서 전화를 받았다.

"여보세요?"

그는 무슨 일을 하다가 중단한 것 같은 목소리로 말했다. 그녀는 전화벨이 울리는 동안 그가 무엇을 하고 있었는지 궁금했지만 물어보지 않기로 했다.

"여보, 나예요."

"마레이케……."

그녀는 휴대전화를 귀에 바짝 갖다 대고 서 있었다. 과거에는 마틴이 자기 이름을 부르는 걸 항상 좋아했다. 그런데 지금은 슬펐다. 마레이케는 전화기를 여전히 귀에 바짝 갖다 붙이고 상체를 기울여 자기 책상 옆에 쪼그려 앉았다. 고개를 들었을 때는 책상 앞의 벽과 방음장치가 되어 있는 천장밖에 보이지 않았다.

"마레이케, 그동안 어떻게 지냈어?"

그의 목소리는 마지막으로 얘기를 나누었을 때와 조금도 다르지 않았다.

"나는 잘 지내요. 승진도 했고요. 지금은 조수도 생겼어요."

"다행이군. 축하해."

잠시 침묵이 흘렀다.

"조수는 남자야? 아니면 여자?"

그녀는 웃음을 터뜨렸다.

"여자예요. 이름은 '안스'고요."

"흠. 잘됐네. 나는 당신이 발음이 멋진 꽃미남한테 마음을 빼앗길까 봐 두려웠거든."

"그런 걱정은 말아요. 여기에는 방송 종사자들밖에 없어요. 하나같이 일하느라 정신이 없는데요, 뭐. 그리고 젊은이들은 자기네끼리 얘기하느라 나 같은 사람은 신경도 안 써요."

마레이케는 자신이 남자들의 구애에 시달릴까 봐 마틴이 걱정하는 걸 보고 이상하게 기분이 좋았다. 그녀는 마틴이 담배에 불을 붙이고 나서 부드럽게 연기를 내뱉는 소리를 들을 수 있었다.

"난 담배 끊었어요."

그녀가 말했다.

"설마! 손이 심심해서 어떻게 해? 당신은 손가락에 한시라도 담배가 꽂혀 있지 않으면 돌아 버릴 거야."

마틴은 부드러운 목소리를 내려고 애쓰고 있었다. 하지만 마레이케는 그가 아무렇지도 않은 것처럼 얘기하려고 무진장 노력하고 있다는 것을 목소리만으로도 알아차릴 수 있었다.

"언제 끊었어?"

"이제 6일 하고 12시간 그리고……."

그녀는 손목시계를 들여다보았다.

"정확히 13분 됐네요."

"대단한 걸. 아무튼 부러워."

두 사람 사이에 잠시 어색한 침묵이 흘렀다.

마레이케는 새로운 대화 거리를 생각해 내려고 애썼다.

"요즘은 뭐하세요? 아시리아어를 번역해요?"

마틴은 이따금 대영박물관에서 맡기는 일을 하곤 했다. 두 사람이 마지막으로 대화를 나누었을 때, 그는 자신이 번역하고 있는 아람어 비문에 대해 약간 언급했었다.

"그건 끝냈어. 박물관에서 시를 몇 편 번역해 달라고 해서 지금 거기에 매달려 있는 중이야. 로마시대에 '마르셀라'라고 하는 여자가 쓴 것으로 추정되고 있어. 만약 그 여자가 쓴 게 사실이라면 흥미진진해지지. 그 시대에 여자가 쓴 작품들은 현재 거의 남아 있지 않거든. 그렇지만 내 생각에는 아닌 것 같아. 아무래도 찰스가 속은 것 같아."

"어떻게 그걸 알아요? 찰스가 조사한 것이 확실해요?"

"물건은 멀쩡해. 하지만 언어를 보면 여러 군데에서 허점이 발견돼. 셰익스피어의 14행시를 위조하려고 마음먹었던 게 아닌가 싶어. 근대 영어가 우아하고 매력적이긴 해도 옛날 작가에게 자연스럽게 받아들여졌던 고문체의 특성이나 운율을 현대어로 바꾸다 보면 어쩔 수 없이 소소한 실수를 저지르기 마련이야. 내 생각에 작가는 20세기의 프랑스인으로 19세기의 라틴어를 완벽하게 구사하는 사람인 것 같아."

"그렇지만 그것도 사본을 복사한 거잖아요. 그래서 어쩌면 그 과정에서……"

"아무튼 헤르쿨라네움(이탈리아 나폴리 만에 있는 고대 로마의 도시—옮긴이)에 있는 도서관에서 자료가 발견되었기 때문에 자료는 진본이라고 봐야지. 오늘 찰스한테 전화를 해 봐야겠어. 그 친구는……"

그 순간, 마레이케의 상사가 그녀의 자리에 나타나 어리둥절한 표정으로 주변을 둘러보다가 바닥에 쪼그려 앉아 있는 그녀를 발견했다. 마레이케는 앉은 채로 자신의 상사, 버나드를 올려다보면서 마틴, 하고 나지막하게 외쳤다. 버나드는 눈알을 굴리며 계속해서 그녀를 내려다보았다. 숱이 적은 그의 회색 머리카락은 감전사를 당한 만화 속 인물처럼 허공으로 삐죽 솟아 있었다. 그는 손가락으로 자신의 손목시계를 가리켰다. 그녀는 자리에서 일어서며 말했다.

"마틴, 그만 끊어야겠어요. 마감시간이 다 되어서요."

마틴은 마레이케의 말에 정신이 번쩍 들었다. 그녀와 얘기를 나누다 보니 너무나 편안하고 자연스러워 그녀가 멀리 떨어져 있다는 사실조차 잊어버리고 있었던 것이다. 통화는 날마다 두 사람이 나누던 대화 같았다. 그래서 통화가 곧 끝나 버릴 거라는 사실조차 잊었다. 그녀가 언제 다시 전화를 걸어 올지 생각해 보자 그는 덜컥 겁이 났다.

"마레이케······."

그녀는 아무 말도 하지 않고 기다렸다. 그녀는 버나드가 자신을 더 이상 빤히 바라보지 않기를 바랐다. 그녀는 한 손으로 작게 동그라미를 그리며 알았으니 곧 전화를 끊겠다는 몸짓을 했다. 버나드는 훈계하듯이 커다란 눈썹을 한껏 찡그려 보이더니 자기 사무실로 돌아갔다.

"마레이케, 또 전화해."

"알았어요."

그녀는 그렇게 하고 싶었다. 그렇지만 자신이 전화를 하지 않을 거라는 사실을 그녀는 알고 있었다.

"끊을게요. 여보, 잘 있어요."

"사랑해······."

그러고 나서 두 사람은 잠시 말이 없었다. 그녀가 먼저 전화를 끊었다.

마틴은 휴대전화를 들고 멍한 표정으로 서 있었다. 복잡한 감정들이 밀려왔다.

'그녀한테서 전화가 왔다. 그녀는 아직도 내게 여보라는 말을 했지. 좀 더 많은 질문을 던져 보았으면 좋았을 텐데 그러지 못해 아쉬워. 내 일에 관해서만 너무 많은 말을 했어. 그녀는 머지않아 다시 전화를 하겠다고 말했어. 다시 전화가 오려면 얼마나 있어야 할까? 그렇지만 내가 전화해 달라고 당부를 하기 전까지 그녀는 전화하겠다는 말을 하지 않았지. 아무튼 오늘 전화를 해 주었으니 다시 전화를 할 거야. 언제쯤 전화가 올까? 그녀에게 물어볼 말들을 편지로 적어야겠어. 담배를 끊었다니 정말 대단한 일이야. 나도 담배를 끊어야지. 나도 그녀처럼 담배를 끊을 수 있을지도 몰라. 다음에 전화가 오면 담배를 끊었다는 말을 해야지. 그렇지만 언제쯤 전화를 할까?'

마틴은 담배 한 개비를 꺼내 불을 붙였다.

'마레이케가 내게 전화를 했어. 불과 1분 전에. 우리는 이야기를 나누었어.'

그는 휴대전화를 뺨에 가져다 댔다. 따뜻했다. 그 자그마한 전화기가 한없이 사랑스럽게 느껴졌다. 그것은 마레이케의 목소리를 그에게 전해 준 고마운 물건이었다. 그는 한 손에 휴대전화를 들고 다른 손에는 담배를 든 채 부엌으로 갔다. 그리고 다시 서재로 돌아왔다.

'그녀가 내게 전화를 했어. 그리고 다시 전화를 한다고 약속했어. 언제쯤 전화가 올까? 나도 담배를 끊어야겠어.'

마레이케는 휴대전화 폴더를 탁 닫고 나서 호주머니에 넣었다. 그녀는 원고 정리를 마친 후 버나드에게 이메일로 발송했다. 자신의 책상에서 불과 4미터 정도 떨어진 버나드의 컴퓨터에서 메시지 도착을 알리는 소리가 났다. 누군가가 15분 뒤에 방송이 시작된다고 소리쳤다. 그녀는 고개를 끄덕이고 나서 스튜디오를 향해 걸어가다가 중간에 화장실로 들어갔다. 그리고 벽에 기대어 서서 울음을 터뜨렸다.

'마틴은 변하지 않아.'

그녀는 마틴에게 전화 건 것을 후회했다. 전화로 얘기를 하는 동안 마틴의 옛 모습을 망각하고 말았다. 마레이케는 눈물에 젖은 얼굴을 간단히 씻고 나서 스튜디오로 달려갔다. 엔지니어가 그녀를 보고 짜증스러운 표정을 지었다. 몇 달이 지나야 다시 마틴에게 전화를 할 수 있을 것이다.

스토킹

로버트는 지난 1년 동안 쌍둥이 자매가 도착하는 모습을 상상했다. 그는 마음속으로 자매와 온갖 이야기를 나누었다. 그는 런던과 공동묘지 그리고 엘스페스에 대해 친절하게 설명을 해 주었다. 또 음식점과 자신의 논문 그리고 그 밖의 온갖 것들에 대해 말해 주었다. 자매가 도착하기만을 손꼽아 기다리면서 그들이 관심을 보일 것들을 생각해 보았다. 우선 『딕 휘팅턴과 그의 고양이』라는 동화가 있었다. 쌍둥이 자매는 그 이야기를 알고 싶어 할 것이다. 그는 자매를 포스트맨 공원, 헌트리안 박물관, 존 소안 박물관에도 데려가고 해질녘에 런던 아이(템스 강에 있는 대관람차―옮긴이)도 타야겠다고 마음먹었다. 그는 엘스페스와 함께 이 모든 것을 함께했다. 성탄절에는 데니스 세버의 저택도 둘러보고 기아박물관(부유한 사업가 토머스 콘란이 런던의 버려진 아이들을 위해 설립한 보호소였는데 나중에 박물관이 되었다―옮긴이)에도 가 볼 생각이었다. 상상 속에서 로버트는 쌍둥이 자매의 관광안내원이 되었다. 그는 자매의 런던 생활에서 없어서는 안 되는 안내자이자 런던토박이였다. 자매는 의문 나는 일이 있거나 사소한 문제가 발생할 때마다 그에게 찾아와서 조언을 구할 것이다. 그는 인정 많은 아저씨가 되어 그들이 런던에서 제자리를 잡을 때까지 곁에서 도와줄 것이다. 로버트는 쌍둥이 자매를 만날 날을 고대했다. 그는 지금까지 너무나 큰 기대를 하고 있었다. 그래서 막상 줄리아와 발렌티나가 런던에 도착했을 때는 두려워졌다.

그는 위층으로 걸어 올라가서 문을 두드리고 자신을 소개해야겠다고 생각했다. 하지만 자매의 발소리와 웃음소리를 듣자 마비된 것처럼 꿈쩍도 할 수 없었다. 그는 자매가 같은 옷을 입고 앞쪽 정원을 거니는 모습을 지켜보기만 했다. 자매는 식료품 바구니와 꽃 그리고 볼품없는 램프를 손에 들고 있었다.

'왜 램프가 필요하지? 엘스페스는 램프를 많이 가지고 있었는데.'

램프를 들고 가는 자매를 보니 이상했다.

쌍둥이 자매는 그의 현관문을 하루에 한두 번씩 두드렸다. 그럴 때마다 로버트는 미동도 없이 서 있거나 책상에 앉아 있다가 동작을 멈추었다. 저녁을 먹고 있을 때 문을 두드리는 소리가 들려오기도 했다. 자매가 복도에서 자기네끼리 무어라고 속삭이는 소리도 들렸다.

'멍청이처럼 굴지 말고 그냥 문을 열고 들어와.'

그는 속으로 말했다.

똑같이 생긴 자매를 보자니 망설여졌다. 그들은 신성하고 감히

범접할 수 없는 존재처럼 생각되었다. 아침마다 그들이 미끄러운 오솔길을 따라 정문까지 갔다가 되돌아오는 모습을 지켜보았다. 그들은 낯선 환경에 잘 적응하고 있는 듯 보였다. 부족한 것이 하나도 없어 보였다. 두 사람은 서로를 굳게 믿고 의지하고 있었다. 그는 자매 중 어느 누구하고도 얘기를 나눠 보지 못한 상태에서 벌써 따돌림을 받고 있다는 느낌마저 들었다.

날씨가 화창하고 제법 쌀쌀한 어느 날 아침이었다. 로버트는 손에 커피를 든 채 외투와 모자까지 쓰고 창가에 서서 그들을 기다렸다. 드디어 자매가 쿵쿵 소리를 내며 계단을 내려가는 소리가 들렸다. 그는 자매가 마당을 가로질러 가서 정문을 빠져나가는 모습을 지켜보았다.

그는 그들을 뒤따라 가 보기로 마음먹었다.

그들은 폰드 광장을 가로질러 가서 하이게이트 빌리지를 통과했다. 그런 다음, 잭슨 거리를 따라 하이게이트 지하철역으로 갔다. 그는 어정어정 뒤따라가다가 그들을 놓쳐 버리고 말았다. 전동차가 와서 그들을 싣고 사라져 버릴까 봐 두려웠다. 에스컬레이터를 급히 달려 내려갔다. 지하철역은 거의 텅 비어 있었다. 시간은 11시 30분이었다. 남쪽으로 가는 승강장에서 그들을 다시 발견했다. 그는 같은 칸에 타기 위해 쌍둥이 자매에게 바짝 다가갔다. 잠시 뒤에 전동차가 역으로 들어왔다. 자매는 전동차에 올라 중간쯤에 자리를 잡고 앉았다. 그는 맞은편 자리로 가서 앉았다. 그들 사이의 거리는 불과 4.5미터밖에 되지 않았다.

쌍둥이 자매 가운데 하나가 주머니에 들어 있는 지하철 노선도를 꺼내 펼쳐 보았다. 그러자 다른 하나는 등받이에 느긋하게 몸을 기대고 벽에 붙은 광고판을 훑어보았다.

"저기 좀 봐. 아주 저렴한 비용으로 트란실바니아(루마니아 중부의 한 지방―옮긴이)까지 비행기로 갈 수 있네."

광고판을 훑어보던 여자애가 말했다.

로버트는 그녀의 부드러운 미국식 억양을 듣고 깜짝 놀랐다. 엘스페스의 자신감이 넘치는 상류층 지식인의 목소리와는 너무나 달랐다.

그는 쌍둥이 자매를 똑바로 쳐다보지 않으려고 애썼다. 갑자기 그의 엄마가 애지중지하던 고양이 퀴크가 생각났다. 고양이는 수의사한테 데려갈 때마다 머리를 로버트의 팔 아래로 집어넣고 몸을 숨기려고 했다. 고양이는 자기만 수의사를 볼 수 없으면 수의사도 자기를 보지 못하는 줄로 아는 듯했다. 로버트는 쌍둥이 자매에게 시선을 돌리지 않으면 그들도 자신을 쳐다보지 않을 거라고 생각했다.

그들은 임뱅크먼트 역에서 내려 디스트릭트 라인으로 갈아탔다. 마침내 그들은 슬론 스퀘어 역에서 내려 머뭇거리며 벨그레이비어(하이드파크 남쪽의 고급 주택지구―옮긴이)로 들어갔다. 그들은 자주 걸음을 멈추고 지도책을 들여다보았다. 그쪽으로는 한 번도 가 본 적이 없는 로버트는 금세 길을 잃었다. 그는 쌍둥이 자매와 멀찍이 떨어져서 걸었다. 몰래 숨어서 앞서가는 아가씨들을 기웃거리는 자신이 우둔한 괴짜처럼 생각되었다. 유행에 민감한 상류층 젊은 커플들이 그의 옆을 스치고 지나갔다. 중상류층 사람들이 사는 곳이라 그런지 그들은 차림새부터 그와는 확연히 달랐다. 그들은 저마다 쇼핑백을 손에 들고 귀에는 최신형 휴대전화를 갖다 대고 있었다. 바쁜 걸음으로 지나가는 그들의 입에서는 입김이 뿜어져 나왔다. 그 모습을 보고 있자니 연극배우들이 대사를 연습하는 것처럼 보이기도 했다. 그들과 비교해 봤을 때, 쌍둥이 자매는 자신감도 없어 보였고 아이들 같았다.

그들은 골목길로 접어들고 나서 금방 흥분했다. 두 자매는 깡충거리며 뛰어가면서 학처럼 목을 길게 빼고 가게를 기웃거렸다.

"여기야 여기!"

그중 하나가 소리쳤다. 그들은 모자 디자이너 필립 트레이시의 이름을 딴 자그마한 모자가게로 들어가서 갖가지 모자를 써 보며 한 시간을 보냈다. 로버트는 길 건너편에서 그 모습을 지켜보았다. 자매는 모자를 번갈아가며 써 보면서 거울에 자신의 모습을 비쳐보았다. 여점원은 그 옆에서 줄곧 미소를 지으며 소용돌이 모양의 커다란 녹색 모자를 써 보라고 권하고 있었다. 그들은 모자를 써 보며 환하게 미소를 지었다. 세 사람 모두 모자에 무척 만족하는 듯 보였다.

로버트는 거리에 무료하게 서 있는 동안 차라리 담배라도 피울 줄 알았으면 좋겠다고 생각했다. 자매는 가게에서 나오지 않을 것 같아 보였다. 그는 술집에 들어가서 맥주라도 한잔 하는 게 좋겠다고 생각했다. 자매는 오렌지색 원반 모양의 모자를 보고 감탄하는 중이었다. 모자는 중세 그림에서 흔히 볼 수 있는 후광처럼 보였다. 그는 변장을 해야겠다고 생각했다. 아무래도 턱수염을 붙이든지, 아니면 괴상한 옷으로 갈아입어야 할 것 같았다. 마침내 두 자매가 모자 가게에서 나왔다. 그들의 손에는 아무런 쇼핑백도 들려 있지 않았다.

로버트는 그들을 따라 나이츠브리지 전역을 돌아다녔다. 자매는 이따금 걸음을 멈추고 진열장에 전시된 물건들을 구경했고 음식점에 들러 크레이프를 먹었다. 그리고 물건을 사는 사람들을 멍한 눈길로 쳐다보기도 했다. 오후 서너 시가 되자 그들은 지하철역으로 들어갔다. 로버트는 자매를 내버려 두고 대영도서관으로 갔다.

그는 자기 물건들을 물품보관함에 넣어 두고 이층 열람실로 올라갔다. 열람실에는 사람들로 가득했다. 그는 크리스토퍼 렌 (1632~1723, 영국의 건축가이자 천문학자─옮긴이)에 관한 책들에 둘러싸인 어떤 여자와 몸에 털이 많은 청년 사이에 자리가 하나 빈 것을 발견하고 그쪽으로 다가가서 앉았다. 청년은 현명한 살림살이에 관한 자료를 찾아보는 중인 것 같았다. 로버트는 아무 책도 요청하지 않았다. 그는 이미 요청한 책들도 점검하지 않은 상태였다. 그는 양쪽 손바닥을 책상 위에 펴고 나서 눈을 감았다. 이상한 기분이 들었다. 독감에 걸릴 것 같은 기분이었다. 로버트는 자신의 마음이 둘로 갈라지는 것을 느꼈다. 그의 마음은 수치심, 황홀감, 성취감, 혼란, 자기혐오 그리고 내일 다시 쌍둥이 자매를 뒤따라가 보고 싶은 강한 욕구 등 서로 상반되는 감정들로 가득했다. 그는 눈을 뜨고 정신을 차리려고 애썼다.

'이런 식으로 그들의 행동을 훔쳐보는 건 좋지 않아. 머지않아 들키고 말 거야.'

그런 생각이 들었다. 로버트는 엘스페스가 자신을 꾸짖는 모습을 상상했다.

'비겁하게 굴지 말아요. 다음에 그 아이들이 다가와서 문을 두드

리면 그냥 문을 열어 주세요. 간단하잖아요.'

엘스페스가 곁에 있다면 이렇게 말할 것 같았다. 그녀가 자신을 비웃었을 것이라고 생각했다. 엘스페스는 수줍어하는 모습을 전혀 이해하지 못했다.

'엘스페스, 나를 비웃지 마. 비웃지 말라고.'

그는 속으로 말했다.

그때 그의 책상에 붙어 있는 점멸등에 불이 들어왔다. 로버트는 자신이 다른 사람의 책상에 앉아 있었다는 사실을 뒤늦게 깨달았다. 그는 주변을 둘러보다가 자리에서 일어나 열람실을 나왔다. 지하철을 타고 집으로 돌아왔다. 골목길을 따라 아파트로 들어오는 동안, 그는 아파트 중간층에 환하게 불이 들어와 있는 것을 보고 자기도 모르게 가슴이 뛰었다. 내일은 자매가 사는 아파트로 가서 자신을 소개해야겠다고 생각했다.

이튿날 오전, 그는 자매를 뒤따라 베이커 스트리트로 내려갔다. 그는 20파운드를 지불하고 마담 투소 밀랍 인형관을 둘러보았다. 그는 쌍둥이 자매가 저스틴 팀버레이크와 영국 왕실 사람들의 밀랍 인형을 보며 놀라워하는 동안 멀찍이 떨어져 있었다. 그 다음날에는 세 사람 모두 런던탑에 갔다가 임뱅크먼트에서 인형극을 관람했다. 로버트는 슬슬 지치기 시작했다. 무료한 하루하루가 지나갔다. 그동안 그는 자매를 뒤따라 닐즈 야드 레미디즈(화학 재료를 전혀 쓰지 않고 자연 소재로 만든 화장품과 목욕용품을 판매하는 곳—옮긴이)에도 가 보았고 해로즈(1849년에 설립된 유럽 최대의 백화점—옮긴이)에도 갔다. 그밖에도 버킹검 궁전, 포토벨로 마켓, 웨스트민스터 성당과 레스터 광장에도 갔다. 로버트는 자매가 무슨 마음을 먹고 있는지 깨달았다. 자매는 런던에서 유명한 곳은 하나도 빠짐없이 훑어볼 속셈인 것 같았다. 그들은 런던이라는 도시의 본모습을 보고 느끼기 위해 구석구석을 찾아다녔다. 여행 안내서를 보고 곳곳을 돌아다니며 각자의 마음속에 런던의 실제 모습을 그려 나가려고 애쓰는 중이었다.

로버트는 이즐링턴(런던 중부의 행정구역—옮긴이)에서 태어났다. 그는 런던을 떠나 다른 곳에서는 살아 본 적이 한 번도 없었다. 그의 머릿속에 각인된 런던은 감정의 실타래로 온통 얽힌 공간이었다. 런던의 어느 곳이든 그에게는 색다르게 다가왔다. 거리 이름을 듣거나 보게 되면 과거의 여자 친구들, 학교에 다닐 때 친하게 지내던 친구들 그리고 수업을 빼먹고 할일 없이 빈둥거리던 일이 기억났다. 아버지와 함께 잘 알려지지 않은 음식점과 동물원에 갔던 일도 기억났다. 한때 친구들과 어울려 이스트런던에서 흥청망청 놀던 기억도 났다. 그는 쌍둥이 자매가 자신을 학교 소풍에 데려가는 것이라고 생각하려고 애썼다. 그들은 교복이 특이하고 교과과정에 관광을 포함하고 있는 사립학교에 다니는 학생들 같았다. 그는 더 이상 자신이 하고 있는 일에 대해 생각하지 않기로 마음먹었다. 또 쌍둥이 자매한테 발각되는 것을 두려워하지 않기로 마음먹었다. 자매의 너무나 천진난만한 태도를 보고 그는 겁이 덜컥 났다. 그들에게는 도시에서 젊은 아가씨들이 마땅히 지니고 있어야 할 위장술 같은 건 아예 없었다. 어디를 가든 사람들은 두 자매를 빤히 바라보았고 자매는 사람들의 끊임없는 관심이 익숙한 듯 아주 자연스럽게 행동했다.

로버트는 자매가 길을 가다가 멈추면 자신도 걸음을 멈추고 어딘가에 숨어서 그들을 지켜보았고, 그들이 움직이기 시작하면 자신도 슬슬 움직였다. 그는 공동묘지에는 간헐적으로 나갔다. 제시카가 무슨 일이라도 있느냐고 물으면 그는 집에서 논문을 쓰고 있다고 둘러댔다. 그러면 그녀는 미심쩍은 눈길로 그를 쳐다보았다. 나중에 그는 자신의 자동응답기에 메시지가 수북하게 쌓여 있다는 사실을 깨달았다. 그는 제시카가 무슨 생각을 하고 있는지 알 수 있었다. 그녀는 로버트가 의도적으로 자기를 피하고 있다고 생각했다.

그러다가 언제부턴가 쌍둥이 자매는 무려 7일 동안 집 밖에 한 발짝도 나오지 않았다. 두 자매 중 하나는 혼자서 자질구레한 심부름을 했다. 로버트는 걱정이 되었다. 그는 올라가서 자매와 얘기를 나눠 봐야겠다고 생각했다. 지금까지 그는 쌍둥이 자매에 대해 잘 알고 있다고 생각했지만 아직 한 번도 얘기를 나눠 보지 못했다. 그는 자매가 보고 싶었다. 한편으로는 그들의 삶에 깊이 관여하게 된 자신을 꾸짖었다. 여전히 그는 선뜻 행동으로 옮기지 못하고 망설이고 있었다. 며칠 동안이나 자신의 아파트에 틀어박혀 위층에서 들려오는 소리에 귀를 기울이며 가슴을 졸였다.

몸이 아픈 날

발렌티나는 그날 아침 몸이 좋지 않았다. 그래서 줄리아가 닭고기 수프, 리츠 크래커와 콜라를 사러 테스코 익스프레스(영국의 대표적인 슈퍼마켓 체인 테스코에서 운영하는 24시간 편의점—옮긴이)로 갔다. 그들은 그 정도면 환자의 식사로 적당하다고 생각했다. 줄리아가 집을 나서자마자 발렌티나는 침대에서 간신히 기어 나와 먹은 것을 화장실에 게워 내고 말았다. 그런 다음 침대로 돌아가 양쪽 무릎을 가슴까지 끌어당기고 한쪽으로 돌아누웠다. 온몸이 불덩이처럼 달아오르고 있었다. 그녀는 융단에 그려진 금색과 청색 무늬들을 멍하니 바라보다가 잠 속으로 스르르 빠져들었다.

누군가가 상체를 구부리고 그녀를 빤히 바라보고 있었다. 그 사람은 그녀에게 손을 대지는 않았다. 발렌티나는 누군가 방에 들어와 있다는 사실과, 그 사람이 자기를 걱정해 주고 있다는 사실을 어럼풋이 느낄 수 있었다. 발렌티나는 간신히 눈을 떴다. 그녀는 어둡고 흐릿한 물체를 보았다고 생각했다. 그것은 침대의 발치 쪽으로 다가갔다. 발렌티나는 줄리아가 현관문을 열고 들어오는 소리를 듣고서 완전히 잠에서 깨어났다. 침대의 발치 쪽에는 아무도 없었다.

잠시 뒤에 줄리아가 쟁반을 들고 방으로 들어왔다. 발렌티나는 침대에서 일어나 앉았다. 줄리아는 쟁반을 내려놓고 동생에게 콜라가 가득 담긴 잔을 건넸다. 발렌티나는 얼음조각이 담긴 유리잔을 빙빙 돌리더니 잔을 뺨에 갖다 댔다. 그런 다음 콜라에 입을 대고 한 번 홀짝이고 나서 크게 한 모금 들이켰다.

"조금 전에 이 방에 무언가 괴상한 물체가 있었어."

그녀가 말했다.

"괴상한 물체라니?"

줄리아가 물었다. 발렌티나는 언니한테 설명해 주려고 애썼다.

"뭐라고 해야 할까? 허공에 떠 있는 얼룩 같았어. 그런데 그게 나를 걱정하는 것 같더라고."

"그래서 고마웠어? 나도 네가 아파서 걱정스러워. 수프 좀 먹을래?"

줄리아가 말했다.

"응, 먹고 싶어. 면이나 건더기는 모두 빼고 수프만 줄래?"

"알았어."

줄리아는 부엌으로 돌아갔다. 발렌티나는 침실을 둘러보았다. 평소와 달라진 점은 하나도 보이지 않았다. 밝은 햇살을 받고 있는 가구는 따스해 보였다. 방에서 이상한 구석은 조금도 발견할 수 없었다. 그녀는 아주 기이한 꿈을 꾼 게 분명하다고 생각했다.

줄리아는 방으로 돌아와서 머그잔에 담긴 수프를 그녀에게 건넸다. 줄리아는 엄마가 그랬던 것처럼 동생의 이마에 손을 짚어 보았다.

"불덩이네."

줄리아는 수프를 조금 마시는 발렌티나의 침대 발치에 걸터앉았다.

"병원에 가 봐야겠어."

"그냥 독감이야."

"엄마가 알면 펄쩍 뛰실 거야. 심한 천식 발작이라도 일으키면 어떡할 거야?"

"엄마한테 전화할 수 있어?"

그들은 어제 집으로 전화를 했다. 일주일에 두 번 전화하면 안 된다는 규칙 따위는 없었다.

"미국은 지금 새벽 4시야. 나중에 하자."

줄리아가 말했다.

"알았어."

발렌티나는 머그잔을 내밀자 줄리아가 쟁반에 내려놓았다.

"좀 더 자고 싶어."

"그렇게 해."

줄리아는 커튼을 치고 나서 쟁반을 들고 나갔다.

발렌티나는 흐뭇한 표정을 지으며 다시 몸을 바짝 웅크린 채 눈을 감았다. 누군가가 그녀의 옆에 앉아서 그녀의 머리카락을 부드럽게 쓰다듬었다. 그녀는 미소를 지으며 잠에 빠져들었다.

발렌티나와 줄리아 그리고 지하철

발렌티나는 런던의 지하철이 마음에 들지 않았다. 전동차는 어둡고 빠른데다 더러웠다. 게다가 사람들로 북적거렸다. 그녀는 사람들에게 부대끼는 게 싫었다. 누군가의 입김이 자신의 목에 느껴질 때는 소름이 돋았다. 손잡이에 매달려 이리 쏠리고 저리 쏠리면서 땀에 젖은 사람들 사이에 꼭 끼여 어쩌지도 못할 때는 정말 돌아 버릴 것만 같았다. 무엇보다도 참을 수 없는 것은 땅속에 들어간다는 사실이다. 게다가 이름까지도 언더그라운드, 즉 '땅속'이라고 불리는 건 참기 힘들었다. 그래서 그녀는 어디를 가든 버스를 이용했다.

그녀는 자신이 지하철을 극도로 혐오하고 있다는 사실을 줄리아에게 밝히지 않았다. 그런데도 줄리아는 동생이 지하철을 타기 싫어한다는 사실을 눈치 챘다. 이제 외출을 할 때면, 줄리아는 식탁에 지하철 노선도를 펼쳐 놓고 목적지까지 어떻게 가는 게 좋을지 치밀하게 계획을 짜곤 했다. 발렌티나는 아무 말도 하지 않았다. 그녀는 줄리아와 나란히 서서 터벅터벅 걸을 뿐이었다. 지하철역으로 들어가면 에스컬레이터를 타고 땅속으로 끝없이 들어가야 했다. 경사가 급한 에스컬레이터는 끝이 보이지 않았다. 오늘 밤에 그들은 로열앨버트 홀(런던 서쪽 켄싱턴 공원 맞은편에 있는 8,500석 규모의 세계적인 연주회장—옮긴이)에 가서 서커스를 볼 생각이었다. 그들은 일단 아치웨이 역에서 지하철을 탔다. 그리고 워런 스트리트 역에 내려 노던 라인에서 빅토리아 라인으로 갈아타야 했다. 그들은 수많은 사람들의 물결에 휩쓸려 흰색 타일이 깔린 통로를 한참 걸어갔다. 발렌티나는 줄리아의 손을 잡았다. 그녀는 소매치기라도 당할까 봐 손가방의 지퍼를 이따금씩 확인했다. 발렌티나는 자신과 줄리아가 미국인이라는 사실을 사람들이 알아차릴 수 있을지 궁금했다. 인파는 시럽처럼 움직였다.

 발렌티나는 자기들 앞에서 걸어가는 어떤 남자를 바라보았다. 물결 모양의 갈색 머리카락은 귀를 완전히 덮었고 키가 상당히 컸다. 단추가 달린 흰색 셔츠를 갈색 코르덴바지 속에 쑤셔 넣은 차림의 그는 종이표지로 된 두꺼운 책을 손에 들고 있었다. 양말은 신지 않았고 날개 모양의 가죽 장식이 코끝에 달린 신발을 신고 있었다. 그 사람은 래브라도 리트리버나 나무늘보처럼 느릿느릿 몸을 움직였다. 피부가 창백하고 근육이라곤 조금도 없어 보이는 사람이었다. 발렌티나는 그가 무슨 책을 읽고 있는지 갑자기 궁금했다. 쌍둥이 자매는 그를 뒤따라 승강기에 올랐다. 그는 자매보다 먼저 터널을 통과했고 에스컬레이터를 탈 때에도 그들의 앞에서 움직였다. 기다란 에스컬레이터에 몸을 실었을 때 발렌티나는 세상이 한쪽으로 기울어진 것 같은 느낌을 받았다. 그녀는 어떤 괴상한 중력에 이끌리는 듯한 느낌이 들었다. 아무튼 그들은 빅토리아 라인의 승강장에 도착했다.

발렌티나는 남자가 무슨 책을 읽고 있는지 궁금해서 책의 제목을 힐끗거렸다. 제목은 '-sis'로 끝났다. 카프카의 작품일까? 카프카의 『변신(Metamorphosis)』이라면 그렇게 두꺼울 리가 없었다. 그는 작은 금테 안경을 끼고 있었다. 인상을 보니 자상한 사람일 것 같았다. 코는 길고 가늘었다. 턱뼈는 도드라져 보였다. 그는 책에 얼굴을 파묻었다. 눈은 갈색으로 속눈썹이 진하고 길었다. 전동차가 들어오고 있었다. 사람들로 미어터지는 전동차가 역으로 들어와 문이 열렸지만 내리는 사람도, 타는 사람도 없었다. 잠시 뒤에 전동차의 문이 닫혔다. 그는 고개를 들고 힐끗 전동차를 바라보더니 다시 책을 읽어 나갔다.

줄리아는 그날 아침에 목격한 사고에 대해 얘기하고 있었다. 나이가 지긋한 여자가 길을 가다가 모터 달린 자전거에 치이는 사고가 발생했다. 발렌티나는 이야기를 듣지 않으려고 애썼다. 줄리아는 동생이 도로를 건너는 것을 두려워한다는 사실을 알고 있었다. 발렌티나는 주변에 차량이 한 대도 보이지 않을 때에도 녹색 신호등이 켜질 때까지 집요하게 기다리는 사람이었다. 줄리아가 도로 건너편으로 급히 가로질러 가서 건너오라고 아무리 손을 흔들어도 그녀는 꿈쩍도 하지 않았다.

"그런 얘기 그만 해. 입을 다물지 않으면 나는 앞으로 집에서 절대 나오지 않을 거야. 그러면 언니는 혼자서 식료품을 사다 날라야 할 거야."

발렌티나가 줄리아에게 말했다. 줄리아는 놀라는 표정이었다. 아무튼 그렇게 해서 줄리아가 입을 다물게 되자 발렌티나는 비로소 마음이 놓였다.

다음 전동차가 1분쯤 뒤에 들어왔다. 이번 전동차에는 사람들이 덜 붐볐다. 자매는 사람들을 뚫고 전동차에 올라탔다. 줄리아는 전동차의 중간으로 들어가려고 발버둥을 쳤지만 발렌티나는 문에서 가까운 곳에 있는 손잡이를 붙잡았다. 차량이 덜컥거리며 앞으로 움직이기 시작할 때, 발렌티나는 고개를 들고 위를 쳐다보았다. 그녀가 승강장에서 줄곧 지켜보았던 남자가 바로 옆에 서 있었다. 사람이 많다 보니 두 사람은 어쩔 수 없이 서로 몸을 밀착하게 되었다. 그녀의 눈길을 느낀 그는 그녀를 바라보았다. 그녀는 무안해서 시선을 다른 곳으로 돌렸다. 그의 몸에서는 땀 냄새와 함께 마치 잔디를 깎다 온 것 같은 싱그러운 풀 냄새가 났다. 그리고 발렌티나로서는 알 수 없는 묘한 냄새도 났다. 종이 냄새? 먼지 냄새? 아무튼 그다지 싫은 냄새는 아니었다. 그녀는 그 냄새에 비타민이라도 섞여 있다고 생각하는지 숨을 깊이 들이마셨다. 누군가의 쇼핑백이 다리에 자꾸 스쳐서 짜증이 났다. 발렌티나는 다시 고개를 들고 위를 힐끗 쳐다보았다. 그 남자는 아직도 그녀를 바라보고 있었다. 발렌티나는 얼굴이 확 달아올랐지만 이번에는 시선을 피하지 않았다.

"지하철을 별로 안 좋아하죠?"

그 사람이 말을 걸었다.

"예."

발렌티나가 말했다.

"저도 그렇습니다. 사람들로 워낙 붐벼서 난처할 경우가 있죠."

그의 목소리는 저음으로 듣기 좋았다. 발렌티나는 고개를 끄덕였다. 그녀는 그의 입이 움직이는 것을 지켜보았다. 그는 입이 컸다. 윗입술은 약간 토끼처럼 생겼다. 앞으로 약간 튀어나온 치아가 이따금 드러나 보였다. 아무래도 치열을 교정해야 할 것 같았다. 그녀는 오래전에 언니와 함께 치열을 교정하려고 와이스먼 치과에 들락거리던 때가 생각났다. 그때 치열을 교정하지 않고 그냥 내버려 뒀으면 지금 어떤 모습이었을지 상상해 보았다.

"줄리아인가요? 아니면 발렌티나?"

그가 물었다.

"발렌티나예요."

그녀는 아무 생각 없이 그렇게 대꾸하고 나서 깜짝 놀랐다. 어떻게 그 사람이 자신과 언니의 이름을 알고 있는지 궁금했다. 전동차가 어떤 역으로 미끄러져 들어가는 동안 그녀는 중심을 잃고 비틀거렸다. 그러자 그 남자는 그녀의 팔꿈치를 붙잡았다. 그는 전동차가 완전히 멈출 때까지 팔꿈치를 붙잡고 있다가 손을 내렸다. 빅토리아역에 도착했다는 안내방송이 흘러나오고 있었다.

"발렌티나! 여기서 내려서 갈아타야 해!"

전동차의 문이 열리자 저쪽에서 줄리아의 목소리가 울려 퍼졌다. 발렌티나는 고개를 돌려 그 남자를 바라보았다.

"저는 여기서 내려야겠어요."

그녀가 남자에게 말했다. 그는 친근한 눈빛으로 그녀를 바라보았다. 그 모습을 보면 두 사람은 마치 같은 전동차를 타고 몇 시간이고 달려온 사람들 같았다.

"어디로 가는 거죠?"

그가 물었다. 줄리아가 빼곡하게 들어찬 사람들을 뚫고 두 사람을 향해 다가오고 있었다. 발렌티나는 전동차에서 내렸다.

"서커스 보러 가는 중이에요."

그녀는 줄리아가 자기 옆에 다가왔을 때 그렇게 대답했다. 그는 빙그레 웃었다. 문이 닫히고 전동차가 천천히 움직이기 시작했다. 발렌티나는 그 자리에 서서 움직이는 전동차를 바라보았다. 남자는 손을 들고 잠시 머뭇거리더니 손을 흔들었다.

"누구야?"

줄리아는 그렇게 물으며 발렌티나의 손을 잡았다. 두 사람은 디스트럭트 라인을 타기 위해 사람들과 함께 걸어가기 시작했다.

"나도 몰라."

발렌티나가 대꾸했다.

"귀여운데?"

줄리아의 말에 발렌티나는 고개를 끄덕였다.

'언니, 저 사람은 우리 이름을 알고 있었어. 이곳에서 우리가 아는 사람은 아무도 없잖아. 그런데 저 사람은 우리 이름을 어떻게 알아냈을까?'

발렌티나는 속으로 생각했다.

로버트는 발렌티나와 줄리아가 멀어져 가는 모습을 지켜보았다.

그는 다음 정차역인 핌리코에서 내려 테이트 미술관으로 걸어갔다. 그는 미술관 앞의 가파른 계단에 앉아서 상기된 표정으로 템스 강을 바라보았다. 속으로 무엇을 두려워하느냐고 자문했지만 그 물음에 대답을 할 수 없었다.

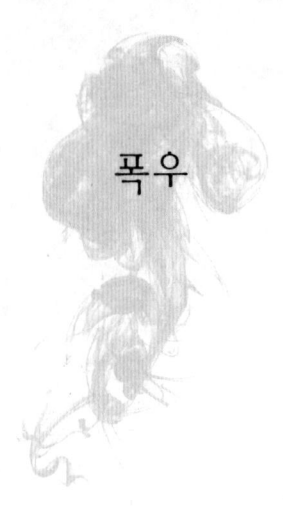

폭우

아주 늦은 밤이었다. 새벽 2시가 넘은 시각에 쌍둥이 자매는 한창 잠에 빠져 있었다. 저녁때만 되어도 날씨는 제법 쌀쌀했다. 자매는 아직도 난방장치를 어떻게 조절해야 하는지 모르고 있었다. 오늘 밤은 다른 날보다 더 추웠지만 난방장치가 제대로 작동되지 않는 것 같았다. 그들은 미국의 후끈후끈한 집에 익숙했다. 밤새 방열기에 손을 얹고 왜 실내가 그토록 미적지근한지 궁금해했다. 그들은 담요를 여러 장 둘러쓴 채 잠들었다. 또 서랍 속에서 발견한 탕파(더운물을 넣어서 허리와 다리를 덮히는, 쇠나 자기로 만든 그릇—옮긴이)를 두 사람의 발밑에 집어넣었다. 발렌티나는 태아처럼 몸을 잔뜩 웅크린 채 옆으로 누워 있었다. 정말로 입에 엄지손가락을 집어넣지는 않았지만 손가락을 빨다가 지친 아이처럼 손가락이 그 근처를 배회했다. 줄리아는 발렌티나의 품속에 안겼다. 그녀의 한쪽 팔은 발렌티나의 넓적다리에 얹혀 있었다. 그들은 평소에 그런 자세로 잠을 잤다. 어머니의 자궁에 있을 때부터 그런 자세였다. 두 사람은 서로 다른 표정을 짓고 있었다. 발렌티나는 얕은 잠을 잤다. 그녀는 이마를 찡그리고 눈살을 찌푸린 채 잠들었고 줄리아는 꿈을 꾸는지 이따금씩 몸을 움찔거렸다. 양쪽 눈이 얇은 눈꺼풀 밑에서 쉴 새 없이 움직였다. 꿈속에서 줄리아는 레이크 포레스트의 호숫가에 있었다. 물가에서는 아이들이 뛰어놀고 있었다. 아이들은 무엇이 그렇게 기쁜지 귀에 거슬리는 고함을 질러 댔다. 물속으로 들어간 아이들은 자그마한 파도에 부딪혀 뒤로 벌러덩 넘어졌다. 줄리아는 피부에 호수의 물이 닿는 것을 느끼고 몸을 뒤척거렸다. 꿈속에서 비가 내리기 시작하자 뛰놀던 아이들은 부모에게 달려갔다. 부모들은 장난감과 자외선 차단 크림을 허겁지겁 챙겼다. 이제 비는 억수같이 쏟아지고 있었다. 줄리아는 차를 어디에 두었는지 기억해 내려고 애썼다. 그녀는 달리기 시작했다.

그녀의 얼굴에 물방울이 튀었다. 여전히 꿈을 꾸면서 그녀는 손을 뺨에 가져다 댔다. 발렌티나가 잠에서 깨어나 자리에 앉은 채로 줄리아를 내려다보았다. 천장에서 떨어진 물방울이 담요에 스며들었다. 작은 물방울은 줄리아의 가슴으로 떨어지고 있었다.

"이게 뭐야. 큰일 났네. 언니, 일어나!"

줄리아는 코를 킁킁거리며 잠에서 깨어났다. 상황을 파악하기까지 어느 정도 시간이 걸렸다. 발렌티나는 얼른 부엌으로 달려가서 수프를 담았던 커다란 통을 들고 돌아왔다. 뒤늦게 상황을 파악한 줄리아는 침대에서 어기적거리며 기어 내려오고 있었다. 발렌티나는 물방울이 떨어지는 지점에 통을 내려놓았다. 틱틱, 소리를 내며 물방울이 통 속으로 떨어졌다. 침대는 이미 흥건히 젖어 있었다. 천장의 회반죽은 물기가 묻어서 반들반들했고 당장에라도 허물어져 내릴 것 같았다. 자매는 물방울이 통 속으로 떨어지는 모습을 지켜보며 서 있었다. 통 속으로 떨어진 회반죽 조각들이 백색 치즈의 찌꺼기처럼 보였다.

발렌티나는 침대 옆에 있는 안락의자에 주저앉았.

"어쩌지?"

그녀가 물었다. 헐거운 반바지와 가는 어깨끈이 달린 티셔츠를 입은 그녀의 팔과 다리에 소름이 오톨도톨 돋아 있었다.

"비가 오는 건 아니야. 누가 목욕을 하려고 물을 틀어 놓은 거 아닐까?"

그녀는 고개를 뒤로 젖히고 천장을 올려다보며 말했다.

"그렇다면 물이 이쪽으로 떨어져야 하잖아?"

줄리아는 욕실로 들어가서 전등을 켰다.

"여기는 멀쩡해."

그녀는 천장을 유심히 살펴보고 나서 그렇게 말했다.

그들은 통 속으로 더 많은 물방울이 떨어지자 서로의 얼굴만 쳐다보았다.

"별일이네. 아무래도 위층에 올라가 봐야겠어."

줄리아는 분홍색 비단 목욕가운을 몸에 걸치며 말했다.

"나도 갈게."

"아냐. 통에 있는 물이 넘치면 안 되니까 너는 여기 있어."

그녀의 말대로 얼마 있으면 통의 가장자리 너머로 물이 흘러넘칠 것 같았다.

줄리아는 아파트에서 당당하게 걸어 나와 위층으로 올라갔다. 줄리아는 아파트에 도착하고 나서 지금까지 한 번도 위층에 올라가 보지 않았다. 층계참에는 신문이 잔뜩 쌓여 있었다. 대부분이 「가디언」이나 「텔레그래프」였다. 위층에 있는 집으로 다가갔는데 현관문이 빠끔히 열려 있었다. 문을 똑똑 두드렸지만 안에서는 아무런 기척도 없었다.

"계세요?"

그녀는 큰 소리로 불러 보았다. 리듬에 맞춰 무언가를 북북 문지르는 소리밖에 들리지 않았다. 어떤 남자가 낮은 소리로 무어라고 중얼거리고 있었다.

줄리아는 불안한 표정을 지으며 문 앞에 서 있었다. 그녀는 이웃에 대해서 전혀 아는 바가 없었다. 발렌티나와 함께 오지 않은 사실을 후회했다. 이웃이 사탄숭배자나 아동학대범, 혹은 호기심 많고 젊은 아가씨의 몸을 전기톱으로 잘라 버리는 사람이라면 어쩌지? 참, 영국에도 전기톱 살인사건이 있었던가? 아니면 그런 것은 미국의 연쇄살인 사건에서나 등장하는 걸까? 줄리아는 문의 손잡이에 손을 얹고 망설였다. 그녀는 자신의 아파트에 물이 가득 차는 모습을 상상했다. 엘스페스 이모의 가구들이 모두 물에 둥둥 떠다니고 발렌티나는 물건을 하나라도 건지기 위해 이 방에서 저 방으로 헤엄쳐 가는 모습이 떠올랐다. 그녀는 현관문을 열고 안으로 걸어 들어가며 큰 소리로 외쳤다.

"아무도 안 계세요?"

아파트 안은 무척 어두웠다. 줄리아는 현관에 잔뜩 쌓인 상자에 몸을 부딪쳤다. 그녀는 발 디딜 틈도 없이 물건이 쌓여 있다는 걸 느낄 수 있었다. 거실 너머에 있는 방에는 불이 켜져 있었지만 현관 쪽은 아주 희미했다. 그녀의 맨발 밑으로 끈적끈적하고 모래알을 뿌려 놓은 것처럼 껄끄러운 나무 바닥이 느껴졌다. 거실 여기저기에 난 좁은 길 양옆으로 상자들이 있었는데, 거의 천장과 맞닿을 정도로 높이 쌓여 있었다. 족히 3미터는 될 것 같았다. 줄리아는 상자가 한쪽으로 넘어져서 사람을 덮치면 어떻게 될지 궁금했다. 어쩌면 상자 더미에 묻혀 버린 사람이 있을지도 모른다고 생각했다. 그녀는 앞을 보지 못하는 사람처럼 양손으로 상자를 더듬거리며 앞으로 조심스레 나아갔다. 고기 구운 냄새와 양파 볶은 냄새를 맡을 수 있었다. 어디에선가 담배 냄새도 새어 나왔다. 코를 찌르는 세제와 표백제 냄새도 맡을 수 있었다. 과일 썩는 냄새도 났다. 레몬 냄새 같기도 했다. 비누냄새도 맡을 수 있었다. 줄리아는 여러 가지 냄새를 분간해 보려고 애썼다. 여러 가지 냄새 때문에 코가 간지러웠다. 그녀는 재채기를 해선 절대 안 된다고 생각했지만 자기도 모르게 재채기를 하고 말았다.

그 순간, 남자의 중얼거리는 소리와 무언가를 문질러 대는 소리가 동시에 멈추었다. 줄리아는 그 자리에 얼어붙은 듯이 서 있었다. 영원처럼 생각되는 시간이 흐르고 나서 다시 소리가 이어졌다. 가슴이 방망이질을 치고 있었다. 그녀는 현관문을 열어 두었는지 확인해 보려고 돌아섰지만 문은 보이지도 않았다. 문이 실이나 빵 부스러기 같다는 생각이 들었다. 문을 찾지 못하면 그곳에서 벗어나지 못할 것 같았다.

상자들이 더 이상 손끝에 느껴지지 않았다. 그녀는 손을 앞으로 뻗어 보다가 닫힌 문을 찾았다. 아파트 앞쪽에 있는 침실 같았다. 그녀가 살고 있는 아파트와 구조가 동일하다면 침실이 분명했다. 이제 소음은 더욱 크게 들려왔다. 줄리아는 거실의 벽을 손으로 더듬어 뒤쪽 침실로 건너갔다. 그리고 문간에 서서 안을 들여다보았다.

혼자서 중얼거리던 남자는 그녀를 등진 채 무릎을 구부리고 쪼그려 앉아 있었다. 바닥을 북북 문지르는 청소용 솔과 그의 두 발이 보였다. 줄리아는 개미핥기를 흉내 내는 어떤 남자가 생각났다. 그는 청바지만 입은 상태였다. 천장의 불빛은 좁은 방에 비해 너무 강렬해 보였다. 침실에는 대형침대가 놓였고 방 안에는 옷가지와 책, 온갖 잡동사니들이 아무렇게나 흩어져 있었다. 벽에는 지도와 사진이 빼곡하게 꽂혀 있었다. 남자는 바닥을 솔로 문지르면서 외국말로 무어라고 계속 중얼거렸다. 목소리는 제법 괜찮았다. 그가 무슨 말을 하는지는 정확히 알 수 없었지만 슬픔을 주체하지 못해 혼자서 푸념을 늘어놓고 있다는 생각이 들었다. 그녀는 그 사람이 특정 종교의 광신자가 아닌지 궁금했다.

바닥에는 시커먼 땟물이 흘러 다녔다. 그 사람은 양동이 속에 손을 넣어 거품이 잔뜩 묻은 청소용 수세미를 꺼냈다. 줄리아는 그 사람이 하는 일을 가만히 지켜보았다. 잠시 뒤에 그녀는 그 사람이 한 곳을 집중적으로 닦고 있다는 사실을 깨달았다. 바닥의 다른 곳에서는 물기를 전혀 찾아볼 수 없었다.

줄리아는 절박한 심정이 들기 시작했다. 무슨 말이든 하고 싶었지만 어떻게 말을 시작해야 할지 몰랐다. 그녀는 자신이 발렌티나처럼 행동하고 있다고 혼잣말을 했다. 그러자 입을 열 용기가 불쑥 샘솟았다.

"저기, 실례합니다."

줄리아는 부드럽게 그 사람을 불렀다. 양동이 속에 손을 넣던 남자가 깜짝 놀랐다. 그 바람에 양동이가 넘어지면서 쏟아진 물이 바닥 전체로 퍼져 나갔다.

"어머, 정말 죄송해요. 저 때문에……."

줄리아는 그렇게 말하고 나서 방으로 달려 들어갔다. 그녀는 얼른 욕실로 달려 들어가 수건을 몇 장 가져왔다. 남자는 바닥에 쪼그리고 앉아 그녀를 빤히 바라보았다. 그는 눈앞에서 벌어진 일을 도저히 믿을 수 없다는 표정을 지으며 멍하니 앉아 있었다. 너무 놀라 정신이 완전히 나가 버린 사람 같았다. 줄리아는 수건을 말아서 땟물이 더 이상 바닥에 퍼져 나가지 못하도록 막았다. 수건은 모래주머니로 쌓은 댐 역할을 했다. 그녀는 일단 그렇게 해 놓고 다시 욕실로 달려 들어가 수건을 있는 대로 가져왔다. 그녀는 계속해서 미안하다고 주절거렸다. 마틴은 그녀의 재빠른 행동과 계속되는 사과의 말에 너무 놀랐는지 멍하니 그녀를 쳐다보기만 했다. 그녀의 머리는 헝클어지고, 입고 있던 분홍색 가운도 엉망이 되어 버렸다. 그녀는 잠옷차림으로 왈츠를 추는 꼬마 숙녀 같았다. 그녀는 재빠르게 움직였다. 마틴은 실내복 차림으로 자신의 아파트로 느닷없이 뛰어든 아가씨가 그리 싫지는 않았다. 그녀가 무슨 일을 하고 있는지 상황을 제대로 파악할 수는 없었지만 그녀를 만나게 되어 오히려 마음이 놓였다. 지금껏 그를 짓누른 불안과 근심이 모두 사라져 버린 것 같았다. 마틴은 양손을 바지에 문질러 닦았다. 줄리아는 수건으로 바닥을 깨끗하게 닦고 나서 물에 흥건하게 젖은 수건들을 한데 모아 욕조에 던져 넣었다. 그제야 그녀는 마음이 놓이는 표정으로 침실로 돌아왔다. 마틴은 가슴 위로 팔짱을 낀 채 쪼그려 앉아 그녀를 올려다보았다.

"아, 안녕하세요."

마틴이 뒤늦게 인사말을 했다. 그가 한 손을 내밀었다. 줄리아는 그의 손을 잡은 채 끌어당겼다. 그녀는 잠시 뒤에 손을 놓아 주려다 그의 손에서 피가 흐르고 있다는 사실을 깨달았다. 그녀의 손바닥에 피가 약간 묻었다. 마틴은 그녀가 자신의 손을 잡고 가볍게 몇 번 흔들 거라고 예상하고 있었다. 그런데 느닷없이 손을 끌어당겨 자신을 자리에서 벌떡 일으켜 세우는 것을 보고 깜짝 놀랐다. 줄리아는 줄리아대로 마틴의 행동이 생각보다 민첩한 것을 보고 놀랐다. 그녀는 호리호리한 몸집의 중년남성을 빤히 바라보았다. 그는 뿔테 안경을 삐딱하게 쓰고 있었다. 무릎과 팔꿈치, 관절이 도드라져 보였다. 그리고 몸에는 털이 거의 없었다. 줄리아는 그의 가슴이 약간 오목하다는 사실을 깨달았다. 그녀는 갑자기 얼굴을 붉히며 시선을 위로 돌렸다. 그의 짧은 머리카락은 희끗희끗했다. 친절한 사람 같았다.

"마틴 웰즈라고 합니다."

그가 말했다.

"줄리아 풀이에요. 아래층에 살고 있어요."

"아, 그렇군요. 그런데 혼자 살아요?"

"아뇨. 물이 흘러내려서 올라왔어요. 저희 침대가 바로 이 아래쪽에 있는데 천장에서 물방울이 계속 떨어지더군요. 그 바람에 잠을 자다가 깼죠."

마틴은 얼굴을 붉혔다.

"정말 죄송합니다. 당장 사람을 불러서 천장을 고쳐 드리겠습니다."

줄리아는 시선을 돌려 양동이와 청소용 수세미 그리고 물기가 남은 바닥을 바라보았다. 그녀는 혼란스러워하는 표정으로 다시 마틴을 바라보았다.

"실례지만 지금 무슨 일을 하시는 거죠?"

"청소를 하고 있었습니다. 바닥을 닦고 있었어요."

"손에서 피가 나는데요."

마틴이 자신의 양손을 내려다보았다. 오랜 시간 물에 담겨 있어 퉁퉁 불은 양쪽 손바닥은 찢어진 자국이 서로 얽혀 있었다. 손은 반들반들했고 선홍빛을 띠었다. 그는 줄리아를 다시 바라보았다. 그녀는 침실을 둘러보았다. 벽 쪽에 상자가 잔뜩 쌓여 있었다.

"상자에 뭐가 들어 있어요?"

"이것저것."

그가 짧게 대꾸했다.

"평소에 이렇게 해 놓고 사세요?"

"예."

"아저씨는 항상 북북 문질러 씻고 닦아야 직성이 풀리는 분 같네요. 하워드 휴즈처럼요(1905~1976, 미국의 억만장자로 비행사이자 영화 제작자이며 결벽증, 강박증 환자로 세균 감염을 무척 두려워했다—옮긴이).”

"예."

마틴은 무슨 말을 해야 할지 몰라 짧게 대꾸했다.

"좋네요."

"아, 그건 아닙니다."

마틴은 욕실로 들어가 약품 캐비닛을 열었다. 그리고 로션을 꺼내 양손에 문지르기 시작했다.

"일종의 병이죠."

그는 로션이 묻어 번들거리는 손가락으로 안경을 고쳐 쓰며 말했다. 줄리아는 자신이 실례되는 말을 했다는 것을 뒤늦게 깨달았다.

"죄송해요."

"괜찮습니다."

잠시 어색한 기운이 흘렀다. 그동안 두 사람은 서로의 얼굴을 쳐다보지 않았다.

줄리아는 초조하고 불안해지기 시작했다. 그녀는 그가 정상적인 사람이 아니라고 생각했다.

"저는 그만 내려가 봐야겠어요. 여동생이 무슨 일인지 궁금해할 것 같아서요."

마틴이 고개를 끄덕였다.

"천장에 물이 샌다니 죄송해서 어쩌죠. 아침에 당장 사람을 부르도록 하겠습니다. 내가 가서 직접 봐 주고 싶지만……."

"예?"

"나는 이 아파트를 절대 벗어나지 않습니다."

줄리아는 불과 몇 초 전만 해도 그에게서 벗어나고 싶어 했으면서도 그의 말을 듣자 실망을 금치 못했다.

"전혀 아파트를 떠나지 않는다고요?"

"그것도 병이랍니다."

마틴이 미소를 지었다.

"그런 눈으로 보지 마십시오. 아가씨는 언제든지 나를 찾아와도 되니까."

그는 줄리아를 데리고 사방에 잔뜩 쌓인 상자 사이의 좁은 길로 빠져나왔다. 두 사람이 현관문에 이르렀을 때, 그는 줄리아가 나가도록 문을 열어 준 다음 말했다.

"언제 다시 한 번 들러 줘요. 차라도 한잔 하죠. 내일은 어떻습니까?"

줄리아는 불빛이 환한 복도로 나와 어두컴컴한 거실에 서 있는 마틴을 바라보았다.

"좋아요. 그렇게 하죠."

"동생하고 같이 와도 괜찮아요."

줄리아는 자기도 모르게 소유욕이 발동하는 것을 느꼈다. 만약 그가 발렌티나를 만나면 자기보다 발렌티나를 더 좋아할 것 같았다. 지금까지 모든 사람이들처럼.

"글쎄요. 동생이 오고 싶어 할지 모르겠네요."

마틴이 빙그레 웃었다.

"그럼 내일 오후 4시가 어떨까요?"

"좋아요. 만나서 반가웠어요."

줄리아는 그렇게 말하고 나서 아래층으로 내려갔다. 줄리아가 집으로 돌아갔을 때, 발렌티나는 물이 가득 담긴 통을 막 쏟아 버리는 중이었다. 천장에서는 아직도 물방울이 똑똑 떨어지고, 잠자리는 축축하게 젖어 이미 엉망이 되어 있었다. 자매는 한쪽에 서서 침대를 바라보았다.

"무슨 일이 벌어진 거야?"

발렌티나가 물었다.

줄리아는 자신이 목격한 것을 알려 주었지만 마틴을 설명하는 데 애를 먹었다. 발렌티나는 위층에 사는 사람의 초대를 받았다는 말을 듣고 두려워하는 표정을 지었다.

"정신이 이상한 사람 같은데 괜찮을까? 아파트를 절대로 벗어나지 않는대?"

"나도 모르겠어. 아무튼 굉장히 친절한 사람 같았어. 그러니까 내 말은, 정신이 이상한 사람인 것은 분명하지만 이곳 영국에서 보자면 그게 꼭 그렇지는 않다는 거지. 내 말 무슨 뜻인지 알겠어?"

자매는 침대에서 축축한 담요를 걷어 내서 욕실로 가져가 물기를 짜냈다.

"이불이 엉망이 되었네. 더 이상 못 쓰겠는 걸."

"회반죽 가루만 깨끗이 헹구면 돼. 물에 푹 담가 놓을까?"

발렌티나는 욕조의 배수구를 마개로 막고 뜨거운 물을 받기 시작했다.

"아무튼 나는 차를 마시러 가겠다고 했으니까 너도 가고 싶으면 같이 가자. 이웃에 살자면 어차피 만날 사람인데 같이 가 보는 게 좋지 않겠니?"

발렌티나는 어깨를 으쓱했다. 그들은 매트리스만 남기고 침대를 모두 벗겨 낸 다음 천장에서 떨어지는 물을 받아내기 위해 매트리스 위에 수프 통을 놓아두었다. 그런 다음 눅눅한 방으로 건너가서 침대로 기어 올라갔다. 그들은 집을 수리하는 문제와 이웃사람의 초대로 마음이 무거운 상태에서 잠이 들었다.

민감한 문제

쌍둥이 자매는 자신들의 순결을 부담스럽게 생각했다. 줄리아는 지금까지 몇 번 시도를 해 보았다. 고등학교에 다닐 때, 남자아이들이 자신에게 키스나 애무를 하려고 하면 거부하지 않고 몸을 맡겼다. 차 안에서도 그랬고 친구들 집에서 파티를 할 때는 친구의 부모님이 없는 침실로 들어가 서로의 몸을 더듬기도 했다. 네이비 피어(시카고 도심에서 미시간 호로 나와 있는 부두—옮긴이)에 갔을 때는 여자화장실에서 남자친구와 애무를 했다. 그리고 부모님의 집 현관 계단에서도 여러 차례 애무를 했다. 그녀는 빅토리아 시대처럼 현관 앞에 널찍한 베란다가 있었으면 좋겠다고 생각했다. 그러면 발렌티나가 어두운 거실에서 몰래 밖을 훔쳐보는 동안 현관 그네에 남자친구와 나란히 앉아 아이스크림을 먹으며 서로의 입술에 묻은 아이스크림을 핥아먹을 수도 있을 거라고 생각했다. 하지만 부모님의 집에는 베란다가 없었고, 남자애들과의 키스는 부모님의 집과 마찬가지로 평범하고 밍숭밍숭하기만 했다.

줄리아는 호숫가에서, 스케이트를 타고 난 뒤에 휴게실에서, 또 고등학교의 음악연습실에서 치근덕거리는 남자애들을 떨쳐 버린 일이 기억났다. 그녀는 남자아이들이 보였던 반응을 아직도 기억한다. 반응은 조금씩 달랐다. 그녀가 강하게 거부했을 때 당황하는 아이도 있었고 화를 내는 아이도 있었다.

"그럼 왜 여기 들어온 거야?"

음악실에서 남자친구가 그렇게 물었을 때 그녀는 아무 대답도 하지 못했다.

그녀가 원한 것은 무엇이었을까? 그녀는 남자아이들이 자기한테 무슨 일을 할 거라고 상상했을까? 그리고 남자아이들이 막상 일을 저지르려고 하면 왜 항상 막고 나섰을까?

발렌티나는 줄리아에 비해 좀 더 적극적이었다. 그녀는 거부의사를 적극적으로 표시하지는 않았다. 얌전한 남자아이들은 쌍둥이 자매 가운데 항상 발렌티나한테 더 호감을 느꼈다. 그것은 자신들을 아마추어 록 스타라고 생각하는 남자아이들도 마찬가지였다. 줄리아는 자기한테 관심을 보이지 않는 아이들을 선택해서 그들을 뒤쫓아 다녔다. 반면에 발렌티나는 자기한테 호감을 보이는 아이들을 모두 무시하고 그들의 마음을 사로잡을 수 있었다. 그녀는 자전거에 묶인 체인을 풀다가 수학 시간에 자기 뒤에 앉았던 남학생이 다가와 느닷없이 사랑고백을 하자 깜짝 놀랐다. 학교 신문의 편집자가 학년말 무도회에 함께 갈 수 있느냐고 물었을 때도 그녀는 많이 놀랐다.

"남자애들이 먼저 다가오게 만들어야 해."

줄리아가 자신과 동생의 처지를 비교하면서 넋두리를 늘어놓으면 발렌티나는 그렇게 말했다. 하지만 줄리아는 인내심이 없었다. 그녀는 마음에 드는 남자애를 놓치게 될까 봐 노심초사했다. 자신과 똑같이 생겼으면서도 남자애들한테 은근히 호감을 받고 있는 동생이 항상 곁에 있으니 느긋해질 수가 없었다.

발렌티나는 섹스를 재미있는 오락이라고 생각했다. 하지만 그녀의 섹스상대가 될 뻔한 남자들은 그다지 만족을 주지 못했다. 그녀가 남자애들한테 관심을 집중하려고 마음을 먹을 때마다 그 아이들은 아직 어설프고 어딘가 성적으로 덜 성숙해 보였다. 적어도 그녀의 입장에서는 그렇게 보였다. 그녀는 줄리아와 항상 붙어 다녔기 때문에 자기 언니와는 아주 친밀한 유대감을 느낄 수 있었지만 그 밖의 사람들과는 좀체 그런 감정을 느낄 수가 없었다. 그녀는 다른 사람과 관계를 맺기 시작하려면 약간의 희망이나 터무니없는 환상이 필요하다는 사실을 알지 못했다. 발렌티나는 오랜 결혼생활에 익숙해져서 외간 남자와 시시덕거린다거나 바람을 피우는 일은 감히 상상도 하지 못하는 여자 같았다. 레이크 포레스트 고등학교의 복도에서 그녀를 따라온 남자애들은 그녀가 당황하면서 어쩔 줄을 몰라 하면 금세 열의가 꺾어 버리곤 했다.

아무튼 그렇게 해서 쌍둥이 자매는 아직도 순결을 지키고 있었다. 줄리아와 발렌티나는 고등학교와 대학교 친구들이 하나씩 어른들의 섹스 세계 속으로 사라지는 모습을 지켜보았다. 친구들이 모두 그렇게 떠나 버리자 미숙한 섹스 세계에서 어슬렁거리는 사람은 두 자매밖에 없었다.

"해 보니까 어땠어?"

그들은 친구들에게 물어보았다. 대답은 모호하기만 했다. 섹스는 개인적인 농담 같은 것으로 남들이 아무리 설명을 해 줘도 직접 경험해 보기 전에는 알 수 없는 것이다.

자매는 각자 그리고 함께 자신들의 처녀성에 대해 걱정을 했다. 하지만 가장 중요한 문제가 있었는데 그들은 그것에 대해 한 번도 대화를 나눠 보지 않았다. 섹스는 그들이 함께할 수 없는 일이란 사실이다. 두 사람 중에 누군가 먼저 성 경험을 할 수밖에 없었다. 그렇게 되면 다른 한 사람은 어쩔 수 없이 처녀로 남게 될 것이다. 그리고 두 사람은 각자의 남자친구를 찾아 나서야 했다. 남자친구들이 생기면 그들은 자매들과 단둘이서 시간을 보내고 싶어 할 것이고, 줄리아나 발렌티나의 인생에서 의미 있는 사람이 되고 싶어 할 것이다. 남자친구는 쐐기례와 같은 역할을 할 것이다. 쌍둥이 자매의 사이에는 금방 틈이 벌어질 것이다. 그렇게 되면 줄리아는 발렌티나가 어디에서 무엇을 하는지 신경도 쓰지 않고 몇 시간이나 보내게 될 것이다. 그것은 발렌티나도 마찬가지다. 그녀는 남자친구가 생기면 자기와 줄리아만 이해할 수 있는 이야기도 남자친구한테 스스럼없이 털어놓을 것이다.

그것은 서로에 대한 전적인 신뢰가 필요한 민감한 문제로 극히 개인적인 세계였다. 그래서 그들은 처녀성을 간직한 채 때를 기다리고 있었다.

진주 귀걸이

줄리아는 이튿날 오후 4시 정각에 마틴의 현관문을 두드렸다. 발렌티나는 너무 부끄러워해서 함께 오지 않았다. 그날 오전에 어떤 남자가 와서 그들의 침실 천장을 수리하기 시작했다. 그래서 줄리아는 자신도 약속을 지켜야겠다고 생각했다.

줄리아는 청바지에 흰색 블라우스를 입었다. 마틴이 문을 열어주었을 때, 그녀는 그가 양복에다 넥타이까지 맨 것을 보고 깜짝 놀랐다. 그는 수술용 고무장갑까지 끼고 있었는데 그 모습을 보니 집사 같았다.

"어서 오세요."

그는 그녀를 부엌으로 안내했다. 창문이 신문과 유리테이프로 가려져 있긴 했지만 부엌은 무척 아늑해 보였다.

"우리는 항상 여기에서 식사를 합니다. 식당에는 상자를 잔뜩 쌓아 놓았거든요."

그는 자신의 말이 어떤 식으로 받아들여질지 전혀 모르는 사람처럼 말했다.

"그럼 가족이 있으세요?"

줄리아는 자기와 대화를 나누는 미친 사람이 결혼을 했을 거라고는 전혀 생각해 보지 않았다.

"예, 아내와 아들놈이 있죠. 아내는 지금 암스테르담에 가 있고 아들은 옥스퍼드에 다니고 있어요."

"부인은 휴가를 가신 건가요?"

"그렇게 생각할 수 있겠네요. 사실 집사람이 언제 돌아올지 나도 잘 모릅니다. 그래서 혼자서 그럭저럭 생활을 꾸려 나가고 있지요. 당분간은 이렇게 살아야 할 것 같아요."

마틴은 식탁으로 의자 세 개를 가져다 놓았다. 줄리아는 혹시라도 도망을 쳐야 할 경우가 생길까 봐 뒷문이 정면으로 보이는 의자에 앉았다.

"발렌티나는 몸이 좋지 않아 함께 못 왔어요."

줄리아가 말했다. 따지고 보면 그다지 틀린 말은 아니었다.

"저런, 아쉽네요. 다음에 기회가 있겠죠."

마틴이 말했다. 그는 혼자 기분이 좋아졌다. 아직 낯설다면 낯설다고 할 수 있는 이웃에게 차 대접을 할 수 있어서 기분이 좋은 듯했다. 그는 차를 만들 준비를 했다. 어묵 샌드위치, 오이, 샐러드용 냉이 그리고 빅토리아 스펀지케이크도 함께 내왔다. 그는 마레이케의 어머니가 쓰던 접시를 펼쳐 놓고 우유 한 주전자와 각설탕 한 병도 그 옆에 가져다 놓았다. 그 정도면 마레이케가 있을 때만큼 근사한 분위기가 되었다고 생각했다.

"어떤 차를 마시고 싶어요?"

그가 물었다.

"저는 얼 그레이가 좋겠는데요."

그는 전기포트의 단추를 누르고 나서 찻주전자에 티백 하나를 떨어뜨렸다.

"원래는 이런 식으로 하는 게 아닌데 게을러져서 이 모양입니다."

"원래는 어떤 식으로 만들죠?"

"일단 주전자의 물을 펄펄 끓여야죠. 그리고 티백 제품이 아니라 깡통에 담긴 차를 쓰고요. 그렇지만 맛의 차이는 못 느끼겠더군요. 게다가 나는 차를 많이 마시기 때문에 매번 그런 식으로 번거롭게 만들 수는 없습니다."

"저희 엄마도 티백 제품을 사용해요."

줄리아가 그를 안심시키기 위해 한마디 했다.

"그럼 잘됐네요."

마틴이 진지한 표정으로 말했다. 물이 끓기 시작했다. 사실 그는 주전자가 제대로 작동하는지 확인하려고 줄리아가 도착하기 전에 몇 번씩이나 물을 끓여 놓은 상태였다. 그가 차를 잔에 담아서 내놓았다. 곧이어 두 사람은 마주 보고 앉아서 차를 마시고 샌드위치를 먹었다. 마틴은 오랜만에 행복을 느꼈다. 그는 다른 사람과 함께 식사를 할 수 있는 날을 얼마나 고대했는지 지금껏 깨닫지 못했다. 줄리아가 고개를 들었을 때, 그가 그녀를 보고 환하게 웃었다. 줄리아는 그가 정신이 좀 이상한 사람일지는 몰라도 무척 즐거워한다고 생각했다.

"저기, 이 아파트에서 사신 지는 얼마나 되셨어요?"

그녀가 물었다.

"20년이 넘었죠. 집사람과 결혼을 하고 나서 처음에는 암스테르담에서 살았습니다. 그다음에는 세인트 존스우드에서 살았어요. 그리고 이 아파트는 아들놈 테오가 태어나기 직전에 구입했죠."

"그럼 항상…… 집에만 갇혀 지내신 거예요?"

마틴은 고개를 가로저었다.

"그건 최근의 일이에요. 한때 대영박물관에서 일했습니다. 거기에서 고대어나 고전어를 번역했죠. 그렇지만 지금은 집에서 일을 하고 있어요."

줄리아가 미소를 지었다.

"그럼 박물관에서 로제타 스톤(1799년 이집트 로제타에서 발견된 석판으로 고대 이집트 상형문자 해독의 실마리가 되었다—옮긴이)이나 뭐 그런 것들을 선생님께 가져다주는 건가요?"

자매는 지난주에 대영박물관을 관람했다. 줄리아는 발렌티나가 눈물까지 글썽이며 린도맨(1984년 체셔의 토탄광에서 발견된 철기시대의 미라로 의식의 제물로 희생된 것으로 보임—옮긴이)을 들여다보던 모습이 기억났다.

"아, 그건 아니에요. 실제적인 사물이 필요한 경우는 드물지요. 박물관에서는 사진을 찍거나 탁본을 뜨죠. 나는 그것을 보고 번역해요. 요즘은 모든 것이 디지털화되어 일하기가 얼마나 수월한지 모릅니다. 앞으로 언젠가는 고대어가 적힌 물건을 컴퓨터 위로 몇 번 훑어 주기만 하면 가톨릭의 그레고리오 성가로 번역이 되어 나올지도 모르죠. 그렇지만 그런 날이 올 때까지는 나 같은 사람들의 도움이 필요하죠."

마틴은 잠시 멈추었다가 다소 수줍게 입을 열었다.

"혹시 십자말풀이 좋아해요?"

"저희는 잘 못해요. 엄마가 「뉴욕타임스」에 실린 십자말풀이를 자주 하시죠. 엄마가 가르쳐 주려고 애쓰셨는데 저희는 간단한 카드놀이만 할 수 있어요."

"엘스페스 이모는 십자말풀이의 달인이었답니다. 이모 생일에 내가 거의 암호에 가까운 십자말풀이를 냈죠."

줄리아는 엘스페스 이모에 대해 물어보고 싶었지만 마틴이 자신의 십자말풀이에 대해 물어보아 주었으면 하고 바라는 것 같아서 정중하게 물었다.

"십자말풀이를 출제하신다고요?"

"예, 「가디언」 지에 출제했어요."

마틴은 자신이 아주 대단한 영웅이라는 사실을 은밀히 털어놓듯이 말했다. 줄리아는 예의상 그에게 경외심을 보이려고 애썼다.

"와, 정말 대단하네요. 저희는 그냥 신문에 실린 출제자의 이름이나 봤지 이웃에 그런 것들을 만들어 내는 분이 있을 거라고는 생각지도 못했어요."

"십자말풀이는 아직 진가를 제대로 인정받지 못하는 예술형식이랍니다."

마틴은 자기 얘기만 하지 말고 상대방에 대해서도 물어봐야겠다고 생각했다.

"무슨 일을 해요?"

"저희는 특별히 하는 일이 없어요. 무슨 일을 해야 할지 아직 결정을 못했어요."

마틴은 차를 홀짝이고 나서 줄리아를 야릇하게 쳐다보았다.

"자신을 말할 때 '나'라고 하지 않고 항상 '저희'라고 말하는군요."

줄리아는 얼굴을 찌푸렸다.

"아니, 제 말은 저와 제 동생 발렌티나 말이에요. 저희 두 사람이 직업으로 삼고 싶은 일을 아직 발견하지 못했다고요."

"두 사람이 같은 일을 해야 합니까?"

"예."

줄리아는 말을 잠시 멈추었다. 그리고 자신이 여동생이 아닌 낯선 사람과 대화를 나누고 있다는 사실을 새삼 상기했다.

"저희는 함께할 수 있는 일을 원해요. 성격이 약간 다른 두 가지 일을 할 수는 있겠지만 어쨌든 함께했으면 좋겠어요."

"그래도 각자 하고 싶어 하는 일이 있을 텐데요."

"글쎄요. 발렌티나는 옷을 좋아해요. 기존의 옷을 가지고 새로운 옷을 만드는 거죠. 이를테면 선생님이 입고 계시는 양복의 등을 잘라내서 코르셋이나 허리받이, 뭐 그런 걸 만드는 거죠. 동생은 알렉산더 맥퀸(1969년생으로 영국 출신의 세계적인 패션 디자이너―옮긴이)의 하녀 같다니까요."

줄리아는 발렌티나를 위해 준비한 식기 세트를 힐끗 바라보면서 그녀가 지금 무엇을 하고 있을지 궁금했다. 마틴은 허리받이가 달린 옷을 입고 있는 자신의 모습을 머리에 그려 보면서 빙그레 웃었다.

"그럼 아가씨는 무슨 일을 하고 싶어요?"

"흠, 저는 잘 모르겠어요. 저는 비밀을 캐내거나 몰랐던 것을 밝혀내는 일을 좋아하는 것 같아요."

줄리아는 자기 앞에 놓인 접시를 내려다보며 말했다. 접시의 가장자리에는 청색 나팔꽃이 그려져 있었다. 그녀는 왜 자신이 구덩이의 가장자리에 서 있는 것 같은 느낌이 드는지 궁금했다.

"차를 좀 더 마시겠어요?"

마틴의 물음에 그녀는 고개를 끄덕였다. 그는 잔에다 차를 따랐다.

"아가씨는 아직 젊어요. 그렇죠? 우리 아들도 자신이 정말 하고 싶어 하는 게 뭔지 아직 잘 모르고 있어요. 지금 수학을 공부하고 있는데 수학에는 그다지 열정을 보이지 않지요. 내 생각에는 아들놈이 아마 금융 분야에 종사하면서 특이한 휴가를 보낼 계획이나 세우면서 시간을 보내지 않을까 싶어요. 아들 녀석이 즐겨하는 것들은 하나같이 좀 위험하더군요."

"어떤 것들인데요?"

"오토바이 같은 거죠. 가끔 등산도 다니는 거 같아요. 어쩌겠습니까. 자기가 좋아하는 일이니 내버려 둬야죠."

"아드님이 걱정되시나 봐요."

마틴은 껄껄 웃었다. 그는 몇 달 만에 처음으로 홀가분한 기분을 느꼈다.

"난 무슨 일이든 다 걱정이 됩니다. 하지만 그중에서도 특히 아들

녀석이 걱정스러워요. 부모 마음이 다 그런 것 아니겠습니까. 집사람이 그 아이를 가졌을 때부터 아들이 걱정되던데요. 이렇게 걱정을 한다고 해서 그 녀석한테 조금이라도 이로운 건 없지만 도무지 걱정을 떨쳐 버릴 수가 없어요."

줄리아는 마틴이 방바닥을 닦던 모습을 머리에 떠올렸다. 그녀는 마틴이 같은 자리를 계속해서 핥아 대는 강아지를 닮았다고 생각했다.

"그래서 무엇이든 닦고 또 닦아야 마음이 놓이시는가 보죠?"

마틴은 의자의 등받이에 몸을 기대고 팔짱을 꼈다.

"이제 보니 참 예리하네요. 그렇습니다."

그는 줄리아를 빤히 바라보았다. 그녀도 그와 시선을 마주쳤다. 두 사람은 서로에 대해 어느 정도 파악할 수 있었다.

'이 사람은 정신이 온전치 못해. 나는 이 사람을 이해할 수 있어. 하지만 완전히 미친 사람은 아닐 거야. 정신은 멀쩡한데 집착이 아주 강할 뿐이야. 꿈속의 일을 현실인 양 오해하는 것처럼 말이야.'

그녀는 그를 쳐다보면서 그런 생각을 했다.

"비밀을 밝히는 일을 좋아한다고 했는데 구체적으로 어떤 종류의 비밀 말이죠?"

줄리아는 설명을 하려고 애썼다.

"무엇이든 좋아요. 저는 사람들이 보지 못하고 알지 못하는 것들에 호기심이 많아요. 예를 들어 저는 대영박물관에 가는 걸 좋아해요. 그렇지만 박물관의 전시실뿐만 아니라 사무실과 창고 같은 곳에 모두 들어가 보고 싶어요. 보통사람들은 들어갈 수 없는 곳 말이에요. 그런 곳에 들어가서 서랍을 모두 열어 보고 그 안에 무엇이 들어 있는지 일일이 확인해 보고 싶어요. 그리고 사람들에 대해서도 알고 싶답니다. 좀 무례한 말이 될지도 모르겠지만 선생님이 왜 이렇게 많은 상자를 가지고 있는지 알고 싶어요. 또 상자에 무엇이 들어 있는지, 왜 창문은 모두 신문지로 가린 것인지, 언제부터 저렇게 가린 것인지, 물건들을 닦고 또 닦으면 어떤 기분인지 그리고 왜 그런 습관을 고치려고 노력하지 않으시는지도 궁금해요."

줄리아는 마틴을 바라보면서 그가 이제 그만 자기 집에서 나가 달라고 요구할 거라고 생각했다. 두 사람은 제법 오랫동안 불편한 분위기에서 말없이 앉아 있었다. 그러다가 마틴이 마침내 미소를 지었다.

"아가씨는 완전히 미국식 사고를 가졌군요."

"매우 무례하다는 뜻을 에둘러서 표현하신 건가요? 예, 제가 너무 무례했죠. 죄송해요."

"아, 그런 건 아니니 굳이 사과할 필요는 없습니다. 그런 느낌을 받았다는 말이었습니다. 차 좀 더 줄까요?"

"아뇨. 이제 됐어요. 카페인을 너무 많이 섭취하게 되면 자제력을 완전히 잃어버리고 말 거예요. 그렇지 않아도 벌써 한계에 와 있는데."

마틴은 자기 잔에다 다시금 차를 가득 따랐다.

"그런데 정말 아까 말한 것들을 전부 다 알고 싶어요? 내가 아가씨의 질문에 모두 답해 준다면 신비감이 완전히 사라지겠지요. 그러면 아가씨는 두 번 다시 나를 방문하지 않을 테고요. 난 그럴까 봐 두려운데요?"

"그런 걱정은 마세요. 가끔 들를 테니까요."

마틴은 그녀가 만나 본 사람들 가운데 가장 기이한 사람이라고 생각했다. 그가 아무리 애를 써도 그녀 자신을 떨쳐 버릴 수 없을 거라는 생각도 들었다.

마틴은 입을 열고 잠시 망설이다가 말했다.

"혹시 담배 피워요?"

"예."

줄리아의 대꾸에 마틴의 표정이 밝아졌다. 그는 식탁에서 일어났다. 잠시 뒤에 그는 담배 한 갑과 라이터를 가지고 돌아왔다. 그는 담뱃갑을 흔들어 담배 한 개비를 그녀에게 건넸다. 그녀가 담배를 건네받아 입에 물자 그가 불을 붙여 주었다. 그녀는 연기를 한 모금 빨아 당기고는 곧바로 발작을 하듯이 기침을 해 댔다. 마틴은 자리에서 벌떡 일어나더니 물을 한 잔 가져다주었다.

"대체 무슨 담배죠?"

기침을 간신히 가라앉히고 나서 그녀가 말했다.

"골루아즈(1910년 프랑스에서 출시된 독한 담배—옮긴이)예요. 필터가 없죠. 미안해요. 골탕을 먹이려고 그런 건 아니에요."

그녀는 불이 붙은 담배를 그에게 건넸다.

"자, 이거 피우세요. 저는 그냥 연기만 들이마실게요."

마틴은 연기를 길게 한 모금 빨아 당겼다. 그의 입에서 연기가 솔솔 흘러나왔다. 줄리아는 그토록 천진난만한 기쁨의 표정을 여태껏 본 적이 없었다. 그 순간 그녀는 어떻게 그가 여자에게 구애를 하고 결혼까지 할 수 있었는지 이해할 수 있었다. 아마 그런 눈빛으로 여자를 바라보기만 했을 것이다. 줄리아는 누군가 자기를 그런 식으로 바라봐 주기를 바랐다. 그녀는 혼란스러운 감정을 경험했다.

"언제나 호기심이 신세를 망치는 법이죠."

마틴은 그렇게 말하고 나서 다시 한 모금을 빨았다.

"저도 알아요. 하지만 무엇이든 진실을 알고 싶어서 미치겠는데 어떡해요. 진실을 밝히지 못하면 머리가 돌아 버릴 것 같다니까요."

"이제 보니 훌륭한 학자가 될 자질이 다분하군요."

줄리아는 말을 하는 그의 입에서 담배 연기가 자욱하게 뿜어져 나오는 모습을 신기하게 바라보았다. 그녀는 자기 아빠를 대단한 골초라고 생각하고 있었는데 마틴에 비하면 그는 아무것도 아니었다.

"저는 한곳에 오래 앉아 있지 못해요. 하나의 진실을 발견하고 나면 곧바로 다음 진실을 찾아나서야 하죠."

"그럼 기자가 되어야겠군요."

줄리아는 모호한 표정을 지었다.

"기자가 적성에 맞을지도 모르죠. 그렇지만 제 동생은요?"

그녀는 마틴이 담배를 피우려고 수술용 장갑을 벗어 놓았다는 것을 뒤늦게 깨달았다. 구겨진 장갑은 찻잔과 접시 옆에 놓여 있었다.

"동생과는 흥미나 관심사가 다를 텐데 각자 흥미를 느끼는 분야에 종사하게 되면 더 행복할 거라는 생각은 안 해요?"

"그렇지만 저희는 항상 함께 다녔어요. 무슨 일이든 항상 함께해 왔죠."

"흠."

줄리아는 동생과 자신이 아파트에 도착하기 전에 누군가가 마틴에게 다가가 발렌티나의 관심사에 대해 이러쿵저러쿵 얘기를 들려주었을 거라고 생각하자 기분이 그다지 좋지 않았다.

"예?"

그녀는 화가 나서 말했다.

"두 사람이 엘스페스를 만나지 못해서 안타까울 따름입니다. 그녀는 쌍둥이의 생활에 대해 재미있는 얘기를 많이 들려주었거든요."

줄리아는 그의 말에 바짝 정신을 집중했다.

"이를테면?"

"케이크 좀 먹을래요?"

마틴의 물음에 줄리아는 고개를 가로저었다.

"난 좀 먹어야겠어요."

그는 케이크 한 조각을 조심스럽게 잘라 낸 다음 그것을 접시에 놓았다. 그러고 나서 먹지는 않고 담배만 계속 피워 댔다.

"엘스페스는 쌍둥이의 관계도 한계가 있다고 생각했어요. 각자의 개성을 포기해야 한다는 측면에서 말입니다. 그녀는 자신과 여동생이 그 경계를 넘어섰다고 느끼는 것 같았습니다."

"어째서죠?"

마틴은 고개를 가로저었다.

"나한테는 말하지 않더군요. 로버트에게 물어봐요. 그녀는 로버트한테는 속에 있는 말도 거리낌 없이 했으니까요."

"로버트 팬쇼 씨 말인가요? 저희는 아직 그분을 만나지 못했어요."

"흠. 그 친구는 두 사람을 하루 빨리 만나고 싶어 하는 것 같던데 아직 얼굴도 보지 못했다니 참 이상하군요."

"문을 두드려 보았지만 집에 안 계시는 것 같았어요. 아마 어디 먼 곳에 가셨을 거예요."

"오늘 아침에도 봤는데요. 부서진 천장을 수리하도록 사람을 부른 것도 그 사람이에요. 두 사람한테 민폐를 끼쳤다고 나를 따끔하게 혼내기까지 하던걸요."

마틴은 미소를 지으며 담배를 비벼서 끄고 나서 조심스럽게 수술용 장갑을 꼈다.

"그런데 어째서⋯⋯ 어떻게 생기신 분이죠?"

마틴은 케이크를 한 입 베어 먹었다. 줄리아는 그가 케이크를 입에 넣고 몇 번 오물거리다가 꿀꺽 삼키는 모습을 가만히 지켜보았다.

"그 친구는 엘스페스한테 무척 헌신적이었죠. 엘스페스의 죽음으로 상당한 충격을 받았을 겁니다. 정신적으로도 어느 정도 혼란을 겪고 있을 거예요. 하지만 좋은 사람이에요. 내가 저지르는 실수를 모두 참아 내는 걸 보면 인내심도 있고요."

"실수를 자주⋯⋯ 아니, 천장이 항상 그렇게 부실했나요?"

마틴은 당황하는 표정을 지었다.

"예전에 딱 한 번 부서진 적이 있습니다. 두 번 다시 그런 일이 일어나지 않도록 최대한 조심할게요."

"날마다 바닥을 그렇게 벅벅 문질러 닦아야 하나요? 다른 방법은 아예 없는 건가요?"

"방법이 없는 건 아닙니다."

줄리아는 담배연기 때문에 머리가 어질어질했다.

"화장실 좀 사용해도 될까요?"

"예, 물론이죠. 저 안에 화장실이 있습니다."

그는 작은방을 손으로 가리켰다. 줄리아는 약간 비틀거리며 자리에서 일어나 상자들로 가득한 방을 가로질러 가서 자그마한 욕실로 들어갔다. 욕조 안에도 상자들이 쌓여 있었다. 아파트가 아니라 창고에 들어와 있는 것 같았다. 그녀는 화장실을 사용하고 나서 얼굴에 찬물을 끼얹었다. 그러자 기분이 조금 좋아졌다. 부엌으로 돌아와서 자신이 궁금하게 생각하던 것을 마틴에게 물어보았다.

"상자가 무척 많은데 뭐가 들어 있는 거예요? 방금 이사를 온 것처럼 보여요."

마틴은 너그러운 눈빛으로 그녀를 바라보았다.

"좋습니다. 그렇게 궁금해 하니 아가씨한테 상자를 직접 열어 볼 수 있는 특권을 주죠."

"아무 상자나 열어 봐도 돼요?"

"그러든가요. 나도 상자에 뭐가 들어 있는지 일일이 기억하지 못합니다. 그러니까 어떤 상자를 열어 보든 상관없죠."

두 사람은 자리에서 일어섰다. 상자들에 둘러싸여 있으니 부활절이나 성탄절이라도 된 것 같았다.

"힌트라도 주실래요? 어떤 물건들을 담았는지?"

"글쎄요. 흥미로운 것들은 별로 담겨 있지 않아요."

그들은 식당으로 들어갔다. 줄리아는 탑처럼 높게 쌓인 상자들을 빤히 바라보았다.

"제일 위에 있는 상자를 열어 볼래요? 그러면 다른 상자들을 굳이 움직이지 않아도 되죠."

마틴이 말했다.

줄리아는 상자를 하나 손으로 가리켰다. 그러자 마틴은 조심스럽게 상자를 빼내서 그녀에게 건넸다. 상자는 테이프로 단단히 봉해져 있었다. 마틴이 칼을 가져왔다. 그녀는 상자를 바닥에 내려놓고 그 옆에 무릎을 꿇고 앉아 칼로 상자를 뜯었다. 그녀가 상자를 열자 마틴은 상자 안에 폭발물이라도 들어 있는 것처럼 뒤로 한 걸음 물러났다.

상자에는 플라스틱이 가득 들어 있었다. 처음에 줄리아는 상자에 플라스틱밖에 들어 있지 않다고 생각했다. 하지만 상자 속을 더듬어 보고 나서 다양한 물건이 있다는 사실을 깨달았다. 물건들은 비닐봉지에 감싸져 테이프까지 붙어 있었다. 그녀는 마틴을 올려다보았다. 그는 문간에 서서 손에서 장갑을 벗겨 내려고 애쓰고 있었다.

"뜯지 말까요?"

그녀가 물었다.

"아니, 뜯어 봐도 돼요."

그녀는 상자 속을 손으로 더듬다가 자그마한 플라스틱 상자를 꺼냈다. 그리고 상자를 감싸고 있는 비닐봉지를 천천히 뜯어냈다. 거기에는 은빛이 나는 진주 귀걸이 한쪽이 들어 있었다. 그녀가 그것을 마틴에게 내밀자 그는 귀걸이를 살펴보려고 앞으로 허리를 굽혔다.

"아, 이건 마레이케의 거예요. 집사람은 귀걸이를 찾고 싶어 할 겁니다."

그는 줄리아의 손바닥에 있는 귀걸이를 받아들지는 않았다.

"다른 쪽 귀걸이도 여기에 있을까요?"

그녀의 물음에 그는 고개를 끄덕였다. 그녀는 상자를 다시 더듬다가 비슷한 크기의 플라스틱 상자를 찾아냈다. 다른 한쪽 귀걸이를 찾아내자 그녀는 자리에서 일어섰다. 그리고 마틴에게 다가가서 손을 내밀었다. 그러자 그는 장갑을 낀 두 손을 내밀었다. 그녀는 귀걸이를 그의 손바닥에 떨어뜨리고 나서 비닐봉지들을 다시 상자에 주워 담았다. 그런 다음 상자를 본래 있던 곳에 올려놓았다. 그녀는 상자 속에 어떤 물건들이 또 들어 있는지 알고 싶지 않았다. 두 사람은 부엌으로 돌아가서 자신들의 의자 옆에 어색하게 서 있었다. 마틴이 귀걸이 한 쌍을 발렌티나의 찻잔 속에 조심스레 떨어뜨리며 말했다.

"곁에 두고 보기 힘든 물건들이 간혹 있죠. 그런 것들은 치워 버리든가 내다 버려야 합니다."

마틴은 어깨를 으쓱했다.

"상자 속에 있는 물건들이 그래요. 그것들을 보면 나도 모르게 울컥해요. 이제 알겠죠?"

그는 줄리아를 빤히 바라보았다.

"예."

그녀는 그의 심정을 충분히 이해할 수 있을 것 같았다.

"또 질문 있어요?"

그녀는 자신의 신발을 바라보았다.

"죄송해요. 저는 단지······."

그녀는 울음이 터져 나올 것 같아 말을 멈추었다.

"아니, 이런. 왜 그래요? 괜찮으니까 신경 쓰지 말아요."

마틴은 그녀의 턱 밑에 엄지손가락을 넣고 그녀의 얼굴을 들어올렸다.

"나는 아무렇지도 않다니까요. 그러니까 그런 슬픈 표정 짓지 말아요."

그녀는 마틴을 바라보며 눈을 껌벅거리기만 했다.

"저 안에 들어갔을 때 마치 호기심을 억누르지 못하는 판도라가 되어 버린 것 같았어요."

"그만해요. 아무렇지도 않다니까. 이제 그만 돌아가 봐야죠?"

"다음에 다시 찾아와도 될까요?"

줄리아는 간절한 목소리로 물었다.

"그래 주면 나야 영광이죠. 아가씨는 이모님을 많이 닮았어요. 꼭 다시 들러 줘요. 언제든 환영입니다."

"그럴게요. 고마워요."

줄리아가 말했다. 그들은 탑처럼 쌓인 상자들을 뚫고 현관으로 나갔다. 마틴은 줄리아가 계단 아래로 사라지는 모습을 지켜보았다. 그녀는 사라지기 직전에 걸음을 멈추고 그를 향해 손을 흔들어 주었다. 마틴은 그녀가 자신의 아파트 문을 열고 닫는 소리를 들을 수 있었다. 잠시 뒤에 쌍둥이 자매가 서로를 부르는 소리가 희미하게 들려왔다. 마틴은 돌아서서 현관문을 닫고 자기 집으로 들어갔다.

전기적 성질

2월 중순의 음산한 토요일 저녁이었다. 빗방울이 유리창으로 후둑후둑 떨어지고 있었다. 엘스페스는 유리창에 낀 먼지가 빗물에 깨끗이 씻겨 나갈지 궁금했다. 줄리아와 발렌티나는 텔레비전 앞에서 저녁을 먹고 있었다. 엘스페스는 조카들이 비타민 결핍증을 겪게 될 거라고 생각했다. 쌍둥이 자매는 채소나 과일은 일절 먹지 않았다. 오늘 저녁의 메뉴는 닭고기 수프 통조림, 땅콩버터를 바른 토스트 그리고 유지방이 중간 정도 함유된 우유였다. 자매는 시도 때도 없이 텔레비전에만 매달렸다. 줄리아는 텔레비전을 통해 하루 빨리 영국 영어에 익숙해져야 한다고 농담처럼 말했다. 하지만 오늘 밤에는 꼭 시청해야 할 프로그램이 있었다. 바로 〈닥터 후〉라는 BBC의 공상과학 드라마였다.

　엘스페스는 조카들의 머리 위를 떠돌아다니고 있었다. 그녀는 배를 깔고 누워 팔짱을 낀 채 그 위에 턱을 괴고 있었다. 다른 프로그램은 없나? 그녀는 공상과학 시리즈를 무척 싫어했다. 1980년대 초반에 〈닥터 후〉를 보고 난 뒤로는 어떤 에피소드도 보지 않았다. 그래도 없는 것보다는 낫다고 생각했다. 그녀는 텔레비전 화면에 넋이 나가 있는 줄리아와 발렌티나를 내려다보았다. 자매는 머그잔에 담긴 수프를 천천히 먹고 나서 화면에 줄곧 시선을 고정하고 있었다. 엘스페스가 화면으로 힐끗 시선을 돌렸을 때, 시간여행자인 닥터는 '타디스'라는 타임머신에서 걸어 나와 고물이 다 된 우주선으로 들어가고 있었다.

'데이비드 테넌트(1971년생으로 영국 출신 영화배우—옮긴이)잖아!'

엘스페스는 텔레비전 쪽으로 급히 다가가서 불과 30센티미터쯤 떨어진 곳에 자리를 잡고 앉았다. 닥터와 그의 동료들은 우주선에서 18세기 프랑스 벽난로를 발견했다. 벽난로 속에서는 불길이 솟아오르고 있었다. 엘스페스는 불이 필요한 사람은 바로 자신이라고 생각했다. 쌍둥이 자매는 요리를 하는 일이 극히 드물었는데, 요리를 할때마다 엘스페스는 가스레인지의 불꽃 위로 다가가 싸늘한 몸을 잠시나마 녹여 보려고 애썼다. 화면 속에서 닥터는 벽난로 옆에 쪼그려 앉아서 1727년 파리의 어떤 여자아이와 얘기를 나누고 있었다. 여자아이는 벽난로의 맞은편에 있었다. 그녀는 아주 이상한 프로그램이라고 생각했다. 여자아이는 커서 퐁파두르 후작 부인(1721~1764, 루이 15세의 애첩이었다가 나중에는 최고 권력을 행사한 여자—옮긴이)이 된다. 태엽 장치가 있는 인조인간들은 그녀의 뇌를 훔치려고 애쓰고 있었다.

"이 드라마는 사이버 스팀펑크에 해당할까? 아니면 스팀 사이버 펑크에 해당할까?"

줄리아가 물었다. 엘스페스는 조카가 하는 말이 무슨 뜻인지 전혀 알지 못했다.

"저 여자애 머리모양 좀 봐. 우리도 저렇게 해 볼까?"

"가발이야."

줄리아가 대꾸했다. 닥터는 장차 퐁파두르 후작 부인이 될 여자애의 마음을 읽고 있었다. 그는 양손을 그녀의 머리에 얹더니 그녀의 얼굴을 손바닥으로 감쌌다. 그러고 나서 그녀의 귓가에 있는 손가락을 활짝 펼쳤다. 엘스페스는 닥터의 손가락이 무척 기다란 것을 보고 놀랐다. 그녀는 데이비드 테넌트의 손에 자신의 자그마한 손을 갖다 댔다. 화면은 따스해서 좋았다. 엘스페스는 화면 속으로 손을 약간 들이밀었다.

"어머, 이상하네."

발렌티나가 말했다. 화면에서는 어두운 윤곽의 어떤 여자 손이 닥터의 손과 겹쳐 보였다. 닥터는 퐁파두르 후작 부인의 얼굴에서 손을 떼었다. 그런데도 검은 윤곽의 손은 아직도 그 자리에 남아 있었다. 엘스페스는 손을 거두어들였다. 화면 속에서 손의 윤곽은 여전히 검게 남아 있었다.

"어떻게 한 거죠?"

닥터가 물었다. 엘스페스는 닥터가 자기한테 말을 거는 거라고 생각했다. 그때 퐁파두르 후작부인이 닥터의 질문에 대답을 했다. 엘스페스는 자신이 화면을 망쳐 버린 게 분명하다고 생각했다. 그녀는 손이 아니라 얼굴을 화면에 들이밀었으면 어떻게 되었을지 궁금했다. 그녀는 자신의 몸 전체를 화면 속으로 들이밀었다. 잠시 뒤에 그녀는 화면 밖을 내다보고 있었다. 텔레비전 속은 제법 따뜻했다. 그녀는 그곳에 있으면서 더할 수 없이 편안한 기분을 느꼈다. 하지만 엘스페스가 그곳에 갇힌 지 불과 일이 초 만에 화면이 까맣게 변했다. 텔레비전이 꺼져 버렸다.

"제기랄."

줄리아가 말했다.

"산 지 얼마 안 된 것 같던데 왜 이 모양이지?"

그녀는 자리에서 일어나서 리모컨을 만지작거리기 시작했지만 아무 소용도 없었다.

"품질 보증기간이 아직 안 지났을 거야. 이모가 어디에서 텔레비전을 샀을까?"

'존 루이스 백화점에서 샀어. 하지만 내 기억으로는 보증기간이 이미 지났을 것 같은데?'

엘스페스는 혼자 주절거렸다. 그녀는 텔레비전에서 빠져나왔다. 그리고 텔레비전 앞에 서서 화면이 다시 켜지기를 간절히 바랐다.

'이것 참 흥분되는데? 조카들이 나를 봤어. 조카들이 내 손을 봤단 말이야!'

그녀는 화면이 되살아나기를 바라며 기다렸지만 화면은 끝내 켜지지 않았다.

'생각을 좀 해 보자. 내가 전기를 차단시킨 게 분명해. 그럼 내 몸에 전기적인 성질이 있다는 건가? 내 몸은 무엇으로 되어 있는 거

지?'

그녀는 두 손을 빤히 내려다보았다. 분명히 멀쩡하고 평범한 손처럼 보였다. 엘스페스는 둥둥 허공으로 떠올라 거실 한쪽 구석에 놓인 램프를 향해 다가갔다. 램프는 꺼져 있었다. 그녀는 손을 뻗어 백열전구의 하단에 손가락을 갖다 댔다. 희미하지만 불빛이 서서히 밝아오기 시작했다. 그녀는 감탄했다. 그녀는 쌍둥이 조카들이 램프가 점점 밝아지는 것을 눈치 챘는지 돌아보았지만 그들은 아직 눈치를 채지 못하고 있었다.

"위층에 사는 사람한테 텔레비전을 좀 보게 해 달라고 해 볼까?"

발렌티나가 말했다. 그녀는 마틴을 만나는 일은 무척 꺼렸지만 텔레비전 시리즈는 마저 보고 싶었다.

"글쎄, 텔레비전이 있을지 모르겠네. 모든 물건이 상자에 담겨 탑처럼 높이 쌓여 있거든. 그래서 텔레비전이 있는지 잘 모르겠어."

그들은 우물쭈물하면서 말없이 서로의 얼굴만 쳐다보았다.

"여기 어딘가에 스크래블 세트(알파벳이 새겨진 타일을 보드 위에 가로나 세로로 단어를 만들어 내면 점수를 얻는 방식의 보드 게임—옮긴이)가 있을 거야."

발렌티나가 자리에서 일어나자 줄리아는 동생을 따라 방을 나왔다. 엘스페스는 백열전구를 손에 들고 서 있었다. 그녀는 뜻밖의 결과를 확인하고 허탈한 기분을 느꼈다.

'손님방 옷장 안에 들어 있어.'

그녀는 속으로 말했다. 그리고 백열전구에서 손을 뗐다. 그러자 불빛도 서서히 사라졌다. 그녀는 조카들이 자신의 서재를 샅샅이 뒤지는 소리를 들었다.

'좀 더 진지하게 생각을 해야겠는걸. 유령 이야기를 좀 더 읽어 둘 걸 잘못했어. 르 파누(1814~1873, 유령 이야기와 공포 소설을 주로 쓴 아일랜드 출신 소설가—옮긴이)의 작품들을 평소에 읽어 두었더라면 좋았을 텐데. 온라인 백과사전에서 정보를 얻을 수 있을 거야. 그런데 내가 컴퓨터를 켤 수 있을까? 아마 켤 수 없을 거야. 컴퓨터를 망쳐 놓지나 않으면 다행이지.'

엘스페스는 맛이 간 텔레비전 화면 속으로 다시 기어들어갔다. 아직도 그 속은 따뜻했다.

'나한테 무슨 문제가 있는 걸까? 멍청이가 되어 버린 것 같은 느낌이네. 죽고 나니까 지능지수가 절반으로 뚝 떨어져 버린 것 같아. 예전에는 안 이랬는데. 그때는 논리적 사고를 할 수 있었어. 그런데 지금은 여기저기 떠돌아다니기만 하고 되지도 않는 시도나 하고 있으니. 자기연민에 빠져서 헤어나지 못하고 있잖아.'

텔레비전에 남아 있는 마지막 열기까지 사라져 버리자 엘스페스는 그곳에서 빠져나와 손님방으로 들어갔다. 옷장은 문이 빠끔히 열려 있었다. 스크래블 세트는 제일 위쪽 선반에 놓여 있었다. 그것은 모노폴리 상자와 크리비지(카드게임의 일종) 득점 표시판 아래에 있었다. 엘스페스는 선반으로 올라가 게임기 뒤쪽으로 돌아갔다. 그녀는 게임기를 앞으로 밀기 시작했다. 하지만 무거운 상자들은 꿈쩍도 하지 않았다.

'빌어먹을!'

그녀는 조카들이 무엇을 하고 있는지 보려고 서재로 갔다. 자매는 방바닥에 퍼질러 앉아 오래전에 나온 스타일 잡지 「더 페이스」를 들여다보고 있었다. 엘스페스는 짜증이 났다.

'조카들이 어쩜 이렇게 바보 같을까. 이 아파트에는 아주 멋진 잡지들로 가득 차 있단 말이야. 그런데 지금 무엇을 읽고 있는 거야?'

"그러지 마."

발렌티나가 말했다.

"뭘 그러지 말라는 거야?"

줄리아가 대꾸했다.

"나한테 화가 나 있잖아. 텔레비전이 저렇게 된 건 내 탓이 아니야."

"내가 언제 화를 냈다고 그래?"

줄리아는 잡지를 바닥에 내려놓고 발렌티나를 빤히 바라보았다.

"그냥 좀 지겨웠을 뿐이야. 화가 난 게 아니고."

"나는 언니가 나 때문에 삐친 줄 알았어."

"그런 거 아니니까 걱정 마."

"알았어."

그들은 다시 잡지를 읽기 시작했다. 엘스페스는 조금 떨어진 거리에서 쪼그려 앉아 조카들을 빤히 바라보았다. 발렌티나가 고개를 들더니 혼란스러운 표정으로 방을 둘러보았다. 아무것도 보이지 않자 그녀는 다시 고개를 숙였다. 줄리아가 페이지를 넘겼다.

'좋아. 이제 조카들과 나는 서로의 존재에 대해 어느 정도 인식하게 되었어.'

엘스페스는 그렇게 생각했다.

"너무 춥지 않아? 침대로 가자."

발렌티나가 말했다. 줄리아는 잡지를 치우고 전등 스위치를 껐다. 엘스페스는 어둠 속에 홀로 앉아 조카들이 양치질하는 소리에 귀를 기울였다. 아파트 안이 조용해지자 그녀는 자기 책상으로 가서 스탠드의 전구를 손으로 더듬었다. 전구가 서서히 환해졌다.

다람쥐

며칠 동안 마틴은 처마에서 나는 소리를 들었다. 천장과 지붕 사이의 공간에서 무언가가 후다닥 뛰어다니며 발톱으로 바닥을 할퀴고 있었다. 마틴은 로버트를 불렀다. 로버트는 케빈이라는 해충 구제원에게 전화를 했다.

케빈은 월요일 아침 일찍 마틴의 집으로 왔다. 그는 키도 크고 덩치가 우람한 친구였다. 몸무게가 적어도 120킬로그램은 나갈 것 같았다. 마틴과 로버트가 상자가 잔뜩 쌓인 어두운 방으로 안내를 하는 동안 그는 아무 말도 하지 않았다. 마틴은 그처럼 덩치가 큰 친구가 처마로 통하는 드레스 룸의 문을 과연 빠져나갈 수 있을지 궁금했다.

케빈은 접이식 사다리를 펼쳐 놓고 손전등을 꺼내고는 씩씩거리며 문을 빠져나가려고 애를 썼다. 로버트와 마틴은 잠시 뒤에 들보를 옮겨 밟는 그의 발소리를 들을 수 있었다. 마틴은 구명을 올려다 보면서 약간 불안한 느낌을 받았다. 구명 속에서 무언가가 튀어나올 것만 같았다. 그것이 무엇이든 간에 벼룩투성이일 것 같았다. 어쩌면 케빈은 부츠에 벼룩을 잔뜩 옮겨서 나올 것 같았다. 한참을 기다려도 케빈은 내려오지 않았다. 마틴은 불안해서 미칠 것 같았다.

"여기 서 있을 필요 없어요. 책상에서 담배나 한 대 피워요. 나는 여기에서 저 친구가 내려올 때까지 기다릴 테니까."

로버트가 그렇게 말했지만 마틴은 고개를 저었다. 케빈의 발소리가 희미하게 들려왔다. 발소리로 판단하건대 그는 건물의 가장자리를 따라 걸어가는 것 같았다.

"저 위에 올라가 본 적 있어요?"

로버트가 물었다.

"이곳으로 이사 와서 얼마 되지 않았을 때, 마레이케가 올라가 봤죠. 지붕에 문제가 좀 있어서요. 당신이 이곳으로 오기 전이었어요. 널빤지와 절연재밖에 없더군요."

마틴은 케빈이 사다리를 밟고 내려올 때 그에게 부츠를 벗어 달라고 부탁할 수 있을지 궁금했다. 아무래도 그건 힘들 것 같았다.

부츠 소리가 점점 가까이에서 들려왔다. 케빈이 다가오고 있었다. 잠시 뒤에 그는 문을 열고 모습을 드러냈다. 그는 사다리에 발을 내려놓았다. 마틴은 그의 부츠를 빤히 바라보았다.

"뭐가 있던가요?"

로버트가 물었다.

"아무것도 없던데요. 처마는 텅 비었어요."

케빈이 대답했다.

"흠. 지붕 아래쪽이 아니라 지붕 위쪽에 무언가가 있는 게 분명합니다."

로버트가 말했다.

"그럴지도 모르죠."

로버트는 케빈을 배웅하고 나서 돌아왔다. 마틴은 드레스 룸의 바닥을 걸레로 훔치고 있었다.

"이제 어쩌죠?"

로버트가 말했다.

"생각했던 것보다 까다로운 문제네요."

마틴이 대꾸했다.

"우리 할아버지가 그런 식으로 말씀을 하시곤 했죠."

"왜 아직 엘스페스의 조카들을 안 만나 봤죠? 이곳에 온 지 벌써 6주나 되었잖아요."

마틴이 말했다.

로버트는 문설주에 몸을 기대고 마틴의 말을 곰곰이 생각했다.

"나도 모르겠어요. 그동안 좀 바빴어요. 그렇지만 가서 천장은 고쳐 주었죠."

그는 아직도 바닥을 문지르고 있는 마틴을 바라보며 말했다.

"물을 조금만 사용해 보세요. 그렇지 않으면 쌍둥이 자매의 드레스 룸 천장이 또 무너져 내려 엘스페스의 신발이 모두 물에 젖게 될 거예요."

"두 아가씨 모두 매력적이에요. 아니, 적어도 한 명은 그래요. 아직·한 명은 만나 보지 못했어요. 엘스페스를 꼭 닮았던데요."

"어떤 면에서 닮았다는 거죠?"

"무엇이든 막힘이 없던데요. 아주 솔직해요. 물론 솔직하기로 따지면 엘스페스를 따라갈 사람이 없죠. 줄리아는 약간 천방지축 같기도 했어요. 그렇지만 정말 매력적이더군요. 두려워하는 것도 없고요."

로버트는 약간 코웃음 소리를 냈다. 마틴은 그가 감정을 억누르는 거라고 해석했다.

"며칠 동안 들었다는 소리 있잖아요. 동물들이 내는 소리가 확실해요? 커다란 참나무가 지붕 위로 가지를 뻗고 있던데 사람을 불러서 가지를 좀 쳐내야 하지 않겠어요? 그렇게 해도 나무한테는 아무런 해가 없을 거예요."

"그럴까요?"

마틴은 처마에 해충이 들끓고 있을 거라고 확신했지만 해충 구제 전문가가 지붕 안쪽을 이미 살펴보았고 이상한 점을 하나도 발견하지 못했기 때문에 나뭇가지를 잘라 내야 한다고 무작정 우길 수는 없었다. 마틴은 실재에는 두 가지가 있다는 것을 알고 있었다. 사실상의 실재와 느낌상의 실재. 예전에 그는 거기에 대해 설명을 하려고 애썼다. 하지만 로버트는 그럴 때마다 이해를 하지 못했고 자기가 마치 보호자라도 되는 듯 진지하게 약물치료를 권하곤 했다. 마틴은 바닥을 문지르는 일을 그만두고 바닥을 빤히 내려다보았다. 그러다가 눈을 감고 바닥에 관한 자신의 느낌이 어떤지 곰곰이 생각해 보았다. 바닥을 깨끗하게 닦고 싶은 욕구는 충족되었다. 그는 자리에서 일어나 양동이와 솔을 한데 모았다.

"책은 어떻게 돼 가고 있어요?"

마틴이 물었다.

"그럭저럭 돼 가고 있어요. 오늘 왕립의학협회에 가 봐야 해요. 젤리프 박사가 하이게이트에 묻혀 있는 모든 의사들에 관한 팸플릿을 만드는 일을 도와줘야 해요."

"그거 재미있겠네요."

마틴이 부러운 듯 말했다. 그는 도서관에 가서 이것저것 자료를 찾아보고 조사하는 일을 이 세상에서 가장 부러워했다. 로버트는 무슨 말을 하려고 입을 열었다가 마음을 고쳐먹었다.

"그럼 박사님한테 안부 좀 전해 줘요. 그리고 제발 쌍둥이 자매를 찾아가서 서로 인사나 나눠요."

마틴이 말했다. 로버트는 미소를 짓고 나서 뜻 모를 눈빛으로 그를 힐끗 바라보았다.

"알았어요. 그렇게 할게요."

그는 마틴의 아파트를 나와 아래층으로 내려갔다. 2층 층계참에서 그는 문을 보며 섰다. 문에는 엘스페스의 이름이 적힌 자그마한 카드가 붙어 있었다. 그는 문을 두드리려고 한 손을 추켜들었다가 막상 두드리지는 않고 계단을 내려가 자기 아파트로 들어가 버렸다.

프림로즈 힐

잿빛의 추운 날이었다. 비가 한바탕 쏟아지려는 분위기였다. 줄리아와 발렌티나는 프림로즈 힐을 걸어서 올라가고 있었다. 그들은 추위를 막으려고 몸을 단단히 감쌌지만 언덕을 힘들게 올라가는 동안 양쪽 뺨은 분홍빛이 되었다. 줄리아는 옥스팜 가게에서 『초소형 영국 속어사전』이라는 책을 샀다. 길을 걸으면서 이따금 그 책에 담긴 내용을 언급했다.

"'버블 앤 스퀵'이 뭐게?"

줄리아가 물었다. 발렌티나는 곰곰이 생각하는 듯했다.

"먹는 것 같은데. 스테이크와 콩팥 파이?"

"아니야. 스테이크와 콩팥 파이는 그냥 스테이크와 콩팥 파이야."

"그럼 스튜 같은 건가?"

"양배추와 감자를 잘게 잘라서 같이 튀긴 거야. 좋아, 그럼 '코즈

윌럽'은 뭘까?"

줄리아가 말했다.

"허튼소리, 난센스."

"맞혔어. 잘하네. 이제 네가 한번 문제를 내 봐."

줄리아는 발렌티나에게 책을 건넸다. 자매는 언덕 꼭대기에 이르렀다. 그들의 눈앞에 런던이 펼쳐져 있었다. 그들은 모르고 있었지만 제2차 세계대전 당시 윈스턴 처칠은 종종 그들이 서 있는 지점에 올라와 전략을 구상하곤 했다. 자매는 눈앞에 펼쳐진 풍경을 보고 실망을 금치 못했다. 시카고와는 완전히 딴판이었다. 시카고의 존 핸콕 센터 꼭대기에 올라가 보면 누구나 약간씩 현기증을 느끼게 된다. 그곳에서는 거대한 미시간 호와 고층 건물들로 가득한 도시가 한눈에 내려다보인다. 프림로즈 힐에서 그들은 리전트 공원을 볼 수 있었다. 공원은 2월의 날씨 탓인지 우중충해 보였다. 그리고 자그마한 건물들이 사방으로 보였다.

"언덕에 올라오니 추워서 돌아 버릴 것 같아."

줄리아는 가만히 있지 못하고 자기 몸을 감싸고 발을 동동 굴렀다.

"돌아 버리겠다는 말은 쓰지 마. 점잖은 표현이 아니야."

발렌티나가 인상을 찌푸리며 말했다.

"알았어. 언덕에 올라오니 정말 추워. 지독하게 추워. 너무 추워서 꽁꽁 얼어 버릴 것 같아. 이제 됐니?"

줄리아는 춤을 추듯이 몸을 움직였다. 한자리에서 빙글빙글 돌기도 하고 몸을 좌우로 기울이면서 폴짝폴짝 뛰기도 했다. 발렌티나는 팔짱을 끼고 서서 줄리아가 요란을 떠는 모습을 지켜보았다. 이따금 줄리아는 발렌티나의 몸을 들이받았다.

"왜 그러고 있어? 너도 나처럼 해 봐."

줄리아가 발렌티나의 장갑 낀 손을 붙잡으며 말했다. 두 사람은 원을 그리며 몇 분 동안 2박자의 사교 댄스를 추었다. 발렌티나는 얼마 못 가서 숨이 찬지 헐떡였다. 그녀는 양쪽 무릎에 손을 얹고 색색거리는 소리를 냈다.

"괜찮아?"

줄리아가 물었다. 발렌티나는 고개를 가로저었다. 그 순간 모자가 땅바닥으로 떨어졌다. 줄리아는 모자를 집어서 동생의 머리에 씌워 주었다. 몇 분 뒤에 발렌티나는 안정을 되찾았는지 숨을 고르게 쉬기 시작했다. 줄리아는 동생이 불과 몇 분간 춤을 추고 나서 그렇게 숨이 차서 헐떡거리는 것을 보고 한심하다는 생각을 했다. 자기는 열 번이라도 언덕을 오르내릴 수 있을 것 같았다.

"이제 좀 괜찮아졌어?"

"응."

그들은 언덕을 내려오기 시작했다. 바람은 금세 잦아들었다. 발렌티나는 폐가 찢어지는 듯한 느낌을 받았다.

"의사 선생님한테 진료를 받는 법을 알아내야 할 것 같아."

"그래."

그들은 같은 생각을 하면서 한동안 말없이 걷기만 했다.

'응급상황이 발생할 때까지 기다리지 말고 영국에 도착하는 즉시 의사선생님을 찾아가겠다고 엄마한테 약속했는데. 그렇지만 이곳에 도착한 지 아직 6주밖에 안 되었으니까 지금 찾아가도 늦은 건 절대 아니야. 게다가 하이게이트 힐을 내려가자마자 병원이 있으니까 위급한 상황이 발생하면 그쪽 응급실로 달려가면 될 거야. 그렇지만 아직 보험에 가입되어 있지 않으니까 엄마아빠한테 전화로 말씀드려야 할 텐데. 어떻게 하면 건강보험 혜택을 받을 수 있을까? 엘스페스 이모의 유언장을 작성한 그 변호사한테 물어보면 아마 설명해 줄 거야.'

"로치 변호사한테 전화를 해 봐야겠어."

두 사람은 동시에 그렇게 말해 놓고 어이가 없어서 웃음을 터뜨렸다.

"불길한 징조 같아."

줄리아가 말했다.

"이제 조금 전보다는 나아졌어."

발렌티나가 말했다. 그 순간 그녀는 이상한 느낌을 받았다. 최근 들어 누군가가 자신을 훔쳐보고 있다는 느낌을 자주 받았다. 어떤 때는 그런 느낌이 저절로 사라졌다. 언덕에 올라갔을 때는 그런 느낌이 전혀 들지 않았다. 그녀는 몸을 돌려 주변을 둘러보았지만 길에는 잠이 든 아기를 태운 유모차를 밀고 가는 젊은 여자밖에 없었다. 주변 집들의 창문은 모두 커튼이 드리워져 있었다. 자매는 언덕을 내려오다가 리전트 운하로 이어지는 골목길로 접어들었다. 운하의 표면은 잔잔했다. 그리고 양옆에는 제법 넓은 길이 뻗어 있었다. 주변의 집들은 제각기 이상한 각도에서 운하를 내려다보고 있었다. 자매는 투명한 거리의 아래쪽을 걸어가는 것 같은 느낌을 받았다. 차갑고 굵은 빗방울이 산발적으로 떨어지고 있었다. 발렌티나는 자신의 어깨 너머를 계속해서 힐끗거렸다. 자전거를 타고 가는 십대 소년의 모습이 보였다. 소년은 그들을 쳐다보지도 않고 스치고 지나갔다. 위쪽 거리에서는 누군가가 그들과 같은 보조로 걸어가고 있었다. 발렌티나는 위쪽 거리에서 들려오는 발소리에 귀를 기울였다.

"뭔데 그래?"

불안해하는 발렌티나의 표정을 읽고 줄리아가 물었다.

"언니도 알잖아."

그 순간 줄리아는 지난 며칠 동안 계속해서 하던 말을 하려다가 그만두었다. 누가 지켜보는 느낌이 든다고 동생이 말하면 그녀는 '미친 생각이야.' 하고 일축했다. 하지만 지금은 달랐다. 줄리아도 위쪽 거리에서의 발소리를 분명히 들을 수 있었다. 그녀는 위를 올려다보았다. 거기에는 벽과 난간 그리고 집들뿐이었다. 그녀는 걸음을 멈추었다. 그러자 발렌티나도 우뚝 멈춰 섰다. 발소리는 계속해서 들려왔다. 하나, 둘, 셋, 넷. 그러다가 발소리가 멈추었다. 물소리 때문인지 발소리는 더욱 크게 들렸다. 발소리가 멈추자 시멘트 제방에 부딪치는 물소리 때문에 사방이 더욱 적막하게 느껴졌다. 줄리아와 발렌티나는 마주 서서 무슨 소리가 나는지 들어 보려고 고개를 한쪽으로 기울였다. 그들이 기다리는 동안에는 발소리가 들리지 않았다. 누군가가 걸음을 멈추고 뭔가를 기다리는 것 같았다. 자매는 돌아서서 왔던 길로 걸어갔다. 발소리가 다시 들려왔다. 발소리는 자매로부터 멀어지다가 잠시 멈추더니 다시 희미하게 들려왔다. 이제 발소리는 더 이상 들리지 않았다.

자매는 계단이 있는 곳까지 와서 계단을 따라 위쪽 거리로 올라갔다. 저 멀리서 기다란 외투를 입은 어떤 남자가 그들에게서 급히 달아나는 게 보였다. 발렌티나는 얼굴을 찌푸렸다.
"집에 돌아가고 싶어?"
줄리아가 물었다.
"아니."
발렌티나가 말했다. 그녀는 아파트 안에서는 더욱 이상한 느낌을 강하게 받았다.
"빅토리아 앨버트 박물관에 가서 캐롤라인 왕비의 옷을 보고 싶어."
"좋아."
줄리아가 말했다. 그녀는 걸음을 멈추고 지도책을 들여다보았다. 발렌티나는 남자가 달아난 쪽을 바라보았다. 남자의 모습은 더 이상 보이지 않았다.

엘스페스는 이제 눈부신 발전을 이룰 날도 머지않았다고 생각했다. 그녀는 유령처럼 어느 곳이든 마음대로 드나드는 일에 대해 깊이 생각해 보았다.
'거기에는 미학적인 면과 실제적인 면 사이의 균형이 있어. 나는 그동안 살아 있는 사람들이 하는 일을 하려고 이곳저곳 헤매고 다녔지. 그러다가 물건들을 마구 흩트려 놓기도 했어. 하지만 나는 사람들이 절대 할 수 없는 것들을 할 수 있어. 이를테면 벽을 뚫고 날아다닐 수도 있고 텔레비전을 꺼 버릴 수도 있지. 정확히 말하면 나는 물체가 아니야. 그러니까 에너지가 분명하다는 얘기지.'

엘스페스는 물리학에 좀 더 관심을 기울이지 않은 자신을 탓했다. 자연과학에 관한 그녀의 지식은 대부분 퀴즈쇼나 십자말풀이에서 얻은 것이다. 그녀는 자신이 에너지라면 앞으로 어떻게 해야 할지 생각해 보았다. 자신의 존재를 발렌티나는 감지하는 것 같은데 줄리아는 왜 감지하지 못하는지 이해할 수 없었다. 그렇지만 엘스페스는 노력을 두 배로 기울였다. 그녀는 아파트에서 발렌티나를 뒤따라다니며 전등을 끄고 켰다. 발렌티나는 줄리아에게 낡은 배선에 아무래도 문제가 있는 것 같다고 불평을 하면서 건물이 무너져 내릴까 봐 걱정했다. 쌍둥이 조카가 외출을 했을 때, 엘스페스는 여러 가지를 연습했다. 그림자를 드리워 보기도 했고 식탁의 가장자리에 놓인 식료품 영수증을 바닥으로 떨어뜨려 보기도 했다. 두 가지 모두 쉽지 않았다. 그녀는 인상적이고 극적인 장면을 상상해 보았다.

'선반에 꽂힌 책을 모조리 뽑아내는 거야. 그리고 창문을 모두 깨뜨리고 피아노로 스코트 조플린의 단풍잎 래그를 연주하는 거야.'

하지만 그녀는 너무 약해서 피아노를 단 한 음표도 연주할 수 없었다. 그녀는 피아노 건반으로 다가가서 자신이 신고 있는 노란색 닥터마틴 구두로 힘껏 페달을 밟아 보았다. 건반이 몇 밀리미터 정도 내려갔다. 피아노의 줄이 낮게 흐느끼는 소리가 들린 것 같았다. 하지만 그것으로 끝이었다. 문을 여닫는 일은 좀 더 수월했다. 경첩에 기름칠만 제대로 되어 있으면 문에 몸을 기대고 힘껏 밀어서 닫을 수 있었다.

그녀는 계속해서 연습했다.

'살아 있었을 때 이 정도로 연습을 열심히 했더라면 미니쿠퍼 정

도는 아마 손쉽게 들어올렸을 거야.'

비록 느리긴 해도 결과는 분명히 나타나고 있었다. 엘스페스가 가장 잘할 수 있는 것은 발렌티나를 그냥 빤히 바라보는 것이었다.

발렌티나는 그것을 좋아하지 않았다. 그녀는 이모의 심리상태를 알아차리는 것처럼 보였다. 그렇지만 엘스페스가 환하게 웃으려고 하면 발렌티나는 불편한 표정을 지었다. 그녀는 주변을 두리번거리다가 책을 놓고 자리에서 일어나 마시던 차를 들고 다른 방으로 가버렸다. 엘스페스는 조카딸을 뒤따라가 보기도 했고 어떤 때는 그냥 내버려 두기도 했다. 엘스페스는 공평하게 하려고 줄리아도 빤히 바라보았지만 그녀는 아무런 반응도 보이지 않았다.

어느 날 아침, 엘스페스는 식당에서 아침을 먹고 있는 자매에게 다가갔다. 식당으로 들어가자 발렌티나가 말을 하고 있었다.

"글쎄, 뭐라고 해야 할까. 유령 같았어. 어떤 존재가 느껴지는 것 같았어. 누가 그곳에 있는 것 같더라고."

발렌티나는 식당 안을 둘러보았다. 아침 햇살이 환하게 쏟아져 들어오고 있었다.

"지금 여기에 들어와 있는 것 같아. 1분 전만 해도 이런 느낌이 들지 않았는데."

줄리아는 고개를 뒤로 젖히고 미동도 없이 앉아서 유령의 존재를 느껴 보려고 애쓰고 있었다. 그러다가 고개를 저으며 말했다.

"아니야."

엘스페스는 무언가를 해 보라고 속으로 말했다. 그녀는 발렌티나가 '유령'이라는 단어를 사용했기 때문에 흥분되었다. 엘스페스는 줄리아의 의자 뒤로 걸어가서 그녀의 몸 위로 허리를 굽혔다. 그러고는 줄리아의 양쪽 어깨를 두 팔로 감싸면서 양손을 줄리아의 심장 위에 얹었다. 그러자 줄리아는 저도 모르게 날카로운 비명을 내뱉었다.

"어머!"

엘스페스가 손을 풀어 주자 줄리아는 자기 의자에 웅크리고 앉아서 몸을 바르르 떨었다.

"왜 그래?"

발렌티나가 놀라서 물었다.

"갑자기 싸늘한 기운이 느껴졌어. 너도 느꼈어?"

발렌티나는 고개를 가로저었다.

"내가 말한 유령이야."

엘스페스는 발렌티나의 팔을 손가락으로 더듬어 올라갔다. 그녀는 방금 줄리아에게 했던 것처럼 발렌티나를 감싸 주려니 겁이 났다. 발렌티나의 심장이 감당할 수 있을지 확신이 없었기 때문이다. 발렌티나는 손으로 팔을 비비며 말했다.

"외풍이 있는 방 같아."

두 사람은 주의를 집중하며 앉아서 기다렸다.

'지금이 아니면 기회는 없어.'

엘스페스는 그렇게 생각하면서 식당을 둘러보며 자신이 움직일 수 있는 가벼운 물건이 있는지 살펴보았다. 그녀는 발렌티나의 찻잔에 기대어진 숟가락을 미세하게나마 떨리도록 만들 수 있었다. 쌍둥이 자매는 그 모습을 지켜보며 앉아 있었다. 두 사람은 서로의 얼굴을 빤히 바라보고 나서 다시 숟가락을 내려다보았다. 엘스페스는 벽에 달린 백열전구에 불이 들어오게 만들었다. 그러자 식당 안은 더욱 환해졌다. 하지만 환한 햇살 때문에 조카들은 그 사실을 알아차리지 못하는 것 같았다. 그래서 그녀는 다시 숟가락을 움직이는 일을 계속했다.

"어떻게 생각해?"

발렌티나가 말했다.

"모르겠어. 네 생각은 어때?"

줄리아가 대꾸했다.

"무슨 일이 벌어지고 있는 게 분명해."

"유령들이란 말이야?"

발렌티나는 어깨를 으쓱했다. 엘스페스는 기쁨을 주체할 수 없었다. 이제 거의 성공한 거나 다름없다고 생각했다.

"유령은 지금 행복해하고 있어."

발렌티나가 말했다.

"그걸 어떻게 알아?"

줄리아가 물었다.

"그런 감정이 갑자기 느껴졌어. 내가 행복해하는 게 아니고 유령이 행복해하는 느낌. 내 몸 바깥에서 전해 오는 느낌 같았어."

"적어도 평범한 유령은 아니겠지. 〈폴터가이스터〉라는 영화에 나오는 유령처럼 대단한 존재일 것 같아. 그 영화에 보면 유령들이 집을 공동묘지에 옮겨다 놓기도 하잖아."

줄리아는 그렇게 말하고 나서 동생을 미심쩍은 눈빛으로 바라보왔다.

"그럼 언니는 공동묘지에서 유령이 나왔다고 생각하는 거야?"

발렌티나는 증기처럼 흐리고 끈적거리는 시신이 공동묘지의 담을 기어오르는 장면을 상상했다. 상상 속에서 시신은 건물을 기어올라 그들이 사는 아파트로 기어 들어왔다.

"소름끼쳐!"

발렌티나는 자리에서 벌떡 일어나 도망하려고 했다.

"점점 더 섬뜩한 기분이 들어. 빨리 밖으로 나가자."

줄리아가 말했다. 발렌티나는 완전히 겁에 질린 것 같았다. 아무래도 집 밖으로 나가야 할 것 같았다.

"누군지 모르겠지만 우리는 나갈 테니까 따라오지 마. 네가 이럴 때마다 정말 싫어."

발렌티나는 유령에게 들으라는 듯이 말했다.

'무슨 말을 하는 거니? 나는 절대로 이 아파트를 벗어나지 않아.'

엘스페스는 속으로 말했다. 그녀는 쌍둥이 조카가 옷을 갈아입는 것을 지켜보다가 현관문까지 그들을 따라갔다.

"유령아, 잘 있어."

발렌티나는 적대감이 담긴 목소리로 말하고 나서 엘스페스의 면전에서 문을 쾅 닫고 나가 버렸다. 엘스페스는 조카딸의 무례한 행동을 너무 심각하게 받아들이지 않으려고 애썼다.

새끼 고양이

이튿날 밤에는 눈이 내렸다. 발렌티나와 줄리아는 사우스 그로브에서 아파트까지 이어지는 빙판길을 조심조심 걸어갔다. 눈은 1센티미터 정도밖에 쌓이지 않았지만 그들은 가죽으로 만든 등산화를 신었다. 길의 경사가 그다지 급하지는 않았다. 그들은 길에 쌓인 눈을 자신들이 치워야 하는지 아니면 이웃사람들이 치워야 하는지에 대한 이야기를 나누는 중이었다. 성 미가엘 교회가 좁은 길에 그림자를 드리우고 있었다. 밤하늘은 환했다. 보름달과 새하얀 눈이 하이게이트 빌리지를 반짝반짝 빛나는 동화나라로 만들어 놓았다. 줄리아는 담배를 피웠다. 그림자가 드리운 그녀의 얼굴로부터 몇 센티미터 앞에서 오렌지색 담뱃불이 발갛게 빛을 내고 있었다. 자매가 길을 따라 걸어가는 동안 담뱃불은 저혼자 허공에 둥둥 떠다니는 것 같았다. 줄리아가 입에서 담배를 빼내고 머리 위로 연기를 훅 내뿜을 때는 담뱃불이 포물선을 그리며 아래로 뚝 떨어졌다.

발렌티나는 담배를 피우는 언니가 자꾸만 신경이 쓰였다. 줄리아는 침대에서 잘 때도 몸에서 담배 냄새가 났다. 아침에 눈을 뜨고 숨을 내쉴 때도 입에서 역겨운 냄새가 흘러나왔다. 그렇지만 발렌티나는 아무 말도 하지 않았다. 담배 피우는 것에 대해 아무 소리도 하지 않으면 언니가 적어도 자신을 괴롭히려고 일부러 담배를 피우는 짓은 하지 않을 거라고 나름대로 생각한 것이다. 그때 연기를 너무 깊이 들이마셨는지 줄리아가 걸음을 멈추고 한참 동안 기침을 했다. 발렌티나는 줄리아가 콜록거리는 모습을 지켜보고 있었다. 바로 그 순간, 작고 하얀 뭔가가 담쟁이덩굴을 휘젓고 다니다가 교회의 담벼락을 타고 올라가는 게 눈에 띄었다. 그것은 다람쥐 정도의 크기였다. 런던에 흰색 다람쥐가 사는지 궁금했다. 그러다가 그것이 다람쥐가 아니라 영혼일지도 모른다는 생각이 문득 들었다. 그런 생각을 하자 그녀는 목이 컥 막히는 것 같았다. 물체는 담장 꼭대기로 기어 올라가다가 누군가가 자신을 관찰하고 있다는 사실을 눈치 챘는지 한동안 그 자리에 가만히 버티고 있었다. 줄리아가 기침을 멈추고 상체를 일으켜 세웠다.

"저기 좀 봐."

발렌티나는 손가락으로 물체를 가리키며 낮게 속삭였다. 하얀 물체는 담장 꼭대기로 올라가서 몸을 일으켜 세웠다. 윤곽으로 판단하건대 그것은 고양이가 분명했다. 새끼 고양이였다. 그것은 기지개를 켜고 나서 담장 꼭대기에 자리를 잡고 앉았다. 그것은 담 아래에 있는 자매를 내려다보았다. 자신보다 훨씬 아래쪽에 있는 그들을 비웃는 것 같았다. 높이가 4.5미터나 되는 담장 위에 앉은 고양이는 크기도 너무 작을 뿐더러 높은 담장과 어울리지도 않았다.

"와 대단한 걸. 고양이가 저렇게 높은 곳까지 올라갈 수 있나? 원숭이 같아."

줄리아가 말했다.

발렌티나는 서커스에서 한 번 보았던 흰색 호랑이가 생각났다. 호랑이는 춤을 추듯 조련사의 어깨에 한쪽 발을 아주 부드럽게 내려놓았다. 그리고 3미터 높이의 팽팽한 밧줄을 걸어서 지나갔다.

"저렇게 높은 곳까지 올라가다니 죽는 것도 두렵지 않은가 봐. 공동묘지에 사는 녀석일까?"

발렌티나가 말했다.

"고양이의 혼령일지도 모르지. 안녕, 고양아!"

줄리아가 말했다. 그녀는 고양이를 부르는 소리를 냈다. 하지만 새끼고양이는 몸을 웅크리더니 담장 너머로 모습을 감추었다. 그들은 담장 안쪽에서 담쟁이덩굴을 헤치고 나아가는 소리를 들을 수 있었다.

집으로 돌아왔을 때, 발렌티나는 우유가 담긴 낡은 찻잔과 참치가 담긴 접시를 식당 발코니에 내다 놓았다. 줄리아는 이튿날 아침에 식사를 하다가 밖에 내다 놓은 음식을 우연히 발견했다.

"저건 뭐야?"

"고양이 먹으라고. 고양이가 찾아왔으면 좋겠어."

줄리아는 눈알을 굴렸다.

"그러다가 너구리만 불러들일 거야. 묘지에 사는 여우들이 오면 어쩌려고 그래?"

"너구리나 여우는 건물을 고양이만큼 기어오르지 못해."

"너구리는 마음만 먹으면 어디든 기어올라."

줄리아가 버터를 바른 토스트를 우적우적 씹으면서 말했다.

참치와 우유는 온종일 그 자리에 그대로 있었다. 호기심 많은 새들만 불러들이고 있었다. 발렌티나는 동물이 왔는지 살펴보려고 이따금 식당으로 살금살금 들어와 보곤 했다. 그렇지만 잔과 접시는 저녁시간이 될 때까지 그대로 있었다.

"저기에 오래 놔두면 개미만 들끓을 거야."

줄리아가 말했다.

"겨울이잖아. 개미들은 모두 동면에 들어갔어."

발렌티나가 말했다. 나중에 그녀는 우유를 개수대에 쏟아 버리고 찻잔을 씻은 다음 신선한 우유로 다시 잔을 채웠다. 참치도 마찬가지로 갈아 주었다. 그녀는 잔과 접시를 본래 자리로 갖다 놓고 나서 잠자리에 들었다.

다음날 아침 발렌티나는 발코니가 내다보이는 창문을 열고 잔과 접시를 살펴보았다. 그녀는 무언가가 와서 음식을 먹고 간 흔적을 발견하고 기뻤다. 참치는 모두 사라져 버렸고 우유는 잔에 절반가량만 남아 있었다. 그녀는 줄리아가 들어오기 전에 접시를 치워 버렸다. 그날 밤, 그녀는 다시 잔과 접시를 채워서 발코니에 내다 놓았다. 그런 다음, 식당의 불을 완전히 끄고 식당 바닥에 앉아서 기다렸다.

줄리아가 아파트를 휘젓고 다니는 소리가 들렸다. 처음에는 그녀의 인기척만 들렸다. 잠을 자려고 옷을 벗고, 세수를 하고, 이를 닦는 소리였다. 그러다가 줄리아는 발렌티나를 찾으러 아파트 곳곳을 돌아다니기 시작했다.

"어디 있어?"

줄리아는 복도를 지나 아파트의 앞쪽으로 다가왔다.

"도대체 어디 있는 거야?"

발렌티나는 숨바꼭질이라도 하듯 말없이 앉아 있었다. 줄리아는 식당 쪽으로 점점 다가왔다.

"어디 있냐니까!"

줄리아는 식당 문을 열고 발렌티나가 창가에서 달빛을 받으며 앉아 있는 것을 발견했다.

"거기서 뭐해?"

"쉿! 고양이를 기다리는 중이야."

발렌티나가 속삭였다.

"그래? 나도 같이 기다려 볼까?"

발렌티나는 줄리아의 속삭이는 소리가 평소 말할 때의 목소리보다 어떻게 더 클 수 있는지 궁금했다.

"응. 하지만 절대 조용히 해야 해."

자매는 바닥에 나란히 앉았다. 두 사람 모두 손목시계가 없었다. 시간이 많이 지나갔다. 줄리아는 바닥에 드러눕더니 잠에 빠져들었다. 안 그래도 추운 식당 안의 바닥은 더 차가웠다. 줄리아는 느슨한 바지와 소매가 긴 셔츠를 입었다. 셔츠는 원래 루크 브레너라는 남자애의 것이었다. 고등학교 시절 줄리아는 루크에게 홀딱 빠져서 정신을 못 차리다가 급기야 그의 셔츠를 훔치게 되었다. 발렌티나는 불편하게 자고 있는 언니에게 베개와 담요를 가져다주어야겠다고 생각했다. 발렌티나는 옷을 제대로 차려입었지만 찬 공기에 드러난 손발과 코는 시렸다. 그녀는 차라도 한잔 마셔야겠다고 생각하고 자리에서 일어나 그곳을 빠져나왔다.

발렌티나가 베개와 담요 그리고 차를 손에 들고 돌아왔을 때 줄리아는 잠에서 깨어나 있었다. 줄리아는 발렌티나가 식당 안으로 들어오는 것을 보고 조용히 하라는 뜻으로 손가락을 입술에 갖다 댔다. 부스럭거리는 소리가 들려왔다. 무언가가 마른 나뭇잎을 헤집고 나가는 소리였다. 발렌티나는 얼른 바닥에 주저앉았다. 그런 다음 찻잔을 바닥에 조용히 내려놓았다.

줄리아는 동생을 건너다보았다. 발렌티나의 두 눈은 어둑어둑한 공간에서 빛을 내고 있었다. 그날 발렌티나는 머리를 감지 않아 보기에 민망할 정도였다. 발렌티나는 숨을 길게 내쉬고 나서 잔과 접시를 뚫어질 듯이 바라보았다. 줄리아도 미소를 머금으며 잔과 접시로 시선을 돌렸다. 줄리아는 동생이 무슨 일에 푹 빠져 있는 모습이 보기 좋았다.

이제 소리는 점점 더 가까이에서 들려왔다. 그러다가 어느 순간 소리가 뚝 끊어졌다. 자매도 숨을 멈추었다. 주변의 모든 것이 숨을 멈추었다. 바로 그때 하얀 새끼고양이가 담을 넘어 발코니로 올라왔다.

고양이는 몸집이 작고 갈비뼈가 드러날 정도로 비쩍 마른 상태였다. 귀는 박쥐처럼 아주 컸고, 짧은 털은 헝클어져 있었다. 하지만 어째서인지 측은해 보이지는 않았다. 고양이는 작정이라도 한 듯이

다가왔다. 특별히 이상한 점은 찾아볼 수 없었다. 녀석은 아주 자연스럽게 움직이다가 곧장 접시로 달려가더니 참치를 허겁지겁 삼켰다. 자매는 고양이가 참치를 꾸역꾸역 삼킬 때 양쪽 배가 꿈틀거리는 모습을 볼 수 있었다. 발렌티나는 그 모습을 보고 있자니 언젠가 플로리다의 해변에서 해파리가 밀려오는 모습을 본 기억이 났다. 고양이는 하도 말라서 내장까지 훤히 들여다보일 것 같았다. 녀석은 알고 보니 암컷이었다. 발렌티나는 고양이에게 매료되었다.

고양이는 음식을 다 먹고 나서 자리에 앉아 자기 몸을 핥았다. 그러다가 자매가 있는 쪽을 힐끗 쳐다보았다. 발렌티나는 달이 구름 속으로 들어가 버려 이제 어두컴컴한 공간에 앉아 있는 자기들을 고양이가 제대로 보았는지 알 수 없었다. 고양이는 발코니에서 폴짝 뛰어내리더니 부스럭거리는 소리를 내며 사라졌다.

줄리아가 손바닥을 내밀었다. 발렌티나는 언니와 손바닥을 마주쳤다.

"정말 근사한데? 계속 음식을 갖다 줄 거야?"

발렌티나는 미소를 지었다.

"데려와서 키울 생각이야. 머지않아 내 무릎에 올라앉겠지. 예쁜 옷도 입혀 줄 거야."

"그렇지만 좀…… 야생에 길들여진 것 같지 않니? 애완동물용 변기도 사용하지 못하면 어쩌지?"

발렌티나는 언니를 힐끗 쳐다보았다.

"새끼 고양이잖아. 가르쳐야지."

그날 이후로 밤마다 같은 장면이 연출되었다. 발렌티나는 세인즈

베리에 가서 고양이한테 먹일 통조림과 애완동물용 변기를 샀다. 밤마다 그녀는 앉아서 고양이가 오길 기다렸다. 대개는 창문에서 멀찍이 떨어진 곳에 앉아서 그냥 지켜보기만 했다. 닷새 동안 그러고 나서 창문을 약간 열어 놓고 고양이를 집으로 불러들이려고 시도해 보았다. 하지만 고양이는 겁을 먹고 들어오려고 하지 않았다. 발렌티나는 다시 처음으로 돌아가야 했다. 고양이는 정말 야생에 익숙해져서인지 웬만한 유혹에는 넘어가지 않았다.

"지금쯤이면 네 무릎에 올라가서 재롱을 부리고 있어야 하는 거 아니니?"

줄리아가 발렌티나를 놀렸다.

"언니가 한 번 해 봐."

발렌티나가 톡 쏘며 대꾸했다.

줄리아는 곰곰이 생각해 보았다. 그날 밤 그녀는 엘스페스 이모의 반짇고리 상자에 들어 있던 실타래를 가지고 식당에 나타났다. 그녀는 고양이가 음식을 다 먹을 때까지 기다렸다가 발코니로 실타래를 돌돌 굴렸다. 고양이는 미심쩍은 눈빛으로 실타래를 빤히 바라보았다. 줄리아는 실을 조금 당겼다. 그러자 고양이는 잠시 망설이다가 앞발을 내밀었다. 잠시 뒤에 고양이는 실타래를 뒤쫓으며 발코니를 온통 휘젓고 다녔다. 녀석은 실타래를 잡으려고 달려들었다. 그러다가 제자리에서 미친 듯이 펄쩍펄쩍 뛰면서 실이 다시 움직일 때까지 기다렸다. 그렇지만 줄리아가 실타래를 식당 안으로 끌어당기는 순간 고양이는 고개를 들고 줄리아를 발견하고는 발코니에서 풀쩍 뛰어내려 담쟁이덩굴 속으로 사라졌다.

"좋은 방법이야."

말은 그렇게 했지만 발렌티나는 고양이가 언니한테 걸려들지 않은 것을 다행으로 여겼다. 생각 같아서는 고양이를 당장 곁에 두고 싶었지만 고양이가 언니의 꾐에 넘어가는 것은 원치 않았다.

그렇게 해서 결국 두 사람 모두 고양이를 집안으로 들이는 일에 실패하고 말았다. 2월 하순의 화요일 밤이었다. 발렌티나는 고양이한테 줄 음식을 준비한 다음, 쟁반을 들고 식당 문을 빠져나가다가 무언가가 담쟁이덩굴을 스치고 지나가는 소리를 들었다. 빠끔히 열린 창문으로 차가운 바람이 흘러들어오고 있었다. 발코니에서는 고양이가 뛰어 돌아다녔다. 보이지 않는 손이 실타래를 이리저리 굴리고 있었다. 고양이는 자꾸만 달아나는 실타래를 잡으려고 애를 쓰고 있었다. 데굴데굴 굴러가는 실타래를 어떻게든 막아 보려고 앞발을 쭉 펴기도 했다. 발렌티나는 그 자리에 가만히 서 있었다. 식당의 다른 문으로 실타래가 굴러갔다. 실타래는 까닥거리며 고양이를 끊임없이 유혹하고 있었다. 녀석은 잠시 망설이다가 작정을 했는지 실타래를 향해 힘껏 달려들었다. 고양이는 속력을 멈추지 못하고 실타래를 따라 식당 안으로 돌진하고 말았다. 뒤이어 문이 쾅 소리를 내며 닫혔다.

발렌티나와 고양이는 둘 다 놀라 서로의 얼굴을 빤히 바라보았다. 둘은 동시에 안정을 되찾았다. 발렌티나는 쟁반을 바닥에 내려놓았다. 고양이는 달아날 구멍을 찾아 이리저리 뛰어다니기 시작했다. 발렌티나는 식당 문을 닫고 문에 등을 기댔다.

"거기 누구죠?"

그녀가 말했다. 그녀는 평소와 다름없는 목소리를 내려고 했지만 자기도 모르게 날카로운 목소리가 터져 나왔다.

"누구예요?"

나무 바닥에 놓여 있는 실타래는 이제 조금도 움직이지 않았다. 고양이를 제외하고 주변의 모든 것이 잠잠했다. 고양이는 제 딴에는 몸을 숨기려고 발받침 밑으로 기어들어갔다. 발렌티나는 귀를 기울이며 서 있었다. 아니, 그곳에 무엇이 있는지 알아내기 위해 자신의 몸으로 느끼려고 애썼다. 그렇지만 그녀는 몸을 떨었다. 그녀는 차가운 공기와 겁에 질린 고양이 외에는 어느 것도 느낄 수 없었다. 그 순간, 등을 기대고 있는 문을 밖에서 미는 힘이 느껴졌다. 발렌티나는 가슴이 덜컥 내려앉았다.

"발렌티나?"

줄리아였다. 발렌티나는 안도의 한숨을 내쉬고 문을 빼꼼히 열었다.

"빨리 들어와."

그녀가 말했다. 줄리아는 열린 틈으로 몸을 밀어 넣고 나서 문을 닫았다.

"네가 잡은 거야?"

줄리아가 환한 표정으로 물었다.

"아니야."

발렌티나가 말했다.

"유령이 잡았어."

그녀는 줄리아가 비웃을 거라고 예상했다. 하지만 줄리아는 몸을 부들부들 떠는 동생을 바라보기만 했다. 줄리아는 전등 스위치를 켰다. 식당 안은 샹들리에의 흐릿한 불빛으로 채워졌다.

"이리 와서 앉아 봐."

줄리아가 말하며 식탁 주변에 있는 의자 가운데 하나를 끌어당겼다. 발렌티나는 의자에 앉았다. 줄리아는 식당 안을 둘러보았다.

"영혼이 고양이를 잡았다면 고양이는 어디 있어?"

"발받침 아래에 들어가 있어."

줄리아는 발받침이 있는 곳으로 다가가서 무릎을 꿇고 바닥에 양손을 짚었다. 그런 다음 발받침의 가장자리에 달린 술 장식을 조심스레 들어올렸다. 이글거리는 녹색 눈을 가진 자그마한 고양이가 이를 드러내며 그녀를 향해 위협적인 소리를 냈다.

"꼭 너를 닮았구나."

줄리아의 말에 발렌티나는 빙그레 웃었다.

"자, 참치 좀 바짝 갖다 놔. 먹으려고 기어 나올지도 몰라."

줄리아는 참치를 고양이의 코앞에 갖다 놓았다.

"그런데 영혼이 어떻게 그런 일을 했을까?"

줄리아는 잠시 영혼에 대한 불신을 제쳐 두기로 마음먹고 물었다. 아무튼 영혼도 쓸모가 있다는 생각을 하자 기분이 좋았다.

"언니가 써먹은 방식 그대로 했어. 고양이는 영혼을 보지 못하니까 겁 없이 식당 안으로 뛰어 들어오게 된 거지. 고양이가 들어오자마자 영혼이 문을 닫아 버렸어."

"그렇다면 영혼이 우리를 지켜보고 있을지도 모른다는 뜻이니?"

줄리아는 자기도 모르게 소름이 돋았다.

"그렇지 않다면 네가 고양이를 간절히 원하는 걸 어떻게 영혼이 알았겠어? 실타래는 여기에 놔두었어? 아니면 반짇고리 상자에 담아 두었어?"

"여기에 있었어."

"흠."

줄리아는 깊은 생각을 하는 듯 뒷짐을 지고 식당 안을 오갔다. 발렌티나는 그 모습을 보자 어릴 적에 9번 채널에서 수도 없이 보았던 셜록 홈즈 영화가 생각났다. 홈즈는 항상 그런 식으로 어슬렁거리며 깊은 생각에 잠기곤 했다. 발렌티나는 언니가 홈즈를 흉내 내며 한 마디 하리라고 예상했다. 하지만 줄리아는 바닥에 주저앉아 얼굴을 찌푸리며 발받침을 바라보기만 했다.

"아직도 영혼이 이 방에 있다고 생각해?"

발렌티나는 주변을 둘러보았다. 그곳에는 영혼이 숨을 만한 장소가 별로 없었다. 식당은 거의 텅 비어 있었다.

"내 생각에는 여기에 있을 것 같아. 하지만 영혼은 대체로 어떤 느낌으로 다가왔어. 적어도 오늘 밤 이전까지는. 그렇다고 내가 영혼을 보았다는 얘기는 아니야. 그리고 지금은 나도 영혼이 느껴지지 않아."

엘스페스는 식탁 위에 서 있었다. 그녀는 청색 칵테일 드레스 차림이었고 굽이 높은 구두와 그물 무늬 스타킹을 신고 있었다. 엘스페스는 망가뜨리지 않고 반들반들한 나무 식탁 위를 걸어 다닐 수 있다는 사실이 기뻤다. 또한 자신이 고양이를 잡은 사실을 발렌티나가 눈치 챘다는 게 말할 수 없이 기뻤다.

'이제 됐어. 드디어 해낸 거야! 이제 조카들도 나의 존재를 믿을 수밖에 없을 거야.'

고양이는 잔뜩 화가 나서 발받침 밑에 앉아 있었다. 녀석은 가까운 거리에 참치가 있다는 것을 알고 있었지만 그것을 먹음으로써 남에게 만족감을 안겨 주기는 싫었는지 음식에는 입도 내지 않았다. 잠시 뒤에 줄리아는 발받침을 지켜보는 일도 따분해져서 잠을 자러 갔다. 발렌티나는 고양이가 아무 데나 오줌을 갈기지 않기를 바라면서 애완동물용 변기를 식당에 가져다 놓았다. 그녀도 불을 끄고 잠을 자러 갔다. 엘스페스는 식탁에 앉아서 기다렸다.

그녀는 자신의 목소리를 고양이가 들을 수 없을 거라는 사실을 알면서도 혀를 차면서 고양이를 부르는 소리를 냈다. 약 30분 동안 완전한 침묵이 흐른 뒤에 고양이는 발받침에서 기어 나와 주변을 두리번거렸다. 녀석은 식당을 돌아다니면서 빠져나갈 구멍이 있는지 살폈다. 엘스페스는 식탁에서 뛰어내려 발받침에 걸터앉았다. 그녀는 고양이가 흥분을 가라앉힐 때까지 기다리며 참치를 먹는 녀석의 등을 쓰다듬어 주었다. 고양이는 그녀의 존재를 전혀 눈치채지 못했다.

하이게이트 묘지 관람

3월 초의 어느 상쾌한 일요일, 제시카는 공동묘지의 동문 앞에 서서 서쪽 묘지 정문 앞에 모인 방문객들을 지켜보고 있었다. 차림새가 다양한 사람들이었다. 미국인 커플 한 쌍은 캔버스 운동화를 신고 인상적인 사진기를 어깨에 메고 있었다. 머리가 훌떡 벗겨진 중년 신사는 쌍안경을 가지고 있었고, 헐렁한 바지를 입은 일본인 청년 세 사람은 야구 모자를 쓰고 있었다. 공기역학적으로 설계된 유모차를 끄는 여자와 커다란 배낭을 짊어진 뚱뚱한 남자의 모습도 보였다. 남자는 활기가 넘치는지 잠시도 가만 있지 못하고 주변을 계속 서성거렸다.

검정색 승합차 한 대가 스웨인즈 거리를 쏜살같이 달리고 있었다. 차량의 측면에는 서커스 광고지 같은 황금색 글자가 큼지막하게 붙어 있었다. 무모하고 저돌적인 행위를 뜻하는 그 단어를 보고 제시카는 차량과 잘 어울린다고 생각했다. 그녀는 손목시계를 들여다 보았다. 오후 2시 45분이었다. 그녀는 케이트를 힐끗 돌아보았다. 명랑하고 통통하게 살이 찐 케이트는 미국인 자원봉사자다. 그녀는 동쪽 묘지의 담장을 보수하는 문제를 두고 몇몇 무덤 주인들과 얘기를 나누고 있었다. 제시카가 서쪽 묘지 정문에 있는 사람들 쪽으로 다시 시선을 돌렸을 때, 머리에서 발끝까지 하얀색으로 차려입은 아가씨 두 명이 어느새 무리에 합류해 있었다. 아가씨들은 서로 손을 꼭 잡은 채 사람들과 약간 떨어져서 있었다. 두건이 달린 하얀색 스웨터와 하얀색 미니스커트 차림의 그들은 레깅스와 부츠까지 모두 하얀색으로 통일했다. 하얀색 털실 모자는 그들의 머리카락과 거의 비슷한 색깔이었다. 제시카에게 등을 보이고 있었지만 그녀는 얼굴을 보지 않고도 그들이 쌍둥이라는 것을 충분히 짐작할 수 있었다. 제시카는 아가씨들이 참 귀엽고 깜찍하다고 생각했다. 그녀는 공동묘지의 오솔길이 얼마나 질척거리는지 아가씨들이 알고 있는지, 또 그들이 열여섯 살은 넘었는지 궁금했다.

줄리아와 발렌티나는 정문 앞에 서서 이쪽 발에서 저쪽 발로 체중을 계속해서 옮기며 몸을 떨었다. 줄리아는 사람들이 모두 어디에 있는 걸까 궁금했다. 정문 안은 고요하기만 했다. 그녀는 수위실 너머의 넓은 안뜰과 반원 모양으로 뻗은 회랑을 볼 수 있었다. 누군가가 무전기를 사용하는 소리가 정문 안쪽에서 들려왔지만 사람의 모습은 보이지 않았다. 도로 건너편에는 공동묘지의 나머지 절반이 있었다. 그곳에는 칼 마르크스가 묻혀 있었다. 그곳은 좀 더 개방적으로 보였다. 미국에서 흔히 볼 수 있는 공동묘지 같았다. 안내책자에는 서쪽 묘지에 흥미로운 구경거리가 더 많은 것으로 나와 있었지만 정해진 시간에 단체 관람만 가능했다. 어쨌든 쌍둥이 자매의 아파트 유리창에서 내려다보이는 곳은 서쪽 묘지였다.

제시카는 스웨인즈 거리를 가로질러 모인 사람들 사이를 성큼성큼 걸어가서 육중한 정문의 자물쇠를 열었다. 그녀는 보라와 엷은 자줏빛 색상의 옷에다 챙이 넓은 펠트 모자를 쓰고 있었다. 모자에는 검은색 깃털이 하나 꽂혀 있었다. 발렌티나는 자기도 그런 모자를 하나쯤 갖고 싶은 마음이 들었다. 발렌티나와 줄리아는 정문을 열어 주는 여자를 보고 왕족이나 여자공작 같다는 인상을 받았다. 그녀는 리본을 자르거나 묘지에 묻힌 애인을 만나 보려고 공동묘지를 찾아온 사람 같았다. 그런 인상은 그녀가 입을 열었을 때도 사라지지 않았다.

"자, 들어오세요. 게시판은 모두 읽어 보셨죠? 짐은 모두 사무실에 맡겨야 합니다. 정말 죄송하지만 8세 미만의 어린이는 입장할 수 없습니다. 사진촬영은 개인적인 용도로만 허용하고 있습니다. 이쪽으로 오세요. 금방 돌아올 테니 저쪽에 있는 전쟁기념관 앞으로 가셔서 모두 앉아 주시기 바랍니다."

쌍둥이 자매는 벤치로 가서 앉았다.

로버트가 입장권이 담긴 상자를 들고 사무실에서 걸어 나왔다. 그는 제임스가 방금 읽어 준 십자말풀이 단서 때문에 정신이 팔려 있었다. 제시카와 합류한 후, 두 사람은 안뜰을 가로질러 갔다. 로버트는 쌍둥이 자매를 발견하고 가슴이 철렁 내려앉았다. 그는 처음 무대에 오른 사람처럼 두려움에 떨었다. 그는 그것이 죄책감 때문이라는 것을 깨달았다.

"저 아가씨들한테는 입장료를 받지 마세요."

그가 제시카에게 말했다.

"왜요?"

"엘스페스의 무덤 주인이니까요."

"아, 그래요? 알았어요."

그녀는 조심스러워하는 표정을 지었다. 그들은 계속해서 걸어갔다.

"괜찮겠어요? 케이트한테 안내를 부탁할까요?"

"괜찮습니다. 어차피 만나 봐야 하니까요."

쌍둥이 자매는 그들이 다가오는 것을 지켜보았다. 줄리아가 팔꿈치로 동생을 쿡 찔렀다.

"지하철에서 만났던 사람 아냐?"

줄리아가 낮게 속삭이자 발렌티나는 고개를 끄덕였다. 발렌티나는 로버트가 입장권을 떼어 내는 모습을 지켜보았다. 제시카는 일인당 5파운드를 받고 있었다. 쌍둥이 자매는 제일 뒤쪽 벤치에 자리를 잡고 앉았다. 제시카는 미국인 커플한테서 요금을 받고 나서 돈이 담긴 상자의 뚜껑을 닫으며 자매에게 윙크를 했다. 줄리아는 10파운드를 내밀었지만 제시카는 고개를 가로저으며 빙그레 웃었다. 미국인 여자는 그들을 보고 짜증스러운 표정을 지었다. 줄리아는 발렌티나의 손을 꼭 잡았다.

"하이게이트 공동묘지에 오신 것을 환영합니다."

제시카가 말했다.

"여기에 계신 로버트 씨가 여러분에게 묘지를 안내해 드릴 거예요. 로버트 씨는 이곳 묘지에 대해 아주 해박한 분으로 빅토리아 시대를 연구하는 역사학자입니다. 그리고 지금은 이곳 묘지에 대해 논문도 쓰고 있죠. 저희는 자원해서 이 일을 하고 있지요. 공동묘지를 유지하려면 해마다 35만 파운드 이상을 거둬들여야 합니다."

제시카는 애교 있게 말을 하면서 녹색 함을 들어보였다.

"이곳을 나가실 때 자원봉사자가 정문에서 이런 녹색 함을 들고 있을 거예요. 조금이라도 도움을 주신다면 정말 감사드리겠습니다."

로버트는 관람객들이 안절부절못하는 모습을 지켜보았다. 제시카는 아무쪼록 즐거운 관람이 되기를 바란다고 말하고 나서 사무실로 돌아갔다. 그녀는 흥분이 되었다. 왜 그럴까? 그녀는 사무실 창가에 서서 로버트가 회랑 앞으로 사람들을 모으는 것을 지켜보았다. 로버트는 두 계단 정도 올라가서 사람들에게 내려다보면서 몸짓까지 해 가며 무슨 설명을 하고 있었다. 관람객들이 서 있는 곳에서는 푸른 나무와 계단밖에 보이지 않았다.

'어쩜 두 아가씨가 엘스페스를 꼭 닮았네. 참 신기하기도 하지. 어쨌든 로버트가 괜찮아야 할 텐데. 약간 안색이 창백해 보였어.'

그녀는 속으로 말했다.

로버트는 혼란스러운 마음을 가라앉히려고 애썼다. 그는 두 쪽으로 갈라진 자신의 모습을 지켜보는 것 같았다. 그의 반쪽은 침착하게 사람들을 안내하고 있었고 나머지 반쪽은 쌍둥이 자매에게 무슨 말을 해야 할지 열심히 궁리하고 있었다.

'제기랄, 열일곱 살 먹은 소년도 아니고 이게 뭐람. 쌍둥이 자매한테 다가가서 먼저 말을 붙일 필요는 없잖아. 가만히 있으면 자매가

다가와서 말을 걸어 올 텐데 말이야. 기다리자.'

그는 그렇게 생각하며 사람들을 상대로 본격적인 설명을 시작했다.

"19세기 초에 런던의 묘지들은 무덤으로 넘쳐났습니다. 도저히 더 이상 무덤을 만들 수 없을 정도였죠. 교회 묘지에 매장을 하는 것은 수백 년 동안 내려온 풍습이었습니다. 산업혁명이 진행되는 중이었고 공장에는 노동자가 필요했기 때문에 사람들은 도시로 몰려들었습니다. 더 이상 사람을 매장할 공간이 없었지만 사람들은 꾸준하게 죽어 나갔습니다. 1800년에 런던의 인구는 백만 명 정도였습니다. 19세기 중엽이 되자 인구는 2백만 명이 훨씬 넘었습니다. 교회 묘지로는 사망자들의 수를 도저히 감당할 수 없었습니다. 그리고 교회 묘지는 사람들의 건강에도 위협이 되었습니다. 지하수를 오염시켰고 장티푸스와 콜레라 같은 전염병을 유발했기 때문입니다. 더 이상 무덤을 만들 공간이 없었기 때문에 새로운 시신을 매장하기 위해 무덤에 묻힌 오래된 시신을 파내야 했습니다. 디킨스의 작품을 읽어 보셨으면 이해하실 수 있을 겁니다. 땅 밖으로 팔꿈치가 삐져나오는가 하면 시체 도둑들은 시신을 훔쳐서 의과대학에 팔기도 했습니다. 한마디로 엉망이었죠. 1832년에 의회는 상업용 공동묘지 설립을 허가하는 법안을 통과시켰습니다. 그로부터 9년 동안 일곱 개의 공동묘지가 생겼습니다. 묘지들은 당시 도시의 가장자리에 지어져 고리 모양을 이루었습니다. 켄살 그린, 웨스트 노우드, 하이게이트, 넌헤드, 브롬프턴, 애브니 파크 그리고 타워 햄릿, 이렇게 일곱 개의 대형 묘지들입니다. 하이게이트는 1839년에 문을 열었는데 순식간에 런던에서 가장 매력적인 묘지가 되었습니다. 이제 계단을 올라가 보시면 왜 그랬는지 그 이유를 알게 될 겁니다."

쌍둥이 자매는 가장 뒤쪽에 있었기 때문에 계단을 올라갈 때 사람들의 다리밖에 볼 수 없었다. 계단 꼭대기까지 올라갔을 때, 로버트는 둘러선 사람들의 한복판에 서 있었다. 그들은 웅장한 무덤들에 둘러싸여 있었다. 푸른 나무가 무덤들 주변에는 빼곡하게 심어져 있었다. 나무들은 점점 더 세력을 뻗쳐 나가고 있는 듯 보였다. 발렌티나는 왠지 주변 풍경이 낯설지 않았다.

'예전에 여기에 와 본 적이 있어. 그런데 이상하네. 실제로 와 본 것 같지는 않아. 꿈속에서 와 보았나?'

까마귀 한 마리가 머리 위로 낮게 날아갔다. 까마귀는 안뜰을 가로질러 날아가더니 예배당 꼭대기에 내려앉았다. 발렌티나는 공동묘지 안을 마음대로 날아다니는 기분이 어떨지 궁금했다. 까마귀가 묘지를 둘러보면서 무슨 생각을 할지 궁금했다. 그녀는 사람들을 땅에 묻고 그 위에다 비석을 세우는 것이 무척 신기하다고 생각했다. 그녀는 사람들이 과연 땅속에 함께 파묻히는 일에 모두 동의를 할지 갑자기 궁금해졌다.

"우리는 지금 회랑의 꼭대기에 서 있습니다. 예배당 쪽을 보시기 바랍니다. 여러분들이 들어온 저쪽에는 두 개의 예배당이 있습니다. 영국 국교회 예배당과 비국교도 예배당이죠. 두 예배당은 한 건물 안에 있습니다. 매우 독특하죠. 우리는 지금 공동묘지의 서쪽에 있습니다. 이곳의 넓이는 6만 9천 평방미터인데 그중에 8천 평방미터는 비국교도를 위해 할당되었습니다. 즉 침례교, 장로교, 감리교를 비롯한 다른 신교도들을 위한 장소죠. 하이게이트는 아주 인기가 많아 1854년에는 확장을 해야 했습니다. 그래서 런던묘지공사는 스웨인즈 거리 너머의 땅 8만 평방미터를 사들여 공동묘지로 만들었습니다. 이곳이 서쪽 묘지 그리고 저곳이 동쪽 묘지입니다. 그런데 문제가 발생했습니다. 영국 국교회 예배당에서 장례식을 마치고 나면 동쪽 묘지로 관을 옮겨 가야 했습니다. 스웨인즈 거리를 통과하지 않고서 어떻게 그 너머의 신성한 땅으로 건너갈 수 있었을까요? 스웨인즈 거리를 축성할 수는 없었기 때문에 빅토리아 시대의 뛰어난 솜씨를 발휘해서, 도로 밑으로 터널을 판 것입니다. 장례식이 끝날 무렵에 사람들은 승강기를 이용해서 관을 터널로 내렸습니다. 관을 메는 사람들은 터널로 내려가서 관을 들고 거리를 건넜습니다. 그리고 동쪽 묘지로 건너가서 관을 들어 올렸는데 그게 꼭 부활하는 장면 같았죠. 감동적이지 않습니까. 땅속으로 내린 관을 다시 땅속에서 끄집어 올리는 장면 말입니다."

줄리아는 설명을 하는 남자가 마치 자신이 그 모든 것을 설계한 것처럼 지나치게 뿌듯해한다고 생각했다. 그녀는 춥고 습기가 많은 날씨 때문에 좀 짜증이 났다. 그녀는 발렌티나를 힐끗 쳐다보았다. 발렌티나는 홀린 것처럼 안내책자를 빤히 쳐다보고 있었다. 로버트는 모인 사람들을 한 번 둘러보았다. 대부분의 사람들은 빨리 사진을 찍고 싶어 안달을 하고 있었다. 그는 자신의 얼굴을 빤히 바라보는 발렌티나를 의식하고 옆에 있는 무덤을 향해 돌아섰다.

"이것은 제임스 윌리엄 셀비의 무덤입니다. 셀비는 한때 이름을 떨치던 마부였습니다. 그는 어떤 날씨에도 빠르게 달리는 것을 좋아했습니다. 채찍과 나팔은 그의 직업을 상징하고 뒤집힌 말굽은 그의 운이 다했다는 것을 보여 줍니다. 1888년에 셀비는 런던에서 브라이튼까지 8시간 안에 달리는 내기를 합니다. 그는 일곱 필의 말을 갈아타면서 7시간 50분 만에 브라이튼에 도착했습니다. 그 덕분에 천 파운드를 땄지만 다섯 달 뒤에 숨을 거두고 말았습니다. 당시에 그가 딴 돈이 이처럼 멋진 기념관에 그를 매장하는 데 쓰였을 거라고 추측합니다. 오늘은 오솔길의 상태가 아주 나쁩니다. 조심해서 걸으시기 바랍니다."

로버트는 돌아서서 언덕을 올라가기 시작했다. 그는 뒤에서 관람객들이 앞 다투어 올라오는 소리를 들을 수 있었다. 중앙 오솔길에는 바위가 많고 바닥이 질척거렸다. 게다가 훤히 드러난 나무뿌리들에다 곳곳에 구덩이도 보였다. 걸어가는 동안 카메라 셔터를 눌러대는 소리를 들었다. 속이 울렁거렸다. 그는 사람들을 잠시 기다리게 한 다음, 숲속에 몰래 들어가서 토하고 와도 될지 생각해 보았다. 속이 메슥거리는 것을 억지로 참으며 사람들에게 고딕식의 무덤과 돌로 만든 의자를 보여 주었다. 의자는 비어 있었다. 그것은 의자의 주인이 어딘가로 사라져서 절대 돌아오지 않는다는 것을 상징했다. 그는 사람들을 로프투스 오트웨이 경의 무덤으로 데려갔다. 한때는 커다란 유리창이 박혀 있던 웅장한 가족 묘실이었다.

"무덤을 들여다보시면 저 아래쪽에 놓인 몇 개의 관이 보일 겁니다. 이곳은 관음증적 쾌락을 얻기 위한 장소가 아닙니다. 빅토리아 시대 사람들은 지하 2미터에 묻히는 것을 무척 싫어했습니다. 그래서 이 공동묘지에 있는 상당수의 무덤은 지상에 있죠."

그는 '하이게이트 공동묘지의 친구들'이라는 자선단체가 묘지를 보존하기 위해 그동안 어떤 일을 했는지 설명했다.

"제1차 세계대전이 일어나기 전에는 28명의 정원사가 단체에 소속되어 있었습니다. 그 사람들 덕분에 묘지는 항상 깨끗하게 유지될 수 있었죠. 그렇지만 몸이 튼튼한 사람들이 모두 전쟁터에 투입되고 나서 상황은 완전히 달라졌습니다. 묘지는 예전의 모습을 찾아볼 수가 없었습니다. 마구잡이로 자란 식물이 묘지를 온통 뒤덮었습니다. 새로운 무덤을 만들 공간이 부족했고 지금도 그런 상태입니다. 급기야 1975년에는 서쪽 묘지에 자물쇠가 채워지고 악마주의자, 정신이상자, 공공기물 파괴자 그리고 자니 로튼 같은 사람들에게 내맡겨지고 말았습니다."

"자니 로튼이 누구죠?"

일본인 청년 하나가 물었다.

"섹스 피스톨즈라는 그룹의 리드싱어입니다. 그 사람은 여기에서 가까운 핀츨리 공원 근처에 살고 있었습니다. 이 묘지 주변 마을을 보고 제법 고급스럽다고 생각하셨을지도 모르겠지만, 이곳 사람들은 무덤을 더럽히는 행위를 보고 큰 충격을 받았습니다. 정신이 이상한 사람들이 어슬렁거리는 꼴을 도저히 참고 볼 수 없어 마을 사람들은 힘을 합쳐 50파운드에 하이게이트 공동묘지를 사들였습니다. 그런 다음 묘지를 본래 상태로 되돌리는 일에 소매를 걷어붙이고 나섰습니다. 그들은 '최소한의 관리'라는 말을 만들어 냈습니다. 이것은 말 그대로 빅토리아 시대 사람들처럼 묘지를 흠잡을 데 없이 정돈하겠다는 뜻이 아니라 시간과 자연이 묘지를 변화시키는 대로 개입하지 않고 내버려 두겠다는 뜻입니다. 하지만 묘지가 위험해질 정도로 그 모양이 변해 가면 적절하게 다듬고 정비를 하겠다는 뜻입니다. 어떤 면에서 이곳은 박물관이지만 기독교 신자들의 매장지이기도 합니다."

로버트는 시계를 힐끗 내려다보았다. 사람들을 이끌고 다른 곳으로 이동해야 할 시간이다. 어제 제시카는 관람안내 시간을 제대로 지켜 달라고 그에게 당부했다. 정해진 시간 안에 안내를 마치려면 한곳에 오래 머무를 수가 없었다.

"자, 이쪽으로 오세요."

그는 빠른 걸음으로 사람들을 이끌고 가면서 엘리자베스 시달 로세티에 대한 이야기를 하기 시작했다. 늘 그렇듯이 로버트는 자신이 아는 모든 것을 사람들에게 알려 주고 싶은 욕구와 싸워야 했다. 관람객들은 그와 며칠을 함께 지내게 되면 피로와 허기로 하나둘 쓰러지고 말 것이다. 사람들은 그가 들려주는 설명에는 별로 관심이 없었다. 그들은 주로 묘지의 이곳저곳을 둘러보고 싶어 했다. 그는 설명을 너무 구체적으로 해 주면 사람들이 지루해하고 곧 지쳐 버릴 거라고 생각했다. 그는 자신이 가장 좋아하는 무덤으로 사람들을 데려갔다. 눈물을 흘리는 여자가 돌에 새겨진 무덤이었다.

"의료기술이 발전하지 못했던 시대에는 어떤 사람이 정말로 죽었는지 판별하는 데 애를 먹었습니다. 여러분은 어떤 사람이 죽었는지 안 죽었는지 쉽게 분간할 수 있다고 생각할지도 모릅니다. 하지만 분명히 죽었다고 생각한 사람이 자리를 털고 일어나 그 뒤로도 멀쩡하게 생활했던 경우가 아주 많습니다. 빅토리아 시대의 많은 사람들은 혹시라도 자신들이 산 채로 매장될까 봐 불안에 떨었습니다. 그들은 현실적인 사람들이라서 그 문제에 대한 해결책을 찾으려고 노력했습니다. 그러다가 실이 달린 종을 생각해 내게 되었죠. 종에 매달린 실을 관 속에 집어넣는 것입니다. 그래서 나중에 어떤 사람이 죽지 않고 깨어나면 실을 당겨서 종을 울리는 겁니다. 하시만 이런 장치를 이용해서 무덤에서 살아났다는 사람은 기록에 전혀 없습니다. 또 사람들은 자신들의 유언장에 온갖 종류의 괴상한 조항을 포함시켰습니다. 그중에는 달갑지 않은 부활이나 환생을 아예 막기 위해 자신들의 목을 잘라서 관에 넣어 달라는 조항도 있었습니다.”

"뱀파이어들은요?"

"뱀파이어라뇨?"

"저는 이곳 묘지에 뱀파이어가 있다고 들었습니다."

"모두 거짓말입니다. 간혹 뱀파이어를 봤다고 주장하는 사람이 있는데 관심을 끌려고 발버둥치는 사람들의 헛소리입니다. 어떤 사람들은 브람 스토커가 이곳 하이게이트에서 시신을 발굴하는 것에 영감을 얻어 『드라큘라』를 썼다고 주장합니다."

발렌티나와 줄리아는 무리의 제일 뒤쪽에 서 있었다. 두 사람은 서로 전혀 다른 경험을 하고 있었다. 줄리아는 사람들을 벗어나 묘지의 이곳저곳을 둘러보고 싶어 했다. 그녀는 강의나 교수들이라면 질색을 했다. 로버트의 딱딱한 설명을 듣고 있자니 온몸이 근질거렸다. 그녀는 속으로 말했다.

'쓸데없는 소리 늘어놓지 말고 빨리 움직이자고, 제발.'

발렌티나는 로버트의 설명이 귀에 제대로 들어오지 않았다. 그녀는 제시카가 로버트를 소개한 뒤부터 어떤 생각에 사로잡혀 있었다. '당신이 바로 엘스페스 이모가 말한 로버트 팬쇼 씨였군요. 그래서 우리에 대해 알고 있었던 거예요.'

그녀는 로버트의 얼굴을 쳐다보면서 그런 생각에 잠겼다. 그녀는 오래전부터 로버트가 언니와 자기를 은밀히 지켜보았을 거라는 생각을 하자 마음이 혼란스러웠다. 발렌티나는 언니한테 얘기를 해야겠다고 생각하고 언니를 힐끗 쳐다보았다. 하지만 언니의 표정이 그다지 밝지 못한 것을 깨닫고 나중에 얘기하기로 마음먹었다.

로버트는 돌아서서 사람들을 데리고 언덕을 올라가다가 이집트 거리의 입구에서 멈춰 섰다. 그는 미국인 커플이 올라올 때까지 기다렸다. 미국인 커플은 닥치는 대로 사진을 찍어 대느라 자꾸만 뒤처졌다. 그곳에는 5만 2천 개나 되는 무덤이 있었기 때문에 그것들을 모두 사진에 담을 수는 없었다. 일본 청년 하나가 감탄을 연발했다. 로버트는 이집트 거리가 마음에 들었다. 그곳은 베르디의 오페라 〈아이다〉의 무대장치 같았다.

"하이게이트 공동묘지는 기독교인들의 묘지이기도 하고 벤처 사업이기도 합니다. 빅토리아 시대의 고관대작들을 위한 최고의 묘지로 만들기 위해 묘지는 갖가지 편의시설을 갖출 필요가 있었습니다. 1830년대 후반에 하이게이트가 문을 열었을 때, 이집트와 관련된 것들은 무엇이든 인기가 있었습니다. 그래서 이런 이집트 거리를 만든 것입니다. 입구는 룩소르의 무덤을 기반으로 하고 있습니다. 처음에는 색칠이 되어 있었습니다. 거리 자체는 그다지 어둡거나 음침

하지 않습니다. 지금은 나무들이 허공을 완전히 가리고 있지만 처음에는 하늘이 뻥 뚫려 있었습니다. 이곳에 있는 웅장한 묘들은 여덟 명에서 열 명까지 수용할 수 있습니다. 안으로 들어가면 관을 올려놓는 선반들이 있습니다. 뒤집힌 횃불을 보십시오. 열쇠구멍도 거꾸로 되어 있습니다. 문의 아래쪽에 있는 구멍으로 가스가 빠져 나옵니다."

"가스라고요?"

쌍안경을 가지고 있는 과묵한 남자가 물었다.

"시신이 부패하면 가스가 방출됩니다. 저 안쪽에 촛불을 놓아두곤 했는데 밤에는 으스스한 분위기가 연출되었을 겁니다."

그들은 이집트 거리를 통과해서 반대편으로 나갔다. 쌍둥이 자매는 강한 햇살이 내리쬐는데도 온기를 느끼려고 서로를 부둥켜안고 있었다. 로버트는 자매를 힐끗 쳐다보았다. 과거에 엘스페스가 거의 동일한 지점에 서서 햇살을 받으려고 고개를 기울이던 기억이 났다. 그는 순간적으로 쌍둥이 자매를 엘스페스로 착각하고 하마터면 말을 건넬 뻔했다. 그는 쌍둥이 자매를 쳐다보지 말고 엘스페스에 대해서는 생각도 하지 말자고 속으로 말했다. 사람들은 그가 말을 이어가기를 기다리고 있었다. 로버트는 잠시 땅바닥을 내려다보며 혼란스러운 마음을 가다듬었다.

"우리는 지금 레바논 서클에 들어왔습니다. 이곳 묘지에서 가장 훌륭한 곳이죠. 저 위에 보이는 거대한 레바논 삼나무 때문에 레바논 서클이라는 이름이 붙었습니다. 이 삼나무는 수령이 3백 년 정도 됩니다. 하이게이트 공동묘지가 만들어졌을 때도 크기가 어마어

마했을 겁니다. 이곳은 본래 런던 주교의 땅이었습니다. 사람들이 레바논 서클을 만들려고 와서 저 나무 둘레의 땅을 깎아 낸 겁니다. 그러니까 나무가 서 있는 저곳이 본래의 지표면이죠. 1830년대의 장비로 저 많은 땅을 깎아 냈다고 한번 상상해 보십시오. 안쪽 서클이 먼저 만들어졌습니다. 그게 상당한 인기를 끌자 20년 뒤에 바깥쪽 서클을 만들기 시작했습니다. 건축의 기호가 이집트 양식에서 고딕 양식으로 변해 온 것을 확인하실 수 있습니다."

로버트는 사람들을 이끌고 레바논 서클을 통과했다. 그는 시계를 힐끗 내려다보았다. 시간이 별로 없었다. 그는 무덤 몇 개는 설명을 하지 않고 건너뛰기로 마음먹었다.

"이곳은 메이블 베로니카 배튼과 그녀의 연인, 래드클리프 홀(1880~1943, 영국의 여류 소설가로 레즈비언 소설 『고독의 우물』의 저자—옮긴이)의 무덤입니다. 이곳에는 납골당이 있습니다. '비둘기'라는 뜻의 라틴어 '콜룸바(columba)'에서 납골당(columbarium)이라는 단어가 유래했다고 합니다. 본래는 비둘기들이 들어가서 사는 칸막이였던 거죠. 이쪽 계단으로 올라가 볼까요. 이곳은 야생동물 순회 전시자로 유명한 조지 움웰(1777~1850)의 무덤입니다. 그는 선원으로부터 보아뱀 두 마리를 사들여 사업을 시작했다고 합니다."

로버트는 헨리 우드 부인, 카터 집안의 이집트 양식 가족 묘실 그리고 아담 워스의 무덤은 그냥 지나쳤다. 그는 관람객을 이끌고 성미가엘 교회를 보러 레바논 서클의 꼭대기로 올라갔다. 그다음에는 지하묘지와 비어 집안의 웅장한 가족 묘실 사이로 갔다. 쌍둥이 자매는 자신들의 침실 창문으로 내다보이던 거대한 묘를 지금 보고 있다는 것을 깨달았다. 그들은 지하묘지의 위쪽을 살펴보려고 뒤로 물러났다. 그곳에서는 마틴의 집은 보였지만 자기들의 집은 보이지 않았다.

"줄리어스 비어는 독일계 유태인으로 돈 한 푼 없이 런던에 와서 주식거래로 엄청난 부자가 되었습니다."

발렌티나는 자신이 죽음에 대해 지금껏 한 번도 진지하게 생각해 보지 않았다는 사실을 깨달았다. 레이크 포레스트에 있는 공동묘지는 규모도 크고 산뜻하게 꾸며져 있었다. 그녀의 할아버지 할머니, 그러니까 잭의 부모는 그곳에 묻혔다. 그들의 자그마한 무덤에는 분홍색 화강암 묘비가 세워졌다. 쌍둥이 자매는 살아계신 할아버지 할머니를 한 번도 만나지 못했다. 이미 세상을 떠난 친척들의 경우, 아무도 만난 적이 없어서인지 그들은 무덤을 보면 왠지 낯설었다. 그녀는 갑자기 외로움이 밀려오는 것을 느꼈다. 어쩌면 향수병이었는지도 모른다. 발렌티나는 로버트를 쳐다보았다. 이제 그는 그녀가 있는 쪽으로 시선도 돌리지 않았다. 그는 의도적으로 쌍안경을 든 남자에게 시선을 고정시킨 것 같았다. 그녀는 생각했다.

'저 사람은 엘스페스 이모에 대해 잘 알고 있어. 그야 이모의 연인이었으니까 당연하지. 이모에 관한 얘기를 우리한테 들려줄 수 있을 거야.'

"줄리어스 비어는 빅토리아 사회에서 지위를 확보할 수가 없었습니다. 외국인에다 유태인이었을 뿐만 아니라 유산을 물려받은 유서 깊은 가문 출신이 아니라 자수성가한 사람이었기 때문입니다. 그래서 그는 어느 누구도 그냥 지나칠 수 없는 이 거대한 묘를 지었습니다. 빅토리아 시대의 부인들은 일요일 오후만 되면 지하묘지의 지붕 위에서 산책하는 걸 좋아했는데 지붕에서는 비어의 가족 묘실 때문에 주변 풍경이 잘 보이지 않습니다."

발렌티나는 자신이 사는 아파트 단지 뒤뜰의 녹색 문을 머리에 떠올렸다. 그녀는 언니와 함께 크리놀린(19세기 서양 여성들이 치마를 부풀리기 위해 입었던 페티코트—옮긴이)을 입고 어둡고 음산한 지하 묘지에 누워 있는 수백 명의 시신 위를 산책하는 모습을 상상해 보았다. 빅토리아 시대의 부인들은 진정한 재미가 무엇인지 제대로 아는 사람들이라는 생각이 들었다.

로버트는 다시금 사람들을 이끌고 비국교도들의 무덤을 지나갔다. 그는 빅토리아 시대의 맨주먹 권투선수 토머스 세이어의 무덤을 보여 주었다. 그곳에는 세이어가 아끼던 라이언이라는 이름의 개 조각상이 주인의 무덤 앞에서 끈기 있게 보초를 서고 있었다. 세계 최초의 우표 창시자이자 균일 우편요금 제도를 창안한 롤런드 힐 경의 무덤은 건너뛰었다. 로버트는 노블린 집안의 가족 묘실도 별다른 설명 없이 지나쳤다. 그는 길을 따라 50미터 정도 내려오다가 사람들에게 말을 하려고 돌아섰다. 그런데 줄리아와 발렌티나의 모습이 보이지 않았다. 쌍둥이 자매는 서로 팔짱을 끼고 노블린 집안의 가족 묘실 앞에 서서 자기들끼리 이야기를 나누고 있었다. 로버트는 관람객들을 토머스 찰스 드루스의 무덤 앞에 세워 두고 쌍둥이 자매를 향해 터벅터벅 걸어갔다.

"저기, 이봐요."

로버트는 용기를 내서 말을 걸었다.

자매는 얼어붙은 듯 그 자리에 가만히 섰다. 자매는 마치 두 마리의 토끼 같았다.

"로버트 팬쇼 씨죠?"

발렌티나가 말했다. 줄리아는 동생의 말을 듣고 깜짝 놀랐다.

로버트는 가슴이 철렁 내려앉았다.

"예. 그래요."

발렌티나와 로버트 사이에 오가는 눈빛을 줄리아는 이해하지 못했다.

"안내를 마치고 나서 얘기하죠."

로버트가 말했다. 그는 자매를 데리고 사람들이 기다리고 있는 곳으로 갔다. 그는 더듬거리며 토머스 찰스 드루스의 무덤에 대해 설명했다. 악명 높은 연쇄살인범 프레드릭 세돈에게 희생되었던 엘리자 배로우의 무덤과 애견 쇼로 명성을 얻었던 찰스 크루프트의 무덤은 설명 없이 그냥 지나쳤다. 그는 엘리자베스 잭슨과 스테판 기리에 대해 얘기를 하면서 다소 마음을 가라앉힐 수 있었다. 설명을 마치고 사람들을 재촉해서 커팅스 오솔길로 내려오니, 제시카가 정문에서 녹색 함을 들고 사람들을 기다리고 있었다.

"쌍둥이 자매를 그들의 가족 묘실에 데려가서 구경시켜 주고 오겠습니다."

로버트가 제시카에게 말했다. 그는 제시카가 반대하길 은근히 바랐지만 그녀는 미소를 지으며 그렇게 하라는 손짓을 했다.

"금방 돌아와야 해요. 오늘은 일손이 달린다는 거 잘 알죠?"

제시카가 말했다. 로버트는 쌍둥이 자매를 향해 걸어가면서 그들이 회랑의 계단 앞에 꼼짝 않고 서 있는 것을 보았다. 마치 어두운 공간을 배경으로 빛을 발하는 두 개의 하얀 조각상 같았다. 그는 걸어가면서 이제 더 이상 자매를 피해 다닐 수는 없다고 생각했다.

"자, 갈까요?"

그가 말했다. 자매는 약간 긴장한 표정으로 그를 따라왔다. 그는 계단을 올라 오솔길을 걸어가면서 자매의 따가운 시선을 느낄 수 있었다. 자매는 점점 더 불안해졌다. 관람객들을 데리고 다닐 때는 표정도 밝고 그렇게 말이 많던 로버트 팬쇼가 지금은 말 한마디 하지 않고 있었다. 공동묘지 자체에서 흘러나오는 소리만이 정적을 깨트리고 있었다. 새소리, 차가 지나가는 소리, 오솔길을 밟는 그들의 부츠 소리 그리고 나뭇가지를 스치고 지나가는 바람 소리가 전부였다. 로버트의 외투가 뒤로 펄럭였다. 발렌티나는 일전에 운하 옆에서 빠른 걸음으로 달아나던 사람이 생각났다. 그녀는 겁이 나기 시작했다. 자기와 언니가 공동묘지의 깊은 곳에 들어온 사실을 아무도 모른다고 생각하니 더욱 겁이 났다. 그때 정문에 서 있던 여공작 같던 부인이 기억났다. 그제서야 다소 안심이 되었다. 그들은 드디어 노블린 집안의 가족 묘실에 도착했다.

"여기가 아가씨들의 친척이 묻혀 있는 가족 묘실입니다."

로버트는 자신이 공동묘지 관람 안내원을 어설프게 흉내 내고 있다는 느낌이 들었다.

"아가씨들의 소유니까 묘지의 문이 열려 있을 때는 언제든지 와서 둘러봐도 됩니다. 출입증을 만들어 줄게요. 엘스페스의 책상에 열쇠가 하나 있습니다."

"무슨 열쇠인데요?"

줄리아가 물었다.

"이 문을 여는 열쇠입니다. 그리고 아파트 뒤뜰과 공동묘지 사이에 있는 문을 열 수 있는 열쇠도 줄게요. 묘지 직원들이 가급적이면 그쪽 문은 사용하지 말라고 당부하더군요."

"같이 들어가시나요?"

"아뇨."

그는 가슴이 방망이질을 했다.

"그동안 저희는 선생님에 대해 궁금하게 생각하고 있었어요. 저희가…… 왜 지금껏 선생님을 만나지 못했을까요? 저희는 선생님이 어디 먼 곳에 가 계시는 줄 알았어요."

"그런데 마틴 아저씨가 그렇지 않다고 하시더군요."

줄리아가 끼어들며 말했다.

"그래서 혼란스러웠답니다. 로치 변호사님은 선생님이 저희를 도와줄 거라고……."

발렌티나는 로버트를 올려다보았지만 그는 자기 발만 내려다보다가 한참 만에 입을 열었다.

"미안합니다."

그가 말했다. 그는 차마 쌍둥이 자매를 똑바로 쳐다보지 못했다. 자매는 그가 안쓰럽게 생각되었다. 왜 그런 생각이 들었는지는 어느 누구도 알지 못했다. 줄리아는 그토록 말수도 많고 묘지에 대해 필요 이상으로 자세하게 설명해 주려고 애쓰던 그가 이제는 말도 제대로 못하고 겁먹은 표정을 짓고 있는 게 신기했다. 그의 머리카락은 얼굴을 덮고 있었다. 서 있는 자세는 비참해 보였다. 발렌티나는 그가 수줍음이 아주 많은 사람이라 자신들을 두려워하는 것이라고 생각했다. 발렌티나 자신이 수줍음이 많은 사람이기 때문에 알 수 있었다. 그녀는 자신의 내성적인 성격을 지치지 않고 비웃는 외향적인 사람과 평생을 살아왔기 때문에 거기에 대해서는 누구보다 잘 알고 있었다. 정상적으로 보이는 사람을 한 번도 만나 보지 못하다가 자신이 심각할 정도로 내성적이라는 사실을 뒤늦게에야 깨달았다. 겁에 질린 로버트를 관찰하면서 그에게 강한 친밀감을 느꼈다. 줄리아가 곁에 있었기 때문에 그녀는 용기를 낼 수 있었다. 발렌티나는 로버트에게 한 걸음 다가서면서 그의 팔에 손을 얹었다. 로버트는 안경테 위로 그녀를 바라보았다.

"괜찮아요."

그녀의 말에 로버트는 다시 기운이 샘솟는 것을 느꼈다.

"고맙습니다."

로버트는 발렌티나가 사랑을 느낄 수 있을 정도로 부드럽지만 강한 어조로 대꾸했다. 그녀는 자신이 그에게 느끼는 감정을 딱히 무엇이라고 설명할 수 없었다. 그런 감정과 비교할 수 있는 다른 감정도 마땅히 생각나지 않았다. 아무튼 그녀는 로버트의 한없이 부드러운 대꾸에 복잡 미묘한 감정을 느끼고 있었다. 줄리아가 옆에서 아무 말도 하지 않았더라면 두 사람은 그런 식으로 한참 동안 서 있었을 것이다.

"저기, 그만 돌아가 봐야 될 것 같아요."

줄리아가 말했다.

"아, 예. 저도 제시카한테 금방 돌아오겠다고 말했습니다."

로버트가 말했다. 발렌티나는 세상이 잠시 멈추었다가 다시 돌아가는 것 같은 느낌을 받았다. 그들은 나란히 서서 콜로네이드 오솔길을 걸어 내려갔다.

줄리아는 로버트에게 지금 쓰고 있는 논문에 대해 물었다. 로버트는 최대한 친절하게 거기에 대해 대답했다. 그러는 동안 그들은 어느새 정문에 도착했다. 사무실을 지나가는데 제시카가 안에서 불쑥 튀어나왔다. 로버트는 제시카가 자신들을 지켜보고 있었을 거라고 생각했다. 그녀는 쌍둥이 자매의 손을 잡고 말했다.

"엘스페스는 주변사람 모두에게 얼마나 친절했는지 몰라요. 엘스페스의 조카들을 이렇게 만나게 되니 정말 기뻐요. 앞으로 자주 놀러 와요."

"그럴게요."

줄리아가 말했다. 그녀는 관람객이 모두 떠나고 나서 묘지에서 벌어지는 일을 지켜볼 수 있겠다고 생각하니 기분이 좋았다. 발렌티나는 제시카와 시선을 맞추고 빙그레 웃었다. 로버트는 제시카 뒤에 서서 두 자매를 지켜보았다.

"그럼 안녕히 계세요."

줄리아와 함께 정문을 빠져나오면서 발렌티나가 말했다. 발렌티나의 얼굴을 보고 로버트는 무언가를 느꼈다. 그는 염려가 되었다. 그녀의 얼굴은 그 자신의 감정을 그대로 반영하고 있었다. 그는 이해했지만 알고 싶지는 않았다.

"잘 가요."

제시카가 말했다. 그녀는 자물쇠에 열쇠를 꽂아 한쪽으로 돌리고 나서 쌍둥이 자매가 스웨인즈 거리를 올라가는 모습을 지켜보았다. 그녀는 자매가 귀엽고 사랑스럽다고 생각했다. 로버트는 사무실로 들어갔는지 보이지 않았다. 그녀는 로버트가 동전을 세어서 자그마한 비닐봉지에 담는 것을 보았다.
"괜찮아요?"
그녀가 물었다.
"예."
그는 고개도 돌리지 않고 대꾸했다. 그녀는 그에게 좀 더 물어보려고 했지만 마침 무전기에서 귀에 거슬리는 소리가 흘러나왔다. 케이트가 동문으로 입장권을 좀 더 가져와 달라는 부탁을 했다. 제시카는 복잡한 감정에 사로잡힌 로버트를 남겨 두고 입장권 다발을 쥐고 사무실을 나갔다. 그날은 그렇게 넘어갔다. 방문객들을 맞아들여 안내를 하고 영수증을 세고 방문객들이 돌아가면 정문을 다시 걸어 잠갔다. 그녀가 로버트에 대한 생각을 다시 하게 되었을 때는 두 사람이 서쪽 묘지의 정문을 잠그고 있었다.
필과 젊은 안내원들은 게이트하우스에서 맥주나 한잔 마시자며 언덕을 올라갔다.
"같이 갈 거지?"
필이 로버트에게 물었다.
"나는 빠질게."
로버트가 말했다. 솔직히 술은 한잔 하고 싶었지만 사람들과 얘기를 나누는 게 싫었다. 그는 오후에 있었던 일을 곰곰이 생각해 보고 싶었다. 그러다 보면 어떤 다른 결론에 이르게 될지도 모른다고 생각했다.

"오늘은 왠지 몸이 좋지 않아."

그렇게 말하고 돌아서서 걸어갔다. 그가 갑자기 홱 돌아서서 가 버리자 모두 깜짝 놀랐다.

"무슨 일인데 저래요?"

케이트가 제시카에게 물었다. 제시카는 고개를 가로저었다.

"로버트의 속마음을 어느 누가 알겠어. 엘스페스 생각이 나서 저러겠지."

제시카의 말에 모두들 동의한다는 듯이 고개를 끄덕였다. 그들은 언덕 위의 게이트하우스로 올라가서 한동안 로버트에 대해 얘기를 나누다가 흥미를 잃고는 그날 관람객을 안내하면서 벌어졌던 재미있는 사건에 대해 서로 얘기를 나누기 시작했다. 그들은 제각기 공동묘지에 얽힌 비화를 늘어놓으며 경쟁적으로 자신들의 지식을 드러내려고 애썼다. 케이트는 제시카를 차로 집까지 바래다 주었다. 그들은 로버트의 정신 상태가 정상이 아니라는 데에 의견을 같이했다. 그리고 그렇게 된 데에는 엘스페스의 죽음이 어느 정도 작용했을 거라고 짐작했다. 그 정도로 얘기를 하고 나서 그들은 월요일에 있을 장례식으로 화제를 돌렸다.

로버트는 집으로 가서 유리잔 하나, 위스키 한 병 그리고 녹색 문을 여는 열쇠를 챙긴 다음 공동묘지로 들어갔다. 그는 멀리 가지 못하고 건물 벽에 등을 기대고 앉아 자신의 몸에 위스키를 들이부었다. 그는 그곳에 앉아서 줄리어스 비어의 무덤 꼭대기를 멍한 눈길로 바라보며 어둠이 내릴 때까지 술을 마셨다. 그런 다음 비틀거리며 자신의 아파트로 돌아와서 침대로 들어갔다.

숨쉬기

 며칠이 지나도록 별다른 일은 일어나지 않았다. 줄리아와 발렌티나는 새끼고양이를 길들이려고 애를 썼다. 음식과 돌돌 만 알루미늄 호일을 가지고 고양이를 구슬려 보았다. 고양이가 의자 밑으로 들어가서 미심쩍은 눈빛을 보낼 때는 식당 바닥에 앉아서 이런저런 얘기를 들려주었다. 엘스페스는 조카들이 외출을 했을 때나 잠들어 있을 때, 고양이와 놀았다. 상대가 비록 화가 난 흰색 고양이였지만 누군가와 실랑이를 벌일 수 있다는 사실이 그녀는 기뺐다. 시간이 지나자 고양이는 화를 누그러뜨리고 아파트의 다른 곳들도 살펴보기 시작했다. 이따금 쓰다듬어 주어도 별다른 반응을 하지 않았다. 하지만 고양이는 호가스 출판사에서 펴낸 『등대로』라는 버지니아 울프의 작품과 소파의 등을 갈가리 찢어 놓아 엘스페스를 당황하게 만들기도 했다. 발렌티나는 고양이의 태도가 점점 나아지는 모습을 보고 기뻐했다. 머지않아 완벽하게 길들여진 고양이 때문에 무한한 행복을 누릴 거라 기대했다.

자매는 로버트의 모습을 한 번도 보지 못했다. 가끔씩 샤워하는 소리나 텔레비전 소리가 들리긴 했다. 그는 자연보호구역인 하이게이트 공동묘지에 대한 논문을 쓰며 대부분의 시간을 아파트에서 보냈다. 오후가 되면 묘지로 갔고 제시카와 몰리가 식물군과 동물군에 대해 설명을 해 주면 그것을 종이에 받아 적었다. 그들은 그를 데리고 숲속을 거닐면서 몇 달째 꽃을 피우지 않는 야생화를 보여 주고 꽃들의 학명을 가르쳐 주기도 했다. 또 병들어 있는 꽃이나 식물을 보면 혀를 끌끌 찼다. 두 여자는 오래전 묘지의 풍경을 회상하며 감회에 젖기도 했고 보기 드문 거미를 발견하고서 감탄을 연발하기도 했다. 얘기를 들으며 로버트는 자신이 묘지에 대해 모르는 것들이 아직 많다고 생각했다. 그는 두 사람과 보조를 맞추려고 발걸음을 재촉했다. 그들은 경쾌하게 걸으며 묘지의 깊고 으슥한 곳으로 그를 데려갔다. 몰리와 제시카는 그가 지적인 질문을 할 때마다 환하게 웃으며 반가워했다. 그는 묘지에 대해 모르는 사실을 하나씩 깨치는 동안 쌍둥이 자매에 대한 생각을 떨쳐 버릴 수 있었다. 완전히 녹초가 되어 집에 돌아오면 평소보다 곤하게 잠을 잘 수도 있었다.

줄리아는 마틴의 집을 방문했지만 그는 일이 많이 밀렸다면서 며칠 뒤에 다시 찾아와 달라고 정중하게 부탁했다. 그녀가 돌아가자 그는 다시금 표백제와 칫솔을 가지고 욕실 바닥의 타일을 청소하기 시작했다. 마레이케의 생일이 다가오고 있었다. 마틴은 그녀와 통화를 하고 선물이라도 보내 주고 싶었지만 과연 그게 가능할지 궁금했다. 그 문제로 며칠 동안 골머리를 앓았지만 해결책을 발견할 수가 없었다. 열심히 청소를 하는 까닭은 복잡한 생각을 그렇게라도 정리하고 싶었기 때문이다.

엘스페스는 적어도 당분간은 조카들에게 모습을 드러내지 않겠다고 마음먹었다. 조카들이 자신을 달갑게 여기지 않는 상태에서 억지로 자신의 존재를 각인시키려고 애쓰는 것도 좋지 않을 것 같았다. 그녀의 존재에 대해 줄리아는 미심쩍은 반응을 보였고 발렌티나는 적대적인 감정까지 드러냈다. 엘스페스는 특이한 능력을 개발하면서 조카들과 떨어져 혼자 지냈다. 그러자 발렌티나도 해방감을 느꼈다. 로버트는 더 이상 쌍둥이 자매를 미행하지 않았다. 발렌티나는 길을 가면서 누군가가 자신을 지켜보고 있다는 불안한 느낌에 더 이상 시달리지 않았다. 자매는 편안한 마음으로 다시금 외출을 할 수 있었다.

그들은 쇼핑을 가서도 물건을 거의 사지 않았다. 이모가 쓰던 물건들이 아파트에 가득했기 때문이다. 아파트에는 그들이 필요로 하는 것들이 거의 다 있었다. 이모가 남긴 물건들로 충분히 생활을 꾸려 나갈 수 있었다. 그들은 마치 트로이의 유물들 속에 둘러싸여서 사는 사람들처럼 보였다.

오늘은 명품 백화점인 하비니콜스에 갔다. 여점원들은 자매가 물건을 살 손님들이 아니라고 일찌감치 판단했는지 소홀히 대했다. 그러나 쌍둥이 자매는 아랑곳없이 프라다나 스텔라 매카트니 매장을 돌아다니며 오후 내내 즐거운 시간을 보냈다. 발렌티나는 갖가지 옷의 안감을 뒤집어보며 옷감의 질이나 짜임새를 살펴보았다. 줄리아는 동생이 행복해하는 모습을 흐뭇한 표정으로 지켜보았다. 그들은 매장을 실컷 둘러보고 나서 위층에 있는 카페로 갔다. 발렌티나는 지난 며칠 동안 마음속에 뭔가를 계획하고 있었다. 그녀는 차를 마시다가 줄리아에게 말했다.

"나는 센트럴 세인트 마틴스 대학(1854년에 설립되어 미술 및 디자인 분야에서 세계적 명성을 누리고 있는 예술대학―옮긴이)에 가서 강의를 들어보고 싶어."

"강의를 듣는다고? 왜?"

"패션 디자이너가 되고 싶으니까."

발렌티나는 줄리아에게 멋진 선물이라도 안겨 주듯 자신 있게 미소를 지어 보이려고 애썼다.

"알렉산더 맥퀸도 그 학교를 나왔어."

"흠. 네가 학교에 다니는 동안 나는 뭐하지?"

"글쎄."

발렌티나는 잠시 생각에 잠겼다. 그녀는 줄리아가 그 시간에 무엇을 하든 자신이 신경 쓸 바가 아니라고 생각했다.

'은행계좌에서 돈을 인출하는 데 언니의 동의가 필요할까?'

확실하지 않았다. 로치 변호사에게 물어봐야 할 것 같았다. 발렌티나는 학교에 다니는 문제로 언니와 다투고 싶지 않았다.

"곁에서 도와줄 거지?"

줄리아는 못마땅한지 입을 삐죽 내밀었다.

"좀 따분할 것 같은데."

"그럼 관둬."

그들은 말없이 앉아서 서로 반대쪽을 바라보았다. 카페는 천장이 높았다. 작은 탁자가 많았지만 유모차를 끌고 온 아기 엄마들이 거의 모든 자리를 차지하고 있었다. 식기와 접시가 서로 부딪치는 소리와 수다를 떠는 여자들의 웃음소리가 사방에서 들려왔다. 발렌티나는 마침내 줄리아를 상대로 도전장을 내민 것 같은 기분이 들었다. 두 사람 사이에는 잠시 어색한 침묵이 흘렀다. 발렌티나는 지금까지 항상 언니의 의견을 따랐지만 이번만큼은 무슨 일이 있어도 자신의 주장을 밀어붙여야겠다고 생각했다.

"우리도 언젠가는 일을 해야 해. 이곳에 도착하면 학교로 돌아가겠다고 언니도 약속했잖아."

줄리아는 동생을 뚫어질듯이 바라보기만 하고 아무런 대꾸도 하지 않았다.

웨이터가 계산서를 가져왔다. 줄리아가 계산을 치렀다.

"집에 돌아가면 인터넷으로 예술대학을 검색해 보자. 어쩌면 언니도 흥미를 느낄 만한 과정이 있을지도 몰라."

줄리아는 어깨를 으쓱했다. 그들은 말없이 백화점을 빠져나와 나이츠브리지로 나왔다. 발렌티나는 왼쪽으로 돌아가야 지하철을 탈 수 있을 거라고 생각했지만 줄리아는 오른쪽으로 돌더니 매우 빠른 속도로 걷기 시작했다. 그들은 하이드파크코너 지하철역을 그냥 지나쳤다.

"지하철 안 탈 거야?"

발렌티나가 줄리아에게 물었지만 그녀는 들은 척도 하지 않았다.

그들은 메이페어(하이드파크 동쪽에 있는 고급 주택지구—옮긴이)로 들어갔다. 줄리아는 어디를 가는지 앞장서서 빠르게 걸어갔다. 발렌티나는 언니의 뒤를 졸졸 따라갔다. 그녀는 계속 그렇게 걸어 가다 보면 언니가 마음을 고쳐먹고 자기한테 다시 말을 붙일 거라고 생각했다. 하지만 낯선 거리를 그렇게 계속 걷다가는 곧 길을 잃어버릴 것 같았다.

퇴근시간이라 거리는 사람들로 붐볐다. 저녁 날씨는 맑았지만 추웠다. 가게와 광장 그리고 거리 이름이 낯설지는 않았지만 런던의 지형을 머리에 그릴 수 없는 발렌티나는 자신이 있는 곳이 정확히 어디인지 알 수가 없었다. 언니가 어련히 알아서 가겠거니 생각하고 그녀는 별로 신경을 쓰지 않았다. 하지만 자기도 모르게 점점 더 두려워지기 시작했다. 그녀는 그곳을 벗어나 가까운 지하철역을 찾아보아야 하는 것 아닌가, 하는 생각을 했다. 그곳은 런던의 중심부라서 어디로 가든 지하철역을 찾을 수 있을 것 같았다. 발렌티나는 언니를 내버려 두고 혼자 집으로 돌아가야겠다고 생각했다. 아직까지 언니와 다투고 나서 언니를 내팽개친 적은 한 번도 없었다. 혼자서 지하철을 탈 생각을 하니 걱정이 되었다. 그녀는 언니 없이 지하철을 타 본 적이 한 번도 없었다. 그때 익숙한 표지판이 보였다. 빨간색, 흰색, 청색으로 된 표지판에는 옥스퍼드 서커스 역이라고 적혀 있었다.

자매는 리전트 거리를 건너가자마자 지하철역으로 들어가려는 사람들의 물결에 휩쓸렸다. 사람들은 한쪽 방향으로 흘러가고 있었다. 잠시 뒤에 그들은 자신들이 사람들의 흐름과는 반대로 가고 있다는 사실을 깨달았다. 줄리아는 사람들이 말 한마디 하지 않고 잠잠히 가고 있는 것을 보고 적잖이 놀랐다. 지금껏 사람들은 저녁 6시 30분만 되면 그렇게 조용히 움직였던 것 같았다. 발렌티나는 줄리아의 뒤에서 걸었다. 줄리아는 동생의 거친 숨소리를 들을 수 있었다. 그녀가 손을 뒤로 뻗자 발렌티나가 손을 붙잡았다.

"괜찮아."

줄리아가 말했다. 그들은 이제 자신들이 가려는 방향으로 인파가 움직이고 있다는 것을 깨달았다. 이제 사람들과 밀고 부딪치는 경우가 그다지 심하지 않았다.

발렌티나는 물속으로 가라앉는 느낌이었다. 사방에서 사람들이 밀치는 바람에 숨조차 제대로 쉴 수 없었다. 지하철역으로 들어가겠다는 생각은 완전히 사라져 버렸다. 사람들한테서 한시바삐 벗어나고 싶은 마음뿐이었다. 사람들의 팔꿈치와 가방이 그녀의 몸을 찔러 댔다. 불과 몇 미터 떨어진 거리에서 버스와 자가용이 지나가는 소리가 들려왔다. 사람들은 혼자서, 또는 서로를 향해 짜증 섞인 말을 주절거렸지만 발렌티나에게는 그 모든 소리가 제대로 들리지도 않았다.

지하철역 입구에서 사람들이 한쪽으로 심하게 밀리면서 줄리아는 앞으로 밀려 나가고 발렌티나는 뒤로 밀렸다. 줄리아는 발렌티나의 손을 놓치고 말았다.

"발렌티나!"

발렌티나는 순간적으로 중심을 잃고 밀려드는 사람들 쪽으로 넘어졌다.

"앗! 사람이 넘어졌어요. 뒤로 물러서요!"

어떤 남자가 소리쳤다. 그는 우스꽝스러운 목소리로 소리쳤지만 사람들은 몸을 제대로 움직일 수가 없었다. 그곳은 마치 록 콘서트장의 무대 앞자리 같았다. 사람들이 발렌티나를 향해 손을 뻗었다. 그녀는 간신히 몸을 일으켜 세울 수 있었다.

"아가씨, 괜찮아요?"

누군가가 물었다. 그녀는 고개를 가로저었다. 대답조차 할 수 없었다. 자신의 이름을 부르는 줄리아의 목소리를 들었지만 그녀의 모습은 보이지 않았다. 발렌티나는 잠시 숨을 돌리려고 애썼다. 숨이 막혔다. 아주 천천히 숨을 들이마시려고 애썼다. 그녀는 인파에 떠밀려 앞으로 걸어갔다.

줄리아는 당황한 표정으로 사람들의 무리 밖에 서 있었다.

"발렌티나!"

그녀는 소리쳐 보았지만 어디에서도 대답이 들리지 않았다. 사람들의 틈을 비집고 들어가 보았지만 발렌티나의 모습은 보이지 않았다. 그 순간, 금발 머리를 얼핏 발견하고 그쪽으로 몸을 디밀었다.

"거기 가만히 있어!"

발렌티나는 줄리아를 보고 나서 자신의 목에 손을 갖다 댔다. 숨을 쉴 수가 없었다. 줄리아는 발렌티나를 붙잡고, 앞에 있는 사람들을 팔꿈치로 찌르며 앞으로 빠져나오려고 발버둥을 쳤다.

"동생이 천식 발작을 일으켰어요. 좀 비켜 주세요!"

사람들은 길을 터 주려고 했지만 무슨 일이 벌어지고 있는지 아는 사람은 없었다. 자매는 마침내 옥스퍼드 거리로 빠져나올 수 있었다.

발렌티나는 환하게 불이 밝혀진 가게 유리창에 몸을 기대고 헉헉거렸다. 유리창 안에는 싸구려 신발들이 진열되어 있었다. 줄리아가 발렌티나의 손가방을 뒤적거렸다.

"흡입기 어디 있어?"

발렌티나는 고개를 가로저었다. 지나가던 사람들이 걱정스러운 표정으로 두 사람을 지켜보았다.

"여기, 제 것 쓰세요."

한 손에 스케이트보드를 든 십대 소년이 흡입기를 내밀었다. 기다란 머리카락이 소년의 얼굴을 가리고 있었다. 발렌티나는 그것을 건네받아 입으로 빨았다. 약간 숨이 트였다. 그녀는 소년을 향해 고개를 끄덕였다. 소년은 그녀를 부축해 주려는 듯 팔을 약간 내밀고 서 있었다. 줄리아는 발렌티나가 숨을 내쉬는 모습을 지켜보다가 심호흡을 하도록 옆에서 부추겼다. 발렌티나는 흡입기를 입에 대고 몇 번 더 빨아 당기고 나서 손을 가슴에 얹고 자리에서 일어섰다.

"고마워요."

그녀는 흡입기를 소년에게 돌려주며 말했다.

"별 말씀을요."

그녀를 지켜보던 사람들이 흩어졌다. 발렌티나는 어딘가로 숨고 싶었다. 그녀는 추위를 피해 어딘가로 들어가고 싶었다.

"내가 택시를 잡을게."

줄리아는 그렇게 말하고 나서 어딘가로 성큼성큼 걸어갔다. 발렌티나는 한참을 기다리고 나서 자신을 부르는 언니의 목소리를 들었다.

"발렌티나! 이쪽으로 와!"

발렌티나는 검은색 택시에 기쁜 마음으로 올라탔다. 택시 안은 따뜻했다. 그녀는 택시에 오르자마자 손가방에 들어 있는 물건들을 무릎에 쏟아내며 흡입기를 찾았다. 마침내 흡입기를 발견한 그녀는 그것을 무기처럼 한 손에 거머쥐었다. 절망감에 사로잡혔다.

'이건 미친 짓이야. 평생을 언니 그늘 아래서 살 수는 없어.'

발렌티나는 그런 생각을 하며 줄리아를 힐끗 돌아보았다. 줄리아는 태연한 표정으로 느릿느릿 움직이는 차량들을 내다보고 있었다.

'언니는 나한테 자기가 꼭 필요하다고 생각할 거야. 내가 언니를 떠나서는 살 수 없다고 생각하겠지.'

발렌티나는 낯선 건물들을 내다보았다. 런던은 가도 가도 끝이 없었다.

'내가 그 인파 속에서 죽어 버렸으면 어떻게 되었을까?'

발렌티나는 언니가 부모님께 다급히 전화를 하는 모습을 상상해 보았다.

줄리아가 그녀를 돌아보았다.

"괜찮아?"

"응."

"의사선생님을 찾아가 봐야겠다."

"그래."

그들은 말없이 아파트로 돌아왔다.

"인터넷으로 대학을 검색해 볼 거야?"

아파트로 들어서면서 줄리아가 물었다.
"아니야. 관둘래."
발렌티나가 대꾸했다.

엘스페스 노블린의 일기

발렌티나와 줄리아는 엘스페스의 서재에 있는 선반이 모두 비어 있는 이유를 궁금하게 생각했다. 흔히 서재에는 온갖 종류의 책, 작은 장식품, 필기도구 그리고 그 밖의 잡다한 물품들로 빼곡히 들어차 있다. 그런데 엘스페스의 선반은 원래 그대로 텅 비어 있어 여간 이상한 게 아니었다. 분명히 선반 위에는 물건들이 있었을 것이다. 그런데 누가 그 물건들을 없애 버렸을까? 선반은 깊이가 30센티미터, 너비가 45센티미터나 되었다. 엘스페스의 책상 옆에 있는 책꽂이의 세 번째 선반이 그랬다. 그 선반은 서재의 다른 곳들과는 달리 최근에 먼지가 쌓였다. 책상에는 자물쇠가 채워진 서랍도 있었다. 열쇠는 어디에도 보이지 않았다.

선반에 있던 물건들은 엘스페스의 아파트에서 꺼내 온 다른 물건들과 함께 지금 로버트의 아파트에 있다. 그것들은 그의 침대 옆에 쌓아 놓은 상자에 들어가 있다. 그는 엘스페스의 점퍼와 신발을 제외하고는 상자 속 물건들에 손도 대지 않았다. 그는 점퍼와 신발을 자신의 책상서랍에 넣어 두었다. 이따금 서랍을 열어서 그것들을 쓰다듬기도 했다. 그런 다음 다시 서랍을 닫고 자기 일을 했다.

그는 문에서 멀찍이 떨어진 침대 옆자리에 상자들을 놓아두어 며칠 동안은 그것들을 보지 않고 지낼 수 있었다. 상자들을 다른 침실에 놓아둘까 생각해 보기도 했지만 너무 비정해 보였다. 언젠가는 상자 속에 들어 있는 물건들을 하나하나 살펴보아야 할 것이다. 엘스페스가 죽기 전에 그녀의 일기장을 읽어 보고 싶다는 생각을 했다. 그녀의 비밀을 모두 알고 싶었다. 하지만 그녀가 죽고 나서 오랜 시간이 흐를 때까지 그는 일기장에 손도 대지 않았고 자신의 아파트로 가져오지도 않았다. 결국 일기장을 가져오긴 했지만 아직도 펼쳐 보지는 않았다. 그녀와의 추억은 마음속에 고이 간직하고 있었다. 막상 일기장을 보고 난 후에 그러한 추억들이 손상을 입거나 변형이 될까 봐 두려웠다. 역사학자로서 그는 서류가 지닌 엄청난 힘을 잘 알고 있었다. 그래서 적지 않은 시간이 지났지만 상자들은 아직 터지지 않은 대포처럼 그의 침실 바닥에 그대로 놓여 있었다. 로버트는 상자들을 본체만체 하려고 애썼다.

생일 축하인사

마레이케의 54번째 생일인 3월 12일은 토요일이었다. 잿빛 하늘이 무겁게 내려앉아 있었다. 마틴은 6시에 잠에서 깨어났다. 침대에 그대로 누워, 마레이케에게 전화를 걸면 자신의 전화를 기다리던 그녀가 얼른 받아 줄 거라는 행복한 기대감에 한동안 젖어 있었다. 다음 순간 그녀의 생일 선물로 아주 기발하고 멋진 십자말풀이 문제를 출제해야겠다는 조바심이 들었다. 아주 복잡하고 어려운 십자말풀이를 출제해야지, 생각했다. 각 단서의 처음과 끝 철자를 이으면 마레이케의 정식 이름이 되도록 할 생각이었다. 또 존 던 (1572~1631, 영국의 시인—옮긴이)의 시, '고별사: 슬픔을 금함'의 한 행으로 문제를 출제하기로 했다. 십자말풀이와 그녀에게 줄 선물을 로버트에게 맡길 생각이었다. 로버트는 특급우편으로 그것을 부쳐 주겠다고 약속했다. 마틴은 오후 2시까지 기다렸다가 전화를 하기로 마음먹었다. 그 시간이면 암스테르담은 오후 3시가 된다. 그때쯤이면 마레이케는 점심을 먹고 느긋하게 토요일 오후 시간을 즐기고 있을 것이다. 그는 침대에서 기어 나와 평소처럼 아침 일을 시작했다. 성탄절 아침에 부모님이 잠에서 깨기를 기다리는 외아들 같은 기분이었다.

　마레이케는 오전 늦게 혼란스러운 정신으로 잠에서 깨어났다. 셔터 사이로 들어온 흐릿한 햇살이 그녀의 베개로 쏟아지고 있었다. 오늘이 바로 자신의 생일이라는 것을 깨달았다. 생일이라지만 저녁에 친구들을 만나 커피와 케이크를 먹기로 했을 뿐 다른 특별한 계획은 없었다. 마틴이 전화를 걸어올지도 모른다고 생각했다. 테오한테서도 전화가 오면 좋을 텐데 테오는 자기 엄마의 생일도 가끔 까먹고 지나갔다. 그는 보호막으로 자신을 차단하고 사람들의 기억에서 잊히기 위해 노력하는 것처럼 보일 때도 있었다. 그녀는 항상 테오에게 전화를 걸어 마틴의 생일을 상기시켜 주었다. 마틴도 테오에게 전화를 걸어 제 엄마의 생일을 상기시켜 주고 있을까? 간밤에는 마틴이 나오는 달콤한 꿈을 꾸었다. 꿈속에서 두 사람은 런던의 부유한 주택가인 세인트 존스우드의 낡은 아파트에서 행복하게 살았다. 그녀가 접시를 닦고 있는데 마틴이 몰래 다가와서 그녀의 목덜미에 키스를 했다. 과거에 실제로 그런 일이 있었는지 아니면 꿈이었는지 분간하기 어려웠다. 그녀는 자신의 양쪽 어깨에 마틴이 손을 얹고 자신의 목을 그가 입술로 살살 간질이는 모습을 상상했다. 마레이케는 마틴을 떠나온 뒤로 성욕을 자극하는 상상은 가급적 하지 않으려고 노력했다. 지금까지는 자기도 모르게 마틴이 머리에 떠오르면 재빨리 그런 생각을 떨쳐 버리려고 애썼다. 하지만 오늘 아침에는 달랐다. 생일이라 선심이라도 쓰듯 꿈이든 과거의 기억이든 상관하지 않고 그냥 내버려 두었다.

정오쯤에 소포가 도착했다. 마레이케는 소포를 부엌식탁에 올려 놓고 칼을 한참 찾았다. 테이프로 단단히 봉해진 소포는 '취급주의'라는 당부의 문구까지 적혀 있었다. 남들이 보면 정신이 이상한 사람이 보냈다고 생각할 정도로 여러 겹의 테이프가 붙어 있었다. 누가 보낸 소포인지 충분히 짐작이 되었다. 그녀는 플라스틱 포장지 속을 손으로 더듬다가 두꺼운 봉투와 분홍색 상자를 찾아냈다. 분홍색 상자에는 선명한 청색 가죽장갑이 들어 있었다. 마레이케는 장갑을 껴 보았다. 손에 딱 들어맞았다. 촉감도 무척 부드러웠다. 그녀는 장갑을 낀 손가락으로 팔에 있는 보이지 않는 털을 쓸어 보았다. 장갑은 마디가 굵은 손가락과 손등의 검버섯을 가려 주었다. 그녀는 양쪽 손을 새로 얻은 것 같은 기분이 들었다.

봉투에는 편지와 십자말풀이가 그리고 해답은 그보다 작은 봉투 속에 들어 있었다. 마레이케는 작은 봉투를 곧바로 뜯어 보았다. 그녀는 십자말풀이에는 전혀 재능이 없었다. 마틴도 그 사실을 잘 알고 있었다. 마틴이 매년 출제하는 십자말풀이를 자기 능력으로는 전혀 풀 수 없었다. 마틴이 생일마다 주는 십자말풀이를 그녀는 단순히 애정의 표시쯤으로 받아들였다. 마틴의 생일을 축하하기 위해 자신이 손수 뜨개질해서 만든 멋진 스웨터와 같은 것으로 여겼다. 봉투 속에는 존 던의 시가 들어 있었다. 본래는 길었지만 거기에는 두 개의 연만 적혀 있었다.

만약 우리의 영혼이 둘이라 한다면, 둘입니다.
곧은 컴퍼스의 다리가 둘인 것처럼.
그대의 영혼은 고정된 다리처럼 움직일 기미도 안 보이지만
다른 한쪽이 움직인다면 움직이지요.

비록 그 다리는 중심에 있지만
다른 다리가 멀리 배회한다면
몸을 기울여 다른 다리를 경청하고,
다른 다리가 집으로 돌아올 때면 똑바로 서지요.

마레이케는 시를 읽고 나서 빙그레 웃었다. 그녀는 편지가 담긴 봉투를 뜯었다. 그러자 자그마한 꾸러미 하나가 청색 장갑을 낀 손으로 떨어졌다. 뜯어 보려면 할 수 없이 장갑을 벗어야 했다. 처음에는 꾸러미의 속이 비어 있다고 생각했다. 꾸러미를 흔들어 보았지만 아무것도 나오지 않았다. 손가락으로 속을 더듬어 보았다. 쇠붙이에 매달린 진주 두 개가 손가락에 잡혔다. 그것들이 그녀의 손바닥으로 흘러내렸다. 그녀가 착용하던 귀걸이였다. 마레이케는 그것을 가지고 유리창으로 다가갔다. 마틴이 그깟 귀걸이를 찾으려고 며칠 동안이나 상자를 샅샅이 뒤적이는 모습을 상상할 수 있었다. 마틴의 정성이 고마웠다. 귀걸이를 손에 꼭 쥐고 눈을 감은 채 그를 떠올리며 그리워했다. 이 먼 곳까지 그것을 보내 준 마틴이 너무 고마웠다.

그녀는 고개를 들고 단칸방 아파트를 둘러보았다. 그곳은 17세기에는 마구간 위층이었다. 벽에는 회반죽이 칠해졌고 천장은 비스

듬하게 경사가 졌다. 또 묵직한 들보도 있었다. 한쪽 구석에는 매트리스가 놓여 있고 다른 쪽 구석에는 커튼 뒤에 옷가지가 걸려 있었다. 탁자 하나와 의자 두 개, 자그마한 부엌이 다였다. 그리고 창문으로는 약간 구불구불한 골목길이 내다보였다. 창턱에 놓인 꽃병에는 프리지어가 잔뜩 꽂혀 있었다. 푹신한 의자와 램프도 있었다. 1년이 넘도록 그 방은 그녀에게 안식처, 요새, 은둔처 그리고 부부의 숨바꼭질 놀이에서 절대 발각되지 않을 자랑스러운 비밀 공간이었다. 귀걸이를 손에 꼭 쥐고 서 있는 동안 마레이케는 자신의 아늑한 방이 무척 쓸쓸한 공간처럼 느껴졌다. 아파트(apartment)는 말 그대로 서로 떨어져서 사는 공간(a place to be apart)이었다. 그녀는 잡다하게 떠오르는 생각들을 떨쳐 버리려는 듯 고개를 흔들고 나서 마틴의 편지를 뜯었다.

사랑하는 마레이케,

내 마음속의 연인, 생일 축하해. 생각 같아서는 오늘 당신을 만나 꼭 껴안아 주고 싶어. 하지만 그게 불가능하다는 걸 알기에 끼고 다니라고 장갑을 보내는 거야. 나의 두 손이라고 생각해 줘. 주머니에 넣고 다니면서 추울 때 끼면 따뜻할 거야. 그리고 파란 하늘이 생각날 거야. (여기도 오늘은 하늘이 잿빛이네.)

당신을 여전히 사랑하는 남편, 마틴

마레이케는 남편의 선물이 완벽하다고 생각했다. 그녀는 장갑과 귀걸이 그리고 십자말풀이와 편지를 탁자에 정물처럼 배치했다. 그것으로 충분했다. 남편이 전화를 걸어온다면 혹시라도 좋은 감정을 망칠 것 같아 두려웠다.

마틴은 서재에서 전화를 손에 들고 컴퓨터 화면의 시계가 정확히 2시를 가리킬 때까지 기다렸다. 정장 차림에 넥타이까지 매고 있었다. 그는 숨을 멈추고 있었다. 시계가 정확히 오후 2시를 가리켰을 때, 비로소 숨을 내쉬고 단축 번호 1번을 눌렀다.

"여보세요. 마틴?"

"마레이케. 생일 축하해."

"고마워요. 정말."

"테오한테 전화 받았어?"

마레이케가 소리 내어 웃었다.

"아직 잠에서 깨지도 않았을 거예요. 어떻게 지내요? 별일 없죠?"

"나는 괜찮아. 모든 게 잘 돌아가고 있어."

마틴은 담배에 불을 붙이고 책상 위에 놓인 질문들의 목록을 힐끗 내려다보았다.

"당신은 어때? 아직도 금연 중인가?"

"예. 안 피워요. 담배를 안 피우니까 얼마나 기분이 좋은지 몰라요. 당신도 담배 끊어요. 여기서도 담배 냄새가 나네요. 예전에는 잊고 지냈는데 지금은 물이나 프리지어 냄새까지 맡을 수 있어요. 알고 보니 세상에는 향기로운 냄새들이 많더라고요. 당신이 보내 준 장갑에서 겨울의 첫날 냄새가 나요."

"마음에 들어?"

"정말 마음에 쏙 들어요. 귀걸이는 어떻게 찾아냈어요?"

"미국사람들은 '다시 선물하기'라는 신조어를 만들어 냈지. 당신 생일에 당신이 쓰던 물건을 보내서 좀 인색한 사람으로 비칠지 모르겠지만 그것들을 찾아내고 보니……."

마틴은 줄리아가 자신의 손에 귀걸이를 얹어 주던 모습이 생각났다. 마레이케는 남편이 귀걸이를 선물했을 때를 머리에 떠올렸다. 테오를 낳았을 때였다.

"아뇨. 저는 정말 행복해요. 편지도 고맙고 십자말풀이도……."

"문제는 풀었어?"

그는 아내를 놀렸다.

"예. 자리에 앉아 후딱 해치웠죠. 20분 만에 해결했어요."

두 사람은 소리 내어 웃었다. 잠시 뜸을 들이다가 마틴이 입을 열었다.

"생일인데 뭐 할 거야?"

"흠. 에마와 리자를 만나 커피를 마시기로 했어요. 케이크도 먹겠죠. 예전에 두 사람에 대해 말했죠?"

"응. 그렇군. 저녁은?"

"저녁은 집에서 먹을 거예요."

"혼자서?"

마틴은 갑자기 어떤 생각이 떠올랐다.

"그건 좋지 않아. 내 말 들어 봐. 내가 밖에 데리고 나가 저녁을 사 줄게."

마레이케는 얼굴을 찌푸렸다.

"마틴……."

"아니야. 들어 봐. 이렇게 하는 거야. 당신이 레스토랑을 선택해. 좋은 곳으로. 예약을 하고 나서 우아하고 멋진 옷으로 차려입고 휴대전화를 가져가. 전화로 나랑 통화를 하는 거지. 당신은 근사한 저녁을 먹는 거야. 그러면 우리가 함께 있는 거랑 다름없잖아."

"마틴, 그런 레스토랑에서는 휴대전화를 사용할 수 없어요. 설사 통화를 할 수 있다고 해도 그런 식으로 혼자 저녁을 먹고 있으면 사람들 눈치도 보일 거예요."

"나도 먹을 거야. 우리는 함께 먹는 거라고. 단지 도시만 다를 뿐이야."

"그만하세요."

그녀는 힘이 빠졌다.

"어느 나라 말을 하려고요?"

"당신이 원하는 대로. 네덜란드어? 프랑스어?"

"아뇨. 남들이 알아들을 수도 있으니까 특이한 언어로 해야죠."

"팔리어(불교 경전에 쓰인 고대와 중세의 인도어—옮긴이)?"

"그럼 식사 시간이 아주 짧아지겠네요."

마틴이 껄껄 웃었다.

"생각해 보고 알려 줘. 몇 시에 저녁을 먹을까?"

"그쪽 시간으로 8시 반?"

"알았어. 내가 전화하지. 휴대전화 충전시켜 놓는 거 잊지 마."

"알았어요."

"나중에 봐."

"예. 그럼 나중에."

마틴은 전화를 내려놓았다. 그는 통화를 하는 동안 줄곧 책상 위로 몸을 기울이며 같은 자리에 서 있었다. 몸을 똑바로 일으켜 세우고 나서 미소를 지으며 돌아섰다. 그 순간, 그는 손으로 가슴을 짚으며 짧은 비명을 질렀다.

언제 왔는지 줄리아가 문간에 서 있었다. 흐릿한 불빛을 배경으로 그녀의 검은 형체가 보였다.

"미안해요. 놀라게 할 생각은 없었어요."

그는 고개를 날개 밑으로 감추려는 것처럼 얼굴을 낮추고 눈을 감았다. 쿵쾅거리는 가슴이 진정될 때까지 기다렸다.

"괜찮습니다. 온 지 오래됐나요?"

그는 그녀를 바라보았다. 그녀는 방으로 들어서며 비로소 모습을 드러냈다.

"아뇨. 조금 전에 왔어요. 부인과 통화하신 거예요?"

"예."

"장갑을 좋아하시던가요?"

마틴은 고개를 끄덕였다.

"부엌으로 갈까요? 차나 한잔 하죠. 집사람이 장갑을 참 좋아하더군요. 좋은 걸로 골라 줘서 고맙습니다."

그는 줄리아를 뒤따라 상자가 가득 쌓인 거실을 지나 식당으로 들어갔다. 식당을 지나가면 부엌이 있었다.

"음. 사실 장갑은 제가 아니라 발렌티나가 골랐어요. 저보다 동생이 그쪽에는 안목이 있거든요."

줄리아는 자리에 앉아 마틴이 차 도구를 내오는 모습을 지켜보았다. 그녀는 마틴을 보고 아내와 전화 통화를 하려고 넥타이까지 맸구나, 하고 생각했다. 그 모습을 보자 줄리아는 왠지 우울한 기분이 들었다.

"자매가 마치 결혼한 지 오래된 부부 같더군요. 재능도 똑같이 나누어 가졌고 허드렛일도 정확히 반반씩 나누어 하죠?"

마틴은 주전자에 물을 부으며 줄리아를 힐끗 쳐다보았다. 줄리아는 평소의 모습과 어딘가 좀 달라 보였다. 마틴은 그녀에게 무슨 문제라도 있는지 궁금했다.

"혹시 누구한테 맞았어요?"

줄리아의 광대뼈 위에는 멍이 들어 있었다. 그녀는 멍이 든 부위를 손가락으로 가렸다.

"얼음 좀 있어요?"

마틴은 냉장고로 가서 물건들을 뒤적이다가 얼어붙은 콩이 든 봉지를 발견했다.

"여기 있어요."

줄리아는 봉지를 뺨에 갖다 댔다. 마틴은 돌아가서 차를 만드는 일을 계속했다. 마틴이 차를 잔에 따를 때까지 두 사람은 아무 말도 하지 않았다.

"과자 좀 줄까요?"

"예, 고마워요."

"무슨 일이 있었는지 얘기해 볼래요?"

"아뇨."

줄리아는 자신의 찻잔만 바라보았다. 그녀는 그에게 표정을 드러내 보이지 않으려고 애썼다.

"동생도 본심은 아니었을 거예요."

"아무리 그래도 심하네요."

"결혼한 지 얼마나 되셨어요?"

그녀가 물었다.

"25년 됐어요."

"집을 나간 지는 얼마나 됐는데요?"

"1년 2개월하고 6일째죠."

"돌아온대요?"

"안 돌아올 겁니다."

줄리아는 팔꿈치를 식탁에 기대고 얼굴을 얼음 봉지에 파묻었다. 그래서 그를 곁눈으로 바라볼 수밖에 없었다.

"그러면……."

"잠깐만요."

마틴은 서재로 가서 담배와 라이터를 가져왔다. 그는 부엌으로 돌아올 때쯤에는 이미 대답을 마련해 두고 있었다.

"내가 암스테르담으로 갈 겁니다."

그는 담배에 불을 붙이고 나서 마레이케가 깜짝 놀라는 모습을 상상하며 미소를 지었다.

"생각 잘하셨네요. 언제 떠나시려고요?"

"가급적 빨리 갈 생각이에요. 이 집을 벗어나게 되면 곧바로 가야죠. 아마 한두 주 뒤가 될 겁니다."

"아, 그래요? 그럼 절대로 안 돌아오시는 건가요?"

그녀는 실망하는 표정을 지었다.

"'절대로' 같은 표현은 쓰지 말아요."

"사실 그동안 제가 조사를 좀 했는데요. 강박장애를 치료하는 약도 있대요. 행동치료도 있고요."

"줄리아, 그건 나도 알아요."

그는 부드럽게 말했다.

"하지만……."

"상황의 일부가 치료를 거부하고 있답니다."

"아, 그래요?"

그녀는 두 손으로 봉지를 잡고 커다란 얼음덩어리를 부수려고 애를 썼다. 마틴은 그녀의 얼굴에서 부기는 조금 가라앉았는지 몰라도 멍은 조금 전보다 더욱 짙어졌다고 생각했다. 얼어 버린 완두콩이 부서지는 소리가 났다.

"아가씨가 신경 쓸 문제가 아니에요. 나는 기필코 암스테르담으로 갈 겁니다."

줄리아는 억지로 미소를 지어 보였다.

"예. 알겠어요."

그녀는 차를 홀짝이고 나서 완두콩 봉지를 다시 뺨에 갖다 댔다.

"그래 가지고 괜찮겠어요?"

"예? 아, 이거요? 괜찮아요. 조금 쓰라릴 뿐이에요."

"그런 일이 자주 있었어요?"

"어릴 적에 다툰 뒤로는 한 번도 없었어요. 어릴 적에는 동생하고 서로 물고 할퀴고 머리카락도 쥐어뜯었지만 철이 들고 나서는 그런 적이 없었죠."

"아파트로 돌아가도 무사하겠어요?"

마틴의 물음에 줄리아는 웃음을 터뜨렸다.

"물론이죠. 발렌티나는 제 쌍둥이 동생이에요. 무시무시한 괴물이 아니에요. 사실 걔는 상당히 소심한 편이에요."

"음…… 소심한 사람들도 때로는 깜짝 놀랄 만한 행동을 하죠."

"예, 그건 맞아요."

마틴은 담배를 피우면서 마레이케가 무슨 옷을 입을지 궁금해했다. 그는 마레이케가 택시에서 내려 꽃과 새하얀 식탁보가 있는 레스토랑으로 들어가는 모습을 상상했다.

줄리아는 발렌티나에 대해 생각했다. 발렌티나가 드레스 룸에 들어가 문을 걸어 잠갔을 때 줄리아는 문 앞에 서서 발렌티나가 안에서 흐느끼는 소리를 들었다. 줄리아는 그만 집으로 돌아가야겠다고 생각하고 자리에서 일어섰다.

"동생이 어떻게 하고 있는지 가 봐야겠어요."

"이것 가져가요. 화해의 선물로 좋을 거예요."

마틴은 그녀에게 초콜릿 비스킷 한 봉지를 건넸다.

"고마워요. 얼음 봉지를 좀 빌려 가도 될까요? 저희 집에는 얼음 조각이 없거든요."

"물론이죠."

그는 미소를 지으며 자리에서 일어나 앞장서서 상자 사이로 난

길을 빠져나갔다.

"항상 미국인들이 광적으로 얼음을 좋아한다고 생각했어요. 음료를 마실 때도 얼음조각을 넣더군요. 두 사람은 냉장고에 얼음을 얼리지 않나 보죠?"

"예. 사실 저희는 절반은 영국인이에요. 평범한 미국인과는 차이가 있죠."

"나도 두 사람이 결코 평범하지 않다고 생각했어요."

마틴이 말했다. 줄리아는 미소를 짓고 나서 아래층으로 내려갔다. 그는 시계를 들여다보았다. 아직도 저녁을 먹으려면 세 시간 하고도 28분이나 남았다. 샤워를 하기에는 충분한 시간이다.

마레이케는 슬루이저 레스토랑의 기다란 테이블에 앉아 식탁보 밑으로 휴대전화를 쥐고 있었다. 그녀는 매니저에게 자신이 처한 상황을 설명했다. 그러자 매니저는 조촐한 파티를 열 수 있는 방으로 그녀를 친절하게 안내했다. 그는 여러 개의 양초에 불을 밝혀 주고 나서 불필요한 식기류는 얼른 치웠다. 그녀는 스무 명이나 앉을 수 있는 방을 혼자서 사용하게 되었다. 그 레스토랑에 갈 때마다 항상 같은 음식을 주문했지만 일단 메뉴판을 한번 훑어보았다.

웨이터가 포도주 한 잔을 가져왔을 때, 전화가 울렸다.

"마틴?"

"응, 나야. 지금 어디야?"

"슬루이저 레스토랑이요. 방에 들어와 있어요."

"무슨 옷을 입고 있지?"

그녀는 자신의 몸을 힐끗 내려다보았다. 헐렁한 바지에 회색 터틀넥 스웨터 차림이었다.

"등이 움푹 파인 빨간색 드레스와 발가락이 드러나 보이는 구두 그리고 귀걸이를 하고 있어요."

귀걸이는 정말로 착용하고 있었다.

"저녁은 뭘 먹을 거예요?"

"음. 우선 양고기 꼬치구이를 먹고 그다음에는 주요리로 붉은 사슴의 등심 구이를 채소절임과 같이 먹는 거야. 그리고 근사한 메를로 포도주도 한 잔 해야겠지."

"맛있겠네요. 어느 음식점으로 갈 거예요?"

"시나몬 클럽."

"그거 도서관에 있는 인도음식점 아니에요?"

"맞아."

"난 거기는 한 번도 못 가 봤어요."

"나도 못 가 봤어. 한번 시도해 보는 거지."

마틴은 휴대전화를 머리와 어깨 사이에 끼운 채 얼음 봉지를 손으로 찢으며 말했다. 시나몬 클럽에 가면 치킨 티카(매콤한 마살라 소스와 커드에 재워 구운 뼈 없는 닭고기—옮긴이)뿐 아니라 시금치와 감자 요리도 먹을 수 있다. 포장은 해 주지 않는다.

"당신은 평소처럼 도미를 먹을 거야?"

"예, 그래요."

웨이터가 다가와서 주문을 받았다. 마레이케는 메뉴판을 건네주고 나서 레스토랑 유리창에 비친 자신의 모습을 빤히 들여다보았다.

부드러운 촛불 속에서 유리창에 비친 그녀는 아직 젊어 보였다. 그녀는 미소를 지었다.

"테오한테는 전화 왔어?"

마틴이 물었다.

"예. 집을 막 나서는데 전화가 왔어요. 그래서 통화는 오래 못했죠."

"어떻게 지내고 있대?"

"잘 지내고 있대요. 방학 하면 보러 올지도 모르겠어요. 새로운 여자 친구도 생긴 것 같아요."

"그래? 여자 친구에 대해 자세하게 얘기를 했어?"

"여자애 이름이 암리타래요. 방글라데시에서 온 유학생이라네요. 부모님은 행주 공장인가 뭔가를 한대요. 안 봐서 모르겠지만 테오 말에 따르면 얼굴도 엄청 예쁘고 수재라네요. 요리도 제법 한다고 그랬어요."

"녀석이 여자애한테 홀딱 반했나 보군. 어떤 방면에서 뛰어나다는 거지?"

마틴은 전자레인지의 단추를 눌렀다. 음식이 빙글빙글 돌아가기 시작했다.

"수학이요. 테오는 나름대로 한참 설명했는데 제대로 알아듣지를 못했어요. 당신이 직접 물어보세요."

마틴은 갑자기 마음이 홀가분해진 느낌이다. 잠시나마 시름을 잊을 수 있었다.

"알았어. 공부하다가 서로 통하는 게 있었겠지."

마틴과 마레이케는 러시아어 수업을 받다가 서로 알게 되었다. 하나의 언어를 다른 언어로 옮기는 어려운 번역을 나누어 할 수 있어서 두 사람은 늘 즐거운 시간을 보냈다.

"나는 녀석이 유치원 교사를 만날까 봐 걱정했어. 지나치게 쾌활한 여자를 만나면 어쩌나 싶었지."

"벌써 장가를 보내면 안 되죠."

"나도 알아."

그는 포도주를 잔에 조금 더 따랐다.

"괜한 걱정을 하고 있었던 거지. 몇 분만 있으면 우리는 손자손녀들의 이름을 어떻게 지을지 걱정하고 있을 거야."

마레이케는 깔깔거리며 웃었다.

"내가 이름까지 벌써 골라 놨어요. 손자들이 태어나면 제이슨, 알렉스, 대니얼이 되는 거고요, 손녀가 태어나면 레이첼, 마리온, 루이즈가 되는 거예요."

"여섯 명씩이나?"

"그게 어때서요? 어차피 우리가 키우는 것도 아닌데요, 뭘."

그녀가 주문한 음식이 나왔다. 마틴은 전자레인지에서 음식을 꺼냈다. 음식의 빛깔이 좀 칙칙해 보였다. 마틴은 상상이 아니라 실제로 시나몬 클럽에 들어가 있으면 좋겠다고 생각했다. 자신이 어처구니없는 행동을 한다고 생각했다. 그는 정말 아내와 얼굴을 마주 보고 함께 식사를 하고 싶었다.

"당신 음식은 어때?"

그가 물었다.

"맛있네요. 늘 그랬지만."

식탁의 접시와 수저세트를 모두 치웠을 때, 그녀는 브랜디를 홀짝이고 있었다.

"야한 얘기 좀 해 줘요."

마레이케가 네덜란드어로 말했다.

"포르투갈어로? 그러자면 사전이 한두 개 필요하겠는걸."

그는 서재로 가서 포르투갈어 사전을 가지고 침실로 들어갔다. 그런 다음 신발을 벗고 침대로 기어 올라갔다. 마틴은 잠시 생각을 하고 나서 감정을 고조시키기 위해 사전을 뒤적거렸다.

"자, 그럼 시작할게."

그는 포르투갈어로 다음과 같이 주절거렸다.

"우리는 방금 레스토랑을 나왔어. 그리고 지금 택시를 타고 암스테르담의 거리를 달리는 중이야. 우리는 서로 모르는 사람인데 같은 택시를 타고 있어. 최대한 서로 떨어져 앉아 각자 창밖을 내다보고 있어. 택시는 한참을 달려야 해. 나는 힐끔거리며 당신의 몸을 훑어보았어. 두 다리가 무척 매력적인 당신은 실크 스타킹에 하이힐을 신고 있군. 드레스는 허벅지까지 말려 올라간 상태야. 아마 택시를 탈 때 그렇게 되었나 봐. 어쩌면 당신이 의도적으로 드레스를 위로 잡아당겼을지도 모르지. 흠. 말로 표현하긴 힘들지만……."

마레이케는 기다란 테이블에 혼자 앉아서 한 손에는 브랜디를 들고 휴대전화를 귀에 대고 있었다. 그녀는 택시를 타고 암스테르담의 거리를 누비는 상상을 했다. 마틴과 함께 예전의 생활로 돌아가고 싶은 마음이 간절했다.

"마레이케? 우는 거야?"

"아니에요. 계속하세요."

그녀는 사랑하는 마틴이 휴대전화의 배터리가 다 닳을 때까지, 새벽이 될 때까지, 아니 다시 만나게 되는 그날까지 계속해서 얘기를 해 주길 바랐다.

포스트맨 공원

이튿날은 이상할 정도로 날씨가 온화했다. 사람들이 지구 온난화 현상이라며 씁쓸하게 미소를 지을 만한 그런 날씨였다. 로버트는 교회에서 들려오는 종소리에 일찍 잠에서 깨어났다. 오늘은 포스트맨 공원으로 소풍을 가기에 딱 알맞은 날이라고 생각했다.

그는 용기를 내서 위층으로 올라가 쌍둥이 자매에게 같이 소풍을 가자고 말했다. 정오쯤 되어 그들은 샌드위치, 생수, 사과, 백포도주 한 병을 제시카와 제임스 부부한테서 빌려 온 소풍 바구니에 담았다. 버스를 타고 공원까지 갈 생각이었다. 발렌티나가 지하철에 대해 병적인 공포를 느끼고 있다는 사실도 감안했지만 자매가 앞으로 런던에서 살아가자면 버스 시스템을 알아 둘 필요가 있다고 생각했기 때문이다. 소박한 느낌을 풍기는 공원 정문에 도착했을 때는 세 사람 모두 배가 고팠다. 쌍둥이 자매는 벌써 지쳐 있었다.

로버트는 소풍 바구니를 공원 안으로 들고 가서 벤치 위에 올려놓았다.

"여기가 바로 포스트맨 공원이에요."

그는 아파트를 나설 때, 공원에 대해 아무 말도 해 주지 않았다. 그래서 자매는 세인트 제임스 공원이나 리전트 공원과 비슷할 거라고 상상했다. 그들은 아담한 공원을 둘러보며 혼란스러운 표정을 지었다. 교회와 지극히 평범한 건물들 사이의 좁은 땅을 차지하고 있는 공원은 산뜻하고 그늘이 많았다. 사람들은 별로 보이지 않았다. 자그마한 분수가 하나, 나무의자가 여덟 개 그리고 나무와 양치류의 식물이 곳곳에 흩어져 있었다. 또 낮은 지붕의 헛간 같은 건물이 한쪽 구석에 서 있었고 명판처럼 생긴 오래된 묘비 몇 개가 건물들에 기대어져 있었다.

"공동묘지예요?"

줄리아가 물었다.

"예전에는 교회묘지였죠."

발렌티나는 미심쩍어하는 표정을 지었지만 아무 말도 하지 않았다. 공원은 단조롭고 칙칙한 분위기를 풍겼다. 그녀는 로버트가 자신들을 그곳에 데려가려고 왜 그토록 애를 썼는지 그 이유를 알 수 없었다.

"왜 이름이 포스트맨 공원일까요? 집배원은 하나도 안 보이는데 말이에요."

"예전에 우체국이 이 근처에 있었어요. 집배원들이 이곳에 와서 점심을 먹곤 했죠."

발렌티나는 교회 벽에 붙어 있는 표지판을 보러 건너갔다. 표지판을 살펴보고 돌아섰을 때 줄리아는 어디론가 사라지고 없었다. 로버트를 바라보자 그는 미소를 지으며 어깨를 으쓱했다. 그녀는 공원 뒤쪽의 헛간처럼 생긴 건물로 걸어갔다.
"맞아요. 찾았네요."
그가 말했다. 줄리아가 그곳에 숨어 있었다. 발렌티나는 급히 언니에게 달려갔다. 허름한 건물은 아름다운 흰색 타일로 뒤덮여 있었다. 거기에는 파란색 글자로 다음과 같이 적혀 있었다.

> 엘리자베스 박스올, 17세.
> 베스날 그린 출신으로 고삐 풀린 말에서 아이를 구하려다가 부상당해 1888년 6월 20일 사망함.
>
> 프레드릭 알프레드 크로프드, 경감, 31세.
> 울위치 아스날 역에서 자살하려는 정신질환자를 구했지만 자신은 기차에 깔려 1878년 1월 11일 사망함.

그들은 타일에 새겨진 글자를 읽으며 천천히 걸었다. 그런 명판은 자그마치 수백 개나 되었다.

> 데이비드 셀브즈, 12세.
> 울위치 출신으로 물에 빠진 친구를 구하려고 물에 뛰어들었다가 1886년 9월 12일 사망함.

"이제 보니 참 이상한 분이군요."

줄리아가 로버트를 보고 말했다. 그는 마음에 약간 상처를 입은 듯했다.

"저것들은 남을 위해 자신을 기꺼이 희생한 평범한 사람들의 기념비입니다. 아름다운 사람들이죠."

그가 발렌티나를 돌아보자 그녀는 고개를 끄덕였다.

"정말 마음이 착한 사람들이네요."

발렌티나가 말했다. 평소에는 두 사람 모두 그런 것들을 흥미롭다고 생각했기 때문에 그녀는 줄리아가 왜 그토록 까다롭고 심술궂게 구는지 이해할 수 없었다. 기념비에는 무언가 매우 이상한 점이 있었다. 이야기는 극도로 간략하게 적혀 있었고 꽃, 이파리, 왕관, 닻 등으로 장식되어 있었다. 그러한 장식들은 물에 빠져 죽고, 불에 타 죽고, 기차에 치여 죽고, 높은 곳에서 떨어져 죽었다는 말들과 전혀 어울리지 않았다.

> 사라 스미스, 프린스 극장의 무언극 배우.
> 불에 붙기 쉬운 드레스 차림으로 불길에 휩싸인 동료를 구하려다가 중상을 입고 1863년 1월 24일 사망함.

그 모든 평범한 재난들을 읽고 있자니 발렌티나는 갑자기 가슴이 먹먹해졌다. 그녀는 벤치로 돌아가서 앉았다. 혹시라도 무슨 일이 일어날지 몰라 흡입기를 꺼내어 두어 번 빨아 당겼다. 줄리아와 로버트는 멀찍이서 그녀를 지켜보았다.

"천식을 앓고 있는가 보죠?"

로버트가 물었다.

"예. 하지만 자기 나름대로 공황 발작을 막아 보려고 애쓰는 것 같아요."

줄리아가 인상을 찌푸리며 말했다.

"우리를 왜 이곳으로 데려온 거예요?"

"이곳은 엘스페스가 즐겨 찾던 장소 가운데 하나예요. 만약에 엘스페스가 조카들에게 런던 구경을 시켜 준다면 이곳으로 데려왔을 겁니다."

그들은 발렌티나를 향해 걸어갔다.

"점심이나 먹을까요?"

로버트는 샌드위치를 펼쳐 놓고 음료를 자매에게 나눠 주었다. 그들은 벤치에 나란히 앉아서 말없이 음식을 먹었다.

"괜찮아요?"

로버트가 발렌티나에게 물었다.

"예. 점심을 준비해 주셔서 고마워요. 맛있네요."

그녀는 줄리아를 힐끗 쳐다보며 말했다. 언니에게 무슨 말이라도 하라고 재촉하는 눈빛이었다.

"음식이 정말 맛있어요. 이게 뭐죠?"

"새우마요네즈 샌드위치랍니다."

자매는 샌드위치의 속에 무엇이 들어 있는지 살폈다.

"정말 새우 맛이 나는데요."

줄리아가 말했다.

"새우샐러드 샌드위치라고도 부르죠. 샐러드라는 말이 왜 거기에 들어가는지 모르겠지만."

줄리아가 빙그레 웃었다.

"그동안 영국 영어를 배우려고 노력했는데 논리가 적용되지 않는 경우가 꽤 있더군요."

"미국에 가 보신 적 있으세요?"

발렌티나가 물었다.

"예. 몇 년 전에 엘스페스와 함께 뉴욕에 가 봤습니다. 그랜드 캐니언도 둘러보았고요."

자매는 어리둥절한 표정을 지었다.

"그런데 왜 저희 집에 오지 않으신 거예요?"

줄리아가 물었다.

"그렇지 않아도 그럴까 의논을 하긴 했습니다. 하지만 결국 엘스페스가 그만두는 게 좋겠다고 하더군요. 엘스페스는 저한테 숨기는 게 몇 가지 있었습니다. 자신이 죽어 가고 있다는 사실을 알았더라면 사정이 달라졌겠지만……."

로버트는 어깨를 으쓱했다.

"아무튼 자신의 과거에 대해서는 입을 굳게 다물더군요."

자매는 서로의 얼굴을 쳐다보다가 발렌티나가 어려운 부탁을 하는 것에 암묵적으로 뜻을 모았다.

"하지만 아저씨가 이모의 서류를 보관하고 계시죠? 그렇다면 지금쯤 모든 비밀을 알고 계시겠네요?"

발렌티나는 샌드위치를 내려놓으며 무관심한 표정을 지으려고 애썼다.

"서류는 가지고 있지만 읽어 보지는 않았습니다."

"뭐라고요? 어떻게 안 읽어 보실 수 있죠?"

줄리아는 분노를 억누르지 못했다.

'내가 할 테니까 언니는 가만히 있어.'

발렌티나는 그런 눈빛으로 언니를 바라보았다.

"뭐라고 적혀 있는지 궁금하지도 않으세요?"

"두려워서요."

로버트가 말했다.

"아."

발렌티나는 줄리아를 힐끗 쳐다보았다. 표정으로 보아 하니 줄리아는 당장 집으로 달려가서 로버트가 뭐라든 이모가 남긴 자료들을 읽어 볼 태세였다.

"사실 그동안 저희는 이모의 서류를 읽어 볼 수 있을지 궁금했어요. 지금 저희는 이모 집에서 이모가 남긴 물건들을 사용하고 있잖아요. 하지만 정작 이모에 대해서는 아는 게 거의 없어요. 그러니 당연히 이모가 어떤 분인지 알고 싶고 관심이 생기죠."

로버트는 발렌티나가 말을 채 마치기도 전에 고개를 가로저었다.

"미안합니다. 두 사람은 엘스페스의 친척이니까 나도 당연히 유품을 넘겨주고 싶어요. 하지만 엘스페스가 넘겨주지 말라고 당부를 했어요. 정말 미안합니다."

"그렇지만 이모는 돌아가셨잖아요."

줄리아가 말했다.

그들은 한동안 말없이 앉아 있었다. 발렌티나는 로버트의 옆자리에 앉아 있다가 줄리아가 보지 않을 때, 손을 뻗어 그의 손을 잡았다.

"괜찮아요. 아무 말도 못 들은 걸로 해 주세요. 저희가 오히려 죄송하네요."

발렌티나가 말했다. 줄리아는 눈을 부라렸다. 그녀의 멍은 오늘 보니 조금 줄어들었다. 화장으로 멍을 가리고 있었지만 발렌티나는 언니의 얼굴을 볼 때마다 미안한 마음이 들었다. 발렌티나는 로버트가 언니의 멍 자국을 발견했는지 궁금했다.

"서류를 보여 주는 건 내가 결정할 문제가 아닌 것 같습니다. 그리고 그 안에 무슨 내용이 들어 있는지 모르는 상태에서 엘스페스의 서류를 읽어 보지 않는 편이 낫다고도 감히 말하지 못하겠네요. 그렇지만 엘스페스는 분명히 두 사람을 위해서 그런 당부를 했을 거예요. 별로 가치도 없고 중요하지 않은 서류라면 그토록 강한 어조로 당부하지 않았을 겁니다."

"알겠어요. 없던 일로 하죠."

줄리아가 말했다.

공원 위로 보이는 비좁은 하늘에 먹구름이 잔뜩 끼여 있었다. 빗방울이 하나둘 떨어지기 시작했다.

"그만 짐을 챙기는 게 좋겠습니다."

로버트가 말했다. 그날 아침에 그가 상상했던 한가로운 소풍은 그렇게 해서 결국 엉망이 되어 버렸다. 그들은 줄지어 공원에서 걸어 나왔다. 세 사람 모두 풀이 죽어 있었다. 하지만 버스에 올랐을 때, 발렌티나는 로버트의 옆자리에 앉았다. 줄리아는 두 사람의 바로 앞자리에 앉았다. 로버트는 발렌티나에게 손을 내밀었다. 그녀는 자신의 손을 그의 손에 얹었다. 그들은 만족스러운 마음으로 하이게이트로 돌아왔다.

인간의 모습을 하고 있는 다람쥐들

꿈속에서 마틴은 지하철을 타고 있었다. 순환선의 전동차였다. 좌석은 모두 통로 쪽을 향하고 있었다. 처음에는 전동차 안에 자기 혼자만 있었다. 하지만 사람들이 곧 전동차에 올라타기 시작했다. 이제 전동차 안은 발 디딜 틈이 없을 정도로 미어터졌다. 그는 자기 앞에 서 있는 남자의 가랑이를 보지 않으려고 시선을 떨어뜨려 자기 무릎을 보고 있었다. 그는 어느 역에서 내려야 할지 몰랐다. 순환선은 계속해서 순환하기 때문에 걱정할 필요는 없었다. 그대로 앉아서 자신이 가려는 곳이 어디인지 곰곰이 생각해 보았다.

 마틴은 맞은편 좌석에서 들려오는 이상한 소리를 들었다. 무언가를 오도독 씹는 소리도 났고 물건이 깨지는 소리도 났다. 또 질겅질겅 씹는 소리도 들렸다. 시간이 지나면서 소리는 점점 더 크게 들려왔다. 마틴은 소리가 점점 더 귀에 거슬렸다. 그것은 이를 가는 소리만큼이나 그의 신경을 자극했다. 그러다가 무언가가 돌돌 굴러와 그의 발에 닿았다. 아래를 내려다보았다. 호두였다.

전동차는 모뉴먼트 역에 멈춰 섰다. 제법 많은 사람이 전동차에서 내렸다. 이제 그는 맞은편 좌석을 볼 수 있었다. 아가씨 두 명이 나란히 앉아 있었다. 그들은 바닥이 닳은 흰색 운동화를 신고 수술복 비슷한 옷을 입은 채 각자 무릎 위에 쇼핑백을 올려놓고 있었다. 그 아가씨들의 눈은 튀어나왔고 윗니는 아랫니를 덮고 있었다. 그들은 강도나 당하지 않을까 염려하는 사람들처럼 쇼핑백을 꼭 쥐고 경계하는 표정을 지으며, 삽처럼 생긴 손을 쇼핑백 속으로 집어넣고 호두알을 꺼내 커다란 이로 깨뜨렸다.

"뭘 그렇게 보세요?"

아가씨 가운데 한 명이 그에게 말했다. 호두알 여러 개가 바닥을 굴러다녔다. 그런데 그것을 알아차리는 사람은 아무도 없었다. 마틴은 아무 말도 할 수 없었다. 그는 고개를 흔들었다. 아가씨들이 자리에서 일어나 그의 양쪽에 앉는 것을 보고 깜짝 놀랐다. 조금 전에 그에게 말을 건넸던 아가씨가 몸을 기울이더니 그의 귀에다 입을 갖다 대면서 속삭였다.

"우리는 인간의 모습을 하고 있는 다람쥐들이에요. 그건 당신도 마찬가지예요."

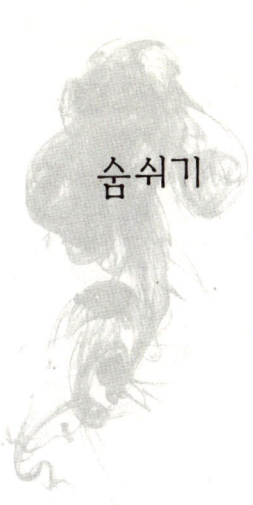

숨쉬기

"의사선생님을 만나 봐야겠어."

줄리아가 말했다. 발렌티나는 고개를 끄덕이면서 색색거렸다. 하지만 말이 쉽지 막상 행동으로 옮기자니 쉬운 일이 아니었다. 그들은 의료보험의 복잡한 체계에 대해 아는 바도 없었다. 로버트는 그들에게 보험체계에 대해 설명을 해 주는 동안 초조하고 조급한 모습을 보이지 않으려고 애썼다.

"병원에만 가면 진료를 받을 수 있다고 생각해서는 안 됩니다."

자매가 자신의 아파트 앞에서 말을 걸었을 때 그가 발렌티나에게 말했다. 그는 편지 한 묶음을 손에 들고 설명을 하면서 강조해야 될 부분에서는 편지를 들고 있는 손을 허공에 휘저었다.

"새로운 환자를 받는 의사가 누구인지 먼저 확인을 한 다음 전화를 해서 예약을 할 수 있는지 물어봐야 합니다. 그리고 자신의 병력에 관한 서류를 모두 작성해서 제출해야 해요. 그래야만 예약을 할 수 있습니다."

발렌티나는 무슨 말을 하려다가 기침을 해 대기 시작했다.

줄리아는 로버트가 마치 의료보험을 창안한 사람이라도 되는 것처럼 그에게 손가락을 흔들며 항의하듯 말했다.

"그건 안 돼요. 제 동생은 지금 당장 의사를 만나야 한다니까요."

"그럼 휘팅턴 병원 응급실로 가 봐야 되겠는데요."

그들은 결국 그러기로 했다. 로버트가 병원까지 따라와 주었다.

휘팅턴 병원은 하이게이트 힐의 아래쪽에 넓게 자리 잡고 있었다. 맞은편에 워터로우 공원이 보였다. 그들은 걸어서 병원으로 갔다. 봄바람이 차갑고 거셌다. 병원에 도착할 무렵 발렌티나는 거칠게 숨을 헐떡거렸다. 몇 가지 질문과 대답이 오가고 나서 잠깐 기다리자 파키스탄 출신의 젊은 간호사가 발렌티나를 데리고 어딘가로 사라졌다. 줄리아와 로버트는 간호사가 발렌티나를 데리고 대기실과 응급실을 구분하는 이중문을 통과하면서 낮은 소리로 안심시키는 소리를 들을 수 있었다. 그들은 접수계에 앉아 있는 중년의 백인 남성과 함께 양식을 채워 나갔다.

"알레르기가 있습니까?"

"테트라사이클린(항생 물질의 일종—옮긴이), 곰팡이 그리고 콩이요."

줄리아가 대답했다.

"지금 상태는 어떤가요?"

"글쎄요. 동생은 내장 역위증(내장 기관이 정상과는 반대쪽에 있는 기형—옮긴이)이 있어요."

백인 남자는 자신이 하는 일을 무척 지겨워하는 것처럼 보였다. 그는 줄리아를 올려다보며 캐묻듯이 눈썹을 찡그렸다.

"동생과 저는 거울형 쌍둥이(일란성 쌍둥이의 약 25퍼센트가 이에 해당하며 거울에 비친 것처럼 서로의 오른편과 왼편이 일치한다고 알려져 있다—옮긴이)예요. 동생은 거의 대부분의 내장 기관이 거꾸로 되어 있어요. 심장은 이쪽에 있죠."

줄리아는 자신의 손을 흉골 바로 오른쪽의 가슴에 얹었다.

"그리고 간이나 콩팥 같은 것들은 모두 저와 정 반대편에 있어요." 남자는 잠시 생각하는 듯하더니 급하게 타이프를 치기 시작했다. "몰랐습니다."

로버트가 말했다.

"모르셔도 상관없잖아요. 발렌티나의 담당의사만 알고 있으면 되는 거 아닌가요?"

줄리아가 짜증나는 투로 말했다.

"거울형 쌍둥이에 대해 몰랐다는 말입니다. 두 사람이 일란성 쌍둥이라고 생각했어요. 거울형 쌍둥이라면 서로가 완전히 달라야 하는 것 아닌가요?"

줄리아는 어깨를 으쓱했다.

"우리는 완전히 대칭을 이루고 있어요. 얼굴에서는 잘 안 보여요. 가르마나 점, 엑스레이로 봐야 알 수 있어요. 동생은 저와 모든 것이 반대죠. 동생은 승모판 탈출증 환자예요."

그녀는 접수계의 남자에게 덧붙여 말했다.

"그게 뭐죠?"

로버트가 물었다.

"심장의 판막이 기형이라고요."

줄리아가 대꾸했다.

"그래서 동생이 저렇게 숨을 쉬면 무척 걱정이 돼요. 심장에 압박이 가면 큰 문제가 생길까 봐서요."

"런던에 온 지 석 달이 다 됐는데 의사의 진료를 받지 않았다는 사실이 도저히 믿어지지 않네요."

로버트는 갑자기 걱정이 되어 날카롭게 말했다.

"저희도 의사선생님을 찾아가려고 했어요. 그런데 어떤 절차를 밟아야 하는지를 몰라 미루고 미뤘던 거예요. 아무 생각 없이 지낸 게 아니란 말이에요."

줄리아가 응수했다. 그녀는 자신의 변명이 적당하지 않다는 것을 깨닫고 짜증이 났다. 그녀는 양식을 작성하고 나서 로버트와 함께 대기실로 돌아가서 앉았다.

기관지염이라는 진단이 나왔다. 그들은 택시를 타고 언덕을 올라왔다. 발렌티나는 줄리아의 팔에 안겨 기침을 해 댔다. 아파트 단지로 돌아온 자매가 위층으로 올라갈 때 로버트가 두 사람을 따라오려고 했다.

"저희는 괜찮아요. 고마워요."

줄리아는 퉁명스럽게 말하고는 돌아섰다.

"그렇지만 동생이······."

로버트가 말했다.

"동생은 제가 돌볼 수 있어요. 그게 제가 해야 할 일이기도 하고요."

줄리아는 발렌티나가 한 계단씩 천천히 오르는 모습을 지켜보았다.

"처방약을 사올까요?"

로버트가 제안을 하자 줄리아는 잠시 생각에 잠겼다. 그 부분에서는 그의 도움이 필요할 것 같았다. 약국은 버스로 한 정거장 거리에 있었다.

"좋아요. 처방전은 여기에 있어요."

그녀는 마치 로버트에게 선심이나 베풀듯 처방전을 건넸다. 그는 사명을 부여받은 사람처럼 아파트 단지를 떠났다. 줄리아는 동생을 돌보는 일은 자신이 해야 한다고 생각했다. 그녀는 발렌티나를 뒤따라 집으로 들어갔다. 그녀는 물주머니에 뜨거운 물을 채우고 나서 외투를 벗고 침실로 들어갔다. 발렌티나는 천천히 옷을 벗고 있었다.

"아저씨는?"

발렌티나는 두 사람의 대화를 듣지 못했는지 그렇게 물었다.

"약국에 보냈어."

발렌티나는 아무 말도 없이 침대로 들어갔다. 줄리아는 물주머니를 동생에게 주고 가습기를 틀었다. 그리고 발렌티나가 읽고 있던 책을 가지러 갔다. 차도 준비했다. 그녀는 그 모든 일을 즐거운 마음으로 했다. 이것저것 자질구레한 일을 하면서 콧노래도 흥얼거렸다. 그녀가 차를 가지고 침실로 들어왔을 때 고양이가 발렌티나의 머리 근처에서 몸을 동그랗게 말았다. 발렌티나는 잠들어 있었다. 고양이는 한쪽 다리를 쭉 뻗어 발렌티나를 지키려는 듯 그녀의 어깨에 얹었다. 녀석은 미심쩍은 눈길로 줄리아를 빤히 바라보았다. 줄리아는 그 모습을 보고 발렌티나의 사랑을 독차지하려고 고양이까지 안달하고 있다는 생각을 했다. 그녀는 침대 곁의 탁자에 차 쟁반을 내려놓았다. 그녀는 만약 자신이 몸이 아파 누워 있으면 사람들이 만사 제쳐두고 달려와 줄지 궁금했다. 그런 생각을 하자 괜히 짜증이 났다. 그녀는 지금까지 크게 아파 본 적이 없다. 그래서 구태여 그런 쓸데없는 걱정을 하며 초조해할 필요가 없었다. 발렌티나는 목 안 깊숙한 곳에서부터 앓는 소리를 냈다. 줄리아는 찻잔을 들고 창가에 앉았다. 오래전부터 침실에 들어와 있던 엘스페스는 자리에서 일어나 침대 옆으로 다가갔다. 그녀는 엄지손가락을 깨물며 걱정스러운 표정을 지었다. 사람과 고양이 그리고 영혼, 모두가 걱정에 사로잡힌 하루였다.

*

    에디는 식탁에 앉아 커피를 마시고 있었다. 그녀의 팔꿈치 근처에는 전화기가 놓여 있다. 전화기를 보지 않았지만 몇 분 있으면 전화벨이 울릴 것을 알기 때문에 가까이 둔 것이다. 잭은 일요일판 「타임」지를 들고 이리저리 돌아다니고 있었다. 그는 자신이 읽을 페이지와 아내가 읽을 페이지를 분리하기 시작했다. 에디가 손을 내밀자 그가 경제면을 건넸다. 그녀는 신문을 펼쳐 주식시세표를 손가락으로 더듬으며 읽어 내려가다 간혹 혀를 차는 소리를 냈다. 전화벨이 울렸다. 에디는 서두르지 않고 커피를 한 모금 마시면서 전화벨이 세 번 울릴 때까지 내버려 두었다. 잭은 복도를 걸어가다가 전화를 받으러 침실로 들어갔다.

"엄마?"

"줄리아."

에디가 말했다.

"발렌티나는?"

잭이 물었다.

"아빠, 안녕하세요."

발렌티나가 말했다. 그녀는 정상적인 목소리를 내려고 애썼지만 그럴수록 기침이 났다.

"세상에, 상태가 안 좋은가 보구나."

에디가 말했다.

"그냥 기관지염이래요. 의사선생님을 만나 봤어요."

줄리아가 말했다.

"오늘은 그래도 좀 나아졌어요."

발렌티나가 말했다. 그녀는 전화기를 내려놓고 기침을 하려고 욕실로 들어갔다. 줄리아는 동생이 허리를 굽히고 서 있는 것을 지켜보았다. 발렌티나는 세면대에 팔꿈치를 대고 기침소리를 억누르려고 손으로 입을 막고 있었다.

"항생제는 받았어? 브룩스 선생님한테 받은 가래 제거약은 가지고 있니?"

에디와 줄리아는 발렌티나의 기관지염을 치료하기 위해 자신들이 할 수 있는 모든 것에 대해 느긋하고 세세하게 의견을 교환했다. 간신히 기침을 가라앉힌 발렌티나가 전화기가 있는 곳으로 돌아왔다.

"로버트 팬쇼 씨를 만났어요."

화제를 바꾸려고 발렌티나가 말했다.

"결국 만났구나. 지금껏 어디에 있었던 거라니?"

잭이 말했다.

"의료보험 신청을 도와줬어요."

줄리아가 말했다.

"오, 그랬니? 어떤 사람이냐?"

에디가 물었다.

"무척 침울해 보였어요. 괴짜 같아 보이기도 하고요. 만약에 우리 또래였으면 온몸에 문신을 하고 피어싱을 했을 것 같은 사람이에요."

줄리아가 말했다.

"아니에요. 좋은 분이에요. 부끄럼이 좀 많고 엘스페스 이모를 무척 그리워해요. 존 레논처럼 작은 안경을 끼고 있고요."

발렌티나가 말했다. 그녀는 좀 더 얘기를 하고 싶었지만 기침이 나서 전화기를 다시 내려놓아야 했다.

"발렌티나는 그 사람한테 홀딱 반했어요."

줄리아가 일러바쳤다. 발렌티나는 목을 손으로 잡고는 제발 그만하라는 눈빛을 언니에게 보냈다.

"발렌티나와 어울리기에는 좀 나이가 많은 사람이지. 우리 나이 정도 되었니?"

잭이 물었다.

"그 정도는 안 되었을 거예요. 이제 30대 중반 정도?"

발렌티나가 전화기로 돌아왔다.

"제가 그 사람한테 반했다는 말은 거짓말이에요. 아무튼 착한 사람인 것은 분명해요."

에디는 아무 말도 하지 않았다. 대화 내용은 날씨, 영화, 정치로 넘어갔다. 전화를 끊고 나서 발렌티나가 심통이 나서 말했다.

"엄마 아빠가 걱정하실 거야. 왜 그런 소리를 했어?"

"두 분이 네 걱정을 하도 많이 하니까 다른 곳으로 관심을 끌려고 했지."

줄리아가 대꾸했다.

"그렇다고 거짓말을 하면 어떡해."

줄리아가 웃음을 터뜨렸다.

에디와 잭은 동시에 전화기를 내려놓고 복도에서 만났다.

"너무 걱정하지 마. 발렌티나가 괜찮다고 했으니까."

잭이 말했다.

에디는 코웃음을 쳤다.

"나보다 당신이 더 걱정스러워하는 것 같은데요."

그는 아내의 어깨에 한쪽 팔을 둘렀다.

"상태가 많이 안 좋은 것 같던데."

"아무래도 우리가 런던으로 가 봐야 할 것 같아요. 아파트에는 들어가지 않더라도 런던에 머물러야 할 것 같아요. 근처에 있는 아파트를 빌리든가……."

에디는 남편의 품속으로 파고들었다. 그녀는 남편의 넓은 가슴이 좋았다. 남편과 같이 있으면 자신이 얼마나 작은지 새삼 깨닫게 된다. 남편의 가슴은 많은 위로를 주었다.

잭은 그녀의 머리를 쓰다듬었다.

"만약에 장모님이 바다를 건너와서 거리 맞은편의 아파트에 세 들어 산다면 당신은 어떤 기분이겠어?"

"그건 적합한 비유가 아니에요."

"둘이 잘 해낼 거야. 그냥 두고 보자고."

에디는 고개를 가로저었지만 그를 향해 미소를 지었다. 그는 아내의 정수리에 키스를 했다.

"괜찮을 거야."

로버트와 제시카는 하이게이트 공동묘지의 이층 사무실에서 오후의 차를 마시고 있었다. 제시카가 의미심장한 눈빛으로 로버트를 바라보자 그는 그녀가 무슨 말을 할지 바짝 긴장하면서 마음을 단단히 먹었다. 그는 제시카가 몇 가지 당부를 할 거라고 예상했다. 이를테면 끊임없이 비디오 촬영을 해서 관람 시간을 끄는 관람객들에게 자제해 달라고 강하게 요구한다든지, 위엄이 없어 보이니 주머니에 양손을 쑤셔 넣고 돌아다니지 말라는 부탁을 할 거라고 예상했다. 하지만 그녀가 뜻밖의 말을 해서 많이 놀랐다.

"연애 상대로 그 아가씨는 너무 어린 것 같지 않아요?"

제시카가 물었다.

"예?"

"로버트한테는 너무 어린 상대가 아니냐는 말이에요."

"그럴지도 모르죠. 너무 어리다는 표현이 이해가 가지 않네요. 얼마나 어려야 너무 어린 거죠?"

"나이가 문제가 아니에요. 스물한 살의 젊은이들 중에서 정신적으로 성숙한 사람들도 많이 봤으니까요. 그렇지만 그 두 아가씨는 아직 너무 어려 보여요. 내 딸들이 열여섯 살 먹었을 때 모습 같다니까요."

"그 말은 가슴에 와 닿네요."

그녀는 그를 향해 손사래를 쳤다.

"내 말을 이해하는군요. 엘스페스는 아주 침착하고 전혀 경박하지 않았잖아요. 그런데 발렌티나는 로버트와 아무래도 안 어울리는 것 같아요."

"어떤 사람들은 엘스페스에 비해 제가 너무 젊다고 생각하더군요."

"내가 그런 말을 했던가요?"

"예, 그런 것 같습니다. 제가 기억하기로는 바로 이 사무실에서 그런 말씀을 하셨어요."

"설마."

"저는 엘스페스보다 나이가 아홉 살이나 적습니다. 그렇지만 저희 두 사람에게 나이는 전혀 문제가 되지 않았어요."

"그건 나도 알아요."

"여사님은 제임스 씨보다 젊죠."

"제임스는 올해 나이가 아흔네 살이에요. 난 이번 7월에 여든다섯 살이 되고요."

"왜 남자가 항상 나이가 더 많아야 한다고 생각하는지 저는 모르겠습니다."

"그건 남자들이 그런 식으로 생각하도록 만들었기 때문일 거예요."

"아, 그러고 보니 여사님과 제임스 씨가 어떻게 만났는지 한 번도 듣지 못했군요."

제시카는 잠시 망설이다가 겨우 입을 열었다. 로버트는 제시카의 반응을 보고 자기가 다소 무례한 질문을 던졌다고 생각했다. 그녀는 마치 그가 브래지어의 크기를 묻기라도 한 것처럼 당황한 표정을 지었다.

"우리는 전쟁 중에 만났어요. 블레츨리 공원에서 난 제임스의 조수였어요."

"설마요. 무슨 뜻인지 모르겠네요. 그럼 두 분은 암호 해독자였나요?"

"사실 우리 두 사람은 좀 더…… 행정적인 임무를 맡고 있었어요."

제시카는 필요이상으로 많은 얘기를 털어놓았다고 생각했는지 입을 굳게 다물었다.

"저는 여사님이 법을 공부한 줄 알았는데요."

"오래 살다 보면 누구나 여러 가지 일을 하게 되죠. 나도 마찬가지예요. 난 오랫동안 테니스를 쳤고 세 아이를 길렀답니다. 수많은 경험과 모험도 했고요."

"그리고 공동묘지도 지켜냈군요."

"잘 알고 있겠지만 나 혼자의 힘과 노력만으로는 불가능한 일이었어요. 몰리와 캐서린, 에드워드……. 수많은 사람들의 도움을 받았어요. 물론 아직도 해야 할 일이 많고 그에 비해 도움은 턱없이 부족하죠. 그러고 보니까 생각이 났네요. 집에 갈 때 이걸 가져가서 앤서니와 레이시의 우편함에 넣어 줄래요? 그러면 우표를 붙일 필요도 없겠네요."

"예, 그렇게 하죠."

제시카는 한숨을 쉬었다.

"사람들에게 일일이 편지를 써서 부칠 생각을 하니 눈앞이 캄캄해요."

그녀는 찻잔을 책상에 내려놓고 그에게 양손을 내밀었다.

"늙어서 이제 일어설 기운도 없어요. 좀 일으켜 줘요."

로버트는 동쪽 공동묘지 정문 옆에 있는 스트래스코나 가족 묘실에서 오후를 보냈다. 그는 입장권을 팔면서 조경사들이 나무를 다듬는 모습을 지켜보았다. 하루가 더디게 흘러갔다. 그는 제시카의 말을 곰곰이 생각해 보았다. 어쩌면 그녀의 말대로 발렌티나는 자신과 어울리기에 너무 나이가 어릴지도 몰랐다. 발렌티나를 놓아 주고 자신은 지금껏 그래 왔던 것처럼 엘스페스나 그리워하며 사는 게 누가 보기에도 바람직할지도 모른다. 그렇다고 해서 엘스페스에 대한 그리움을 완전히 떨쳐 버린 것은 아니다. 지금도 엘스페스를 생각하면 마음 한쪽이 아파 왔다. 하지만 엘스페스에 대해 예전만큼 자주 생각하지는 않았다. 공교롭게도 쌍둥이 자매가 아파트에 도착하고부터 엘스페스에 대해 생각하는 시간도 점점 줄어들었다. 그것은 순전히 우연의 일치였다. 그는 감시탑을 적에게 내어 준 보초병이라도 된 것처럼 죄책감에 시달렸다. 그렇지만 앞으로 죽을 때까지 엘스페스를 그리워하며 살아갈 수는 없는 노릇이다. 그는 엘스페스도 그러기를 바라지는 않을 거라고 생각했다. 물론 그런 문제를 두고 엘스페스가 살아 있을 때 그녀와 얘기를 나눠 본 적은 없지만 평생 동안 그녀와의 추억을 떠올리며 사는 것은 왠지 옳지 못하다는 생각이 들었다. 그는 발렌티나를 만나고부터 엘스페스에 대한 기억을 새롭게 떠올릴 수 있었다. 발렌티나는 엘스페스의 예전 모습을 떠올리게 했다. 매우 혼란스러웠지만 동시에 어느 정도 즐거움도 맛볼 수 있었다.

어느 날 이른 아침이었다. 로버트는 발렌티나가 차가 담긴 보온병을 들고 뒤뜰에 앉아 있는 것을 보았다. 처음에는 발렌티나가 그곳에 있는 줄도 몰랐다. 녹색 문으로 밀고 나갔을 때 발렌티나가 먼저 인사를 건넸다.
"안녕하세요."
"아이고, 깜짝이야."
그는 주춤거리며 뒤로 물러서다가 하마터면 묘비 때문에 발목을 접지를 뻔했다.
"안녕하세요."
발렌티나는 실내복을 입고 돌로 만든 낮은 벤치에 앉아 있었다. 맨발 차림이었다.
"죄송해요. 저 때문에 놀라셨죠."
"그렇게 입고 안 추워요?"

한낮이 되면 따뜻하겠지만 새벽에는 날씨가 제법 쌀쌀했다.

"춥네요. 차도 다 식었어요."

"그럼 이쪽으로 들어와요."

그녀는 2층 창문을 힐끗 올려다보았다.

"언니는 아직 자고 있어요."

발렌티나는 자리에서 일어나 축축한 이끼를 밟고 다가왔다. 로버트는 그녀가 들어올 수 있도록 문을 붙잡았다. 자신의 팔 아래로 그녀가 들어왔을 때 로버트는 새 한 마리를 붙잡은 것 같은 느낌이었다.

"점퍼라도 줄까요?"

"아뇨. 차나 좀 더 주실래요?"

로버트는 주전자를 올려놓고 진흙이 묻은 옷을 갈아입으러 갔다. 옷을 갈아입고 돌아왔을 때 발렌티나는 그의 책상 앞에 서 있었다.

"이 여자들은 모두 누구예요?"

로버트의 책상 앞에 있는 벽에는 엽서, 잡지, 인터넷, 책에서 가져온 사진들이 붙어 있었다. 모두 여자들이었다. 사진들은 둥글게 원을 그리고 있었다.

"아, 저 사진은 엘리노어 마르크스입니다. 칼 마르크스의 딸이죠. 그리고 저건 헨리우드의 부인, 이것은 캐서린 디킨스……."

"이 사람들이 모두 하이게이트에 묻혔단 말이에요?"

"예, 그래요."

"남자들은요?"

"남자들은 이쪽에 있어요."

로버트는 그 옆의 벽에 수많은 사진들을 붙여 두었다.

"글감이 잘 떠오르지 않을 때는 사진 속의 여자들을 멍하니 쳐다본답니다. 남자들은 하나같이 언짢은 표정을 짓고 있지요. 표정이 밝지 못해요."

발렌티나는 좀 더 자세히 살펴보려고 책상에 놓인 전등을 켰다. 주전자가 끓는 소리가 들려오자 로버트는 얼른 방에서 튀어나갔다. 잠시 뒤에 그는 차를 가지고 돌아왔다.

"테이트 미술관에 갔을 때 저 그림을 본 적이 있어요."

그녀는 벽의 한복판에 있는 엽서를 손으로 가리켰다.

"저 여자는 누구죠?"

"저것은 밀레의 '오필리아'라는 작품입니다. 작품의 모델은 엘리자베스 시달이죠."

로버트는 발렌티나가 자신을 돌아보자 자기도 모르게 얼굴이 붉어졌다.

"그 여자 그림이 정말 많군요."

"단테 가브리엘 로세티에게 끊임없이 영감을 불어넣어 준 여자입니다. 로세티는 엘리자베스 시달을 모델로 해서 여러 장의 그림을 그렸죠. 라파엘 전파 화가들에게는 매력적인 여자였어요. 난 저 여자에게 매료되었어요."

"어째서요?"

"글쎄요. 왜 그럴까요? 개인을 두고 봤을 때는 뛰어나게 매력적인 여자는 아닌 것 같습니다. 몹시 가난했고 건강도 좋지 못한 여자였죠. 아무튼 그녀는 아름다웠고 젊은 나이에 죽었지요."

로버트는 미소를 지었다.

"그렇게 걱정스러운 표정은 짓지 말아요. 그냥 아주 가벼운 정도의 집착일 뿐이에요."

"이제 보니 세상을 떠난 여자들에게 관심이 많은 것 같네요."

"죽은 사람들이라서 끌리는 게 아닙니다. 내 손이 미칠 수 없는 것들, 얻을 수 없는 것들은 언제나 매력적이죠."

그녀는 농담 삼아 그렇게 말했지만 로버트는 정색을 하고 방어적으로 대꾸했다.

"아, 그래요?"

발렌티나는 로버트의 말이 정확히 무슨 뜻인지 알지 못했다.

로버트는 서류를 한쪽으로 제쳐두고 자기 책상에 걸터앉았다. 그는 그녀에게 회전의자에 앉으라고 권했다. 그녀는 의자에 앉더니 차가 담긴 머그잔을 손에 들고 맨발을 앞으로 내뻗은 상태로 한 바퀴 빙 돌았다. 그녀는 너무나 천진난만했다. 그래서 그녀를 지켜보는 일이 더욱 고통스러웠다. 그 순간 그는 세상을 떠난 여자들에게 조금도 관심이 가지 않았다.

"가구가 별로 없네요."

발렌티나가 말했다.

"예. 이곳은 혼자 생활하기엔 너무 넓어요. 게다가 너무 비싸죠."

"그런데 어떻게 이곳에서 살게 되셨어요?"

"모두 엘스페스 덕분이죠."

발렌티나는 그를 보고 빙긋 웃고 나서 다시 의자를 한 바퀴 돌렸다.

"그건 저도 마찬가지예요."

그녀는 한쪽 발을 내뻗어 회전을 멈춘 다음, 이번에는 반대쪽 방향으로 천천히 의자를 돌렸다.

"이모가 이곳에 살고 있어서 이사를 오신 건가요?"

"사실 우리는 앞뜰에서 만났습니다. 난 세를 놓는다는 표지판을 보고 아파트를 기웃거리고 있었죠. 공동묘지와 인접한 아파트를 찾고 있었어요. 뒤뜰 담에 난 문을 보고 아파트가 마음에 들었지요. 그쪽으로 곧바로 묘지로 들어갈 수 있으니까요. 아무튼 부동산 중개업자의 전화번호를 받아 적고 있는데 엘스페스가 문을 열고 튀어나오더니 자기가 열쇠를 가지고 있다면서 아파트를 둘러보겠느냐고 묻더군요. 물론 좋다고 그랬죠. 아파트의 내부가 어떻게 생겼는지 궁금했으니까요. 엘스페스는 아파트를 세세히 보여 줬어요. 내게는 분명히 너무 넓은 아파트였지만 빈 아파트에 매력적인 여자와 함께 있다 보니 나도 모르게……."

로버트는 자신의 이야기에 너무 빠져서 발렌티나를 잠시 잊고 있었다.

"그래서 결국 이사를 오게 되었어요. 머리가 너무 둔해서 내가 엘스페스를 선택한 게 아니라 사실은 엘스페스가 날 선택했다는 사실을 깨닫기까지 수년이나 걸렸지요. 그때만 해도 난 아주 젊었으니까요."

"그때가 언제죠?"

로버트는 계산을 해 보았다.

"13년쯤 전이군요."

"아."

발렌티나는 자신은 그때 불과 여덟 살이었구나, 하고 생각했다. 그 순간 어떤 생각이 떠올랐다.

"왜 두 분은 같이 살지 않으셨어요? 그러니까 제 말은…… 두 분 모두 혼자 살면서 굳이 이렇게 넓은 아파트를 각자 차지하고 있다는 게 좀 우스워 보이잖아요. 게다가 짐도 별로 없어 보이는데 말이에요."

"예, 가구가 별로 없죠."

로버트는 발렌티나의 무릎을 빤히 바라보았다.

"엘스페스가 함께 사는 걸 별로 원하지 않았어요. 그녀는 한때 다른 사람과 함께 산 적이 있는데 순탄하지 못했죠. 그렇지만 죽음을 앞두고는 생각이 달라졌던 것 같아요. 곁에서 줄곧 간호를 해 주면서 그걸 느낄 수 있겠더군요. 같이 살았어도 좋지 않았을까, 하고 생각하는 것 같았어요. 난 따로 살아도 무엇 하나 부족한 게 없었어요. 그녀도 마찬가지였죠. 원하는 때는 언제든 만날 수 있으니 그녀도 혼자 있는 걸 좋아했죠."

"우리 엄마랑 비슷하네요."

"그래요?"

"우리 아빠는 항상 좀 혼란스러워하세요. 어떤 때 보면 엄마는 아빠 집에 방문한 사람처럼 보인다니까요. 엄마는 혼자만의 시간을 즐기는 분이에요. 그렇지만 어떤 때는 무척 재미있는 분이라 우리 아빠에게 즐거움을 안겨 주시죠. 이모도 그런 분이셨나요?"

발렌티나는 그를 빤히 쳐다보았다.

로버트는 그녀의 말을 곰곰이 생각했다.
"예. 엘스페스는 가까이 있으면서도 멀리 있는 것 같은 사람이었어요."

그는 엘스페스와 사랑을 나누던 때를 머리에 떠올렸다. 그가 땀으로 범벅이 되어 그녀의 몸 위에 쓰러져 있을 때조차 그녀는 그를 까맣게 잊고 있는 것처럼 보일 때가 있었다.

"우리 엄마랑 똑같네요. 엘스페스 이모도 남들에게 일일이 지시를 하고 감독하는 사람이었나요? 엄마는 항상 모든 일을 감독하기를 좋아하세요."

"흠. 그랬던 것 같아요. 하지만 난 지시를 받고 따르는 것을 좋아하는 성격입니다. 숙모님들 손에서 자랐거든요. 여자들의 지시와 통제를 받으며 어린 시절을 보냈죠."

그는 발렌티나를 보고 빙긋 웃었다.

"아가씨도 언니의 지시를 받는 것 같던데요? 그런 인상을 받았어요."

"전 그게 싫어요."

발렌티나는 얼굴을 찌푸렸다.

"저는 남을 지배하는 것도 싫고 지배당하는 것도 싫어요."

"그게 합리적인 거죠."

"지금 몇 시나 됐어요?"

발렌티나가 물었다. 그녀는 자리를 고쳐 앉으며 머그잔을 책상 위에 놓고 갑자기 걱정스러운 표정을 지었다.

로버트는 손목시계를 들여다보았다.

"7시 30분이에요."

"벌써요? 그만 가 봐야겠네요."

그녀는 의자에서 일어섰다.

"잠깐만요. 무슨 문제라도 있나요?"

그는 책상에서 미끄러져 내려와 그녀를 마주 보고 섰다.

"언니는 잠에서 깨어나 제가 보이지 않으면 어쩔 줄 모르거든요."

로버트는 망설였다. 그는 발렌티나가 언니에 대한 두려움 따위는 떨쳐 버리고 그 자리에 좀 더 있어 주길 바랐다. 그는 발렌티나가 가려고 돌아서기도 전에 지독한 외로움을 느꼈다. 그는 할 수 없이 뒷문까지 그녀를 따라갔다. 그녀는 문 손잡이에 손을 얹었다. 어색함이 두 사람에게 밀려들었다.

"다음에 저녁이나 먹을까요?"

그가 물었다.

"예."

"이번 주 토요일 어때요?"

"좋아요."

그녀는 나가지 않고 그 자리에 계속 서서 기다렸다. 로버트는 그녀에게 키스를 해도 되지 않을까, 하는 생각이 문득 떠올라 그녀의 입술에 가볍게 키스를 했다. 그는 엘스페스 외에 어느 누구와도 키스를 하지 않았다. 워낙 오랜만에 하는 키스라 그 자신이 놀랐다. 발렌티나도 놀라기는 마찬가지였다. 그녀는 그런 식으로 누군가와 키스를 해 본 적이 거의 없었다. 그녀에게 키스는 육체적인 행위라기보다는 이론적인 행위에 더 가까웠다. 키스를 하고 나서 그녀는 눈을 꼭 감고 입술을 벌린 채 고개를 한쪽으로 기울였다. 로버트는 그녀와 가까워지게 되면 분명히 언젠가 가슴 아픈 일을 겪게 될 거라고 생각했다. 설사 그런 일을 겪게 되더라도 할 수 없었다. 그 정도는 감수할 생각이었다. 발렌티나는 문을 빠져나가 계단을 황급히 올라갔다. 잠시 뒤에 그는 위층의 현관문이 열리는 소리를 들었다. 로버트는 그 자리에 서서 조금 전에 일어난 일을 정리해 보려고 했지만 머리가 복잡하고 현기증만 났다. 그는 칵테일을 한 잔 마시고 침대로 들어갔다.

토요일 저녁에 로버트는 정장을 차려입고 쌍둥이 자매의 아파트로 올라갔다. 발렌티나가 문을 빠져나왔다.
"가요."
그녀가 말했다.
그는 현관에 있는 거울에 줄리아의 모습이 언뜻 비치는 것을 보았다. 줄리아는 흐릿한 불빛 아래 처량한 모습으로 서 있었다. 그는 줄리아에게 손을 흔들어 주려다가 발렌티나가 급히 계단을 내려가는 것을 보고 그녀를 뒤따라가기로 마음먹었다. 그가 고개를 들었을 때 마침 줄리아는 고개를 빼고 복도를 내다보았다. 줄리아는 얼굴을 찌푸린 채 그를 노려보고는 문을 닫았다.
그는 소형 콜택시를 미리 대기시켜 놓았다.
"소호에 있는 앤드류 에드먼즈로 갑시다."
그가 운전사에게 말했다.
그들은 하이게이트 빌리지와 켄티쉬 타운을 순식간에 통과했다.

로버트는 발렌티나의 차림새를 주의깊게 살펴보았다. 그녀는 엘스페스의 옷을 입고 있었다. 검은색 벨벳 드레스와 하얀색 캐시미어 어깨 두르개를 보자 몇 해 전에 저녁을 먹으러 가던 일이 기억났다. 게다가 발렌티나는 엘스페스의 구두를 신고 있었다. 로버트는 왜 그녀가 그런 차림새를 하고 나왔을지 궁금했다. 그 순간 발렌티나가 미국에서 야회복을 가져오지 않았을지도 모른다는 생각이 들었다. 그는 엘스페스가 쌍둥이 조카에게 새 옷을 살 돈을 지나치게 많이 남긴 사실에 다소 신경이 쓰였다. 발렌티나는 엘스페스의 옷을 입고 있으니 좀 더 나이가 들어 보였다. 그녀는 창밖을 내다보고 있었다.

"여기가 어딘지 전혀 모르겠어요."

"캠든 타운입니다."

로버트는 그녀가 내다보는 창밖을 힐끗 바라보며 말했다.

발렌티나는 한숨을 쉬었다.

"제 눈에는 어디를 가든 거기가 거긴 것 같아요. 차이를 잘 모르겠어요."

"런던이 마음에 안 들어요?"

그녀는 고개를 가로저었다.

"좋아하고 싶지만 어차피 제 고향은 아니잖아요."

지금까지 로버트는 그녀가 1년을 채운 후 아파트를 팔고 다른 곳으로 떠나 버릴 수도 있다는 생각을 한 번도 해 보지 않았다. 그는 조바심이 났다. 그녀에게 런던이 살기 좋은 곳이라는 점을 확실히 인식시켜 줄 필요가 있었다.

"난 이곳을 떠나 다른 곳에서 사는 것은 상상도 못 하겠어요. 난 이곳에서 자랐거든요. 그래서 다른 곳에서는 도저히 적응할 수 없을 것 같아요. 이곳에는 모든 추억이 깃들어 있죠."

"맞아요. 저도 제가 떠나온 시카고에 대해 그런 감정을 느끼고 있거든요."

그는 그녀를 진지한 눈빛으로 바라보며 미소를 지었다.

"아직 향수를 느끼기에는 너무 나이가 어리지 않나요? 나야 진부하고 나이가 지긋한 역사학자라 벌써 사고나 가치관이 굳어져 버렸지만 아가씨는 마음껏 모험을 즐겨야 하지 않을까요?"

"올해 나이가 어떻게 되세요?"

그녀가 물었다.

"다다음주에 서른일곱이 됩니다."

그녀는 나이 지긋하다는 그의 표현에 아무런 반박도 하지 않았다.

발렌티나는 미소를 지었다.

"생일 파티를 열어야겠네요."

처음에 로버트는 자신과 그녀, 단 둘이서 생일 파티를 하는 것으로 생각했지만 그게 아니라는 것을 뒤늦게 알아차렸다. 그녀는 자기 언니와 함께 그를 위해 파티를 열어 주겠다는 뜻으로 말한 것이다.

"묘지에서 사람들이 조촐한 파티를 열어 줄 것 같은데 그날 와서 함께 차와 케이크를 먹는 건 어때요?"

그는 줄리아가 동생의 제안에 어떤 반응을 보일지 미리 짐작하고 그렇게 제안했다.

"그것도 좋고요. 저는 묘지에서 열리는 생일파티에는 한 번도 가 보지 않았어요."

그녀가 미소를 지으며 말했다.

"파티라고도 할 수 없죠. 그냥 우리끼리 모여앉아 평소보다 조금 더 나은 차를 마시는 정도죠. 선물 같은 것들도 없어요."

그들은 생일과 관련된 이야기를 나누기 시작했다.

"처음으로 서커스를 보러 갔어요…… 병원에 가서 위 세척을 받았죠…… 언니가 얼마나 화를 내던지……."

"그날 아침에 아버지가 나타났는데 저는 그때까지 아버지를 한 번도 뵙지 못했죠."

"예?"

로버트는 하던 말을 멈추었다. 아직 서로 알게 된 지 얼마 되지 않았는데 자신의 비밀스러운 이야기를 세세하게 밝힐 필요가 있는지 확신이 서지 않았기 때문이다. 그는 발렌티나에 대해 아는 게 별로 없다는 사실을 자꾸만 까먹었다.

"음…… 사실 우리 부모님은 결혼을 하지 않았죠. 솔직히 말하자면 아버지는 버밍엄에 다른 가족이 있어요. 지금도 그렇지만 그때도 그 가족이 아버지의 법적인 가족이었죠. 그 가족은 나나 어머니의 존재를 몰라요. 난 다섯 살 생일 때까지 아버지를 한 번도 만나지 못했어요. 아버지는 람보르기니를 타고 나타나 어머니와 나를 브라이튼으로 데려갔어요. 당일코스로 말이에요. 그때 난 바다를 처음 보았어요."

"이해가 안 되네요. 그때까지 한 번도 찾아오지 않으셨다는게……."

"아버지는 자기 일에 몰두하는 분이라 아이들을 좋아하지 않으셨어요. 웃기는 건 나 말고도 아이를 다섯이나 더 두었다는 사실이죠. 어머니가 그러더군요. 결국 돈을 요구하자 아버지가 할 수 없이 나를 만나러 온 거라고. 그 일이 있고 나서 아버지는 별로 쓸모도 없는 선물을 사들고 간혹 찾아오셨어요. 근면이나 성실과는 아예 거리가 멀었고 방랑벽까지 있는 분이라 전혀 신뢰가 가지 않았죠. 내가 아주 어렸을 때는 혹시라도 아버지가 불쑥 찾아와서 날 데려갈까 봐 두려웠어요. 어머니를 두 번 다시 못 보게 될까 봐 얼마나 두려웠는지 몰라요."

발렌티나는 로버트를 바라보면서 그가 농담을 하는 건 아닌지 생각해 보았지만 그녀로서는 분간을 할 수 없었다. 어느새 택시는 레스토랑 앞에 멈춰 섰다. 발렌티나는 레스토랑의 규모가 크고 실내 장식이 근사할 거라고 예상했는데 기대 밖이었다. 자그마한 레스토랑은 천장이 낮았고 낡은 식탁과 의자에는 때가 끼어 있었다. 거기다가 조용한 분위기를 기대했는데 사람들로 북적거렸다. 그곳에 들어서는 순간 그녀는 자신의 몸집이 너무 크다는 희한한 느낌을 받았다. 그녀는 이곳이 바로 런던이고 런던사람들은 이런 곳에서 식사를 하는구나, 하고 생각했다. 그녀는 여러 가지 감정에 휩싸였다. 마침내 관광객의 입장에서 벗어났다는 승리감이 느껴졌다. 언니를 아파트에 내버려 두고 혼자서 그곳에 와 있다는 사실에 만족감도 느꼈다. 또 로버트와 이런저런 얘기를 나눌 생각을 하니 조금 두렵기도 했다. 아버지한테 납치될까 봐 두려웠다는 사람에게 어떤 말을 해 줘야 할까? 언니가 만약 그런 얘기를 들었다면 무슨 말을 해 줄까? 그들은 작은 테이블로 가서 자리를 잡고 앉았다. 그들의 왼쪽

테이블에는 한 무리의 사람들이 활기에 넘쳐 시끄럽게 떠들고 있었고 오른쪽 테이블에는 어떤 저작권 대리인이 출판업자를 구슬리고 있었다.

"아버지가 왜 그런 짓을 하겠어요?"

자리에 앉자마자 발렌티나가 말했다.

로버트는 메뉴판 너머로 그녀를 건너다보았다.

"예?"

"조금 전에 말씀하셨잖아요. 아버지가 왜 그런……?"

"아, 맞습니다. 나도 지금은 아버지가 절대 그럴 분이 아니라고 생각합니다. 하지만 아버지가 항상 그런 농담을 하셨어요. 나를 북쪽으로 데려가서 단 둘이서 살면 얼마나 좋겠느냐는 둥 하면서요. 그때만 해도 아버지가 마귀처럼 생각되었지요. 사춘기에 접어들기 전까지는 아버지가 무척 두려웠어요."

발렌티나는 눈을 동그랗게 뜨고 그를 바라보다가 마땅히 대꾸할 말을 찾지 못해 메뉴판으로 시선을 돌렸다.

그녀는 그가 너무나 덤덤하게 자신의 가족 얘기를 하고 있다고 생각했다. 그가 어떤 환경에서 자랐는지 그녀로서는 종잡을 수 없었다. 그녀는 그런 이야기를 듣고 이해하기에는 아직 자신이 너무 어리다는 생각이 들었다.

로버트는 자신의 사생활을 너무 많이 털어놓았다고 생각했다.

"포도주 한 잔 할까요? 음식은 골랐어요?"

그들은 이따금 끊어지는 대화를 어떻게든 이어나가려고 노력했다. 몬티 파이톤(1970년대 초반까지 큰 인기를 끌었던 영국의 코미디—

옮긴이)에 대해서도 얘기했고 하이게이트 묘지와 관련된 일화 그리고 발렌티나의 새끼고양이가 보이는 익살맞은 행동에 대해서도 얘기를 나누었다. 회향풀이 들어간 수프가 나왔을 때는 두 사람 모두 감탄하면서 먹었다. 식사가 끝나갈 무렵에는 다시 예전처럼 편안한 사이가 되었다. 아니 서로를 대하는 태도가 덜 어색해졌다는 표현이 적절할 듯싶다.

아파트에 혼자 남아 있는 줄리아에게는 길고 지루한 저녁시간이었다. 줄리아는 위층에 사는 마틴에게 올라가 볼까 생각했지만 자신이 혼자 내버려졌다는 사실에 너무 화가 나서 최대한 비참한 저녁을 보내기로 마음먹었다. 고장난 텔레비전이 아직도 수리되지 않은 상태라 오히려 다행이라 생각되었다.

줄리아는 토마토 수프를 따뜻하게 데웠다. 그녀는 식당에 앉아서 이모의 서재에서 찾아낸 『행운아 짐』(영국의 소설가 킹슬리 에이미스의 1954년도 작품—옮긴이)을 읽으며 수프를 떠먹었다. 엘스페스는 맞은편 의자에 앉아 조카를 지켜보았다.

'책에다 수프를 흘리면 안 돼. 그건 초판본이란 말이야.'

엘스페스는 혼잣말을 했다.

엘스페스는 조카들에게 좀 더 상세한 주문을 해둘 걸 그랬다고 생각했다. 설마 일부러 그러지는 않겠지만 조카들은 그녀의 물건을 너무 함부로 다루는 것 같았다. 조카들은 욕조에 들어가서 귀하디귀한 『트리스트럼 샌디』(아일랜드 태생의 영국 소설가 로렌스 스턴의 작품—옮긴이)와 『빌레트』(제인 에어의 작가 샬롯 브론테의 두 번째 소설—

옮긴이)를 읽었다. 또 지하철에서 읽으려고 다니엘 데포의 책을 손가 방에 아무렇게나 쑤셔 넣어 가기도 했다. 엘스페스는 줄리아한테서 책을 빼앗아 버리고 싶은 마음이 간절했다. 그러다가 자신이 지나치게 예민한 반응을 보이고 있는 것은 아닌가, 하는 생각이 들기도 했다. 조카는 지금 그냥 책을 읽고 있을 뿐이다. 조카의 행동을 나무랄 수는 없었다. 발렌티나가 자기 옷을 입고 로버트와 저녁을 먹는다고 해서 이상할 것은 전혀 없었다. 그것을 견디지 못해 안절부절못하는 자신이 오히려 이상하고 우스운 것이다. 그렇지만 자꾸 신경이 쓰이는 것은 어쩔 수가 없었다.

줄리아는 수프를 다 먹고 나서 읽고 있던 책을 덮었다. 그녀는 접시를 개수대로 가져가서 깨끗하게 씻었다. 그러고 나서 고양이와 장난을 치기 시작했다. 새끼고양이는 한참 동안 놀다가 지루해졌는지 잠깐 눈을 붙이려고 드레스 룸으로 쏙 들어가 버렸다. 줄리아는 거실 소파에 벌렁 드러누워 천장을 물끄러미 쳐다보다가 그것도 지겨워져서 자리에서 일어나 컴퓨터를 켰다. 그녀는 오랫동안 연락을 끊고 지내던 고등학교 친구들에게 이메일을 보내면서 그럭저럭 두어 시간을 보냈다. 엘스페스는 실쭉해져서 자신의 서랍 속으로 들어갔다. 정각 10시가 되었을 때, 줄리아는 목욕을 했다. 10시 30분이 되었을 때 그녀는 발렌티나가 곧 집에 들어올 거라고 생각했다. 하지만 그때까지도 감감무소식이었다. 자정이 될 때까지 줄리아는 발렌티나에게 세 번이나 전화를 걸었지만 통화를 할 수 없었다. 그녀는 겁이 나기 시작했다. 엘스페스는 줄리아가 이리저리 서성거리는 모습을 지켜보다가 불길한 예감에 사로잡혔다.

무슨 문제가 생긴 게 분명했다. 그런 생각을 하자 몸에서 힘이 쭉 빠졌다. 엘스페스는 로버트가 발렌티나를 데리고 갔을지도 모르는 장소들을 모두 생각해 보았다. 그가 즐겨 다니던 카페와 자주 걸었던 거리들을 머리에 떠올려 보았다. 그녀는 아파트를 벗어나지 못하는 자신의 무기력함을 느끼고 조카가 한시바삐 집으로 돌아오기만을 바랐다. 줄리아는 침대로 들어갔지만 잔뜩 약이 올라 잠을 이루지 못하고 있었다. 엘스페스는 창가로 가서 앉았다. 그렇게 두 사람은 발렌티나를 기다렸다.

"우리 사우스 뱅크(템스 강의 남안 지구—옮긴이)를 따라 걸어 볼래요?"

로버트가 물었다. 음식 값을 치르고 나서 두 사람은 자리에서 일어섰다. 발렌티나는 잠시 망설였다. 그녀는 신고 있는 구두가 마음에 걸렸다. 끝이 뾰족하고 굽이 높은 구두는 그녀의 발에 조금 컸다.

"좋아요."

그녀가 말했다. 그들은 택시를 타고 웨스트민스터 다리로 갔다. 거리는 이상하게 한산했다. 인도를 따라 걷는 그들의 발소리가 날카롭게 울려 퍼졌다. 강 너머에서 사람들의 웃음소리가 들려왔다. 발렌티나는 밤에 웨스트민스터를 와 본 적이 한 번도 없다. 사람들이 없어서 더할 수 없이 좋았다. 로버트는 그녀를 데리고 다리를 건너가서 계단을 조금 내려갔다. 두 사람은 템스 강이 내려다보이는 난간에 몸을 기댄 채 나란히 서서 국회의사당을 바라보았다. 빅벤 바로 위로 오렌지색 달이 낮게 걸려 있었다. 로버트는 발렌티나의 허리를 한쪽 팔로 둘렀다. 순간 그녀는 바짝 긴장이 되었다. 두 사람은 상대방이 무슨 생각을 하고 있는지 궁금해하면서 그렇게 몇 분 동안 서 있었다. 그러다가 로버트가 마침내 입을 열었다.

"걸을까요? 날씨가 춥죠."

"예, 조금."

그들은 계단을 다시 올라갔다. 다시 걷게 되자 발렌티나는 안심이 되었다. 그녀는 연애의 절차에 대해 전혀 모르고 있었다. 그녀는 그가 키스를 할 것이라고 생각했다. 아니 그보다 더한 것을 그는 기대하고 있었을까? 그게 얼마나 불가능한 일인지 그는 이해할까? 몇 시나 되었지? 당장 집으로 돌아가지 않으면 언니가 무지 화를 낼 것이다. 그렇지 않아도 자신을 혼자 내버려두고 나간다고 화가 나 있는데 늦게 돌아가기까지 한다면 분노가 폭발할 것이다. 발렌티나는 로버트가 눈치 채지 못하게 그의 손목시계를 힐끔거렸다. 그러다가 자신이 있는 곳을 뒤늦게 깨닫고 고개를 돌려 빅벤을 바라보았다. 이제 자정이 다 되었다. 그들은 워털루 다리와 블랙 프라이어즈 다리를 지났다. 점점 다리가 아팠다. 그는 테이트 현대 미술관에서 보았던 어떤 전시품에 대해 이야기를 하고 있었다. 그녀는 벤치를 지나칠 때마다 잠시 앉아서 쉬고 싶은 마음이 간절했다. 런던 브리지 근처에 왔을 때 그녀는 더 이상 참지 못하고 말했다.

"좀 쉬었다 갈까요?"

"아, 정말 미안해요. 구두가 불편할 거라는 생각을 미처 못했군요."

그는 걷기 힘들어하는 그녀를 보고 말했다. 발렌티나는 벤치에 털썩 주저앉아 두 발을 구두에서 빼냈다. 그녀는 발가락을 꼬물거리다가 양쪽 발목을 손으로 잡고 부드럽게 돌렸다. 로버트는 허리를 굽혀 그녀의 구두를 집어 들었다. 그런 다음 구두를 한 손에 하나씩 들고 그녀의 옆자리에 앉았다. 그녀의 온기가 남아 있는 구두는 조금 축축했다.

"발이 많이 불편했겠는데요."

그가 말했다.

"제 구두가 아니에요."

"알아요."

그는 엘스페스의 구두를 벤치에 올려놓았다.

"자, 발을 이리 줘 봐요."

양손을 내밀며 그가 말했다. 그녀는 잠시 어리둥절한 표정을 지었지만 그의 말에 따랐다. 그녀는 몸을 뒤로 눕혀 벤치에 팔꿈치를 짚고는 두 발을 그의 무릎에 올려놓았다.

"스타킹을 벗어 볼래요?"

"보지 마세요."

그녀가 말했다.

그는 그녀의 두 발을 부드럽게 마사지하기 시작했다. 그녀는 처음 얼마 동안 그의 손동작을 지켜보다가 이내 고개를 뒤로 젖혔다. 로버트의 눈에는 그녀의 기다란 목과 작고 뾰족한 턱만 보였다. 그는 그녀의 두 발에 모든 힘을 집중했다. 남들이 보는 앞에서 젊은 아가씨에게 발 마사지를 하고 있는 자신이 뻔뻔한 난봉꾼처럼 비쳐질 수도 있다는 생각이 들었다. 이런 일을 하다가 경찰에 잡혀가는 사람도 있을까? 그런 생각도 들었지만 그는 개의치 않기로 했다. 지금 그가 생각하는 세상은 그들이 앉아 있는 벤치, 그녀의 두 발 그리고 자신의 두 손으로 좁혀져 있었다.

발렌티나가 고개를 치켜들었다. 그녀는 현기증이 좀 났지만 피로가 많이 풀린 느낌을 받았다. 로버트는 상체를 기울여 그녀의 두 발에 키스했다.

"다 됐어요."

그가 말했다.

"개운해요. 걸을 수도 없을 것 같았는데."

"내가 업어 줄게요."

그는 그녀를 일으켜 세워 등에 업었다.

줄리아와 엘스페스가 계단에서 울리는 발소리를 들은 것은 새벽 2시가 거의 다 되었을 때였다. 줄리아는 침대에서 벌떡 일어나 발렌티나를 맞으러 가야 할지, 아니면 그냥 기다려야 할지 결정을 못하고 있었다. 엘스페스는 현관을 날아갔다. 현관문이 천천히 열리고 있었다. 그녀는 로버트가 발렌티나를 등에 업고 들어오는 광경을 보았다. 로버트는 그녀를 천천히 내려놓았다. 발렌티나는 양손에 신발을 하나씩 들고 잠시 비틀거렸다. 엘스페스는 두 사람 사이에 무슨 일이 있었는지 보지 않아도 훤히 알 수 있었다. 발렌티나는 어두운 아파트를 바라보며 서 있었다. 그러다가 돌아서서 로버트를 향해 가볍게 손을 흔들었다. 그는 고개를 약간 숙이면서 미소를 지어 보이고는 그녀에게 스타킹을 넘겨주고 아래층으로 내려갔다. 발렌티나는 현관문을 닫고 나서 발소리도 내지 않고 침실로 들어갔다.

엘스페스는 현관에 그대로 있었다. 쌍둥이 조카딸이 서로 싸우는 모습을 지켜보고 싶지는 않았다. 자신도 이미 쌍둥이 동생과 그런 일을 수도 없이 겪었기 때문이다. 그녀는 아파트를 벗어나 홀로 있으면서 생각을 정리해 보고 싶었다. 로버트를 찾아가서 간청을 해 보고도 싶었다. 그렇지만 그에게 무슨 부탁을 하고 무슨 말을 한단 말인가? 아주 독한 술을 먹고 마음껏 취해 보고 싶었고 욕조에 들어가 목 놓아 울어 보고도 싶었다. 지쳐 쓰러져 잠이 들 때까지 계속 걸어 보고도 싶었다. 그렇지만 그녀는 자신의 서재로 들어가서 달빛에 젖은 앞뜰을 내다보았다. 그녀는 자신을 아파트에 묶어 두고 있는 존재가 누구인지 모르겠지만 제발 아파트를 벗어나게 해 달라고 간구했다. 또 지금 당장 제대로 된 죽음을 맞아 영원히 사라지게 해 달라고 기도했다. 기다렸지만 아무런 응답도 받지 못했다. 그녀는 자신을 지배하는 존재가 하나님인지 누구인지 모르겠지만 제발 자신을 내팽개쳐 달라고, 제발 아파트를 벗어나게 해 달라고 기도했다. 다시금 뜰을 내다보다가 하늘을 올려다보았다. 이번에도 역시 아무 일도 일어나지 않았다. 그 순간 그녀는 어느 누구도 자신의 간구에 귀를 기울이고 있지 않다는 사실을 깨달았다. 지금 그녀에게 일어나는 일은 모두 그녀 자신이 만들어 내고 있었다.

발렌티나는 구두와 스타킹을 여전히 손에 들고 침실로 기어들어 갔다. 줄리아는 잠옷 차림으로 침대에서 일어나 앉아 두 발을 간들

거리고 있었다. 발렌티나가 방으로 들어서자 줄리아가 돌아보며 말했다.

"지금이 몇 시인 줄 알아?"

"몰라."

"새벽 2시가 다 됐어."

"어머, 정말?"

줄리아는 침대에서 뛰어내려 왔다. 발렌티나는 언니가 자신을 때리려고 하면 양손에 들고 있는 구두로 막아야겠다고 생각했다. 두 사람은 마주 보고 서서 상대를 노려보았다. 어느 누구도 언쟁을 촉발시킬 수 있는 다음 말을 차마 꺼내지 못했다. 줄리아는 늦었으니 그만 자자고 말할 생각이었다. 그렇지만 너무나 약이 올라 도저히 한마디 하지 않을 수 없었다.

"'어머, 정말?' 그게 다야? 그렇게만 말하면 되는 거야?"

그녀는 순진한 척하는 동생의 말투를 흉내 내며 따졌다.

발렌티나는 어깨를 으쓱했다.

"귀가시간을 정해 놓은 것도 아니잖아. 언니가 엄마도 아니고 말이야. 설사 언니가 엄마라고 해도 그래. 나는 이제 스물한 살이야. 성인이라고. 언니가 나더러 이래라저래라 간섭하는 것은 온당치 못해."

"언제 들어오는지는 알려 줘야 집에서 걱정을 안 하지. 그게 상식이고 예의 아냐? 나한테는 엄마한테보다 더 그래야지. 너는 혼자서 함부로 돌아다니면 안 된단 말이야."

"그건 내가 신경 쓸 문제가 아니야. 내가 누구와 어디에 있는지 언니도 알고 있었잖아. 나는 언니의 소유물이 아니란 말이야."

"그래. 너는 저녁을 먹으러 나갔어. 저녁을 새벽 2시까지 먹었단 말이니? 일곱 시간이나 도대체 어디에서 뭘 하고 있었어?"

"데이트했어. 그건 언니가 상관할 바가 아니잖아! 제발 나를 내버려 둬."

"그게 무슨 말이야? 지금껏 우리 사이에는 비밀이 없었잖아."

"이제 각자의 삶을 살아야 할 때가 된 것 같지 않아? 언니, 제발 나를 그냥 내버려 달란 말이야."

"각자의 삶? 좋아. 그렇지만 우리는 함께, 공동의 삶을 살아야 해."

"내 말은 그게 아니야!"

발렌티나는 구두를 방 저쪽으로 집어던졌다. 카펫에 떨어진 구두는 한 번 가볍게 튀었지만 멀쩡했다.

"나만의 인생을 갖고 싶단 말이야. 나는 사생활을 원해! 이제 정말이지 반쪽짜리 인생은 신물이 나서 미칠 지경이야."

발렌티나는 급기야 울음을 터뜨렸다. 줄리아는 동생을 향해 한걸음 다가섰다. 그러자 발렌티나는 날카로운 소리로 울부짖었다.

"건드리지 마! 건드리지 말란 말이야."

그녀는 방을 박차고 달려 나갔다. 줄리아는 눈을 감은 채 그 자리에 서 있었다. 밤이 지나면 이런 일이 애당초 없었던 것처럼 평소의 모습을 되찾을 것이다. 동생도 본래 모습으로 돌아갈 거야. 그녀는 침대로 다시 들어가서 아파트의 어딘가에 있을 발렌티나의 소리를 들으려고 애쓰며 가만히 누웠다. 그러다가 자기도 모르게 잠이 들어 버렸고 꿈을 꾸었다. 꿈속에서 그녀는 마틴의 아파트에 들어가 상자가 잔뜩 쌓인 미로 같은 공간을 홀로 헤매고 있었다.

그날 밤 발렌티나는 예비 침실에서 잠을 잤다. 시트는 차고 끈적끈적했다. 속옷만 입고 누웠는데 이상하게 세련된 옷을 입고 있다는 느낌이 들었다. 그녀는 혼자서 잠을 자 본 기억이 거의 없었다. 너무 흥분이 되어 잠을 제대로 이룰 수가 없었다. 언니와 말다툼을 벌인 일이 자꾸만 머리에 떠올랐다. 로버트와의 데이트는 몇 주 전 일처럼 생각되었다. 그녀는 승리감에 젖었다. 언니와의 싸움에서 드디어 승리했어. 언니에게 그동안 하고 싶었던 말을 거리낌 없이 털어놓았으니 언니도 자기 생각과 행동이 얼마나 잘못되었는지 분명히 깨달았을 거야. 이제부터는 모든 것이 달라질 것이다.

아침이 되자 그들은 부엌에서 어색하게 만났다. 두 사람은 달걀 요리와 토스트를 만들었다. 그리고 식당의 싸늘한 불빛 속에서 별다른 말 없이 아침을 먹었다. 두 사람의 사이는 예전의 상태로 돌아갔지만 예전과는 뭔가 달라져 있었다.

(2권에 계속)

내 안에 사는 너 1

펴낸날 초판 1쇄 2010년 4월 15일

지은이 **오드리 니페네거**
옮긴이 **나중길**
펴낸이 **심만수**
펴낸곳 **㈜살림출판사**
출판등록 1989년 11월 1일 제9-210호

경기도 파주시 교하읍 문발리 파주출판도시 522-1
전화 031)955-1350 팩스 031)955-1355
기획·편집 031)955-1399
http://www.sallimbooks.com
book@sallimbooks.com

ISBN 978-89-522-1365-5 04840

※ 값은 뒤표지에 있습니다.
※ 잘못 만들어진 책은 구입하신 서점에서 바꾸어 드립니다.

책임편집 **최은하**